사촌 베트

사촌 베트

La Cousine Bette

H.D 발자크 지음 | 박현석 옮김

상권

■ 책머리에

《사촌 베트(1846)》는 발자크(1799~1850)가 말년(말년이라고 해봐야 47세였지만)에 쓴 작품으로 같은 시기에 완성된 《사촌 퐁스(1847)》와 함께 '가난한 친척' 2부작을 이루고 있는 작품이다. 발자크가 마지막에 도달한 원숙하고 활달한 경지를 가장 잘 보여주는 걸작이라고 할 수 있다.

처음 그는 《사촌 퐁스》와 《사촌 베트》 2부작을 두 개의 중편소설로 구상하고 있었다. 하지만 막상 집필을 시작하고 보니 두 작품 모두 예상을 훨씬 뛰어넘어, 질과 양 모두, '인간희극' 중에서도 손가락에 꼽힐 정도의 장편이 되고 말았다.

하지만 '가난한 친척' 2부작은 발자크의 '마지막 노래'라고도 할 수 있을 것이다. 이 두 작품을 마쳤을 때 그렇게도 강인했던 그의 두뇌와 몸은 모두 17년간에 걸친 과로와 언제 결실을 맺게 될 지 알 수 없는 멀고 먼 폴란드 부인과의 사랑에 지쳐 이후 죽음을 맞이하게 되기까지의 3년 동안, 그는 이렇다 할 만한 작품을 하나도 쓰지 못했다.

이 작품은 발자크의 초기 작품들과는 조금 다른 양상을 보인다. 여기에서는 거리·가옥·복장·용모 등에 대한 면밀한, 때로는 지나치게 사실적인 할 수 있는 묘사로 이루어진 '발자크적 소설' 특유의 도입부라고 할 만한 부분을 거의 찾아볼 수 없다. 첫머리에서부터 쿠르벨과 유로 부인의 대결을 통해 독자는 단번에 사건 속으로 빨려 들어가며, 이후 이야기가 끝날 때까지 숨 쉴 틈도 없이 여러 가지 사건들이 전개되다 끝을 맺는다. 그런데 그 사건들은 초기 '발자크적 소설'에서 볼 수 있는, 하나의 극적 진행이 연속적으로 계속되어 클라이맥스를 향해 돌진하는 단일적 연쇄가 아니라 몇 개의 운명이 동시에 뒤얽혀 서로에게 영향을 주고 작용하는 다중적인 구조를 가진 사건의 복합이다. 같은 등장인물을 몇 개의 서로 다른 작품에 재등장시키는, 《고리오 영감》에서 시작된, 조금은 인공적인 기교에 의한 고전극적 직선구성의 극복이 이 작품에서 비로소 커다란 효과를 발휘했다고 할 수 있다.

발자크의 창작방법의 특징 중 하나는 작품을 쓴다는 행위 자체 속에서 작가로서의 재능을 개발해 나갔다는 점이다. 이는 모든 작가들에게도 어느 정도는 해당되는 얘기지만, 발자크에게서는 그 실천적인 탐구가 조금은 특수한 뉘앙스를 띤다. 평생을 많은 부채에 시달려야 했던 그에게는 천천히 구상을 하고 구성이나 형식, 수법에 대해서 검토를 거듭할 경제적인 여유가 없었다. 그리고 설사 그런 여유가 있었다 할지라도 그의 자질에는 그와 같은 주지적인 준비에 없어서는 안 될 투철한 사변 능력이 결여되어 있었던 것으로 여겨진다.

이런 이유로 개개의 작품을 개별적으로 살펴보자면 '완벽'이라는 인상을 주는 발자크의 작품은 극히 드물다. 그럼에도 불구하고 100여 편에 가까운 그의 장·단편소설들로 이루어진 '인간희극' 전체를 살펴보면 '완벽'이라는 빈약한 개념을 넘어선, 실제 세계와 같은 크기와 깊이를 가진 한 편의 거대한 전체소설의 존재를 느끼게 된다.

《사촌 베트》은 1846년 10월 8일부터 12월 3일까지 《입헌신문》에 연재되었고, 그 직후 그것을 모아 제본하기에 이르렀는데, 《입헌신문》의 예약구독자에 대한 경품으로 제공되었다. 이것을 원판이라고 할 수 있을 것이다. 신문에 연재되었을 때는 38장으로 나뉘어 있었는데 이후 132장으로 나뉘었다가 나중에는 장을 없앴다.

역자가 살펴본 바로는, 현재 우리나라에《사촌 베트》의 역본은 절판되었거나 해서 출판된 것이 없다. 발자크의 대표작이라 할 수 있는 이 작품을 우리나라에 다시 소개할 수 있다는 점에서 이번 역본의 의의를 찾을 수 있을 것이다.

부족한 점 많으리라 생각되지만 관대한 마음으로 발자크를 읽어주시기 바란다.

_박현석

테아노 공
미켈레 안젤로 카에타니 나리.

제가 어떤 조그만 단편을 바치는 것은, 로마 귀족으로서 혹은 기독교 세계에 몇 사람이나 교황을 내보낸 명문 카에타니 가문의 자제로서가 아니라 단테에 대한 정묘(精妙)한 해석자로서입니다.

당신은 이탈리아 최고의 시인, 근대의 인간이 호메로스의 시편에 대항하게 할 수 있는 유일한 시편을 구축하는 데 발판이 된 멋진 사상의 골격을 제게 느끼게 해 주셨습니다. 당신의 말씀을 듣기 전까지 제게 있어서 《신곡》은 누구의 손에 의해서도, 특히 이런 저런 주석자들에 의해서도 열쇠가 될 만한 말이 발견되지 않은 엄청난 수수께끼로 여겨 왔습니다. 그처럼 단테를 잘 이해하고 있다는 것은 단테만큼이나 위대하다는 뜻입니다. 그리고 그 모든 위대한 것이 당신에게는 매우 친숙한 것입니다.

프랑스 학자였다면, 당신이 로마를 둘러본 뒤 한숨을 돌렸던 그날 저녁의 모임을 매력적인 것으로 만들기 위해서 발휘한 즉흥적인 이야기를, 점잖은 한권의 책이라는 형식으로 출판하여 명성을 획득하고, 하나의 강좌와 수많은 훈장을 손에 넣었을 것입니다. 아마도 당신은 대부분의 우리나라 교수들이 나무를 먹을 것으로 삼고 있는 곤충처럼, 독일이나 영국, 동양 내지는 북방의 여러 나라들을 먹이 삼아 살아가고 있다는 사실을 모르실 겁니다. 그들은 곤충과 마찬가지로 대상과 일체를 이루는 일부분이 되어, 주제의 가치를 그대로 빌려와 자신의 가치로 삼는 것입니다. 하지만 이탈리아는 아직 강좌를 개설해서 그것을 먹이로 삼은 적이 없습니다. 저의 문학적 겸허함은 그 누구도 좋게 평가하지 않을 것입니다. 그럴 마음만 있었다면 당신의 지식을 가로채다 슐레겔 세 사람분의 역량을 갖춘 학식 있는 사람이 될 수도 있었을 것입니다. 하지만 저는, 설령 저의 길을 인도해 주신 당신에게 감사의 표시를 명성 높은 포르치아, 산 세벨리노, 파레트, 디 네그로, 베르지오조 등과 같은 가문의 이름에 더하는 것에 지나지 않는다 할지라도 그저 사회 의학의 의사, 불치의 병을 고치는 수의에 머물러 있을 생각입니다. 앞서 열거한 인물들은 《인간희극》 속에서 이탈리아와 프랑스와의 은밀하고 연속적인 결합을 대표하고 있는데, 그 결합은 이미 사교(司教)이자 풍자로 넘쳐나는 짧은 소설의 작가인 반델로가 16세기에 그 예를 찾아보기 힘든 단편소설집, 셰익스피어 희곡의 전거(典據)가 되었을 뿐만 아니라 때로는 몇몇 인물 전체가, 그것도 '한 글자 한 구절 다르지 않게' 인용된 소설집 속에서 같은 방법으로 확립한 것입니다.

제가 당신에게 바치는 이 두 편의 소묘는 한 가지 사실의 영원불변한 양면을 형성하고 있는 것입니다. '이중적 인간'이라고 프랑스의 위대한 뷔퐁은 말했지만 '이중적 사물'이라고 덧붙여서는 안 될 이유도 없을 것입니다. 모든 것이 이중이며, 미덕은 더더욱 그렇습니다. 바로 그렇기 때문에 몰리에르는 언제나 모든 인간적 문제의 양면적 표리(俵裏)를 제시했습니다. 그를 본받아 한번은 디드로가 '이건 허구가 아닙니다.'라고 말하는, 틀림없이 그의 걸작으로 꼽힐 작품을 썼는데 그 속에서 가르덴느에 묻히는 라쇼 양의 숭고한 모습을 통해, 애인에 의해 살해되는 완벽한 사랑의 노예의 모습과 대비시켰습니다. 여기에 소개되는 두 편의 이야기도 역시 성이 다른 한 쌍의 쌍둥이처럼 대비가 되도록 구성되어 있습니다. 문학적인 변덕임에는 틀림없지만 한번쯤은, 그것도 특히 사상의 역할을 수행하는 모든 형식을 전부 그려 내려 하는 작품 속에서는, 시험을 해 봐도 좋은 것입니다. 인간의 언쟁은 대부분, 학식 있는 사람과 무지한 사람이 동시에 존재하며, 게다가 양쪽 모두가 사실이나 사상의 한 측면 밖에는 결코 보지 못하게 되어 있다는 데서 유래하는 것입니다. 그런데도 제각각 자신이 본 면만이 진실하고 유일하게 옳은 면이라고 주장합니다. 바로 그렇기 때문에 성경이 '신은 세계를 의논에 맡기셨다' 와 같은 예언적인 말을 던진 것입니다. 고백하건데 성경 속의 이 한 구절만으로도, 교황청으로 하여금 1814년, 루이 18세의 혁명이 부연한 결정에 따라서 당신들에게 양원제의 정부를 부여하도록 독촉하고 있는 것이라 생각하고 있습니다.

당신의 정신이, 당신 속에 숨겨져 있는 시정(詩情)이 《가난한 친척》의 두 삽화를 보호해 주시기 바랍니다.

경구(敬具)

드 발자크

1846년 8월~9월, 파리에서

차례

첫 번째 삽화_1

제1부_ 방탕한 아버지

1

때는 1838년 7월 중순 무렵, 파리 시내의 광장과 광장을 새로이 달리게 된 '밀로르'라 불리는 마차 한 대가 국민군 대위 제복을 입은, 중간 정도의 키에 뚱뚱한 남자를 태우고 유니베르시테 가를 달리고 있었다.

파리 사람이라고 하면 원래부터 지나치게 재치에 넘쳐난다는 점을 비난받고 있었지만, 그 수많은 사람들 속에서도 역시 평복을 입고 있는 것보다는 군복을 입고 있는 것이 훨씬 더 훌륭하게 보인다고 생각하고, 여성들 속에 매우 퇴폐적인 기호를 상정하여 그녀들도 틀림없이 보풀이 일어난 국민군의 군모와 군대식 장신구들을 보면 호의적인 인상을 품을 것이라고 상상하는 사람들이 있는 법이다.

제2군단에 소속되어 있는 이 대위의 풍모는 자기만족을 나타내고 있었으며, 그것이 그의 붉은 빛이 감도는 피부 빛과 뺨이 상당히 부풀어 오른 얼굴을 빛나게 하고 있었다. 상거래에 의해서 얻은 부가 은퇴한 상인의 이마에서 빛나게 하는 이 후광을 보면, 파리의 선택받은 훌륭한 사람, 적어도 그가 살고 있는 지역에서 보좌관의 역할을 했던 사람임을 알아차릴 수 있을 것이다. 그러니 말할 필요도 없이, 프러시아풍으로 씩씩하게 내민 가슴 위에 레종 드뇌르 훈장의 약장(略章)이 빠지지 않았다는 사실을 믿어 주기 바란다.

훈장을 단 채 마차의 한쪽 구석에 자랑스럽게 자리 잡고 앉아 있는 이 남자는 길을 지나가는 사람들 위로 시선을 던지고 있었다. 파리에서는 길을 가는 사람들이 이처럼 무방비 상태의 아름다운 눈동자에 던져지는 기분 좋은 미소를 받아들이는 경우가 종종 있다.

마차는 이 도로의 베르샤스 가와 부르고뉴 가 사이에 위치한, 정원이 딸린 저택의 정원 한쪽에 최근 새로 지어진 것으로 보이는 커다란 집의 문 앞에 멈춰 섰다. 원래부터 있던 저택은 소중하게 보존되어, 절반으로 줄어든 정원의 한쪽 구석에 처음 모습 그대로 남아 있었다.

마차에서 내리기 위해 대위가 마부의 도움을 받고 있는 그의 태도를 보아 그가 50대 남자라는 사실을 꿰뚫어볼 수 있었다. 인간의 동작 속에는 그 노골적인 둔중함이 출생 증서와도 같은 적나라함을 가지고 있는 면이 있다. 대위는 오른손에 노란 장갑을 끼고 문지기에게 무엇 하나 묻는 법도 없이, 마치 '그녀는 내 거야!' 라고 말하기라도 하는 듯한 모습으로 곧바로 저택의 일층 현관 앞 계단으로 향했다. 파리의 문지기들은 노련한 안식을 갖추고 있기 때문에 푸른 군복을 입고 묵직한 걸음걸이를 하는, 훈장을 단 사람들은 불러 세우지 않는다. 다시 말해서 그들은 부유층의 사람들을 식별하는 법을 알고 있는 것이다.

그 건물의 1층은 모두 공화국 지불관(支拂官), 전 육군 주계감(主計監)으로, 지금은 육군성의 가장 중요한 부서의 우두머리·참사원 의원이자 레종 드뇌르 2등 훈장 패용자인 유로 델비 남작의 주거지였다.

그 유로 남작은 자신의 고향인 엘비를 제멋대로 자신의 이름에 붙였는데, 그것은 그의 형이자 그 유명한 유로 장군, 즉 제정하의 근위사단 척탄(擲彈)병 연대의 연대장으로 1809년의 전투 이후 황제가 포르젬 백작령을 하사한 유로 장군과 구별하기 위해서였다. 동생을 돌봐야만 했던 형 백작은 아버지와도 같은 신중함으로 그를 군정 방면에 취직시켰는데, 형제 모두가 열심히 일한 덕분에 남작은 나폴레옹으로부터 특별한 대우를 받게 되었고, 그 역시 그에 상응하는 능력을 보여 주었다. 유로 남작은 1807년에 벌써 스페인 파견군의 주계감이 되었다.

벨을 누른 뒤, 평민 출신 대위는 불룩한 배 때문에 앞뒤 모두 위로 말려 올라간 윗옷을 단정히 하려 상당히 애를 썼다. 주인에게서 받은 옷을 입은 하인이 그를 알아보고 곧바로 안으로 들였다. 그 거만하고 당당한 남자가 뒤를 따라오자 하인은 객실의 문을 열며 말했다.

"쿠르벨 님께서 오셨습니다."

그의 풍채와 멋진 조화를 이루는 그의 이름을 듣자, 몸집이 크고 아직은 몸의 선을 싱싱하게 하여 젊음을 유지하고 있는 금발의 여자가 전기에 감전된 것처럼 자리에서 벌떡 일어났다.

"오르탕스야, 베트와 함께 정원으로 나가 있거라."라며 그녀는 몇 걸음 떨어진 곳에서 자수를 놓고 있던 딸에게 힘주어 말했다.

대위에게 요염한 자태로 인사를 한 뒤 오르탕스 유로 양은 남작 부인보다 다섯 살이나 나이가 어림에도 불구하고 훨씬 더 늙어 보이는 깡마른 노처녀 사촌 베트를 데리고 유리로 된 문을 통해 밖으로 나갔다.

"네 결혼에 관한 얘기를 하려는 거야."라며 사촌 베트는 사촌 언니의 딸 오르탕스의 귀에 대고 속삭였다. 그 모습에서는, 남작 부인이 두 사람을 내쫓기 위해 자신을 거의 무시하는 듯한 태도를 취했다는 사실에 대해서도 특별히 화를 내고 있는 듯한 기색은 찾아볼 수 없었다.

사촌 베트가 입고 있는 옷을 보면 부인의 그와 같은 무례함도 어느 정도는 이해가 될 것이다.

노처녀 사촌 베트는 건포도 색 메리노 천으로 만든 옷을 입고 있었는데, 재단이며 끝단을 마감한 것이 왕정 복고 시대(1814~1830년. - 역자 주)를 떠올리게 했다. 자수를 놓은 장식용 옷깃도 3프랑이나 될런지, 밀짚모자도 밀짚으로 테를 두르고 감색 자수 실로 만든 끈을 달아놓은, 중앙시장의 여자 장사치들이라면 누구나 쓰고 있는 싸구려였다. 만들어진 형태로 봐서 가장 초라한 구둣방 주인의 손에 의해 만들어진 것이라고밖에는 달리 생각할 길이 없는 산양 가죽 구두를 본다면, 사정을 모르는 사람은 그녀를 이 집안의 친척으로 알고 인사하기를 주저했을 것이며, 실제로 그녀는 이 집안에 드나들며 바느질을 하는 여자와 다를 바가 없었다. 그래도 노처녀는 밖으로 나가면서 쿠르벨에게 상냥하게 인사하기를 잊지 않았으며, 그에 대해서 쿠르벨은 서로 마음이 잘 통하는 사람에게 보내는 눈짓으로 답했다.

"내일 와 주실 수 있으시겠습니까, 피셸 씨?"라고 그가 말했다.

"손님이 계시지 않으신가요?"라고 사촌 베트가 물었다.

"아이들과 당신뿐입니다."라고 손님이 대답했다.

"그렇습니까? 그럼 그렇게 하죠."

"그럼 부인, 말씀을 들어보도록 하겠습니다."라고 국민군 대위는 유로 남작 부인에게 다시 한 번 인사하며 말했다.

그는 타르튀프가 에르밀(두 사람 모두 몰리에르의 희극 《타르튀프》 속의 등장인물. - 역자 주)에게 던지는 것과 같은, 예를 들자면 푸아티에나 쿠탕스 같은 곳에서 시골 배우가 자신이 맡은 인물이 전하려는 뜻을 강조할 필요가 있다고 생각했을 때 던지는 것과 같은 시선을 유로 부인에게 던졌다.

"쿠르벨 씨, 이쪽 방으로 와 주신다면 중요한 이야기를 객실에서 하는 것보다 훨씬 더 차분하게 말씀드릴 수 있을 것 같아요." 이렇게 말하며 유로 부인은 옆에 있는 방을 가리켰다. 그곳은 이 건물의 구조상 접견실로 쓰이는 곳이었다.

이 방과 부인의 거실 사이에는 얇은 벽밖에 없었고, 거실의 창은 정원에 면해 있었기 때문에 유로 부인은 쿠르벨 씨를 한동안 거기서 혼자 기다리게 했다. 누구도 거실로 와서 이야기를 엿듣지 못하도록 하기 위해 거실의 창과 문을 닫아 두었다. 게다가 그녀는 객실의 유리문까지 닫아 두는 주도면밀함을 보였다. 그러다 딸과 사촌 동생인 베트가 정원 구석에 있는 오래 된 정자에 앉아 있는 것을 보고 그녀들에게 미소를 지어 보였다.

그녀는 접견실로 들어가는 문은 열어 둔 채 되돌아왔는데, 그것은 누군가가 들어올 때 객실의 문을 여는 소리가 잘 들리도록 하기 위해서였다. 이렇게 오가는 동안 누가 보는 것도 아닌데 부인은 마음속에 있는 그대로를 표정에 드러내고 있었다. 하지만 객실 입구의 문에서 접견실로 들어서자마자 그녀의 얼굴은 모든 여성, 제아무리 솔직한 여성이라 할지라도 자신의 뜻대로 소유할 수 있는, 정체를 알 수 없는 깊은 조신함의 베일에 가려진 듯한 표정을 지었다.

이처럼 아무리 생각해 봐도 이상하기 짝이 없는 준비를 하는 동안 국민군 대위는 자신이 있는 접견실의 가구들을 가만히 둘러보았다. 원래는 붉은색이었지만 햇빛의 노출 때문에 색이 바래서 보랏빛으로 변했고, 오랜 시간 사용해서 주름 부분이 낡아 버린 커튼과 선명한 색상이 사라져 버린 융단, 금물감이 벗겨져 대리석 모양의 얼룩이 생긴 비단 덮개가 띠처럼 닳아 있는 가구 등을 보고, 그 장사로 벼락부자가 된 상인의 품위 없는 얼굴에 경멸과 만족과 희망의 표정이 노골적으로 차례차례 떠올랐다가 사라졌다. 제정 시대풍의 낡은 추시계에 자신의 모습을 비춰 가며 그가 스스로 자기 몸을 살펴보던 바로 그 순간, 비단 드레스의 사각거리는 소리가 남작 부인이 왔음을 알렸다. 그것을 듣자마자 그는 자세를 바로 잡았다.

1809년경에는 틀림없이 화려했을 조그만 벤치에 앉더니 남작 부인은 쿠르벨에게 도료가 물고기 비늘처럼 벗겨져 곳곳에 생목이 드러나 보이고 팔걸이 끝에 스핑크스의 머리가 새겨진 청동색 의자를 가리키며 앉으라는 몸짓을 해 보였다.

"부인, 당신이 그렇게 조심을 하신다는 건 틀림없이 좋은 징조겠죠? 제가……."

"연인 사이라면서요."라고 국민군 대위의 말을 가로막으며 그녀가 말했다.

"아니, 그런 말로는 너무 약합니다."라고 그는 오른손을 심장 위에 대고, 냉정하게 그런 표정을 보면 거의 대부분의 여자들은 웃음을 터뜨리는 법이지만, 눈동자를 빙글빙글 돌렸다. "연인이라니! 연인이라니요? 뇌쇄당한 사내라고 말씀해 주십시오."

2

"잘 들어 보세요, 쿠르벨 씨."라며 남작 부인은 웃음 띤 표정치고는 지나치게 진지한 얼굴로 말했다. "당신도 이젠 쉰 살이 되셨어요. 물론 유로보다 열 살이나 젊으시다는 건 저도 알아요. 하지만 그 정도 나이가 되면 여자의 연애란 상대방의 미모나 젊음이나 명성이나 재능이나, 어쨌든 저희에게 모든 것을, 저희의 나이조차도 잊게 할 정도로, 저희의 눈을 멀게 하는 어떤 멋진 장점으로 해석되지 않으면 안 되는 법이에요. 설사 당신의 연 수입이 5만 프랑이라 할지라도 당신의 나이가 재산이라는 장점을 지워 버리게 돼 있어요. 그런 이유로 당신은 여자가 요구하는 것 중 어느 하나도 가지고 있지 못하고……."

"애정은 어떻게 되는 겁니까?"라고 국민군 대위는 자리에서 일어나 앞으로 나가며 말했다. "그 애정이야말로……."

"아니오. 고집을 피우고 계신 거예요."라고 남작 부인은 이 우스운 이야기를 한시라도 빨리 마무리 짓기 위해 그에게 말했다.

"그렇습니다. 고집과 애정입니다."라고 그는 말을 이었다. "하지만 훨씬 더 멋진 것이 아직 남아 있습니다. 권리가……."

"권리라고요?"라고 남작 부인은 모멸과 도전과 분노 때문에 숭고한 표정이 되어 외쳤다. "하지만……"이라며 그녀는 말을 이었다. "이런 식으로 얘기를 해 봐야 끝도 없을 것이고, 당신께 여기로 오시라고 한 것도 저희 두 집안 사이에 혼담이 오가고 있음에도 불구하고 당신의 출입을 금할 수밖에 없는 원인이 된 사건을 다시 한 번 되풀이하기 위해서가 아니에요."

"그리고 저는……."

"아직도 하실 말씀이 있나요?"라며 그녀는 말을 이었다.

"연인이나 연애 등과 같이 기혼녀에게는 가장 위험한 말까지 입에 담는 저의 이런 천박하고 무례한 어조만 봐도 제게는 정조를 지켜낼 만한 완전한 자신감이 있다는 사실을 아실 수 있지 않나요? 저는 무엇도 두렵지 않아요. 당신과 단둘이서 방에 있었다며 의심을 받는다 할지라도요. 이게 나약한 여자가 할 짓이라고 생각하십니까? 왜 오시라고 했는지는 당신도 잘 알고 계시지 않습니까?"

"잘 모르겠는데요, 부인."

쿠르벨은 냉정한 태도를 보이며 대답했다.

그는 입술을 삐죽 내밀며 시치미를 떼는 듯한 태도를 취했다.

"그럼, 말씀드리죠! 서로의 고통을 한시라도 빨리 없애기 위해 간단하게 말씀드리겠어요."라고 유로 남작 부인은 쿠르벨의 얼굴을 바라보며 말했다.

쿠르벨은 비아냥거림이 가득한 인사를 했는데, 그쪽 방면에 있었던 사람이라면 누구라도 쉽게 전 외교판매원의 티를 벗지 못한 사람의 상냥함을 거기서 찾을 수 있었을 것이다.

"저희 아들이 댁의 따님과 결혼해서……."

"하지만 그걸 다시 생각해 볼 수만 있었다면!……." 하고 쿠르벨은 말했다.

"그랬다면 그 혼담은 성사되지 않았겠지요."라고 남작 부인은 힘주어 대답했다. "그러리라고 짐작하고 있었어요. 하지만 불평만 해 대실 입장은 아니실 텐데요? 아들은 파리에서도 손가락 안에 드는 변호사 중 한 사람일 뿐만 아니라 올 한 해 동안에는 대의사(代議士)도 맡고 있고, 의회에서의 첫 연설은 곧 장관이 될 것이라는 예상을 불러일으켰을 정도니까요. 빅토랑은 두 번이나 중요한 법안의 보고자로 지명되었을 뿐만 아니라, 마음만 먹으면 지금 당장이라도 파훼원(프랑스 최고 재판소. ─ 역자 주)의 차석 검사가 될 수도 있어요. 그러니 재산이 없는 사위를 맞아들여 난처함을 겪고 있다고 말씀하실 생각이라면……."

"이야, 도움을 주지 않을 수 없는 사위 때문에"이라며 쿠르벨은 말을 이었다. "이거 일이 더 난처하게 됐다고 생각하는데요, 부인. 딸의 지참금으로 설정한 50만 프랑 중에서 20만 프랑이 어딘가로 사라졌는데 대체 어디에 썼다고 생각하십니까?…… 댁의 아드님의 부채를 갚고 신혼집에 더할 나위 없이 으리으리한 가구를 들여놓기 위해서 썼고, 거기다 50만 프랑이나 들여 지은 집인데도 아드님께서 가장 좋은 곳에서 살고 계시기 때문에 수입은 15,000프랑이 될까 말까……. 그런데 그 집 때문에 진 빚은 아직도 26만 프랑 남아 있으니까요.…… 수입이 빚의 이자를 메울 수 있을지 없을지도 모르는 상황입니다. 올해는 딸에게 2만 프랑 정도 줄 생각인데 그렇게라도 하지 않으면 수지가 맞지 않을 겁니다. 그런데도 들리는 말에 의하면 사위님께서는, 재판소에서는 3만 프랑을 버셨는데 의회 때문에 재판소를 소홀히 하시는 듯하더군요."

"쿠르벨 씨, 그것도 전부 지엽적인 문제로 그런 얘기를 하면 문제에서 점점 멀어질 뿐이에요. 하지만 그 얘기를 매듭짓기 위해서 한말씀 드리자면, 아들이 장관이라도 돼서 당신을 레농 드뇌르 4등 훈장의 패용자로 만들어 주고, 파리 참사원 의원으로라도 임명한다면 향수장수였던 당신에게 불만은 없을 줄로 아는데요?……."

"그렇군요. 그 말씀을 하시고 싶었던 거로군요. 어차피 저는 일개 상인이며 한낱 장사치입니다. 아몬드 연유나 포르투갈 수(비듬 방지용 향수. ─ 역자 주), 헤어로션을 팔던 장사치 출신으로 외동딸을 유로 델비 남작님의 아드님께서 맞아 주셨고, 언젠가는 딸도 남작 부인이 될 테니, 더할 나위 없는 영광으로 생각해야 된다는 말씀이시군요. 그야말로 섭정시대(1715~1723년. ─ 역자 주), 루이 15세 시대(1715~1774년. ─ 역자 주), 베르사유 궁전의 둥근 창이 달린 방과 다를 바 없군요! 상관없습니다.…… 저도 역시, 누구나 외동딸을 사랑하고 있는 것처럼 세레스틴을 사랑하고 있고, 그렇기 때문에 그 아이에게 동생을 만들어 주고 싶지 않아 파리에서 홀아비 생활이 가져다주는 온갖 불편을(그것도 말입니다, 부인. 한참 힘으로 넘쳐날 때 말입니다) 감수해 왔을 정도지만……. 하지만 이것만은 잘 알아두시기 바랍니다. 제가 아무리 딸에게 커다란 애정을 품고 있다 할지라도 저는 장사치 출신이기 때문에 돈을 어디에다 들이붓고 있는지도 확실하지 않은 아드님을 위해서 제 재산에까지 손을 댈 생각은 추호도 없습니다."

"쿠르벨 씨, 예전에 롬베르 가에서 약재상을 하던 포피노 씨가 지금도 상무성(商務省)에 계시다는 걸 알고 계시죠?"

"잘 알고 있습니다. 그 사람은!……"이라며 은퇴한 향수장수가 말했다. "황공하옵게도 바로 저, 세레스탕 쿠르벨이 세자르 빌로트 할아버지 가게의 가장 윗자리에 있었고 또 포피노의 장인어른이신 빌로트 할아버지 가게의 주식을 샀는데 당시 포피노는 그 가게의 평사원이었으니까요. 언제나 포피노가 제게 먼저 그 이야기를 할 정도로, 그 선생님께서도 연수입이 6만 프랑이나 되는 건실한 사람 앞에서는(이것만은 참으로 놀라운 일인데) 잘난 척은 하지 않습니다."

"하지만 쿠르벨 씨, 당신이 섭정 시대 따위와 같은 말로 표현하신 것은, 사람들이 각자 개인적인 가치만으로 출세할 수 있는 지금 시대에는 어울리지 않아요. 바로 그렇기 때문에 당신도 따님을 저희 아들에게 시집보내신 거고……."

"그 결혼이 어떻게 해서 결정됐는지 아실 리가 없겠죠!……"라고 쿠르벨이 외쳤다. "아, 홀아비 생활이 원망스럽기 짝이 없습니다! 제가 행실만 바로 했더라면 세레스틴도 지금쯤은 포피노 자작 부인이 되어 있었을 테니까요."

"어쨌든 다시 한 번 말씀드리겠는데 지난 일을 이래저래 말씀하시는 건 그만두시기 바랍니다."라고 남작 부인이 강한 어조로 말했다. "그보다 제게는 당신의 묘한 행동에 다소간의 불평을 털어놓을 이유가 있어요. 제 딸 오르탕스에게 혼담이 있었을 때, 그것이 성사되느냐 성사되지 못하느냐 하는 건 전부 당신의 손에 달려 있었기에 틀림없이 당신이 관대한 마음을 보여 주실 것이라고만 생각하고 있어요. 남편 이외의 어떤 남자의 모습도 마음에 담아둔 적이 결코 없었던 여자가, 당신께서도 틀림없이 나름대로의 가치를 발견하셨을 그런 여자가 자칫 자신에 대한 좋지 않은 평판을 듣게 될 위험이 있는 분을 대접할 수는 없다는 사정을 알아주실 것이다, 그래도 친척 관계를 맺은 가족을 위해서라면 오르탕스와 공소원 판사인 루바 씨와의 혼인을 도와주기 위해 당신이 적극적으로 나서서 최선을 다해 주실 것이라 생각하고 있었는데……. 그런데 쿠르벨 씨, 당신은 그 혼담을 깨 버리고 마셨습니다."

"부인……"이라며 전 향수장수가 대답했다. "저는 정직한 사람으로 행동했을 뿐입니다. 그쪽 집안에서 제게 오르탕스 양의 지참금으로 할당되어 있는 20만 프랑을 정말로 낼 수 있느냐고 물어왔습니다. 그때 했던 말을 그대로 들려 드리자면, 저는 단지 이렇게 대답했을 뿐입니다. '장담은 할 수 없습니다. 제 사위도 유로 가로부터 같은 금액을 설정 받았지만 부채가 있었고, 유로 델비 각하가 내일이라도 돌아가신다면 미망인은 당장 먹고살 길도 막막할 테니까요' 라고. 그뿐입니다, 부인."

"제가 당신을 위해서……"라고 유로 부인은 쿠르벨의 얼굴을 빤히 쳐다보며 말했다. "아내로서의 임무에 충실하지 않았어도 당신은 그렇게 대답하셨을까요?"

"그런 말을 할 권리는 없었을 겁니다, 애들린 씨."라고 기묘한 연인이 남작 부인의 말을 가로막으며 외쳤다. "제 지갑 속에서 지참금을 발견하셨을 때니까요."

그리고 자신의 말을 행동으로 뒷받침하기 위해서 뚱뚱한 쿠르벨은 바닥에 한쪽 무릎을 꿇고, 그런 말 때문에 유로 부인이 무언의 혐오감에 빠져 있을 거라 착각하고, 부인의 손에 입맞춤을 했다.

"딸의 행복을 사기 위한 대가라고 해서 그런……, 아아, 제발 일어나 주세요, 쿠르벨 씨. 그렇지 않으면 벨을 누르겠어요."

전 향수장수는 좀처럼 일어서려 하지 않았다. 이런 일련의 일들이 그를 화나게 만들었기 때문에 그는 다시 단호한 태도를 취했다. 거의 대부분의 남자들은 자연히 그들에게 베풀어 준 장점을 잘 드러낸다고 생각되는 자세를 즐겨 취하는 법이다. 쿠르벨에게 있어서 그 자세는, 나폴레옹처럼 팔짱을 끼고 얼굴을 옆으로 비스듬하게 돌린 다음, 화가가 나폴레옹의 초상화 속에서 나폴레옹에게 던지게 했던 시선, 즉 지평선을 노려보는 듯한 시선을 던지는 것이었다.

"아무리 정절을……"이라며 상당히 교묘하게 연출된 분노의 표정으로 그가 말했다. "정절을 지키기 위해서라 할지라도 다른 상대도 있었을 텐데, 그런 즐거움은……."

"아니오, 쿠르벨 씨. 그럴 만한 가치가 있는 남편을 위해서 지키는 거예요."라고 유로 부인은 듣기조차 싫은 그 한마디를 쿠르벨이 말할 틈도 주지 않기 위해 그의 말을 가로막으며 말했다.

"좋습니다, 부인. 당신은 편지로 댁에 좀 와 달라고 제게 말씀하셨습니다. 제가 왜 그런 행동을 취했는지 그 이유를 알고 싶다고 말씀하셨습니다. 그렇게 말씀하셨으면서도 저를 철저하게 몰아붙이시는군요. 당신의 그 여제(女帝) 같은 태도, 당신의 거만함, 그리고…… 경멸로 말입니다. 저는 마치 노예 같습니다. 몇 번이고 말씀드리겠는데, 사실입니다. 저는 당신에게…… 당신에게 구애할 권리가 있습니다.…… 왜냐하면……. 아니, 그만둡시다. 저는 당신을 사랑하고 있으니 말하지 않도록 하겠습니다."

"말씀하셔도 상관없어요. 앞으로 며칠만 있으면 저도 마흔여덟 살이 되고, 하나만 알고 둘은 모르는 숙녀도 아니니까요. 무슨 말씀을 하셔도 상관없어요."

"그렇다면 정숙한 여자로서 ―제게는 불행한 일이지만 당신은 역시 정숙한 분이시니까요― 무슨 일이 있어도 제 이름을 밝히지 않겠다고, 이런 비밀을 흘린 것이 저라는 사실을 말씀하시지 않겠다고 약속해 주실 수 있으십니까?"

"그것이 비밀이어야 한다는 조건이라면, 지금부터 말씀하실 끔찍한 일을 누구에게 들었는지는 어떤 사람에게도, 남편에게조차도 절대로 이름을 가르쳐주지 않을 거라고 맹세하겠어요."

"틀림없이 끔찍한 이야기이긴 합니다. 어쨌든 당신과 그에게만 상관 있는 이야기인데……."

순간 유로 부인의 얼굴이 새파랗게 질렸다.

"이런, 이런! 아직도 유로 씨를 사랑하고 계신다면 부인에게는 괴로운 얘기가 되겠군요! 아니면 차라리 얘기를 하지 말까요?"

"아니오, 말씀해 보세요. 조금 전에는 그렇게 하지 않겠다고 당신이 제게 하신 묘한 사랑의 고백, 저 같은 할머니를 괴롭히는 당신의 끈질김을 제게 납득시킬 수 없다고 말씀하셨잖아요. 저는 단지 딸의 위치를 굳건하게 해 주고, 그런 다음…… 편안하게 죽고 싶을 뿐이에요."

"그것 보세요. 당신은 불행합니다."

"제가요?"

"그렇습니다. 아름답고 고고한 사람!" 이라고 쿠르벨은 외쳤다. "당신도 너무 많은 괴로움을 겪었습니다."

"이제 그만 하세요, 쿠르벨 씨. 나가 주세요! 아니면 말씀을 삼가 주세요."

"부인, 유로 각하와 제가 어떻게 알게 되었는지 알고 계십니까?…… 우리의 여자들이 있는 곳에서입니다."

"어머나!……"

"우리의 여자들이 있는 곳에서입니다."라고 쿠르벨은 위압적인 태도를 풀고 멜로드라마틱한 어조로 오른손을 휘저으며 되풀이했다.

"그게 어쨌다는 거죠?"라고 남작 부인이 차분하게 묻자 쿠르벨이 아연실색했다.

치졸한 마음에서 유혹하려고 하는 남자는 숭고한 영혼을 결코 이해하지 못하는 법이다.

"5년 전부터 홀아비 생활을 해 오던 저는……"이라며 쿠르벨은 지금부터 아주 긴 이야기를 하려는 듯한 남자처럼 말을 이어갔다. "모든 사랑을 다 바치고 있는 딸의 이익을 위해서라도 재혼할 마음은 없었습니다. 그런데 그 무렵 카운터에 있는 출납계에서 상당한 미인을 고용했는데 집 안에서 그런 일을 벌일 마음이 들지 않았기에, 열다섯 살이 되는

귀여운 침녀(針女) 하나에게, 속된 말로 하자면, 살림을 차려주었는데 그
녀도 역시 몸이 달아오를 만큼 미인으로, 솔직히 말씀드리자면 저는 분
별력이고 뭐고 전부 잃을 만큼 반해 버렸습니다. 그래서 고향에 계신 이
모님을 불러(어머니의 동생) 그 사랑스러운 아가씨와 함께 살게 하며 그
녀가 그, 뭐라고 해야 하나……, 화류계의…… 아니, 숨어서 사는 생활
을 하면서도 가능한 한 조용히 하도록 감시해 달라고 부탁했습니다. 그
아가씨가 음악에 재능이 있다는 사실을 분명히 알 수 있었기 때문에 몇
몇 선생님을 붙여서 교육을 받게 해 주었습니다(한가하게 지내 봐야 좋
을 게 하나도 없으니까요). 게다가 저는 그 아가씨의 아버지이자, 은인
이자, 그리고 한마디로 말해서 애인이 되고 싶었던 것입니다. 그러니까,
일석이조로 선행을 베풀면서 귀여운 애인을 갖고 싶었던 것입니다. 그
5년 동안 저는 행복했습니다. 그 아가씨는 흥행의 보증수표가 될 수 있
을 만한 아름다운 목소리를 가지고 있었는데, 뭐라고 표현해야 좋을지,
그러니까 여자 뒤프레(1840년 전후에 이름을 떨친 유명한 남성 오페라
가수. - 역자 주)라고밖에는 달리 표현할 말이 없을 것 같군요. 그녀를 위
해서, 오로지 가수로서의 재능을 키우는 데 2천 프랑을 사용했습니다.
덕분에 저도 음악광이 되어 그녀와 딸을 위해서 이탈리아 극장의 좋은
자리를 차지하게 되었습니다. 오늘은 세레스틴, 내일은 조제파 하는 식
으로 번갈아 데려가곤 했습니다."

"뭐라고요? 그 유명한 오페라 가수의……?"

"그렇습니다, 부인."이라며 자랑스럽다는 듯 쿠르벨은 말을 이었다.
"지금 그 유명한 조제파가 있을 수 있었던 건 전부 제 덕입니다.…… 어
쨌든 그녀가 스무 살이 되던 1834년, 그녀를 영원히 잡아둘 수 있을 것이
라고 생각했고, 저도 그녀에 대해 완전히 마음을 놓게 되었기 때문에 잠
간 기분전환이라도 시킬 생각으로 제니 카딘이라는, 어느 정도는 그녀와

비슷한 운명을 걸어온 귀엽고 아름다운 여배우를 소개시켜 줬습니다. 그 여배우도 역시 그녀를 돌봐주며 길러준 어느 보호자에게 모든 것을 의지하고 있었습니다. 그 보호자가 바로 유로 남작이었습니다."

"저도 알고 있어요."라고 남작 부인이 차분한 목소리로 얼굴빛 하나 바꾸지 않고 말했다.

"아, 그렇습니까?"라고 쿠르벨은 더욱 아연실색해서 외쳤다. "좋습니다! 그렇다면 부인은 댁의 변변찮은 나리께서 제니 카딘의 뒤를 열세 살 때부터 봐 줬다는 사실도 알고 계십니까?"

"그게 어쨌다는 거죠?"라고 남작 부인이 말했다.

"그녀들이 서로 알게 되었을 때……"라며 전 상인이 말을 이었다. "제니 카딘도 조제파와 마찬가지로 스물이었으니 남작은 1826년부터 드 로망(12, 3세 때 루이 15세의 첩이 된 여자. ― 역자 주) 양에 대한 루이 15세의 역할을 수행한 셈이 됩니다. 당시에는 부인도 지금보다 열두 살이나 젊었는데도……"

"쿠르벨 씨, 제게는 유로에게 자유를 부여할 만한 이유가 있었어요."

"지금의 그 거짓말만으로도 부인, 틀림없이 지금까지 당신이 범한 모든 죄가 사라지고 당신을 위해서 천국의 문을 열게 할 만한 가치가 충분히 있습니다."라고 쿠르벨이 잘 알고 있다는 듯한 태도로 말했기 때문에 남작 부인은 자신도 모르게 얼굴이 새빨갛게 변하고 말았다. "아아, 숭고하고 사랑스러운 사람! 그런 말은 다른 남자에게 하시기 바랍니다. 죄송하게도 이 늙은 쿠르벨은 말입니다, 당신의 극악무도한 남편과 함께 두 커플이 광란의 소동을 몇 번이나 벌였는지 모르기 때문에 당신이 얼마나 훌륭한 사람인지 잘 알고 있습니다. 그는 때때로 얼큰하게 취해서 당신의 좋은 점을 세세하게 제게 이야기하고는 자기 자신을 책망하곤 했습니다. 그렇습니다. 저는 당신에 대해 알고 있습니다. 당신은 천사입니다. 스무 살짜리 풋내기 아가씨와 당신을 놓고 한량이라면 망설일지도 모르겠지만 저는 결코 망설이지 않을 것입니다."

"쿠르벨 씨!"

"네, 네. 이제 그만 두겠습니다.…… 하지만 청순하고 기품 있는 부인, 남편이라는 사람은 술에 취하면 종종 색녀의 집에서도 부인에 대해 이런저런 말을 하고, 그러면 그 말을 들은 여자들은 배를 움켜쥐고 웃는다는 사실만은 알아두시기 바랍니다."

유로 부인의 아름다운 눈썹 사이로 떨어져 내린 수치의 눈물이 국민군 대위를 깜짝 놀라게 해 입을 다물게 만들었기 때문에 그는 더 이상 거만한 태도를 취하지 않았다.

"얘기를 계속하겠습니다."라며 그가 말했다. "남작과 저는 닳아빠진 여자들을 통해서 친구가 되었습니다. 소행이 좋지 않은 사람들이 모두 그렇듯 남작도 매우 상냥하고 정말 다정한 사람입니다. 이야, 저도 그 쾌활한 양반이 정말 마음에 들었습니다. 아주 재치 있는 사람이었습니다.…… 어쨌든 그런 회상은 이쯤에서 마치도록 하겠습니다. 저희는 친형제처럼 지내게 되었습니다.…… 섭정공(攝政公) 시대의 악당과도 같은 그 사람은 저를 타락시키려고 여자 문제에 대해 자꾸만 공상적 사회주의 론을 펼치기도 하고 제게 귀족적인, 감색 조끼(17세기 귀족들의 복장. ─ 역자 주)적인 사고를 심으려 하기도 했습니다. 하지만 조금 전에도 말씀드린 바와 같이, 아이가 생길 걱정만 없다면 저는 결혼해도 좋다고 했을 정도로 제 여자를 사랑했습니다. 사이가 좋은……, 저희처럼 나이 든 늙은이들이 자기들 자식끼리 결혼시키고 싶어 한다는 건 어쩌면 당연한 일 아닙니까? 그런데 자기 아들과 우리 셰레스틴이 결혼식을 올린 뒤 3개월이 지나자 유로가(아, 왜 이제 와서 그런 파렴치한의 이름을 입에 담은 건지 저로서도 이해할 수가 없습니다. 그 사람은 말입니다 부인, 당신과 나 모두를 속인 사람입니다)…… 그 녀석이 말입니다, 그 수치라고는 눈곱만큼도 모르는 녀석이 저의 사랑스러운 조제파를 가로챘습니다. 그 악당 같은 녀석은, 더욱 굉장한 인기를 끌게 된 제니 카딘의 가슴속에서 자신이 어떤 젊은 참사원 의원과 한 예술가에 의해(두 사람 모두 정말 훌륭한 사람들입니다) 밀려나게 됐다는 사실을 알고는 저의 가엾은 여자, 그 사랑스러운 아가씨를 제게서 앗아갔습니다. 아니, 틀림없이 당신도 이탈리아 극장에서 만나신 적이 있을 겁니다. 그가 자신의 신용을 이용해서 그녀를 거기에 넣어 줬으니까요. 부인의 남편은 저처럼 조용히 지내지 않습니다. 저는 오선지처럼 단정하지만.(제니 카딘에게도 이미 상당히 커다란 손실을 입어 일 년에 3만 프랑은 쏟아 부은 듯합니다) 여기서 미리 말해 두겠는데 그는 조제파 때문에 정말 엄청난 재산을 잃었습니다. 조제파는 말이죠 부인, 유태인 여자입니다. 밀라(Mirah)라는 이름으로(히람, Hiram이라는 이름의 철자를 재결합한 것인데) 그건 그녀를 찾을 때를 위한 유태인들의 암호입니다. 원래가 독일에서 버려진 아이를 데려온 것이었으니까요.(제가 조사한 바에 의하면 한 유태인 은행가가 떨어뜨린 씨앗이라는 증거가 있습니다) 극장과 그리고 특히 제니 카딘이나, 숀츠 부인이나, 말라가나, 칼라빈과 같이 닳아빠진 여자들이 가르쳐준 노인을 다루는 수단이, 지금까지 저의 가르침으로 그다지 돈이 들지 않는 올바른 길을 걷고 있던 그 여자의 마음에, 고대 헤브라이 민족의 황금과 보석에 대한, 순금 송아지(헤브라이 민족이 시나이 산기슭에서 섬겼던 우상 — 역자 주)에 대한 본능적인 갈망의 마음을 일깨워줬거든요! 유명한 여가수면서도 돈에 혈안이 되어 어떻게 해서든 부자가, 어마어마한 부자가 되겠다고 생각하고 있어요. 그러니 남들에게는 자신을 위해서 쓸 수 있을 때까지 쓰게 하고 자신은 단 한 푼도 쓰려 하지 않아요. 그녀가 자신의 실력을 뽐내기 위한 상대로 유로 선생을 선택해, 가진 돈을 전부 뜯어냈다, 아니 뜯어

냈다고 하기보다는 빈털터리로 만들어 버렸다고 하는 편이 옳겠습니다. 가엾은 선생은, 역시 조제파에게 목을 매고 있는 퀘레르 일족의 한 인물과 데즈글리뇽 후작을 비롯하여 그 외의 이름도 알 수 없는 숭배자들을 상대로 아등바등한 끝에 결국 그녀를, 예술의 보호자이자 상상할 수도 없을 정도로 부자인 그 공작에게 빼앗기는 슬픈 일을 당하게 된 것입니다. 이름이 뭐였더라?…… 그 왜, 난쟁이인…… 그래, 맞아. 데르빌 공작입니다. 그 공작께서는, 조제파는 자기만의 것이라고 호언장담하고 있으며 창부들 사이에서는 그 이야기가 끊이질 않는데도 남작은 그 사실을 하나도 모릅니다. 그런 한량들의 세계도 역시 정식 부부생활과 다를 바가 없으니까요. 모르는 것은 남편뿐이었다는 말도 있지만, 이 세계에서도 정작 본인이 가장 마지막에 진상을 알게 되는 법입니다. 이만큼 말씀드렸으니 이제는 제가 주장하는 권리라는 것에 대해서도 이해를 하셨을 줄로 압니다. 아름다운 부인, 남편께서 저의 행복을, 제가 홀아비가 된 뒤로 맛본 유일한 기쁨을 앗아갔습니다. 그렇습니다. 만약 그런 우스꽝스러운 노인네를 알게 되는 악운만 찾아오지 않았더라면 조제파는 지금도 제 것이었을 것입니다. 저였다면 말할 것도 없이 연극계 같은 데로 그녀를 집어넣지도 않았을 거고, 그녀도 역시 남의 눈에 띄지 않고 조용히 살아가면서 저 한 사람만을 지켰을 테니까요. 아, 8년 전의 그녀를 보여드리고 싶습니다. 말랐지만 생기가 넘쳐나며, 속되게 말하는 안달루시아 여자의 황금빛과도 같은 피부에 검은 머리카락은 자수 실처럼 반짝반짝 빛났고, 긴 눈썹이 있는 갈색 눈동자에서는 번개가 빛나는 듯했으며, 몸짓에는 공작 부인에도 뒤지지 않을 만한 기품, 가난함 때문에 갖게 된 겸허함, 참된 요염함, 야생 암사슴과도 같은 부드러운 마음씨를 가지고 있었습니다. 유로 씨 덕분에 그런 매력, 그런 청순함이 전부 늑대를 노리는 덫, 백 스우의 화폐로 고양이를 유혹하는 덫으로 변해 버렸습니다. 그 꼬

맹이 아가씨가 지금은 논다니의 여왕이 되었으니까요. 어쨌든 지금은 남자를 농락하고 있습니다. 그 아무것도, 농락이라는 말조차도 몰랐던 그 여자가!"

여기서 이전의 상인은 몇 방울 눈물이 고인 눈을 씻었다. 그런 괴로움에 대한 진솔함이 유로 부인에게도 작용하여 그녀도 그때까지 빠져 있던 생각에서 벗어날 수가 있었다.

"그런데 말입니다, 부인. 쉰둘이나 돼서 그런 보석을 또 다시 발견해 낼 수 있으리라고 생각하십니까? 우리 나이가 되면 연애를 하는 데도 일 년에 3만 프랑이 필요합니다. 이 숫자는 부인의 남편에게서 들은 건데, 그런 저는 세레스틴을 사랑하고 있기 때문에 그 아이를 무일푼으로 만들 수는 없습니다. 처음으로 저희를 불러 주셨던 밤의 모임에서 당신을 뵈었을 때 저는 그 극악무도한 유로 씨가 왜 제니 카딘과 같은 여자의 뒤를 봐주고 있는 건지 도무지 알 수가 없었습니다.…… 당신은 여제처럼 빛을 발하고 있었으니까요. 부인은 아직 서른도 되지 않았었습니다."라며 그는 말을 이었다. "당신은 젊게 보였으며 아름다웠습니다. 진심으로 저는 그날 뱃속 깊은 곳까지 충격을 받아 내 스스로에게 이렇게 말했습니다. ― '조제파만 없었다면, 유로 노인네는 아내를 돌아보지도 않는다, 내게는 장갑처럼 꼭 맞는 사람인데.' 라고요(아, 실례했습니다! 예전에 장사를 하던 때 자주 쓰던 말이라서요. 보시는 바와 같이 아직도 종종 장사치의 얼굴이 고개를 내밀기 때문에 대의사가 될 용기를 내지 못하고 있습니다). 바로 그랬기 때문에 그런 비열한 방법으로 남작에게 한방 먹었을 때―왜냐하면 우리처럼 지긋하게 나이를 먹은 한량들 사이에서 친구의 여자란 신성한 존재여야 하니까요― 녀석의 부인을 앗아야겠다고 결심했습니다. 바로 그게 정의라는 겁니다. 남작은 이래저래 불평을 털어놓을 입장이 못 됩니다. 우리가 무슨 일을 하든 책망할 수 없을 겁니다. 그

런데도 제가 한두 마디 제 마음의 상태를 이야기하면 부인은 저를 개 쫓
듯 쫓았습니다. 그렇게 해서 저의 연심을, 아니 원하신다면 집념을 한층
더 자극하셨으니 당신은 언젠가 제 것이 되고 말 것입니다."

"어머! 어떻게요?"

"그건 잘 모르겠지만 그렇게 될 겁니다. 한번 생각해 보십시오, 부인.
머릿속에 오직 한 가지 생각밖에 없을 뿐만 아니라 향수장수란(이제 물
러나기는 했지만요), 수천 수만의 생각을 가진 재간꾼보다 훨씬 더 무시
무시한 상대니까요. 저는 당신에게 홀딱 반했습니다. 게다가 당신을 손
에 넣는 것은 제 복수이기도 합니다. 그러니 두 배로 사랑하고 있는 것과
같은 것 아니겠습니까? 저는 속내 전부를 드러내놓기로 각오를 한 남자
로서 이야기하고 있는 겁니다. 당신이 '저는 당신의 것이 되지 않겠습니
다'라고 말씀하시는 것과 같은 냉정함으로 당신과 이야기를 나누고 있습
니다. 속담을 들어 이야기하자는 건 아니지만, 다시 말하자면 가지고 있
는 패를 전부 테이블 위에 올려놓고 승부를 하고 있는 겁니다. 그래요.
어떤 시기가 오면 당신은 제 것이 되어 있을 겁니다.…… 괜찮습니다. 당
신이 쉰 살이 된다 해도, 그래도 역시 제 애인으로 받아들이겠습니다. 실
제로 그렇게 될 겁니다. 저는 그 모든 걸 남편에게서 기대하고 있으니까
요.……"

유로 부인이 이 빈틈없는 상인을 향해서 너무나도 커다란 공포의 시선
을 보냈기 때문에 그는 정신이 이상해진 것이 아닐까 하는 생각이 들어
이야기를 멈췄다.

"이 모든 게 당신 탓입니다. 당신은 그 경멸적인 태도로 저를 무시했
습니다. 할 말이 있으면 해 보라고 말씀하셨습니다. 그래서 말씀드린 것
뿐입니다!"라고, 조금 전에 했던 말의 마지막 부분이 너무나도 난폭했기
때문에 그는 변명할 필요를 느끼고 이렇게 말했다.

"아, 아! 나의 딸은, 나의 딸은!" 이라며 남작 부인은 빈사의 환자와 같은 목소리로 외쳤다.

"아, 뭐가 뭔지 모르겠다!" 라며 쿠르벨이 말을 이었다. "조제파를 빼앗겼을 때는 저도 새끼를 잃은 암호랑이 같았습니다.…… 그러니까 지금의 부인 같았습니다. 당신의 딸! 제게 있어서 그건 당신을 손에 넣는 수단입니다. 그렇습니다. 저는 따님의 혼담을 깨 버렸습니다.…… 그리고 제 도움 없이 당신은 따님을 시집보낼 수 없습니다. 오르탕스 양이 제아무리 아름답다 할지라도 지참금이 필요하니까요.……."

"네! 맞아요." 라며 남작 부인이 눈을 내리깔며 말했다.

"어떻습니까? 남작에게 1만 프랑을 달라고 말씀해 보십시오." 라고 쿠르벨이 다시 거만한 태도를 취하며 말했다.

사이를 두는 배우처럼 그는 한동안 모습을 살폈다.

"그런 돈이 있다면 남작은 조제파의 뒤를 이을 여자에게 줘 버리고 말 거예요." 이렇게 말하며 그는 목소리를 한층 더 높였다. "일단 그런 길로 빠져든 이상 중간에서 멈춰 설 수는 없을 겁니다. 게다가 그는 여자를 지나치게 좋아합니다. (저희의 국왕께서 말씀하셨듯이 모든 일에는 중용이라는 게 있는 법입니다) 거기에 허영심까지 한 꺼풀 더합니다. 호남이니까요. 남작은 자신의 쾌락을 위해서 당신들 모두를 지푸라기 위에서 죽게 만들 겁니다. 실제로 당신은 이미 시료원(施療院)으로 가는 길로 접어들었습니다. 보십시오. 제가 이 댁에 발길을 끊은 이후로 댁에서는 살롱에 있는 가구조차도 새로운 것으로 바꾸지 못하고 계시지 않습니까? '궁색함' 이라는 말이 이 천들의 모든 이음새 사이로 일제히 쏟아져 나오고 있습니다. 대체 어떤 사윗감이 지체 높은 사람의 가난이라는, 무릇 가난 중에서도 가장 소름 돋는 가난의 명백한 증거를 보고도 꼬리를 내리고 도망가지 않을까요? 저는 장사치였기 때문에 그런 걸 보는 눈은 아주 정확합니다. 진짜 부와 겉치레뿐인 부를 구별해 내는 데 있어서는, 파리 상인의 눈에 필적할 만한 건 아무것도 없으니까요.…… 이 댁에는 돈이 한 푼도 없습니다."라며 그는 목소리를 낮춰 말했다. "그건 어딜 보나, 이 댁 하인들의 옷 하나만 봐도 금방 알아차릴 수 있습니다. 당신에게 숨기고 숨겨 온 무시무시한 비밀을 가르쳐 드릴까요?……"

"아니오!"라고 유로 부인은 손수건을 축축하게 적실 만큼 눈물을 흘리며 말했다. "이제 그만! 그만 하세요!"

"사실은 말입니다, 제 사위가 유로 씨에게 돈을 줬습니다. 처음 아드님의 생활 형편에 대한 이야기가 나왔을 때 그 사실을 말씀드리고 싶었습니다. 하지만 딸의 재산에 대해서는 제가 신경을 쓰고 있습니다.…… 그 점에 대해서는 마음을 놓으셔도 됩니다."

"아, 아! 딸을 결혼시키고 죽었으면 좋겠어!……."라고 이 불행한 여자는 미친 듯이 말했다.

"그럴 생각이라면 말입니다, 방법이 있습니다!"라고 쿠르벨이 말을 이었다.

유로 부인이 희망에 찬 눈을 반짝이며 쿠르벨을 바라보았는데, 그것이 순식간에 부인의 얼굴 표정을 바꿔놓았기 때문에, 평소 같았으면 그 변화를 본 것만으로도 쿠르벨을 취하게 만들어 그의 우습기 짝이 없는 계획을 포기하게 만들었을 것이다.

3

"당신은 앞으로도 10년 동안은 아름다울 겁니다."라고 쿠르벨이 거만한 태도를 취하며 말을 이었다. "제게 호의를 보여 주실 수 없으시겠습니까? 그렇게 하시면 오르탕스 양은 결혼할 수 있습니다. 조금 전에도 말씀드렸듯이 유로 씨가 제게 이런 거래를 노골적으로 제안할 수 있는 권리를 주었기 때문에 그도 분개하지는 않을 겁니다. 저는 3년 전부터 자본을 유리하게 굴려 왔습니다. 저의 취미라고 해 봐야 뻔한 것이니까요. 그래서 재산에 30만 프랑이라는 여유가 생겼습니다. 그걸 바치겠습니다."

"돌아가 주세요, 쿠르벨 씨."라며 유로 부인이 말했다. "나가 주세요. 그리고 두 번 다시 제 앞에 나타나지 마세요. 오르탕스의 혼담 때문에 당신이 취한 비겁한 행동에 대한 이유를 들어야 한다는 어쩔 수 없는 사정만 없었다면……."

"네, 비겁한 행동입니다."라고 쿠르벨이 항변하려는 것을 가로막으며 그녀가 말을 이었다. "그런 원한에 대한 복수를 어째서 가엾은 딸, 아름답고 마음이 더럽혀지지 않은 아이에게 하지 않으면 안 된다는 거죠?…… 어머니로서 제 가슴을 에는 듯한, 조금 전에 말씀드렸던 것과 같은 그런 이유만 없었다면 당신 같은 사람하고는 절대로 이야기하지 않았을 거예요. 두 번 다시 집으로 와 달라고 부탁하지 않았을 겁니다.…… 32년 동안이나 지켜온 여자의 자부심과 정조를 쿠르벨 씨의 협박 때문에 무너뜨릴 수는 없어요."

"기껏해야 향수장수 출신인, 생 토노레 가 세자르 빌로트에 있는 '장미의 여왕' 상회의 후계자라 말이죠."라고 쿠르벨이 비웃듯이 말했다. "구청장의 보좌관을 지냈고 전대의 빌로트와 마찬가지로 국민군 대위, 레종 드 뇌르 5등 훈장 패용자인 쿠르벨 씨 같은 사람 때문에 말이죠."

"쿠르벨 씨."라며 남작 부인이 말을 이었다. "유로는 20년 동안 아내에게 충실한 생활을 했고, 지금은 아내에게 권태감을 느끼고 있을지는 몰라도 그건 저하고만 관계된 일입니다. 그리고 쿠르벨 씨, 남편이 바람 피운다는 사실을 감추기 위해서 얼마나 노력해 왔는지는 잘 알고 계시는 바대로입니다. 남편이 당신의 뒤를 이어 조제파 씨의 애인이 되었다는 얘기 같은 것, 저는 전혀 모르고 있었으니까요."

"그건," 이라며 쿠르벨이 외쳤다. "돈의 힘을 빌렸기 때문입니다, 부인.…… 그 멋진 목소리를 가진 여자는, 지난 2년 동안 남작에게 10만 프랑 이상을 쓰게 했습니다. 맙소사, 이대로 간다면 당신도 당분간……."

"그런 이야기는 이제 그만두세요, 쿠르벨 씨. 당신을 위해서라도, 저는 마음에 아무런 거리낌 없이 아이들에게 입맞춤할 수 있을 때, 가족들로부터 존경받고 사랑받고 있다고 생각될 때, 어머니가 느끼는 그 행복감을 포기하고 싶은 마음은 없어요. 저는 제 영혼을 조금도 때 묻지 않은 상태로 신께 돌려드리고 싶어요."

"아멘." 하고 쿠르벨은 자부심이 강한 남자가 이런 계획에 실패를 했을 때 얼굴에 내비치는 악마적인 씁쓸한 표정을 지으며 말했다. "당신은 아직 가난이라는 것을 제대로…… 그러니까 오욕…… 명예 실추의 단계까지 알지 못하는군요.…… 저는 당신의 눈을 뜨게 하려고 노력했습니다. 당신들, 당신과 따님을 구하려 했던 것입니다.…… 별 수 없군요. 당신들은 방탕한 아버지의 현대판 우화를 처음부터 끝까지 뼈저리게 경험하게 될 겁니다. 그런 당신의 눈물, 당신의 고고한 태도에는 저도 감동받았습니다. 실제로 사랑하는 여자가 눈물을 흘리는 것을 보는 건 괴로운 일입니다."라고 쿠르벨은 자리에 앉으며 말했다. "애들린 씨, 제가 여기서 약속드릴 수 있는 건, 당신의 이익에 반하는, 혹은 남편의 이익에 반하는 짓은 절대로 하지 않겠다는 것 정도입니다. 그러니 사정을 알아보기 위해서 우리 집으로 사람을 보내지 마십시오. 그것뿐입니다."

"도대체 어떻게 하면 되는 건가요?"라고 유로 부인이 외쳤다.

지금까지 남작 부인은 그런 이야기가 강요하는 삼중의 고문을 용감하게 견뎌 왔다. 실제로 그녀는 여자로서, 어머니로서, 아내로서 삼중의 고통을 받고 있었다. 틀림없이 아들의 장인이 난폭하고 공격적인 태도를 보인 동안에는 그녀도 그 상인의 무례한 태도에 저항했으며, 그렇게 저항하는 동안에는 긴장감까지 느끼고 있었지만, 그 상대방이 막상 마음이 돌아서버린 연인, 모욕당한 미남 국민군 대위로서 한참 분노를 터뜨리다 그렇게 다정한 마음을 내비치자 당장이라도 폭발할 것처럼 팽팽하게 긴장되어 있던 그녀의 신경도 단번에 풀어지고 말았다. 그녀는 눈물로 눈앞이 캄캄해지고 너무나도 망연한 허탈감에 빠져 있었기 때문에 쿠르벨이 무릎을 꿇고 앉아 그녀의 손에 입맞춤하는 것도 깨닫지 못했다.

"아, 아. 신이시여! 어떻게 하란 말씀이십니까?"라고 그녀는 눈물을 닦으며 말을 이어 갔다. "어미라는 사람이, 딸이 눈앞에서 젊음을 잃어가는 모습을 냉정하게 바라볼 수 있을까요? 어미 곁에서 보냈던 청순한 생활, 선천적으로 타고난 자질만 봐도 한눈에 멋진 아가씨라는 사실을 알 수 있는 저 아이의 운명이 이제는 어떻게 된단 말입니까? 때로는 저 아이가, 자신도 알 수 없는 이유로 깊은 생각에 잠겨 정원을 산책하는 경우도 있습니다. 눈에 눈물이 고여 있는 걸 본 적도 있습니다."

"저 아이도 스물하나니까요."라고 쿠르벨이 말했다.

"저 아이를 수녀원으로 보내야 하는 걸까요?"라고 남작 부인이 물었다. "이런 위기에 부딪치게 되면, 종교도 자연에 대해서 무기력해지는 경우가 많고 제아무리 경건한 신앙 속에서 자란 아이라 할지라도 분별력을 잃게 되는 법이니까요.…… 어쨌든 나가 주십시오, 쿠르벨 씨. 이제 저희 사이는 전부 끝이에요. 아시겠죠? 당신은 제게 소름이 돋게 만듭니다. 당신은 어머니로서의 마지막 소망까지도 뒤바꾸게 만들었습니다."

"하지만 만약 제가 그것을 다시 한 번 일으켜세운다면요?"라고 그가 물었다.

유로 부인은 가만히 쿠르벨을 바라봤으며, 그 넋이 나간 듯한 표정이 그의 마음을 움직였다. 하지만 그는 '당신은 제게 소름이 돋게 만듭니다' 라는 조금 전의 말을 이유로 그런 연민의 정을 가만히 억눌렀다. 정숙함이라는 덕행은 언제나 융통성이라는 걸 전혀 모르기 때문에 어려운 상황을 우회해서 **빠져나가는** 데 도움이 되는 미묘한 뉘앙스나 타협을 모르는 법이다.

"오르탕스 양처럼 아름다운 아가씨라 할지라도 요즘에는 지참금이 없으면 결혼을 시킬 수가 없으니까요."라고 쿠르벨은 다시 거만한 표정을 지으며 말을 이었다. "남편 입장에서 보자면 오르탕스 양과 같은 아가씨는 굉장한 미인에 속합니다. 돌보는 데 너무 많은 돈이 들기 때문에 사겠다는 사람이 선뜻 나서지 않는 사치스러운 말과 같은 거죠. 예를 들어서 그런 아내와 팔짱을 끼고 산책이라도 해 보십시오. 모든 사람들이 흘낏 흘낏 이쪽을 돌아보며 두 사람을 따라가 아내를 가로채고 싶다고 생각할 겁니다. 그런 성공은 새서방을 죽이고 싶지 않은 수많은 남편들을 초조하게 만드는 법입니다. 새서방을 죽인다고 해 봐야 결국은 한 명을 죽이는 게 고작일 테니까요. 지금 여러분이 처한 상황에서 따님을 결혼시킬 수 있는 방법은 세 가지밖에 없습니다. 저의 원조를 받아들이는 것, 하지만 별로 마음에 들지 않을 듯하지만! 또 하나는 이것입니다. 굉장한 부자로, 자식이 없고 앞으로 자식을 가질 마음도 없는 60세 정도의 노인을 찾는 것. 이건 힘든 일이지만 그런 노인들도 어딘가에는 있는 법, 얼마나 많은 노인들이 조제파와 같은 여자나 제니 카딘과 같은 여자의 뒤를 봐주고 있는지 알 수 없으니 합법적으로 그와 같은 멍청한 짓을 하는 노인도 전혀 없지는 않을 겁니다.…… 세레스틴이라는 딸과 두 손자만 없었다면 저라도 오르탕스 양과 결혼했을 겁니다. 이게 두 번째. 마지막이 가장 쉬운 방법입니다."

유로 부인은 얼굴을 들어 걱정스럽다는 표정으로 전 향수장수를 바라보았다.

"파리라는 도시는, 프랑스 땅에서 어린 나무가 쑥쑥 자라나듯, 온갖 정력적인 사람들이 모여드는 곳으로, 살 집조차 없는 재능이 풍부한 사람들, 무슨 일이든 할 수 있는, 한 재산 모을 수 있는 용기를 자진 사람들로 득실거리고 있습니다.…… 그렇습니다! 그런 남자들……(이렇게 말씀드리는 저도 예전에는 그런 사람 중 하나로 그런 사람들을 여럿 알고 있었습니다.…… 듀 티에가 예전에 무슨 일을 했었는지 아십니까? 지금으로부터 20년 전에 포피노가 무엇을 가지고 있었는지 아십니까?…… 두 사람 모두 빌로트 할아버지의 가게에서 뒹굴뒹굴하며 성공하고 싶다는 욕망 이외에는 그 어떤 자본도 가지고 있지 않았지만, 제 생각에는 그것이야말로 가장 훌륭한 자본에 필적하는 것입니다.…… 자본을 먹어치울 수는 있지만 자신의 기력을 먹어치울 수는 없는 법이니까요.…… 저는 또 무얼 가지고 있었습니까? 성공하고 싶다는 욕망, 용기뿐이었습니다. 지금 듀 티에는 거물 중의 거물들과 대등하게 사귀고 있습니다. 포피노의 아들이자, 롬베르 가에서 가장 큰 부자인 약재상 포피노는 대의사가 되었고 지금은 장관이 되지 않았습니까?……) 그렇습니다.속된 말로 하자면, 그와 같은 출자금이나 펜이나 붓을 든 떠돌이 무사들이야말로 이 파리에서 단 한 푼의 지참금도 없는 아름다운 아가씨와 결혼할 수 있는 유일한 사람들입니다. 그런 사람들이야말로 모든 용기를 다 가지고 있으니까요. 포피노 씨는 단 한 푼의 지참금도 받지 않고 빌로트의 딸과 결혼했습니다. 그런 녀석들은 정말 당돌하기 짝이 없습니다. 녀석들은 자신의 재산이나 능력을 믿고 있는 것처럼 연애라는 것도 믿고 있으니까요.…… 따님에게 반할 만한 정력적인 사내를 찾아보십시오. 그 녀석은 지금의 상황 같은 것에 연연하지 않고 따님과 결혼할 것입니다. 어떻습니까? 솔직히 말씀해 보십시오. 적치고는 저도 기특한 구석이 있지 않습니까? 이런 충고는 제게 손해가 되는 것이니까요."

"아아, 쿠르벨 씨. 친구로서 말씀을 하시는 거라면 그런 말도 안 되는 생각만은 버려 주세요!"

"말도 안 된다고요? 부인, 그런 식으로 비하하지 말아 주십시오. 거울을 한번 보세요.…… 저는 당신을 사랑합니다. 당신은 제 것이 될 것입니다. 저는 언젠가 유로 씨에게 이렇게 말하고 싶습니다. '당신은 저의 조제파를 가로채 갔습니다. 저는 당신의 부인을 손에 넣었습니다'라고요. 이게 예전부터 내려오는 복수의 규칙이라는 겁니다. 따라서 저는 당신의 얼굴이 눈뜨고 볼 수 없을 만큼 추하게 변하지 않는 한 제 계획을 달성하기 위해 최선을 다할 생각입니다. 제게는 승산이 있습니다. 이유는 이렇습니다."라고 그는 다시 한 번 거만한 태도로 유로 부인의 얼굴을 바라보며 말했다.

"당신은 노인을 찾아내지도 못할 거고, 사랑에 눈이 먼 청년을 찾아내지도 못할 겁니다."라며 한동안 사이를 두었다가 그가 말을 이었다. "왜냐하면 당신은 따님을 너무나도 사랑하기 때문에 늙은 색마를 낚기 위한 미끼로 그녀를 사용할 수도 없을 거고, 그렇다고 해서 유로 남작 부인, 전통 있는 근위 사단의 노련한 척탄병을 지휘하던 그 늙은 중장의 딸인 당신이 정력적인 남자를 그가 살고 있는 비천한 계층에서 끌어올려야겠다는 각오도 할 수 없을 테니까요. 그런 남자들은 실제로 지금의 백만장자들이 10년 전에는 기계공이었으나, 일개 공사 감독, 일개 공장장이었던 것처럼 일개 노동자에 지나지 않을지도 모릅니다.…… 그렇다면 당신은 따님이 스물이라는 젊음에 휘둘려서 당신의 명예를 더럽히는 행동을 할지도 모른다고 보고 틀림없이 이렇게 생각할 것입니다. '그보다는 차라리 내 명예를 더럽히는 편이 낫다. 쿠르벨 씨가 비밀만 지켜준다면 나는 딸의 지참금을 벌 수 있다. 그 장갑장수 출신…… 쿠르벨 영감에게 10년 동안만 다정하게 대해 주면 그 대가로 20만 프랑을 벌 수 있으니까.……'라고 말입니다. 이런, 마음 상하셨겠군요. 제가 한 말은 매우 비도덕적인 것이니까요. 그렇죠? 하지만 만약 당신이 억누르려 해도 억누르를 수 없는 정열에 휩싸였다고 가정한다면 당신도 역시 남자에 홀린 여자가 모두 그렇듯이 그럴 듯한 이유를 붙여서 제게 몸을 맡길 겁니다.……바로 그겁니다. 오르탕스 양을 생각하는 마음이 당신의 가슴속에서 그와 같은 이유를 만들어 내고 말 겁니다. 그런, 양심을 속이는 이유를요."

"오르탕스에게는 큰아버지가 계세요."

"누구 말입니까? 피셸 영감 말입니까?…… 사업을 정리하신 걸로 알고 있습니다. 역시 남작 때문에. 남작이라는 작자, 워낙 손에 닿을 만한 곳에 있는 돈 상자에는 전부 손을 대는 양반이니까요."

"유로 남작이……."

"이런, 부인. 남편께서는 벌써 늙은 중장님의 돈까지도 전부 다 써 버렸습니다. 그 돈으로 조금 전에 말씀드렸던 여가수의 집에 가구를 마련해 주었습니다. 어떻습니까? 이래도 제게 아무런 희망도 주지 않으시고 집으로 돌아가게 하실 생각이십니까?"

"이만 실례하겠습니다, 쿠르벨 씨. 저 같은 할머니 때문에 생긴 마음의 방황은 쉽게 잊을 수 있을 거예요. 그리고 틀림없이 기독교적인 사고로 돌아가시게 될 거예요. 신께서는 불행한 사람을 지켜주시니까요."

남작 부인은 대위를 그대로 돌려보내기 위해 자리에서 일어나 그를 응접실 쪽으로 밀어 냈다.

"이렇게도 아름다운 유로 부인이 이렇게 초라한 곳에서 살아야 하는 겁니까?"

이렇게 말하며 그는 낡은 램프, 금박이 벗겨진 촛대, 융단의 터진 곳 등, 다시 말해서 하얀 색과 붉은 색과 금빛으로 둘러싸인 이 널따란 객실을, 화려했던 제정 시대 생활의 잔해처럼 보이게 하는 부유한 생활의 여러 참담한 흔적을 가리켰다.

"쿠르벨 씨, 정숙함이라는 것이 이 모든 것들 위에서 빛나고 있습니다. 저는 당신께서 칭찬해 주신 미모라는 것을 '늑대를 노리는 덫, 백 스우의 화폐로 고양이를 유혹하는 덫'으로 삼아서까지 훌륭한 가구를 들여 놓게 하고 싶지는 않아요."

대위는 조금 전 조제파의 탐욕스러움을 비난하기 위해서 자신이 그와 똑같은 표현을 사용했었다는 사실을 깨닫고는 입술을 지그시 깨물었다.

"대체 누구를 위해서 그렇게 고집을 부리고 계신 겁니까?"라고 그가 물었다.

그때 남작 부인은 향수장수 출신 사내를 문이 있는 곳까지 내쫓은 상태였다.

"정욕에 눈이 먼 사람을 위해서가 아닙니까?"라고 그는 품행이 단정한 백만장자처럼 화난 표정을 지으며 덧붙였다.

"만약 말씀하신 대로라면 쿠르벨 씨, 그건 제 정절에도 조금은 가치가 있다는 걸 증명하는 것일 뿐입니다."

그녀는 마치 귀찮게 따라붙는 남자를 내쫓기라도 하는 듯한 태도로 인사를 한 뒤 대위를 혼자 남겨둔 채 획 하고 등을 돌렸기 때문에 그가 마지막으로 다시 한 번 거만한 태도를 취하는 것을 볼 수가 없었다. 조금 전에 닫았던 문들을 열러 갔기 때문에 쿠르벨이 그녀에게 작별인사를 할 때 보인 위협적인 몸짓은 전혀 깨달을 수가 없었다. 그녀는 콜로세움에서의 여자 순교자처럼 도도하고 당당한 기품을 내보이며 걸었다. 하지만 체력을 전부 소진해 버렸고, 그 증거로 마치 당장이라도 정신을 잃을 것 같은 여자처럼 그녀의 파란 침실에 있는 등받이가 없는 긴 의자에 앉아, 딸이 사촌 베트와 재잘재잘 이야기를 하고 있는, 무너져 가는 정자 쪽을 바라보며 그대로 가만히 있었다.

결혼 직후부터 지금까지 그녀는 조제핀이 나폴레옹을 사랑하게 되었을 무렵의 그 사랑과 마찬가지로, 찬탄에 넘치는 애정, 모성적인 애정, 답답할 정도로 맹목적인 애정으로 남편을 사랑해 왔다. 쿠르벨이 조금 전 그녀에게 가르쳐준 것과 같은 자세한 사정까지는 몰랐지만, 그녀도 20년 전부터 남편이 자신에 대해 부정한 행동을 저지르고 있었다는 사실은 알고 있었다. 그래도 그녀는 자신의 눈앞에 납으로 된 두꺼운 막을 두르고 있었으며, 마음속으로는 울고 있었지만 그를 비난하는 말을 입 밖으로 낸 적은 없었다. 그처럼 천사와도 같은 다정함에 대한 보답으로 그녀는 남편의 존경과 마치 신을 대하는 듯한 주위 사람들의 숭배를 얻을 수 있었다.

아내가 남편에게 쏟아 붓는 애정이나, 그녀가 남편에게 바치는 존경은 저절로 다른 가족들에게도 옮아간다. 오르탕스는 자신의 아버지야말로 흠잡을 데 없는 부부애의 표본이라고 믿고 있었다. 유로의 아들은 모든 사람들이, 나폴레옹을 보좌했던 걸출한 인물 중 하나라고 생각하고 있던 아버지에 대한 찬탄 속에서 자랐기 때문에 자신이 지금 얻은 지위도 아버지의 이름, 신분, 인망 덕분에 얻은 것이라는 사실을 잘 알고 있었다. 따라서 쿠르벨이 폭로한 것과 같은 그런 비도덕한 행동을 알고 있었다 할지라도, 그는 그런 문제에 대한 남자 특유의 생각에서 유추해 낸 이유를 붙여 그것을 관대한 시선으로 바라봤을 것임에 틀림없다.

여기서 잠깐 이 아름답고 기품 있는 여자의 놀라운 헌신에 대해서 이야기해 둘 필요가 있을 것이다. 다음이 극히 간추려서 요약한 그녀의 신상에 관한 이야기다.

보주 산맥의 기슭, 로렌 주의 국경에 가까운 곳에 위치하고 있는 마을에 피셸이라는 이름을 가진 세 형제가 있었는데, 일개 농부에 지나지 않았지만 공화정부의 징집 명령에 따라 출정하여 라인 군이라 불리는 곳에 몸을 담았다.

형제 중 두 번째로 유로 부인의 아버지인 안드레는 1799년에 아내를 잃고, 1797년에 입은 상처 때문에 복무를 할 수 없게 된 형 페르 피셀에게 딸을 맡기고 군수품 수송의 부분적인 청부와 같은 사업을 시작했다. 그것은 지불명령관인 유로 델비의 비호 덕분에 얻은 일이었다. 우연이라고는 하지만 상당히 그럴 듯한 우연으로 인해 유로는 스트라스부르에 갔을 때 피셀 일가를 만나게 되었다. 애들린의 아버지와 그의 동생은 당시 알자스 지방에 말의 먹이를 납품하는 일을 맡고 있었다.

　애들린은 당시 열여섯 살이었는데 그녀 역시 로렌 지방 출신으로, 세상에 널리 알려진 뒤 바리 부인(루이 15세의 애첩. ― 역자 주)에게도 뒤지지 않을 만한 아가씨였다. 그 흠잡을 데 없이 보는 사람으로 하여금 망연하게 만드는 미인, 대자연이 특별히 신경을 써서 제조한 탈리엥 부인(프랑스 혁명 당시 유명했던 탈리엥의 아내로, 제정하에서 가장 유명했던 미인 중 하나. ― 역자 주)과 같은 부류의 여성 중 한 명이었다. 그런 여자들에게 자연은 몸매나, 기품이나, 우아함이나, 섬세함이나, 단정한 아름다움, 눈에 띄게 아름다운 피부, 우연히 제작에 몰두하고 있는 그 미지의 아틀리에에서 빚어 낸 피부 빛 등과 같은 가장 귀중한 선물을 아낌없이 준다. 그와 같은 미인들에게는 모두 비슷한 공통점이 있다. 그 초상화가 브론치노(16세기 피렌체의 화가. ― 역자 주)의 걸작으로 알려진 비안카 카펠라나, 장 구종(16세기 프랑스의 조각가. ― 역자 주)의 비너스의 모델이 된 유명한 디안느 드 포아티에(16세기의 미녀로 앙리2세의 애첩이 되었다. ― 역자 주)나, 현재 도리아 미술관에 초상화가 남아 있는 시뇰라 올림피아, 혹은 니논(니논 드 랑클로. 17세기 프랑스의 미녀. ― 역자 주), 뒤 바리 부인, 탈리엥 부인, 조르주 양(발자크 시대에 활약했던 여자 비극배우. ― 역자 주), 레카미에 부인(왕정 복고 시대에 유명했던 여성. ― 역자 주) 등과 같이 격렬한 사랑이나 과도한 쾌락에 넘친 일생에는 관여하지 않고, 나이를 먹어서도 미모를 잃지 않았던 여성들에게는 모두 몸매나 골격, 아름다움의 특징 속에 놀랄 만큼 비슷한 점이 있는데, 세대에서 세대로 연결되어 있는 대양 속에는 고혹적인 해류가 하나 있어, 모두가 같은 바닷물의 딸들인 이런 비너스들은 모두 그곳에서 탄생하는 것이라고 생각될 정도다.

그런 여신의 일족들 중에서도 가장 아름다운 사람 중 하나였던 애들린 피셸은 온갖 수많은 성질, 탄력적이고 부드러운 몸매, 여왕답게 태어난 여자 특유의 놀라울 정도로 부드러운 피부를 갖추고 있었다. 우리 인류의 어머니인 이브가 신에게서 받은 금빛 머리카락, 황제의 비와도 같은 몸매, 위엄에 넘쳐나는 몸짓, 신비하게 보일 정도인 옆얼굴의 윤곽, 엄격한 교육에 의한 음전함 등과 같은 것이 그녀가 지날 때마다, 예술가들이 라파엘로의 그림을 보고 매혹되는 것처럼, 모든 남자들을 매료시켜 멈춰 서게 했다. 그랬기 때문에 지불명령관은 그녀를 보자마자 단번에 법률로 규정되어 있는 유예기간을 두고 애들린 피셸 양을 자신의 아내로 삼아 피셸 일가를 놀라게 했지만 그들은 모두 그 상사에게 한없이 감복하고 있는 사람들뿐이었다.

1792년에 소집되어 비상부르 방어선의 공격에서 중상을 입은 큰형은 나폴레옹 황제를 숭배하여, 무릇 제국 대군단에 관계가 있는 일이라면 무슨 일이든 최선을 다했다. 안드레와 조안도 황제의 마음에 들었고, 그들에게 행운을 가져다준 은인 유로 지불명령관에 대해서 이야기할 때는 존경의 마음을 담아 이야기했는데 그도 그럴 것이 유로 델비가, 그들이 명석하고 정직한 것을 알아보고 그들을 일개 수송병에서 발탁하여 한 군수조달기관의 수뇌부에 앉혔기 때문이다. 피셸 형제는 1804년까지 그 자리에 있는 동안 최선을 다해서 일했다. 그 전쟁이 끝나자 유로는 그들을 위해서 앞서도 말한 바 있는 알자스 지방에 말먹이를 납품하는 일을 하게 해 주었는데, 설마 자신도 그 후인 1806년에 어떤 일을 준비하기 위해서 스트라스부르로 파견될 줄은 꿈에도 몰랐던 것이다.

시골의 젊은 아가씨에게 있어서 이 결혼은 그야말로 성모승천과도 같은 기적이었다. 아름다운 애들린은 한걸음에, 자기 마을의 진흙탕 길에서 천국과도 같은 궁정으로 날아올랐다. 실제로 지불명령관은 주계부(主計部) 중에서도 가장 성실하고 가장 적극적으로 일하는 사람이었기 때문에 남작 칭호를 받고 황제의 측근이 되어 근위사단의 호위를 받게 된 것이었다. 이 아름다운 시골 아가씨는 말 그대로 남편에게 목을 매고 있었기 때문에 남편에 대한 애정에서, 자신의 교육을 처음부터 완전히 다시 시작하겠다는 용기를 보였다.

수석 지불명령관도 역시 남자로서는 여자 애들린에게 아주 잘 어울리는 미남이었다. 뛰어난 미남이라는, 행운을 타고 난 남자 중 한 명이었다. 키가 크고 체격도 늘씬하고 금발이었으며, 파란 눈은 도저히 저항할 수 없을 것 같은 날카로운 빛, 생생한 움직임, 기묘한 빛깔을 보이는 우아한 용모였기 때문에 그는 도르세(백작. 런던에서 오랫동안 생활한 왕정복고 시대의 유명한 멋쟁이. ― 역자 주), 포르방(화가, 고미술연구가, 미술행정가로 당시 활약했다. ― 역자 주), 우브랄(금융가로서 성공한 후 영국에서 숨어 살았다. ― 역자 주) 등과 같은, 다시 말해서 제정 시대의 미남들 중에서도 특히 눈에 띄는 사람이었다. 순식간에 여자를 매혹시켜 버리는 남자, 여자에 관해서는 집정관 시대적인 사고가 뼛속까지 스며들어 있는 사람이었지만 그런 그의 여성 편력도 이 무렵만은 아내에 대한 애정 덕분에 상당히 오랫동안 중단되어 있었다.

바로 그랬기 때문에 애들린에게 있어서 남작은, 애당초 과오를 범할 리가 없는 신과도 같은 존재였던 것이다. 그녀의 모든 것은 그 덕분에 생긴 것이었다. 재산이라는 면에서 말하자면, 마차가 있었으며 저택이 있었고 당대의 온갖 사치품이 있었다. 행복이라는 면에서 말하자면, 그녀는 남편을 더할 나위 없이 사랑했다. 신분이라는 면에서 말하자면, 남작부인이었다. 게다가 명성까지 있어서 파리에서 그녀는 아름다운 유로 부인이라는 이름으로 불리고 있었다. 또한 그녀는 황제의 호의를 거절하는 명예도 누렸는데, 황제는 그녀에게 다이아몬드 목걸이를 보내고 그 후에도 그녀를 눈여겨보았다. 즉, 자기 뜻대로 하지 못한 여자를 만약 다른 사람이 꺾는다면 복수할 수도 있다고 생각한 사람처럼 '그런데 아름다운 유로 부인은 여전히 정숙하신가?' 라며 때때로 그녀를 방문했던 것이었다.

따라서 이처럼 소박하고 순수하며 아름다운 영혼을 가진 유로 부인이 남편에 대한 애정에 가미한 그런 광신적인 동기가 어디에서부터 온 것인지를 밝혀내기에 그렇게 머리를 짜낼 필요는 없을 것이다. 남편이 자신에 대해서 잘못된 행동을 할 리가 절대로 없을 것이다라고 스스로 다짐한 뒤, 그녀는 마음속으로 오늘의 자신을 있게 해준 남편에 대해서 겸손하고 헌신적이고 맹목적인 하인이 되기로 결심했다. 게다가 그녀는 훌륭한 양식, 그야말로 그녀의 교육을 견고한 것으로 만들어 준 그 하층민 특유의 양식도 그녀에게 커다랗게 작용했음을 알아두시기 바란다. 사교계에서 그녀는 말수가 적었으며, 다른 사람의 험담도 하지 않았고, 사람들의 시선을 끌려고도 하지 않았다. 무슨 일이든 신중하게 숙고했으며, 사람들의 말에 주의 깊게 귀를 기울였고, 가장 세련된 여자들, 가장 유서 깊은 집안에서 태어난 여자들을 본보기로 삼아 행동했던 것이다.

1815년에 유로는 절친한 친구 중 한 명인 비상부르 공작과 행동을 같이 했는데 벼락치기로 군대를 만들기에 분주했지만 워털루에서의 패전이 나폴레옹의 서사시적인 위업에 종지부를 찍게 만들었다. 1816년에는 펠트르 육군 장관에게 가장 커다란 미움을 사게 되었으며, 1823년이 되어서야 스페인과의 전투에서 그가 반드시 필요했기 때문에 간신히 주계부에 재등용되었을 정도였다.

1830년 루이 필립(루이 16세의 사촌 동생. 오를레앙 공의 아들. — 역자 주)이 구 나폴레옹 군의 군인들에 대해서 일종의 징병조치를 취했을 때 그는 장관의 부관으로 다시 군정에 등장하게 되었다. 부르봉 왕조의 분가 출신인 루이 필립이 즉위한 이후, 남작은 그의 열렬한 협력자였기 때문에 육군성에서는 없어서는 안 될 국장의 자리에 계속 앉아 있었다. 게다가 그는 원수장(元帥杖)까지 받았기 때문에 국왕도 그를 장관에 임명하거나 왕이 선택한 귀족원 의원으로라도 만들어 주지 않는 한 더 이상 해줄 것이 아무것도 없었다.

1818년에서 1823년까지는 한가했기 때문에 유로 남작은 여자들을 상대하는 일에 복귀를 했었다. 유로 부인은 남편 엑토르가 피운 처음의 몇몇 바람을 제정 시대의 화려한 종막을 알리는 것이라고 생각하고 있었다. 그랬기 때문에 부인은 집안에서 12년 동안 경쟁상대가 없는 프리마 돈나 아소르타(명실상부한 프리마 돈나. — 역자 주)의 역할을 수행해 왔던 것이었다. 그녀는 지금도 여전히, 아내가 다정하고 정숙한 반려로서의 역할에 만족할 때 남편들이 아내에 대해서 품는 그 뿌리 깊고 벗어나기 어려운 애정을 향수하고 있었기 때문에 제아무리 깊은 애정을 가진 여자라 할지라도 그녀가 한마디만 비난을 퍼부으면 두 시간도 견디지 못할 것이라는 사실을 알고 있었다. 하지만 그녀는 눈을 감고 귀를 막아 남편의 밖에서의 행동을 모르는 척하려 노력했던 것이었다. 그리고 그녀는 사랑하는 엑토르를 마치 어리광을 피우는 아들을 대하듯 했다. 지금의 대화가 있기 3년 전, 오르탕스가 바리에테 극장에서 제니 카딘과 함께 일층 앞자리에 앉아 있는 남편의 모습을 발견하고 '어머, 아버지예요'라고 외쳤던 적이 있었다.

"네가 잘못 본 거다. 아버지는 지금 원수님 댁에 계셔."라고 남작 부인은 대답했다.

부인도 틀림없이 제니 카딘의 모습을 보기는 했지만 상대방이 그렇게 미인이었음에도 불구하고 가슴 조이는 슬픔을 느끼기는커녕 오히려 마음속으로 이렇게 중얼거렸다. ─ '저 몹쓸 엑토르 양반, 틀림없이 아주 행복하겠지' 그래도 역시 그녀는 괴로웠으며 남 몰래 무시무시한 분노의 발작을 일으켰다. 그래도 다시 사랑하는 엑토르를 만나면 그때마다 12년 간의 흠잡을 데 없는 행복한 생활이 눈꺼풀 위로 떠올라 단 한마디의 불평을 털어놓을 기력도 잃어버리고 마는 것이었다. 차라리 남작이 자신을 모든 속내를 털어놓고 이야기하는 상대로 대해 줬으면 좋겠다는 생각까지 들었다. 하지만 그녀는 남편에 대한 존경심 때문에 자신도 그의 염문 정도는 알고 있다는 사실을 한 번도 남편에게 깨닫게 해 줄 용기가 나지 않았다. 이처럼 극단적인 배려는 맞아도 되갚을 줄 모르는 서민 계급의 아름다운 아가씨들 사이에서밖에 볼 수 없는 것이다. 그녀들은 혈관 속에 초기 기독교 순교자들의 피를 담고 있다. 좋은 집안에서 태어난 여자들은 남편과 대등하기 때문에 남편을 괴롭히고 싶다, 마치 당구에서 득점을 헤아리는 듯한 악마적인 복수심으로 설사 관대한 시선으로 볼 때라 할지라도 일일이 신랄한 언어로 기록하여 우월감이나 보복의 권리를 확보해 두고 싶다는 욕구를 느끼게 되는 법이다.

남작 부인에게는 시아주버님이 되는 유로 중장, 지난날 제국 근위사단 소속 척탄병의 존경할 만한 대장으로, 이후 말년에 원수장을 받게 되는 유로 중장이라는 열렬한 숭배자가 있었다. 이 노인은 1799년 및 1800년 그가 무훈을 떨칠 때의 무대였던 브르타뉴 각 지역을 관할하는 사단장으로 1830년에서 1834년까지 근무한 뒤 파리로 나와 자신이 늘 아버지와 같은 변함없는 애정을 쏟아 부었던 동생의 집과 멀지 않은 곳에 주거를 정했다. 이 노병은 자신의 제수씨와 마음이 잘 맞았다. 그는 자신의 제수씨를 여자 중에서도 가장 기품 있고 가장 청순한 여자라고 찬탄했다. 그는 끝끝내 결혼을 하지 못했는데 그도 그럴 것이, 애들린과 같은 여성을 만나려고 스무 개의 나라 스무 개의 전장을 돌아다니며 살펴보았지만 결국 찾아내지 못했기 때문이었다. 나폴레옹이 '저 유로라는 성실한 사내는 가장 굳건한 공화주의자지만 나를 배신할 염려는 없다'고 평가한, 그점에 있어서는 흠잡을 데도 오점도 없는 이 늙은 공화주의자의 영혼에 신용을 잃지 않기 위해서라면 애들린은 조금 전 그녀를 몰아세웠던 것보다 훨씬 더 혹독한 괴로움조차도 기꺼이 견뎌냈을 것이다. 하지만 72세가 되었으며 30회에 걸친 야전으로 체력을 소진하고, 27회째의 워털루에서 부상을 입은 이 노인은, 애들린의 숭배자일 수는 있었지만 보호자일수는 없었다. 이 가엾은 백작은 몸의 다른 곳도 여기저기 쇠약해졌지만, 특히 손을 모아 귓가에 대고 이야기하지 않으면 다른 사람의 말을 알아들을 수가 없었다.

유로 델비 남작이 미남이었을 때, 그의 여성 편력은 재산에 아무런 영향도 주지 않았다. 하지만 쉰 살이 되고 보니 맨입으로는 여자의 호의를 살 수 없게 되었다. 남자의 경우 그 나이가 되면 연애는 나쁜 습관으로 변해 버린다. 거기에 분별없는 허영심이 섞여 들기 시작한다. 그랬기 때문에 그 무렵 애들린은, 남편이 몸을 치장하는 데 믿을 수 없을 정도로 잔소리를 하게 되었으며 머리카락이나 턱수염을 염색하고 복대와 코르셋까지 착용한다는 사실을 깨달을 수 있었다. 무슨 일이 있어도 끝까지 미남으로 남으려 하는 것이었다. 그처럼 용모를 가꾸기에 혈안이 되어 있는 사람을 예전에는 신랄한 비아냥거림으로 조롱했지만 지금은 그가 한심할 정도로 세세한 부분까지 철저하게 지켰다. 결국 애들린은 남작 정부들의 발밑을 흐르는 황금의 강이 다름 아닌 자신의 집을 근원으로 흐르고 있다는 사실을 깨달았다. 지난 8년 간 어마어마한 재산을 탕진했으며 그것도 뿌리까지 완전히 뽑아버렸기 때문에, 2년 전에 아들을 결혼시킬 때 남작은 아내에게 지금은 봉급만이 유일한 재산이라는 사실을 자백하지 않을 수 없었다.

"그렇다면 이제 우리는 어떻게 되는 거죠?"라는 것이 애들린의 대답이었다.

"걱정하지 마."라고 참사원 의원은 대답했다. "내 지위에서 나오는 수입은 전부 당신에게 맡기고, 오르탕스의 결혼이나 우리의 장래를 위한 돈은 사업을 일으켜 어떻게든 마련해 볼 테니."

남편의 권력이나 뛰어난 기량, 능력과 성격에 대한 그녀의 깊은 신뢰가 그와 같은 한순간의 불안마저도 지워 버렸던 것이었다.

4

자, 이만큼 얘기했으니 쿠르벨이 떠난 뒤의 남작 부인의 생각이 어떤 성질의 것이었는지, 어떤 눈물을 흘렸는지 전부 추측할 수 있을 것이다. 이 가엾은 여자는 자신이 2년 전부터 나락의 밑바닥에 있다는 사실을 알고 있었지만 거기에 있는 것은 자신 혼자뿐이라고 생각했다. 그녀는 아들의 결혼이 어떤 식으로 해서 맺어지게 됐는지 알지 못했다. 엑토르와 탐욕스러운 조제파와의 정사도 알지 못했다. 그리고 마지막으로 이 세상의 누구도 자신의 번뇌 같은 건 알지도 못할 것이라고 생각했다. 그러나 남작의 방탕함을 이야기하는 쿠르벨의 어투는 틀림없이 무례하기 짝이 없는 것이었지만, 지금 엑토르는 그녀의 존경심을 잃게 될지도 몰랐다. 오기를 부리고 있는 향수장수 출신 사내의 비열하기 짝이 없는 이야기만 들어도, 그녀는 청년 변호사의 결혼의 계기가 된 혐오스러운 친분이 어떤 것인지 대충 짐작할 수 있었다. 두 사람의 몸을 망가뜨린 여자가 이번

혼인의 여사제가 되었고 그 이야기는 주지육림의 향연 속에서, 고주망태가 된 두 노인의 혐오스러운 친분 속에서 나온 것이었다.

"결국 그 사람은 오르탕스를 잊고 있는 거야!"라고 그녀는 중얼거렸다. "그 아이를 매일 만나고 있는데도. 아니면 그 아이의 남편도 그런 변변찮은 여자들 사이에서 찾아올 생각이란 말인가?"

이때만은 오로지 아내보다도 강한 어머니만이 입을 놀렸는데, 그것도 오르탕스가 사촌 베트와 함께 그 거침없는 청춘의, 광기 어린 것 같은 웃음으로 웃는 모습이 그녀의 눈에 보였기 때문으로 부인에게는 그런 신경질적인 웃음이야 말로 혼자서 정원을 산책할 때의 눈물 어린 몽상만큼이나 무시무시한 징후라는 사실을 알고 있었다.

오르탕스는 어머니를 닮아 금발에 선천적으로 곱슬곱슬한, 놀랄 정도로 숱이 많은 머리를 가지고 있었다. 피부 빛은 진주조개를 떠올리게 했다. 그녀가 성실한 결혼의 열매, 왕성하고 기품 넘치고 청순한 애정의 열매였다는 사실은 불을 보듯 뻔히 알 수 있었다. 표정의 정열적이고 기민한 움직임, 얼굴을 비추는 알 수 없는 밝음, 발랄한 생기, 넘치는 건강 등과 같은 것이 그녀의 외면에 진동을 일으켜 전파를 발생하게 하는 것이었다. 오르탕스는 사람들의 눈을 끌었다. 그녀의 눈으로 흘러든 순결함이라는 액체 속을 떠다니는 군청색 푸른 눈동자가 지나가는 사람 위에 멈춰서면 상대방은 자신도 모르게 몸서리를 쳤다. 게다가 이처럼 강렬한 금발을 가진 사람이 젖빛 하얀 피부에 대한 대가로 가지고 있기 마련인 주근깨조차도 그녀의 매끄러운 피부를 어디 한 곳 손상시키지 않았다. 키가 크고 통통하기는 했지만 뚱뚱하지는 않았으며, 기품이라는 점에서는 어머니에게도 뒤지지 않을 만큼 매끈한 몸매를 가지고 있는 그녀는, 고대의 작가들이 남용한 여신이라는 칭호를 받을 만한 자격이 얼마든지 있었다. 따라서 거리에서 오르탕스를 본 사람이라면 누구나 '굉장하군! 정말 아름다운 아가씨야!'라는 감탄사를 억누를 수가 없었다. 참으로 순진무구함 그 자체였던 그녀는 집으로 돌아오면 이렇게 말하곤 했다.

"모두들 대체 왜 그러는 걸까? 정말 아름다운 아가씨야! 어머니랑 같이 있는데, 어머니가 훨씬 더 아름답잖아?"

실제로 마흔일곱이 넘었다고는 하지만 석양을 즐기는 애호가라면 딸보다 남작 부인을 선택할지도 모를 일이었다. 왜냐하면 여자들의 말을 빌리자면 그녀는 자신의 이점을 조금도 잃지 않았기 때문으로 이는 매우 진귀한, 특히 파리에서는 거의 찾아볼 수 없는 현상이었다. 파리에서는 니논이 17세기에 굉장한 평판을 불러일으킨 적이 있었는데 그만큼 추녀들의 몫을 가로챈 것 같은 느낌을 주었다.

딸에 대해서 생각하고 있자니 남작 부인은 다시 아버지에 대해서도 생각하게 됐고, 그가 날이 갈수록 몰락하여, 한 단 한 단 떨어져 결국에는 사회의 시궁창으로까지 전락하고 언젠가는 육군성에서도 파면 당하게 될 모습이 눈에 보이는 듯한 느낌이었다. 이 가엾은 여자에게 있어서, 우상이 무너져가는 것이라는 생각과 거기에 더해서 쿠르벨이 예언한 갖가지 불행에 대한 희미한 환상은 너무나도 가혹한 것이었기 때문에 그녀는 마치 황홀경에 빠진 접신자(接神者)처럼 실신을 하고 말았다.

오르탕스의 이야기 상대를 하고 있던 사촌 베트는 언제쯤이나 되어야 살롱으로 돌아갈 수 있을지 때때로 이쪽을 훔쳐보고 있었다. 하지만 조금 전 남작 부인이 유리문을 열었을 때는 오르탕스가 정신없이 질문을 퍼부으며 그녀를 놀렸기 때문에 그 사실을 깨닫지 못했었다.

이 리즈베트 피셸은 큰형의 딸로 남작 부인보다 다섯 살 어렸지만, 입이 찢어지는 한이 있어도 사촌 언니와 같은 미인이라고는 말할 수 없었다. 그랬기 때문에 예전에는 무서울 정도로 애들린을 질투했었다. 질투가 '기교(奇矯)한 성격'으로 넘쳐나는 그녀의 성격—이 '기교한 성격

(Excentricities)' 이라는 말은 비천한 사람들이 아닌 고귀한 신분을 가진 사람들의 미친 짓을 표현하기 위해서 영국 사람들이 찾아낸 말이라고 하는데―, 그런 그녀의 성격의 기조를 이루고 있었다. 온갖 의미에서 말 그대로 보주의 시골 처녀로, 깡마른데다 피부는 갈색, 머리카락은 번쩍번쩍 빛나는 흑발, 눈썹은 짙고 숱이 많아서 다발을 이루고 있었고, 팔은 길고 단단했으며, 다리는 두꺼웠고, 원숭이를 꼭 빼닮은 길고 가느다란 얼굴에는 사마귀가 몇 개 있었다. ―바로 이것이 이 독신녀의 간단명료한 초상이었다.

함께 살고 있던 일족들이 아름다운 아가씨를 위해서 속되게 생긴 아가씨를, 눈부실 정도로 아름다운 꽃을 위해서 신맛 나는 열매를 희생시켰던 것이다. 사촌 언니를 애지중지 여기는 동안 리즈베트는 밭에서 일을 했다. 그랬기 때문에 어느 날, 애들린이 혼자 있는 것을 보고 그녀는, 나이 든 여자들이 입에 침이 마르도록 칭찬을 하는 그리스 여신의 코를 뜯어내려고 한 적이 있었다. 그 장난 때문에 매를 맞았지만 그래도 그녀는 포기하지 않고 사촌 언니의 옷을 찢기도 하고 레이스 장식이 달린 옷깃을 엉망으로 만들어 놓기도 했다.

사촌 언니가 엄청나게 멋진 결혼을 했을 때는 마치 나폴레옹의 형제자매가 그의 황제로서의 위광과 권력의 어마어마함 앞에 굴복한 것과 마찬가지로 그녀 역시 그 운명 앞에 굴복하고 말았다. 더할 나위 없이 친절하고 다정한 애들린이 파리에서 리즈베트를 떠올리고, 그녀를 결혼시켜 가난한 처지에서 구원할 생각으로 1809년 무렵에 그녀를 파리로 불러들였다. 이 검은 눈을 가진, 숯덩이 같은 눈썹을 가진, 글도 모르는 아가씨를 애들린이 생각한 것처럼 빨리는 결혼시킬 수 없다는 사실을 깨달았기 때문에 남작은 우선 그녀에게 기술을 가르치기로 했다. 그는 리즈베트를 궁정에 출입하는 유명한 자수업자인 퐁스 형제의 가게로 보내 거기서 먹고 자며 일을 배우게 했다.

　리즈베트를 줄여서 사촌 베트라 부르게 되었고, 금은 장식의 실을 만드는 여공이 된 그녀는 산골에서 태어난 사람답게 정력적인 여자였기 때문에 글과 계산을 배우겠다는 용기를 내보였다. 왜냐하면 사촌 형부인 남작이 그녀에게, 자수 가게를 가지려면 그와 같은 지식이 얼마나 중요한지를 증명해 보였기 때문이었다. 그녀는 돈을 벌고 싶었다. 그녀는 2년 만에 완벽하게 변모했다. 1811년이 되자 지난 날 시골 아가씨였던 그녀는 매우 상냥하고 상당히 활발하고 머리가 좋은, 여공들의 우두머리가 되었다.

　금은 장식의 실이라고 불리는 이 부문은 견장, 검의 끈, 장식 끈 외에도 프랑스 육군의 화려한 군복이나 문관들의 예복을 수놓는 그 어마어마한 양의 번쩍이는 것 전부를 포함하고 있다. 무엇보다도 화려한 복장을 좋아하는 이탈리아 인으로서, 황제는 자기 부하들의 모든 봉제품 위에 금은으로 자수를 놓게 했으며 그의 대제국에는 133개라는 관할 지역이 있었다. 돈 많고 믿을 만한 사람들인 양복점 주인이나, 혹은 직접 고관들에게 매우 지속적으로 계속되고 있는 이 상품의 납품은 상당히 탄탄한 상업 중 하나였다.

　퐁스 상회에서 가장 솜씨가 좋은 여공으로 제품의 제조를 감독하고 있던 사촌 베트가 이제는 가게를 내도 되겠다 싶던 바로 그때, 나폴레옹 제국이 무너지는 대사건이 일어나고 말았다. 부르봉 왕가 사람들이 손에 쥐고 있던 평화의 감람나무가 리즈베트를 겁먹게 만들었는데, 그녀는 육군의 대대적인 축소는 물론 지금까지 단골이었던 133개 관할지역이 86개로 줄어들어 이 장사도 불경기를 맞게 되는 게 아닐까 걱정을 하게 되었다. 게다가 장사에는 늘 따라붙기 마련인 불운이라는 것도 두려움의 대상이었기 때문에 그녀는 남작의 도움을 거절했고, 남작은 그녀가 미친 것이 아닐까 생각했다. 남작은 그녀를, 퐁스 상회의 주식을 사들인 리베 씨의 공동 경영자로 삼으려 했었는데 그녀는 바로 그 리베 씨와도 싸움을 해서 미쳐버린 것이 아닐까 하는 남작의 염려에 더욱 확고한 근거를 제공했으며, 평범한 여공으로 되돌아가 버리고 말았다.

피셸 일가는 유로 남작이 간신히 구출해 주었음에도 불구하고 그 무렵에는 예전처럼 다시 내일조차도 알 수 없는 불안한 처지로 전락하고 말았다.

퐁텐블로의 파국(나폴레옹은 1814년 4월, 이곳에서 퇴위했다. ― 역자 주) 때문에 일거리를 잃은 피셸 삼 형제는 자포자기의 심정으로 1815년, 의용군에 가담했다. 큰형, 즉 리즈베트의 아버지는 전사했다. 애들린의 아버지는 군법회의에서 사형을 선고받았지만 독일로 탈주하여 1820년에 트리어(독일 서부에 위치한 도시. ― 역자 주)에서 숨을 거뒀다. 막내인 조안은, 들리는 소문에 의하면 식사를 할 때는 금은으로 만든 나이프와 포크만 사용하고, 사람들 앞에 나설 때면 머리와 목에 개암만큼 커다란, 황제가 보낸 다이아몬드를 반드시 착용한다는 일족의 여왕 애들린을 찾아와 울며 매달렸다. 당시 마흔세 살이었던 조안 피셸은 남작으로부터 1만 프랑이라는 돈을 받아 베르사유에서 말먹이를 납품하는 조그만 사업을 시작했는데, 그것도 전 주계감이 아직 그곳에 남아 있던 친구들의 은밀한 알선으로 육군성으로부터 손에 넣은 것이었다.

이와 같은 일족의 불행, 유로 남작의 실직, 파리를 지옥으로도 천국으로도 만드는 인간과 이해(利害)와 거래의 거대한 운동 속에서 어차피 자신은 번듯한 인물이 될 수 없다는 확신 같은 것이 베트를 굴복시켰다. 그리고 이 아가씨는 사촌 누나가 여러 가지 면에서 자신보다 앞선다는 사실도 통감하고 있었기 때문에 그녀와 다툰다거나 그녀와 자신을 비교하겠다는 등의 생각을 버리게 되었다. 그럼에도 불구하고 선망에 대한 기대만은 마치 페스트균—일단 그것을 넣어 가둬 둔 솜이나 꾸러미의 뚜껑을 열면 단번에 퍼져 한 마을 전체를 초토화시키는 페스트균—처럼 마음 깊은 곳에 숨겨진 채로 있었다. 분명 그녀도 때로는 이렇게 중얼거렸다.

"애들린과 나는 같은 일족이고 우리의 아버지들은 형제야. 그런데도 언니는 훌륭한 집에서 살고, 나는 다락방에서 살아야 하다니."

하지만 매번 생일이나 신년이 찾아오면 리즈베트는 남작 부인과 남작으로부터 선물을 받았다. 특별히 그녀에게는 매우 친절한 남작이 겨울이면 연료비를 대신 내 주었다. 나이 든 유로 장군은 특정한 날이면 그녀를 저녁 식사에 초대했으며, 사촌 언니네 식탁에는 언제나 그녀의 자리가 준비되어 있었다. 분명 그녀를 놀리기는 했지만 그 누구도 그녀가 친척이라는 사실을 부끄럽게 생각하지는 않았다. 덧붙여서 말하자면 그들이 파리에서 자수성가할 수 있는 길을 열어줬기 때문에 그녀는 제뜻에 맞는 생활을 할 수 있었던 것이었다.

실제로 이 아가씨는 어떤 종류의 속박도 두려워하고 있었다. 사촌 언니가 그녀에게 자신의 집에서 사는 것이 어떻겠느냐고 물었다고 하자……. 그러면 그녀는 바로 하녀 취급을 당하고 있다는 멍에를 느끼곤 하는 것이었다. 남작은 몇 번이고 그녀의 결혼 상대를 고르는, 쉽지 않은 문제를 해결해 주었다. 처음에는 응하려 하다가도 그녀는 곧, 자신이 못 배웠다는 점과 무지하다는 점, 재산이 부족하다는 점 등의 문제 때문에 어떤 말을 듣게 되는 것이 아닐까 걱정이 되어 그 혼담을 거절하곤 했다. 심지어는 남작 부인이 자신들의 숙부와 함께 살면서, 돈이 들 것임에 틀림없는 하녀 출신의 첩 대신 숙부 댁의 집안일을 해 주는 것이 어떻겠느냐고 말을 꺼냈더니 그런 식으로 결혼 흉내를 내는 짓은 더욱 하기 싫다고 대답했다.

사촌 베트의 사고에서는 성장이 상당히 늦은 사람, 가령 많이 생각하는 것에 비해서는 말수가 적은 야만인에게서 볼 수 있는 것과 같은 특이한 일면을 볼 수 있었다. 게다가 시골 출신인 그녀의 지성에는 직장에서의 잡담과 남녀 공원(公員)과의 교제로 인해 일정 부분 파리 사람다운 신랄함이 더해졌다. 성격은 코르시카 출신 사람과 매우 흡사해서 격렬한 자질을 어떻게 해야 할지 모르는 본능 때문에 괴로워하던 이 여자는, 할 수만 있었다면 나약한 청년을 기꺼이 보호했을 것이다. 하지만 오랫동안 파리 도시에서 생활했기 때문에 파리에서의 생활이 그녀의 겉모습을 바꿔놓았다. 파리 특유의 상냥함이 씩씩하게 단련된 그 영혼의 표면에 녹과 같이 들러붙었다. 참된 독신생활을 해 온 사람은 누구나 그렇지만, 타고난 통찰력이 날카로움을 더하고 또 그것이 사고방식에 더해 주는 분명한 취향을 감안하면, 지금과 다른 상황하에서 그녀는 틀림없이 무시무시한 여자로 보였을 것이다. 악의만 있다면 그녀는 제아무리 화목한 가정이라도 엉망으로 만들어 버렸을 것이다.

처음, 누구에게도 비밀을 말하지는 않았지만 얼마간의 희망을 품고 있었을 때는 코르셋을 입고 유행에 따를 결심을 했었기 때문에 그녀도 얼마간 빛나는 한순간을 가지고 있었으며, 그 동안만은 남작도 그녀의 결혼 상대를 찾아낼 수 있을 것이라고 생각했었다. 그 무렵의 리즈베트는 프랑스의 옛 소설에 나오는 '조금 세련된 황마 같은 아가씨' 였다. 그 날카로운 눈동자, 올리브색 피부, 갈대처럼 가느다란 몸매는 휴직 중인 육군 소령의 마음을 끌 정도는 되었다. 그래도 그녀는 자신의 몸을 바라보면서 스스로 반해 버린 것에 만족했던 것이라고 자조 섞인 웃음을 짓곤 했다. 게다가 그동안에 물질적인 걱정거리를 해결하게 되자 그런 생활을 행복한 것이라고 생각하게 되었는데, 왜냐하면 매일 해가 떠오르면 일을 하고 그런 다음에는 친척 집에서 저녁을 먹을 수 있었기 때문이었다. 따라서 점심값과 방세만 마련하면 생활에는 걱정이 없었다. 나머지는 모든 사람들이 입을 옷에 대한 걱정을 해 주었으며 설탕, 포도주 등 사양할 필요도 없이 받을 수 있는 식료품을 아주 많이 주었다.

유로 일가와 피셀 숙부가 생계의 절반을 27년 동안이나 보살펴 준 사촌 베트는 하찮기 짝이 없는 자신의 신분에 안주하고 있었기 때문에 거친 대접을 받아도 마음에 두지 않게 되었다. 성대한 만찬 모임에는 그녀 스스로가 오기를 꺼려했으며, 그녀 나름대로의 가치를 발휘할 수 있는, 자존심 때문에 고통을 맛보지 않아도 되는 가족들간의 친밀함을 더욱 즐기게 되었다. 유로 장군의 집에서도, 쿠르벨의 집에서도, 유로 아들의 집에서도, 그리고 그녀와 화해를 해서 상대편에서도 그녀를 환대하게 된 퐁스 상회의 후계자 리베의 집에서도, 남작 부인의 집에서도, 그녀는 마치 가족의 일원과 같았다. 그리고 그녀는 어디서나 하인들의 마음을 사로잡았다. 때때로 팁을 조금씩 주기도 하고 객실로 들어서기 전에 잠깐 동안 그들과 잡담을 나누기도 했다. 솔직하게 자신을 하인들과 같은 수준에 놓는 이와 같은 친밀한 행동 덕분에 그들의 비굴한 호의를 손에 넣을 수가 있었는데, 기식(寄食)생활을 하고 있는 그녀에게 있어서 그것은 매우 중요한 일이었다. '저 사람은 매우 친절하고 성실한 여자다' 라는 것이 그녀에 대한 주위 사람들의 평가였다. 상대방이 억지를 부리지 않는 한 한없이 친절하기만 한 그녀의 마음은, 그녀의 겉보기에만 사람이 좋아 보이는 것과 마찬가지로 그녀의 신분상 꼭 필요한 것이기도 했다. 그녀는 자신의 운명이 남들의 기분에 달려 있다는 사실을 보는 동안 인생이라는 것을 이해하게 되었던 것이었다. 그랬기 때문에 모든 사람들의 환심을 사려 했으며 젊은 사람들과도 함께 웃고, 그들의 마음을 자극하지 않고는 그냥 내버려두지 않는 일종의 아첨이라고도 할 수 있는 것으로 그들에게서도 호감을 샀으며 그들이 바라는 것을 꿰뚫어보고는 그들 편이 되어 주었으며, 그들을 대변하는 등 그들에게 있어서 그녀는 마음을 털어놓고 이야기할 수 있는 상대로 보였다. 그녀에게는 애초부터 그들을 야단칠 권리가 없었기 때문이었다. 그녀의 무거운 입은 장년 남자들의 신뢰를 얻게 되었는데, 그녀는 니논과 마찬가지로 남자 같은 성격을 가지고 있었기 때문이었다.

일반적으로 말해서 비밀을 털어놓게 되는 것은 자신보다 윗사람이 아니라 아랫사람이다. 비밀의 용건 중에는 윗사람보다 아랫사람을 사용하는 경우가 훨씬 더 많다. 그렇기 때문에 아랫사람이 우리의 기막힌 생각의 공모자가 되고 모의에 가담하게 된다. 따라서 리셜리외는 처음 각료 회의에 참석할 권리를 얻었을 때 자신도 출세를 한 것이라고 생각하게 되었던 것이다. 이 가엾은 여자는 모든 사람들의 동정에 의해서만 살아갈 수밖에 없다고 생각되었기 때문에 절대적인 침묵을 강요받고 있는 것처럼 보였다. 그녀 스스로도 자신을 일종의 고해소(告解所)라고 칭하고 있을 정도였다. 남작 부인만이, 어렸을 때 자신보다 나이가 어림에도 불구하고 자신보다 강했던 사촌 동생에게 당했던 일을 기억하고 있었기 때문에 일종의 경계심과도 같은 것을 품고 있었다. 게다가 부인은 수치심 때문에라도 자신의 가정적인 고통은 신에게만 밝혔을 것이다.

어쩌면 여기서 사촌 베트의 눈에는 남작 부인의 집이 아직도 그 광채를 조금도 잃지 않고 그대로 보존되고 있는 것처럼 보였다는 사실을 지적해 둘 필요가 있을지도 모르겠다. 사촌 베트는 그 향수장수 출신처럼, 팔걸이가 달린 벌레 먹은 의자나 거무스름해진 커튼이나 뜯어진 비단 위에 생생하게 새겨진 '궁핍'이라는 글자를 봐도 놀라거나 하지는 않았다. 우리 생활 속의 가구에는 우리 자신과 비슷한 부분이 있다. 굳이 남작에 대해서 이야기하려는 것은 아니지만, 매일 자신의 얼굴을 바라보면 결국 자신은 조금도 변하지 않았다, 변함없이 젊다고 생각하게 되지만, 타인의 눈에는 하얗게 세기 시작한 머리카락, 우리 얼굴에 있는 두 개의 악센트 기호(·), 우리의 배에 있는 커다란 늙은 호박이 보이는 법이다. 따라서 리즈베트의 눈에는 여전히 제국 육군의 수많은 승리라는 벵골 불꽃이 비추고 있는 이 저택은 여전히 찬란하게 보였던 것이다.

시간이 흐름에 따라서 사촌 베트는 매우 이상한 노처녀의 기벽을 갖게 되었다. 그랬기 때문에, 예를 들자면 유행을 따르는 대신에 유행이 그녀의 습관에 순응하여 언제나 시대에 뒤떨어지는 그녀의 변덕에 복종하기를 요구받게 되는 것이었다. 남작 부인이 새로 만든 아름다운 모자나 당시의 취향에 따라서 새로 지은 옷을 주면 사촌 베트는 바로 자신의 집으로 가져가 하나하나 뜯어고쳐 제정 시대의 유행이나 그녀가 옛날 로렌 지방에서 살던 때의 옷을 떠올리게 하는 의상으로 개조해 그것을 망쳐놓곤 하는 것이었다. 사촌 베트는, 그 점에 있어서만은 암당나귀처럼 완고했다. 자기 한 사람의 마음에만 들면 그만이었으며, 그렇게 하면 자신은 매력적인 여자가 되는 것이라고 생각하고 있었던 것이었다. 하지만 이와 같은 동화(同化) 본능은 그녀를 머리끝에서부터 발끝까지 한 치의 빈틈도 없는 노처녀로 보이게 했다는 의미에서는 조화를 이루었지만, 그녀를 너무나도 우스꽝스러운 모습으로 보이게 했기 때문에 아무리 선의가 있다 할지라도, 화려한 연회가 있는 날에 그녀를 자신의 집으로 초대해야겠다고 생각하는 사람은 아무도 없었다.

남작이 네 번이나 결혼 상대(부하 사관, 육군 소령, 병참부에 물건을 납품하는 상인, 퇴역한 육군 대위)를 찾아 준 이 아가씨, 후에 부자가 된 한 장식끈 업자의 구혼도 거절한 이 아가씨의 이런 비뚤어진, 변덕스러운, 이기적인 성격, 어떻게 설명할 길이 없는 엉뚱한 언동 때문에 남작이 웃으며 붙여 준 '산양'이라는 별명이 그녀를 통칭하는 말이 되어 버렸다. 하지만 이 별명도 겉으로 보이는 기교 있는 언동, 우리가 사회라는 생활 형태 속에서 타인에게 보이는 편차에만 부합하는 것이었다. 농민계급 특유의 잔인한 일면을 갖추고 있던 이 여자는, 자세히 관찰해 보면 여전히 사촌 언니의 코를 쥐어뜯어내려 했던 어렸을 때의 모습을 그대로 가지고 있었기 때문에 만약 분별 있는 여자가 되지 않았다면 질투가 격렬해진 상태에서 사촌 언니를 죽였을지도 몰랐다. 그녀는 야만인들과 마찬가지로 시골 사람들이 감정에서 행동으로 이행할 때 보이는 그 선천적인 신속함을, 법률과 세상이라는 것의 지식으로 억누르고 있는 것일 뿐이었다. 어쩌면 바로 그 점에 자연 그대로의 인간과 문명화된 인간의 모든 차이가 존재하는 것일지도 모른다.

야만인은 감정밖에 가지고 있지 않지만 문명인은 감정과 사상을 가지고 있다. 그렇기 때문에 야만인들은 뇌가 조그만 자극밖에 받지 못하는 것이며, 그것도 그를 덮치는 감정에 완전히 좌우되게 되지만 그에 비해서 문명인은 사상이 마음에까지 내려가서 그것을 완전히 바꿔 놓는다. 문명인은 수많은 일에 관심을 가지며 몇몇 감정을 동시에 맛보지만 야만인은 하나의 관념밖에 받아들이지 못한다. 그것이 부모님에 대한 자식의 일시적인 강함의 원인인데, 그 강함도 욕구가 충족되면 소멸하게 된다. 하지만 '자연'에 가까운 어른은 아무리 시간이 흘러도 이 원인이 계속된다. 로렌 출신의 야성녀로, 조그만 방심도 허용치 않는 사촌 베트는 평소 우리가 생각하고 있는 것보다 더 많이 서민들에게서 흔히 찾아볼 수 있는, 바로 그것으로 혁명 당시의 서민들의 행동까지도 설명할 수 있는, 그러한 부류의 성격에 속해 있었다.

이 장경(場景, 발자크는 자신의 소설을 장경이라는 명칭으로 분류했다. — 역자 주)이 시작되었을 무렵, 만약 사촌 베트가 유행에 따른 옷을 입을 생각을 하게 되었다면, 만약 파리 태생의 여자들처럼 시절에 따른 뉴 모드를 착용하는 습관을 들였더라면, 그녀는 분명 사람들 앞에 나서도 부끄럽지 않은, 일단은 남들의 시선을 끄는 여자가 되었을 것이다. 하지만 그녀는 장작개비와도 같은 일관성을 가지고 있었다. 파리에서 여자는, 우아한 부분이 없으면 존재하지 않는 것과 마찬가지다. 그랬기 때문에 검은 머리카락, 아름답지만 날카로운 눈동자, 거친 얼굴 선의 느낌, 칼라 브리아 여자처럼 메마른 피부의 빛깔 등을 가진 사촌 베트를 조토 (1266?~1337, 이탈리아의 화가·건축가. ― 역자 주)의 그림 속에 나오는 인물처럼 보이게 하는 것, 진정한 파리 여자였다면 그것조차도 잘 살려서 활용했을 것임에 틀림없지만, 거기에 참으로 기묘하다고 할 수밖에 없는 복장이 그녀의 외관을 너무나도 기괴하게 보이게 했기 때문에 때로 그녀는 사보와에서 온 조그만 원숭이를 데리고 다니는 사람들이 원숭이에게 여자 옷을 입혀 놓은 것처럼 보였다. 그녀가 평소 생활하고 있는 인척 관계로 맺어진 각 가정에서는 그런 사실이 이미 잘 알려져 있었으며, 스스로도 사회적 행동 범위를 거기에만 한정시켰고, 편안한 기분으로 있는 것이 좋았기 때문에 지금은 그녀의 이상한 언동에 누구도 놀라지 않게 되었으며, 또 밖으로 나가면 미인에게만 시선을 주는 파리 거리의 그 거대한 움직임에 그마저도 가려지고 말았다.

한편, 오르탕스의 조금 전 웃음소리는 완고하게 저항하던 사촌 베트에게 드디어 승리를 거뒀기 때문에 터져 나온 것으로, 3년 전부터 끈질기게 밝혀내려 했던 비밀을 지금 드디어 그녀가 자신도 모르게 고백하게 만들었던 것이다. 노처녀들의 입이 제아무리 무겁다 할지라도, 그녀들에게 말의 단식 수행을 반드시 깨게 만드는 어떤 감정이 있다. 바로 허영심이라는 것이다. 오르탕스는 3년 전부터 어떤 일에 극단적인 호기심을 갖게 되어 이 친척 여자에게 질문 공세를 퍼부었는데 거기에는 순진무구함이 뚜렷하게 드러나 있었다. 즉, 리즈베트가 왜 결혼을 하지 않았는지 그것을 알고 싶어 했던 것이었다. 남자를 다섯이나 거절했다는 사실을 알고 있던 오르탕스는 제 마음대로 가련한 소설 속 여주인공을 만들어 내어, 사촌 베트에게는 숨겨진 애인이 있을 것이라고 생각했기 때문에 조금 지나치다 싶을 정도의 농담이 오가기 시작했다. 오르탕스에게는 자신과 베트를 '우리 아가씨들은' 이라고 말하는 버릇이 있었다. 사촌 베트도 몇 번이고 반 장난삼아 '내게 애인이 없다고 어떻게 단정 지을 수 있지?' 라고 맞받아치곤 했다. 진짜 있는지 없는지와는 상관없이 사촌 베트의 연인은 가벼운 놀림감이 되어 있었다. 그런데 그런 사소한 신경전이 2년 동안 계속되던 중, 사촌 베트가 얼마 전에 찾아왔을 때 오르탕스의 첫 인사는,

"댁의 연인은 잘 지내시나요?" 라는 것이었다.

"잘 지내."라고 베트가 대답했다. "그런데 몸이 조금 좋지 않은 모양이야, 가엾게도."

"어머! 몸이 약한가 봐?" 라고 웃으며 남작 부인이 물었다.

"그런 것 같아. 금발이거든……. 나처럼 머리가 새까만 여자는 달님 같은 색을 가진 금발 남자밖에 사랑하지 않잖아."

"대체 어떤 사람이야? 뭐하는 사람?" 이라고 오르탕스가 말했다. "왕자님?"

"내가 실 잣는 여왕이라면, 끝의 왕자님일 거야. 나같이 불쌍한 여자가 길가에 집을 가지고 있고 공채를 많이 가지고 있는 부자나, 칙선의원(勅選議員) 공작이나, 네 동화 속에 나오는 매력적인 왕자님에게 사랑을 받을 리가 없잖니?"

"아아, 그 사람을 만나보고 싶어……."라고 오르탕스는 빙긋 웃으며 외쳤다.

"나처럼 산양 같은 아줌마를 사랑하는 사람이 어떤 모습을 하고 있는지 보고 싶은 거겠지?" 라고 사촌 베트가 대답했다.

"혹시 산양처럼 수염을 기르고, 바싹 마른 도깨비처럼 생긴 관리 아닐까?" 라고 오르탕스가 어머니의 얼굴을 보며 말했다.

"글쎄, 당신 기대에 어긋나서 정말 죄송합니다, 아가씨."

"그럼 정말, 애인이 있다는 거야?"라며 오르탕스가 자랑스럽다는 듯한 표정으로 말했다.

"네게 애인이 없는 것과 마찬가지로, 사실이란다." 사촌 베트가 조금 뾰로통한 태도로 대답했다.

"그런데 베트, 애인이 있다면 왜 그 사람과 결혼하지 않는 거니?……."라고 남작 부인이 아가씨를 진지한 표정으로 바라보며 물었다. "벌써 3년이나 된 얘기니 너도 그 사람을 완전히 파악할 여유도 있었을 테고, 그 사람이 너를 지켜 주고 있는 거라면 그에게 괴로움을 심어 주고 있는 이런 엉거주춤한 상태를 계속 이어 가는 건 좋지 않아. 그건 양심의 문제야. 그리고 만약 그 사람이 젊다면 노후에 의지할 수 있는 사람을 만들 좋은 기회잖니?"

사촌 베트는 남작 부인의 얼굴을 가만히 바라보고 있다가 그녀가 웃고 있다는 사실을 확인하고는 이렇게 대답했다.

"만약 그렇게 한다면, 그건 배고픔과 목마름을 결혼시키는 것이나 다름없어. 그 사람도 기술자, 나도 기술자, 만약 아이가 생긴다면 그 아이들도 기술자가 될 수밖에 없어.…… 아니, 우리는 마음으로만 사랑하고 있어……. 그러는 편이 훨씬 더 편안해!"

"어째서 그 사람을 숨기고 있는 거지?"라고 오르탕스가 물었다.

"작업복밖에 없거든."이라고 노처녀가 웃으며 대답했다.

"너, 그 사람을 사랑하니?"라고 남작 부인이 말했다.

"당연히! 사랑하지! 무엇보다도 사람 됨됨이가 마음에 들어. 케루빔 천사처럼. 4년 전부터 이 가슴속에 간직하고 있는 사람이야."

"그렇다면, 그 사람이 인격이 좋은 거라면……"이라고 남작 부인이 엄숙한 어조로 말했다. "그리고 그 사람이 정말 그렇다면 너는 큰 죄를 짓고 있는 거야. 사랑한다는 게 어떤 건지 모르고 있는 거야."

"우리 여자들의 일인걸. 누구나 태어났을 때부터 알고 있을 거야.……."라고 사촌 베트가 말했다.

"하지만 사랑하고 있으면서도 자신밖에 생각하지 않는 여자도 있는 법이야. 그게 바로 네 경우야!"

베트는 고개를 숙였는데, 만약 그때 그녀의 시선을 받은 사람이 있었다면 누구라도 분명히 두려움을 느꼈을 것이다. 하지만 그녀는 실패를 바라보고 있었다.

"너의 애인이라는 사람을 우리에게 소개시켜 준다면 엑토르가 일자리를 봐 줘서 출세할 수 있는 자리에 오르게 해 줄 수도 있을 텐데."

"그럴 수 없어."라고 사촌 베트가 말했다.

"어째서?"

"폴란드 사람이라고 해야 하나? 뭐라고 해야 하지? 망명자야."

"반란을 일으킨 거로구나……."라고 오르탕스가 외쳤다. "운도 좋지!……. 그럼 여러 가지 일을 겪으셨던 분?……."

"그야, 폴란드의 독립을 위해서 싸웠으니까. 고등중학교 선생님을 하고 있을 때 그곳의 학생들이 폭동을 일으켰는데 콘스탄틴 대공(러시아 알렉산드로 대제의 형제로 폴란드 부왕이었다. — 역자 주)의 도움으로 취직했었기 때문에 은혜를 입을 만한 가능성이 없어."

"무슨 선생님?"

"미술!"

"맞아. 반란군이 몰려서 파리로 오게 된 거구나."

"1833년에 걸어서 독일을 횡단했대."

"어머, 가엾게도! 그럼 나이는?"

"반란이 있었을 때 스물넷도 채 안 됐으니, 지금은 스물아홉이 됐겠네."

"너보다 열다섯 살이나 어리구나."라고 남작 부인이 말했다.

"어떻게 생활하고 있어?"라고 오르탕스가 물었다.

"재능으로……."

"어머, 그래? 가르치고 있나 보지?"

"그게 아니고,"라고 사촌 베트가 말했다. "반대로 배우고 있어. 괴로운 인생으로부터!"

"그럼 이름은? 귀여운 이름이야?"

"벤세슬라스!"

"노처녀란 정말 엉뚱한 공상도 다 하는 법이구나!"라고 남작 부인이 외쳤다. "네 말을 듣고 있자니 사실인 것처럼 생각되지 않니, 리즈베트?"

"어머니, 그 폴란드 인이라는 사람 채찍 맛을 너무나 많이 봐서 리즈베트처럼 마른 사람을 보면 고향의 그리운 추억이 떠오르는 게 아닐까?"

이 말에 세 사람은 일제히 웃음을 터뜨렸다. 오르탕스는 마틸드를 벤세슬라스로 바꿔서 '벤세슬라스여, 내 마음의 우상!'이라고 노래했다. 그리고 한동안 일종의 휴전 상태가 이어졌다.

5

"젊은 여자들이란,"이라고 곁으로 다가온 오르탕스를 바라보며 사촌 베트가 말했다. "자기들만 사랑받고 있는 줄 안다니까."

"맞아, 맞아."라고 사촌 베트와 단둘이 남게 된 것을 알게 된 오르탕스가 대답했다. "벤세슬라스 씨의 일, 지어낸 얘기가 아니라는 증거를 보여 준다면 내 노란색 캐슈미어 숄을 줄게."

"그게 아니고 백작 님이란 말이야!……."

"폴란드 인은 모두가 백작이지?"

"폴란드 인이 아니야, 리……바……리투……."

"리투아니아?"

"아닌데……."

"리보니아?"

"맞아!"

"그런데 성은 뭐야?"

"잠깐 네가 과연 비밀을 지킬 수 있을지 없을지 확인하지 않고서는……."

"어머! 난 아무에게도 말하지 않을 거야!"

"절대로?"

"절대로!"

"네 목숨을 걸고?"

"응, 내 목숨을 걸고!"

"그보다는 지상에서의 네 행복을 걸고?"

"응."

"그럼 가르쳐 줄게. 벤세슬라스 스타인벡 백작이라는 이름이야!"

"카를 12세(스웨덴 국왕. 1682~1718. ─ 역자 주)의 장군들 중에 그런 이름을 가진 사람이 있었어."

"그분의 큰아버지셔! 그분의 아버지는 그 스웨덴 국왕이 돌아가신 뒤 리보니아로 이주했대. 그런데 1812년에 싸움이 있었을 때 재산을 잃고 의지가지없는 여덟 살 된 가엾은 아이를 남겨 둔 채로 죽어 버린 거야. 콘스탄틴 대공이 스타인벡이라는 이름 때문에 그 사람에게 관심을 갖게 됐고, 학교까지 보내 준 거야.……."

"조금 전의 약속 취소하지는 않겠어."라고 오르탕스가 대답했다. "그 사람이 실제로 존재한다는 증거를 보여 주면 노란색 숄은 이모 거야! 정말이야! 그 색은 황마 같은 여자에게는 아주 잘 어울려."

"정말 비밀을 지켜 줄 거지?"

"내 비밀도 가르쳐 줄게."

"좋아. 약속했으니 다음에 올 때 증거를 가져올게."

"내가 말하는 증거란, 그 애인을 말하는 거야."라고 오르탕스가 말했다.

사촌 베트는 파리에 왔을 때부터 계속해서 캐슈미어를 갖고 싶어 견딜 수가 없었기 때문에 그 노란 캐슈미어, 1808년에 남작이 아내에게 주었고, 일부 가정에서 지켜지고 있는 관습에 따라서 1830년에 어머니에게서 딸의 손으로 넘어간 그 캐슈미어를 가질 수 있다는 사실만으로도 흥분되었다. 10년 이상 되어 보이는 그 숄은, 매우 낡아 있었다. 하지만 언제나 백단나무 상자에 보관되어 있는 그 값비싼 직물은, 남작 부인의 가구와 마찬가지로 이 노처녀의 눈에는 변함없이 새것처럼 보였다. 그래서 그녀는 남작 부인의 생일에 선물할 예정이었던, 그녀의 말을 빌리자면, 그 놀라운 연인의 실재를 증명할 수 있는 물건을 손가방에 넣어 가져갔다.

그 선물이란 은으로 만들어진 도장 재료로, 나뭇잎에 둘러싸인 세 사람이 서로 등을 대고 서서 지구를 받치고 있는 의장이었다. 그 세 인물은 '신앙'과 '희망'과 '자애'를 나타내고 있었다. 그 다리가 서로 엉켜 있는 괴수들을 밟고 있었는데 그중에는 상징적인 뱀도 몸을 뒤섞고 있었다. 1846년(《사촌 베트》를 쓴 해. ─ 역자 주)이었다면, 포보 양이나 바그너나 자네나 프로망 무리스, 거기에 목조가로는 리에나르와 같은 사람들이 벤베누토 첼리니의 예술에 대해서 실현시킨 커다란 진보의 뒤였기 때문에 이 걸작에 아무도 놀라지 않았을 것이다. 하지만 당시에는 사촌 베트가 그 도장 재료를 내보이며,

"자, 너는 이걸 어떻게 생각하니?"라고 물으면, 보석·귀금속에 대해

잘 알고 있는 아가씨는 그것을 만지작거리며 멍한 상태로 있었을 것이다.

　인물들은, 데생이나 의복들의 늘어진 품이나 포즈 등으로 봐서는 라파엘로 파에 속해 있었다. 제작기법이라는 점에서는 도나텔로, 부르넬레스키, 기베르티, 벤베누토 첼리니, 조반니 다 볼로니아 등이 창시한 피렌체 청동 주조가들의 일파를 연상케 했다. 프랑스의 르네상스도 혐오스러운 정념을 상징하는 이들 괴수들 이상으로 기괴한 모습으로 넘쳐나는 괴수를 만들어 내지는 못했다. 세 '미덕'을 나타내는 사람들을 뒤덮고 있는 종려나무나 양치류나 등심초나 갈대 같은 것은 그 방면의 사람들조차 절망시킬 정도의 완성도, 고상함, 배치를 보이고 있었다. 리본 하나가 세 사람의 머리를 묶고 있었는데 머리와 머리 사이, 각각의 여백과 그 리본 사이에는 W라는 글자가 하나, 영양이 한 마리 그리고 '만들다'라는 말이 보였다.

　"대체 누가 이걸 조각한 거지?"라고 오르탕스가 물었다.

　"누구냐고? 내 애인이지."라고 사촌 베트가 대답했다. "이걸 만들려고 10개월 동안이나 고생했다고. 그래서 나는 그만큼 더 많은 칼의 장식용 끈을 만들어서 돈을 벌었지…… 그분 말에 의하면 스타인벡은 독일말로 바위의 동물, 즉 영양을 의미하는 거래. 앞으로는 작품에 그렇게 서명할 생각이래…… 자, 이젠 네 숄을 줘."

　"어째서?"

　"내가 이런 장식품을 살 수 있을 거라고 생각하니? 주문할 수 있을 거라고 생각해? 그건 불가능한 일이야. 그러니까 내가 받은 거라고. 누가 이런 걸 선물할 수 있겠어? 애인밖에 더 있겠어?"

　오르탕스는, 그것을 눈치 챘다면 틀림없이 리즈베트 피셸조차도 무시무시하다고 생각했을 정도의 도회술(韜晦術)로 감탄에 빠진 자신의 마음이 그대로 드러나는 것을 억누르고 있었지만, 그래도 그녀는 아름다움에 대해서 열린 마음을 가지고 있는 사람이 결점이 없는 완벽한 걸작을 우연찮게 보게 되었을 때 느끼는 그 강렬한 충격을 느끼고 있었다.

"그래, 아주 세련됐는데." 라고 그녀는 말했다.

"맞아, 세련됐지?" 라며 노처녀가 말을 이었다. "그런데 나는 오렌지색 캐슈미어가 더 좋아. 그건 그렇고 우리 애인은 말이야, 이런 종류의 일을 하며 아침부터 밤까지 시간을 보내고 있어. 파리에 온 이후로 이런 조그맣고 쓸데없는 물건을 서너 개 만들었는데 그게 4년 동안의 공부와 일로 얻은 성과야. 주조업자다, 소조업자다, 보석세공사다 하는 그런 사람들 제자 노릇을 한 끝에 말이야……. 정말 한심해! 그 때문에 굉장한 돈이 사라졌다고. 지금은, 몇 개월만 있으면 유명해지고 부자도 될 수 있을 거라고 큰소리치고 있지만……."

"그럼 정말로 그 사람과 사귀고 있단 말이야?"

"어머! 이것도 지어낸 얘기라고 생각하니? 웃으면서 얘기했지만 정말이야."

"그 사람, 이모를 사랑하고 있어?" 라고 오르탕스가 힘주어 물었다.

"숭배하고 있을 정도야!" 라고 진지한 표정을 지으며 베트가 대답했다. "안 그렇겠니? 북쪽 여자들이 전부 그렇지만, 그 사람은 창백하고 머리카락 색이 옅은 여자들밖에 몰랐으니까. 나처럼 갈색 피부에 늘씬하고 젊은 여자가 그 사람의 마음을 편안하게 해 준 거야. 하지만 비밀, 비밀이야. 약속했었지?"

"그 사람도 다른 다섯 명의 남자들과 같은 길을 가게 되는 거 아냐?" 라고 아가씨는 도장 재료를 바라보며 놀리는 듯한 어투로 말했다.

"여섯 명입니다, 아가씨. 로렌에 한 명 남겨 놓고 왔으니까. 그 사람은 나를 위해서 지금 당장이라도 달님을 따오세요, 라고 하면 따올 사람입니다."

"이 사람이 더 멋있어."라고 오르탕스가 대답했다. "이모에게 태양의 빛을 가져다 줄 거야."

"그런 게 어떻게 돈이 된다는 거지?"라고 사촌 베트가 물었다. "햇빛을 활용하려면 땅이 아주 많이 필요해."

격렬한 논쟁이 오갔고, 그런 다음에 누구나 쉽게 상상할 수 있는 이런 하찮은 농담이 오고 가며 웃음소리를 만들어 내어 남작 부인의 고민을 배가시킨 것인데, 이렇게 나이에 어울리지 않게 떠들어 대고 있는 딸을 보자니 부인은 딸의 미래를 그런 현재와 비교해 보지 않을 수가 없었다.

"6개월 이상이나 고생해서 만든 조각품을 선물하다니, 그분도 이모에게 굉장한 은혜를 입은 모양이군."이라며 그 조각품을 보고 강렬한 생각에 빠져 버린 오르탕스가 물었다.

"어머! 단번에 모든 걸 다 캐내려 하는구나!"라고 사촌 베트가 말했다. "그래, 아무렴 어때.…… 그래, 음모의 한쪽 짐을 짊어지게 해 주지."

"이모 애인도 거기에 가담했어?"

"얘는! 그 사람의 얼굴이 그렇게도 보고 싶니? 하지만 말해 두겠는데, 이 베트 님처럼 5년 동안이나 애인을 소중하게 숨겨 둔 노처녀는, 숨기는 것에 관한 한 자신이 있단다.…… 그러니 안달복달해 봐야 소용없어. 안 그렇겠니? 나는 고양이도 카나리아도 개도 앵무새도 기르고 있지 않아. 나 같은 아줌마들에게는 조그만 사랑의 대상, 귀여워해 줄 무엇인가가 필요한 법이야. 그래서 나는 폴란드 인을 귀여워하기로 한 거야."

"수염을 길렀어?"

"이렇게 길게."라고 말하며 베트는 금실을 끼워 놓은 바늘을 내보였다.

그녀는 언제나 일감을 가지고 다니며 저녁을 먹기 전까지 일을 하곤 했다.

"그렇게 언제까지고 질문만 할 생각이라면 아무것도 가르쳐 주지 않을 거야."라고 그녀가 말했다. "이제 겨우 스물둘인데, 마흔둘, 아니 곧 마흔셋이 되는 나보다 더 수다를 떨 생각이니?"

"입 다물고 있을게요. 벙어리처럼 입 다물고 있겠습니다."라고 오르탕스가 말했다.

"내 애인이 청동으로 높이 10인치(1인치는 2.54㎝. — 역자 주)짜리 군상을 만들었단 말이야."라고 사촌 베트가 말을 이었다. "그건 사자의 아가리를 찢고 있는 삼손의 상인데 그 사람 말이지, 그걸 땅에 묻어 녹슬게 해서 그것이 마치 진짜 삼손과 같은 시대의 물건인 것처럼 보이게 했단 말이야. 그 걸작인지 뭔지가 우리 집 근처 카르젤 광장에 늘어서 있는 골동품 가게 중 한 곳에 진열되어 있어. 네 아버지는 농상무 장관인 포피노 씨나 라스티냐 씨를 알고 계시니 그분들께, 우연히 지나가다 발견한 고대의 훌륭한 작품이라는 식으로 말씀을 해 주셨으면 좋겠어. 그 명사들은, 우리가 만든 칼의 장식끈 같은 데는 신경도 쓰지 않고 오로지 골동품에만 빠져 있다고 하니. 그런 분들이 그 한심한 청동을 사 주거나, 사지는 않더라도 보러 와 주시기만 해도 내 애인의 재산은 늘어난 것이나 다름없나 봐. 가엾은 그이는 그 엉터리 작품이 틀림없이 고대의 작품으로 인정받아 높은 가격에 팔려 나갈 것이라고 큰소리를 땅땅 치고 있어. 그렇게 해서 그 군상을 사들인 사람이 장관이나 누가 됐든, 그분의 집으로 밀고 들어가, 사실은 자신이 그 작품을 만든 사람이라는 것을 증명해서 단번에 유명해지겠다는 거야. 그래, 그래! 그 사람은 벌써 자신이 위대해진 것처럼, 그러니까 젊은 나이에 백작이 된 사람 둘을 합쳐 놓은 것 같은 자부심을 가지고 있다니까."

"그건 미켈란젤로도 써먹었던 수법이야. 하지만 사랑에 빠져 버린 사람치고는 꽤 재치가 있는데……."라고 오르탕스가 말했다. "그런데 얼마에 팔고 싶대?"

"1,500프랑이래!…… 그 이하로 팔면 골동품 가게 주인이 난처해지나 봐. 수수료도 떼어야 하고."

"아버지는 요즘……." 이라며 오르탕스가 말했다. "정부위원을 맡고 계셔서 그 두 장관분들을 매일 의회에서 만난다던데. 그러니까 이모 일도 분명히 잘 처리해 주실 거야. 내가 알아서 할게. 이모 부자가 되겠는 걸, 스타인벡 백작 부인!"

"그러긴 틀렸어. 우리 그이는 너무 게으름뱅이거든. 몇 주일 동안이나 빨간 밀랍인지 뭔지를 주물럭거리기만 할 뿐 일에는 좀처럼 진척이 없어. 정말 질려 버린다니까. 매일 루브르나 왕실 도서관에 가서 판화를 보거나 그걸 모사하면서 시간을 보내고 있어. 참 한가하기도 하지."

이렇게 두 사람은 농담을 섞어 가며 이야기를 주고받았다. 오르탕스는 웃고 있기는 했지만 그 웃음 어딘가에는 억지로 웃으려고 노력하는 듯한 부분이 있었는데 그것은 젊은 아가씨라면 누구나 맛본 적이 있는 연정, 즉 미지의 사람에 대한 사랑, 막연한 상태에서의 사랑, 바람에 날려와 창가에 매달리게 된 지푸라기에 아름다운 고드름이 생기듯 우연히 듣거나 보게 된 한 사람의 주위에 몽상이 구체적인 형태를 갖춰 가게 되는 식의, 그런 사랑의 기분에 빠져 버렸기 때문이었다. 그녀는 10개월 전부터, 어머니와 마찬가지로 사촌 베트가 영원히 독신으로 살아갈 것이라고 믿고 있었던 바로 그 이유 때문에 사촌 베트의 애인을 현존하는 남자라고 생각하게 되었다. 그리고 일주일 전부터 그 몽상은 벤세슬라스 스타인벡 백작이 되었고, 꿈에서 출생증명서를 들고 현실로 나왔으며, 몽상 속의 수증기는 서른 살 청년이 되어 고정화되기 시작했다. 지금 그녀가 손에 들고 있는 도장 재료가 마치 부적과도 같은 마력을 발휘했다. 오르탕스는 너무나도 행복했기 때문에 이 이야기는 단지 지어낸 이야기가 아닐까 하는 의심이 들기 시작했다. 피가 끓어올랐고, 그녀는 리즈베트의 눈을 속이기 위해서 마치 미친 사람처럼 웃었다.

"그건 그렇고 객실의 문이 열린 것 같은데."라고 리즈베트가 말했다. "쿠르벨 씨가 돌아가셨는지 보러 가자."

"어머니는 그저께부터 기운이 없으셨어. 결혼에 대한 이야기, 요 전부터 잘 안 풀렸나 봐."

"괜찮아. 다시 처음처럼 되돌릴 수 있을 거야. 상대는(나니까 분명하게 말해 줄 수 있는데) 공소원의 어떤 판사야. 너 공소원 부장판사의 부인이 되고 싶지 않니? 맞아. 이번 결혼의 성사 여부가 쿠르벨 씨의 손에 달렸다면 그 사람은 분명히 내게 무슨 말이든 할 거야. 그러니 내일이면 아직 희망이 있는지 없는지 알 수 있을 거야!"

"근데 이모, 이 도장 재료 내가 가지고 있어도 돼?"라고 오르탕스가 물었다. "절대로 다른 사람에게는 보여 주지 않을게.……어머니의 생일까지 아직 한 달 정도 남았으니까 그날 아침에 돌려줄게."

"안 돼, 안 돼. 이리 내. 케이스를 만들어 달라고 해야 해."

"아버지께 보여 드릴 거야. 어느 정도의 물건인지 이해를 시킨 다음 어떤 장관에게 이야기를 해야 할지 생각하게 하기 위해서. 지위가 높은 분들은 섣불리 대할 수가 없거든."

"알았어. 어머니에게만은 보여서는 안 돼. 그것만은 약속해 줘. 내게 애인이 있다는 사실을 알면 어머니는 틀림없이 나를 놀리실 테니까."

"약속할게."

두 사람이 방문 앞에 다다른 것은 마침 남작 부인이 정신을 잃은 직후였다. 하지만 오르탕스가 '앗' 하고 외치는 바람에 부인은 바로 의식을 되찾았다. 베트는 정신이 들게 하는 약을 찾으러 갔다. 돌아와 보니 딸과 어머니가 서로를 꼭 끌어안고 있었고, 어머니가 걱정하는 딸을 달래주려 말했다.

"아무것도 아니야. 그냥 신경이 날카로워졌던 것뿐이란다. 어머, 아버지께서 오셨다."라고 부인이 남작 특유의 벨 소리를 알아듣고 덧붙여 말했다. "지금 일, 아버지께는 비밀이다."

애들린은 자리에서 일어나 남편을 맞으러 갔다. 저녁을 먹기 전에 그를 정원으로 불러내어 혼담이 깨졌다는 사실을 알리고, 그에게 앞으로의 일에 대해서 설명을 요구한 뒤, 자신도 약간의 의견을 말할 생각이었다.

엑토르 남작은 참으로 국회의원다운, 그리고 나폴레옹 파다운 모습을 하고 나타났다. 실제로 '제정인(帝政人, 나폴레옹 제정에 애착심을 품고 있는 사람)'들은 몸을 뒤로 젖히는 군인 특유의 자세나, 목 부분까지 정연하게 금 단추가 달린 감색 군복, 검은 호박단으로 만든 넥타이, 몇 번이고 맞이했던 위급한 상황에서 적대적이고 독자적인 지휘를 행사하는 동안 몸에 밴 권위로 넘쳐나는 걸음걸이 등으로 바로 구분해 낼 수 있는 법이다. 이것만은 분명하게 인정해야 하는데, 남작에게는 어디 한 군데 노인다운 구석을 찾아볼 수 없었다. 시력은 아직 조금도 떨어지지 않았기 때문에 안경 없이도 신문을 읽을 수 있었다. 조금은 너무 검다 싶은 구레나룻이 자라 있는 그의 길고 아름다운 얼굴은 안타깝게도, 다혈질의 상징이라고 할 수 있는 붉은 반점이 섞인 훌륭한 혈색을 보이고 있었다. 배는 벨트로 단단히 졸라맸는데, 브리야 사바랭(《미각의 생리학》의 저자로 발자크가 존경했던 미식가. — 역자 주)의 말을 빌자는 건 아니지만, 위풍당당한 풍채를 유지하고 있었다. 귀족 계급다운 여유 있는 몸짓과 상냥함이, 쿠르벨과 하나가 되어 그처럼 놀이에 푹 빠져 버린 방탕한 사람을 멋지게 감추고 있었던 것이었다. 그야말로 아름다운 여자의 모습을 보는 것만으로도 눈에 생기가 도는, 미인이라는 미인에게는 전부, 두 번 다시 만날 수도 없는 그저 스쳐 지나가는 미인에게까지 미소를 던지는 부류의 남자였다.

"연설을 하셨나요, 여보?"라고 그의 우울한 듯한 얼굴을 보며 애들린이 말했다.

"아니, 안 했소."라고 엑토르가 대답했다. "하지만 두 시간이나 연설을 들었는데도 결국 투표까지 가지 못했기 때문에 완전히 지쳐 버렸소.…… 녀석들은 말의 전쟁이라는 걸 하는데, 그러니까 연설이라는 게 기병대의 돌격과 같은 것인데, 그런 걸로는 적을 조금도 흩어놓을 수가 없다고! 말과 행동을 바꿔치기한 것으로, 이건 원수와 헤어질 때도 한 말이지만, 나처럼 걸어다니는 일에 익숙해져 있는 사람에게는 조금도 즐거운 일이 아니라고. 그런 따분한 자리는 그 자리 하나면 족해. 여기서는 모두 함께 즐겁게 보냅시다.…… 오늘은 산양, 오늘은 어린 산양!"

이렇게 말한 그는 딸의 목에 입맞춤을 하고 그녀를 놀려 준 뒤 자기 무릎 위에 앉혀 놓고 그 어깨 위에 얼굴을 얹어 아름다운 금발이 자신의 얼굴에 닿는 감촉을 즐겼다.

"저이는 진저리가 날 정도로 완전히 지쳐 버렸어."라고 유로 부인은 중얼거렸다. "그런데도 나는 저이를 더욱 진저리치게 만들려 하고 있어. 좀 더 기다렸다가. 밤까지 저희와 함께 계실 거죠?"라고 부인이 큰 목소리로 물었다.

"안 돼. 저녁을 먹은 뒤 다시 나가 봐야 해. 만약 오늘이 산양이나 아이들, 형님께서 오시는 날이 아니었다면 나는 들어오지도 않았을 거요."

남작 부인이 신문을 들어 연예란을 살펴보더니 오페라 극장 소식을 다루는 곳에서 《귀신 로베르》(1831년에 초연된 마이어베어의 오페라)라는 제목을 찾아낸 뒤 그 신문을 그대로 밑에 내려놓았다. 오페라 이탈리안 극장이 6개월 전 오페라 프랑세 극장에게 넘겨준 조제파가 알리시 역을 맡게 된 작품이었다. 이 무언극을 남작이 놓칠 리 없었으며, 그는 아내의 얼굴을 가만히 바라보았다. 애들린이 눈을 내리 깐 채로 정원으로 나갔기에 그도 그녀의 뒤를 따라 나갔다.

"이봐! 왜 그러는 거야, 애들린?" 이라고 아내의 어깨에 손을 감아 그녀를 끌어안으며 그가 말했다. "아직도 모르겠소? 내가 누구보다도 당신을 사랑하고 있다는 사실을……."

"제니 카딘이나 조제파 이상으로 말인가요?" 라고 그녀는 결심한 듯한 어조로 그의 말을 가로막으며 물었다.

"누가 그런 말을 했지?" 라고 남작이 물었지만 천하의 남작도 아내의 어깨에서 손을 풀고 두 걸음 정도 뒤로 물러나지 않을 수 없었다.

"이미 태워 버리고 없지만 누군가가 익명으로 편지를 보내왔는데 거기에 그렇게 적혀 있었어요. 오르탕스의 혼담은 우리가 가난하기 때문에 깨져 버리고 말았다고요. 아내로서의 저는 단 한마디도 이래라 저래라 하지 않을 거예요. 당신과 제니 카딘 양과의 관계도 알고는 있었지만, 제가 한마디라도 불평을 하던가요? 하지만 오르탕스의 어머니로서 사실을 말씀드리지 않을 수 없어요."

엑토르는 한동안 입을 다물고 있었다. 그의 아내에게 있어서 그것은 무시무시한 침묵으로, 마치 그녀의 심장이 뛰는 소리가 밖으로까지 들리는 듯했지만, 그 후 그는 팔짱을 끼고 있던 팔을 풀어 그녀를 꼭 끌어안고 그녀의 이마에 입을 맞춘 뒤 뜨거운 광기에 들뜬 듯한 목소리로 그녀에게 이렇게 말했다.

"애들린, 당신은 천사야. 나는 정말 몹쓸 사내고……."

"아니, 아니에요!" 라고 남작 부인이 갑자기 손가락으로 그의 입술을 눌러 그가 스스로를 비난하며 욕하는 것을 막으며 대답했다.

"그래, 맞아. 지금의 나는 오르탕스에게 줄 돈도 한 푼 없고, 정말로 참담한 기분이야. 하지만 당신도 그런 식으로 속내를 이야기했으니, 이제는 나도 이 가슴을 막고 있는 슬픔을 당신에게 밝혀도 되겠지.…… 당신의 숙부님이신 피셀이 궁지에 몰리게 된 것도 사실은 내가 그분을 그 쪽으로 내몰았기 때문으로, 그분은 나를 위해서 2만 5천 프랑짜리 어음에 서명을 해 주셨어! 그 모든 것이 나를 속이는 여자, 눈앞에 없으면 나를 얕잡아보며 내가 나이 들고 '염색한 고양이'라고 부르는 여자를 위해서였다니. 아아!…… 부정한 욕정을 만족시키는 것이 가족을 부양하는 것보다 돈이 더 들다니, 끔찍한 일이다.……그런데도 도저히 억누를 수가 없어.……지금 여기서 당장, 나는 두 번 다시 그 무시무시한 유태인 여자를 만나러 가지 않겠다고 약속을 해 봤자 그녀가 단 두 줄짜리 편지를 보내오면 황제의 눈앞에서 포화 속을 뚫고 돌격하는 것처럼 그녀에게로 가 버리고 말 거야."

"그렇게 자신을 책망해서는 안 돼요, 여보."라고 말하며 절망에 잠긴 가엾은 그녀는, 남편의 눈에 고여 있는 눈물을 바라보는 동안 딸에 대한 걱정 같은 건 완전히 잊고 말았다. "맞아요. 제게 다이아몬드가 있어요. 무엇보다도 먼저 숙부님을 도와드리도록 하세요."

"당신의 다이아몬드라고? 시가 2만 프랑이 될까 말까야. 그것만으로는 피셀 아저씨를 도와드릴 수 없어. 그러니 그건 오르탕스를 위해서 남겨 두도록 해요. 내가 내일 원수님에게 부탁을 드리러 가겠소."

"가엾은 분!"이라고 남작 부인은 사랑하는 엑토르의 두 손을 잡고 거기에 입맞춤하며 외쳤다.

결국 심문은 그것만으로 끝나 버리고 말았다. 애들린이 자신의 다이아몬드를 주겠다고 말했는데도 남편이 그것은 딸을 위해서 남겨 두라고 했기 때문에 그녀는 그런 노력을 숭고한 것이라 생각하고 더 이상 말할 기력을 잃고 말았던 것이다.

'저분은 일가의 가장, 우리 집에 있는 건 뭐든 마음대로 하셔도 되는

분인데, 내 다이아몬드만은 남겨 주셨어. 신과 같은 분이야.'

이것이 그녀의 생각이었는데, 그녀는 다른 여자가 질투심에 미쳐서 길길이 날뛰며 말해 얻는 것 이상의 것을 부드러운 성품으로 손에 넣었던 것이었다.

사람의 일반적 성품에 정통한 사람이라면 누구나, 통상 좋은 환경에서 자랐지만 평소 품행이 매우 좋지 않은 사람이, 굳게 도덕을 지키는 사람보다 훨씬 더 상냥하다는 사실을 부정할 수는 없을 것이다. 그들은 정강이에 상처를 가지고 있는 몸이기 때문에 자신을 재판할 사람들의 결점에 대해 여유 있는 태도를 보임으로 해서 미리 관용을 애원해 두는 것이며, 그렇기 때문에 그들은 멋진 사람으로 보이는 것이다.

매우 도덕적인 사람들 중에도 매력적인 사람이 있기는 하지만 도덕적인 것만으로 이미 훌륭한 것이기 때문에 자신이 먼저 남의 눈치를 살피지 않아도 된다고 생각한다. 그리고 위선자는 제외 시켜야 하니 참으로 도덕적인 사람들에 대해서만 이야기하자면, 그들은 거의 모든 사람들이 자신이 놓인 지위에 대해서 다소간의 의문을 품고 있는 법이다. 인생이라는 커다란 거래의 장소에서 자신은 먹잇감이 된 것이라 생각하고 있으며, 그렇기 때문에 그들은 진가를 인정받지 못한다고 말하는 사람들 특유의 무뚝뚝한 말투로 이야기하는 것이다.

이런 이유로 남작은 자신이 일가 파멸의 원인이라는 사실을 통감하고 있었기 때문에 아내와 아이들, 사촌 베트에 대해서 자신이 가지고 있는 기지와 매혹적인 사람이 가지고 있는 상냥함을 남김없이 전부 발휘했다. 아들과 유로 3세를 안은 세레스탕 쿠르벨이 찾아온 것을 보고 그는 며느리에게 매우 상냥한 태도를 취했으며, 세레스틴의 허영심이 아직 익숙하지 않은 입에 발린 소리라는 먹이를 충분히 주어 그녀를 압도했다. 왜냐하면 벼락부자의 딸로 그녀처럼 속되고 그녀처럼 전혀 종잡을 수 없는 여자도 없었기 때문이었다. 할아버지는 아기를 받아들고 입맞춤 한 뒤, 훌륭한 아이, 정말 귀여운 아이라고 말했다. 유모들이 쓰는 혀 짧은 소리로 아이에게 말했으며, 이 꼬마가 나보다 더 키가 클지도 모른다고 예언했고, 아들 유로에 대해서도 입에 발린 소리를 한 뒤, 아이를 보는 뚱뚱한 노르망디 여자에게 그 아이를 건네주었다.

세레스틴은 남작 부인과 서로 눈짓을 주고받았는데 그녀의 눈은 '정말 멋진 분이셔!' 라고 말하는 듯했다. 물론 그녀는 자기 아버지의 공격에 대해서 시아버지의 편을 들었다.

마음씨 좋은 시아버지, 손자를 사랑하는 할아버지로서의 모습을 다 보여 준 뒤, 남작은 아들을 정원으로 데려가 그날 아침에 일어났던 기묘한 사태에 대처하기 위해 의회에서 취해야 할 태도에 관한 깊은 사고가 담긴 의견을 개진했다. 그와 같은 날카로운 견해로 그는 젊은 변호사를 매우 감탄하게 만들었으며 친밀함이 담긴 말투, 특히 지금부터는 아들을 대등한 인간으로 보겠다고 말하기라도 하는 듯한, 너를 인정하겠다는 듯한 태도로 그를 완전히 감동시켰다.

아들 유로 씨는 그야말로 1830년 혁명의 정기를 이어받아 태어난 아이 같은 청년이었다. 즉, 겉으로는 중후한 태도를 가장하고 있었지만 정치에 정신이 팔려서 수많은 희망을 소중히 생각했고, 확립된 명성을 매우 부럽게 여겼으며, 프랑스적 회화의 다이아몬드라 할 수 있는 촌철을 박는 듯한 짧은 말이 아닌 길고 긴 장광설만을 늘어놓았으며, 그래도 태도만은 단정하고, 거만한 태도를 취하는 것이 위엄을 내보이는 것이라 생각하고 있었다.

이와 같은 사람들은, 자신들 속에 옛 프랑스 인의 흔적을 간직하고 있는 영구차다. 때때로 그 안에서 프랑스 인이 부스럭거리며 영국적인 외장을 쿵쿵 두드린다. 하지만 그것을 야심이 억누르기 때문에 그들은 그

안에서 질식할 것 같은 것을 참는다. 이 영구차는 언제나 검은 천을 두르고 있다.

"아! 형님께서 오셨다."라고 말하며 유로 남작은 객실 문이 있는 곳까지 백작을 맞으러 나갔다.

고 몽코르네 원수의 후계자가 될 것임에 틀림없는 이 백작에게 입맞춤을 한 뒤 그는 그의 팔을 잡아 과장스럽게 애정과 존경의 마음을 드러내 보이며 백작을 끌고 갔다.

귀가 멀어졌기 때문에 회의 참석을 면제받은 이 귀족의원은 나이 때문에 어딘지 쓸쓸해 보이는 아름다운 얼굴을 보였으며, 반백의 머리카락이 아직 충분히 남아 있었기 때문에 모자에 눌려 마치 꼭 눌러 붙인 듯했다. 몸집이 작고 땅딸막하며 피부가 거칠어진 그는 자신의 말년을 정정하고 쾌활하게 보내고 있었다. 그리고 어쩔 수 없이 안식을 취하고 있기는 했지만 아직도 극도의 활발함을 유지하고 있었기 때문에 독서와 산책으로 시간을 보내고 있었다. 평소의 여유로운 생활이 그의 하얀 얼굴색, 몸짓, 사고 깊고 성실한 말투에 그대로 묻어나고 있었다. 그는 전쟁에 관한 이야기를 절대로 하지 않았으며 야전에 관한 이야기도 하지 않았다. 자신이 훌륭하다는 사실을 알고 있었기 때문에 애초부터 훌륭한 척을 할 필요가 없다는 사실을 알고 있었던 것이다. 객실에서 그는 자신의 역할, 여자들이 바라는 것을 끊임없이 꿰뚫어보고 그것을 만족시켜 주는 일에만 신경을 썼다.

"모두 아주 즐거운 것 같구나."라고 이 조그만 가족 모임에 남작이 뿌려놓은 활달하고 활발한 기운을 바라보며 그가 말했다. "오르탕스는 아직 결혼하지 못했는데도 말이다."라고 제수씨의 얼굴에 울적함의 흔적이 남아 있는 것을 알아채고 덧붙였다.

"조금 늦어졌다고 해서 그렇게 걱정하실 건 없어요."라고 베트가 커다란 목소리로 그의 귀에 입을 바싹 대고 외쳤다.

"아, 너로구나. 무슨 일이 있어도 꽃을 피우기 싫다던 나쁜 씨앗 양이었구나!"라고 웃으며 그가 대답했다.

이 포르젬의 영웅은 사촌 베트를 상당히 귀여워했다. 왜냐하면 둘 사이에는 몇몇 공통점이 있었기 때문이었다. 교육도 받지 못한 서민계급 출신인 그에게는 용기만이 군인으로서의 출세를 가능하게 했던 유일한 무기였던 만큼 양식이 기지의 부족한 부분을 메우고 있었다. 명예심이 강해 못된 행동을 한 적이 없었던 그는, 자신에게는 아직 비밀로 되어 있는 동생의 나쁜 행실 같은 것은 꿈에도 생각지 못했으며, 자신의 모든 애정을 쏟아 붓고 있는 이 일족(一族)에 둘러싸여서 그 멋진 생애의 마지막을 빛나는 것으로 마감해 가고 있는 중이었다.

백작 이상으로 이 단란하고 아름다운 정경, 그 어떤 사소한 불화의 싹도 없으며 형제자매가 하나같이 사랑하고 있는 정경을 기뻐하는 사람은 아무도 없었다. 세레스틴도 처음부터 가족의 일원으로 대접을 받았다. 그랬기 때문에 의리를 중히 여기는 작은 군인 유로 백작은, 종종 쿠르벨 영감은 왜 오지 않느냐고 묻곤 했다. ─"아버지는 시골에 가셨어요!"라고 세레스틴이 그를 향해 외치곤 했다. 이 날에는, 향수장수 출신은 여행 중이라고 말했다.

이와 같은 자기 가족들의 진실한 모임에 대해 유로 부인은 이렇게 생각했다. ─'이거야 말로 가장 확실한 행복이야. 누가 우리에게서 이 행복을 앗아갈 수 있겠어!'

자신의 마음에 꼭 드는 애들린이 남작을 위해 바지런히 시중을 드는 것을 보고 장군이 농담 삼아 놀려 댔기 때문에 남작은 모두의 웃음거리가 될까 두려워 이번에는 며느리에게 상냥한 모습을 보였다. 이 가족들 간의 만찬에서 그는 언제나 세레스틴의 환심을 사기 위해 노력하고 그녀에게 신경을 썼는데, 이는 그녀를 통해서 쿠르벨 영감을 다시 이 집으로 오게 만들면 모든 숙원을 풀 수 있을 것이라고 생각했기 때문이었다.

이 일가의 화목한 모습을 언뜻 봐서는 그 누구도 아버지가 절체절명의 궁지에 몰려 있으며, 어머니는 절망에 잠겨 있고, 아들은 아버지의 장래 때문에 커다란 불안에 빠져 있으며, 딸은 어머니의 사촌 동생의 애인을 가로챌 궁리를 하고 있다고는 생각지 못할 것이다.

6

남작은 7시에, 형과 아들과 아내와 오르탕스가 모두 휘스트(카드놀이 중 하나. —역자 주)에 정신이 팔려 있는 것을 보고, 사촌 베트와 함께 오페라 극장으로 애인에게 박수를 보내러 갔는데, 왜냐하면 베트가 바로 그 드와이에네 가에 살고 있었고 그곳은 인적이 드물어 위험하다는 구실로 저녁 식사가 끝나면 늘 함께 나오기로 되어 있었기 때문이었다. 파리 사람들이라면 누구나 이 노처녀의 신중함을 정당한 것이라고 인정했을 것이다.

루브르의 구관과 함께 나란히 서 있는 한 무리 가옥들의 존재는 프랑스 국민이 양식(良識)에 대해서 던지는 항의 중 하나라고 해도 좋을 만한 것으로, 그러한 항의를 보면 유럽은 프랑스 국민에게 어느 정도의 재기를 인정해야 하는가에 대해서 안도하게 되고 그들을 두려워하지 않게 될 것이다.

아무도 깨닫지는 못했지만 어쩌면 거기에는 정치적인 어떤 원모(遠謀)가 숨겨져 있는 것일지도 모른다. 틀림없이 오늘날 파리의 이 구역을 묘사하는 것은 쓸데없는 시간낭비가 아니며, 나중이 되면 이런 것을 상상하는 것조차도 불가능해질 것이다. 그리고 틀림없이 완성된 루브르를 보게 될 우리의 조카들은 파리의 중심부, 3대에 걸친 왕조가 지난 36년 동안 프랑스나 유럽의 고관대작들을 맞이한 궁전의 정면에 36년 동안이나 이런 야만스러운 구역이 존속하고 있었다는 사실을 믿으려 하지 않을 것임에 틀림없다.

가령 며칠 동안 파리를 방문한 사람이라 할지라도 누구나 카르젤 교(橋)로 통하는 입구에서 미술관 거리 사이에, 정면이 황폐해져 있으며 낡아빠진 집주인들이 수리를 전혀 하지 않은 10채 정도의 가옥이 있다는 사실을 깨달을 수 있는데, 이는 나폴레옹이 루브르의 완성을 결의한 순간부터 헐기 시작했던 낡은 구역의 흔적이었다.

드와이에네 가와 드와이에네의 막다른 골목만이 음산하고 인적이 없는, 주민이라고 해 봐야 틀림없이 유령밖에 살고 있을 것 같지 않은 이 일대의 안쪽을 달리는 유일한 도로였다. 그 부근에서는 사람의 그림자조차 찾아보기 힘들다. 미술관 앞 거리보다 훨씬 더 낮은 곳에 위치한 보도는 플로와망트 가의 보도와 같은 높이였다. 카르젤 광장의 지대를 높였기 때문에 안 그래도 땅 속에 묻혀 있었던 것 같았던 이들 가옥은 우뚝 솟은 루블의 회랑이 던지는 영원의 그림자에 뒤덮여 있었으며, 그 쪽만이 북풍으로 인해 거뭇하게 더러워져 있었다. 어둠과 침묵과 싸늘한 냉기, 동굴처럼 깊고 움푹 파인 지면이 이 집들을 지하 납골당, 혹은 살아 있는 무덤처럼 만드는 힘을 가지고 있었다.

이륜마차로 반쯤 죽어 버린 것 같은 이 일대를 지나다 눈이 드와이에네 가로 향하게 되면 사람들은 자신도 모르게 한기를 느끼게 되며, 대체 누가 이런 곳에 살고 있는 것인지, 해가 떨어져 이 좁은 거리가 더할 나위 없이 소란스러운 장소로 일변하고, 파리의 악덕이라는 악덕이 전부 밤의 어둠이라는 망토에 몸을 감싼 채 마음껏 날뛰는 시각이 되면 여기서는 어떤 일이 일어날까 하는 생각을 갖게 된다. 그 자체만으로도 끔찍한 이 문제는 집이라고도 할 수 없는 이 집들이, 리슐리외 가 쪽으로는 연못, 튀일리 궁전 쪽으로는 울퉁불퉁 물결치고 있는 포석, 회랑 쪽으로는 조그만 정원과 가건물, 루브르의 구관 쪽으로는 잘려 나간 돌과 허물어진 건물의 잔해가 남아 있는 널따란 공터로 둘러싸여 있는 것을 보면 오싹할 정도로 섬뜩해진다.

반바지를 찾아 헤매는 앙리3세와 그의 수발을 드는 어린아이들, 떨어져 나간 자신의 목을 찾는 마거리트 왕비의 애인들이 이처럼 삭막한 곳에서 달빛을 받으며 사라반드를 출 것임에 틀림없으며, 아직 철거되지 않은 예배당의 둥근 천장이 내려다보고 있어서, 프랑스에서는 이렇게도 번창하고 있는 가톨릭이라는 종교가 모든 것을 넘어서 살아남을 것이라는 사실을 증명이라도 하고 있는 것처럼 보였다. 루브르 궁전이 그처럼 내장을 드러내고 있는 벽이나 휑 하니 열려 있는 창 등과 같은 입을 통해서 "내 얼굴의 이 사마귀를 전부 없애 줘!"라고 외친 지 벌써 40년이 다 되어가고 있다. 분명히 이처럼 소란스러운 장소의 효용이라고 해야 할지, 파리의 심장부에 이 수도 중의 수도를 특징짓고 있는 것 같은 빈곤과 영화의 긴밀한 결합을 형상화할 필요성이 공공연하게 인정받고 있었던 것임에 틀림없다. 그렇기 때문에 이처럼 을씨년스러운 폐허, 정통 왕조의 신문(성문을 여는 문지기)이 지금 죽어 가려 하고 있는 그 원인의 발병 장소인 이 폐허, 미술관 앞 거리의 너저분하기 짝이 없는 가건물, 그 거리를 수놓고 있는 노점상들의 좌판 등과 같은 것은 어쩌면 3대에 걸친 왕조보다도 더 오래 융성할 수 있었던 생명력을 갖게 된 것일지도 몰랐다.

1823년부터 이미, 곧 모습을 감춰야 할 운명에 놓이게 된 이 집들의 싼 집세가, 부근의 상태 때문에 반드시 밤이 깊기 전에 돌아가야만 한다는 제약이 있었음에도 불구하고 사촌 베트에게 그곳에 살게 할 마음을 품게 했다. 그리고 그러한 제약은 태양과 함께 잠들고 태양과 함께 일어나는 그녀의 변함없는 농촌의 습관과도 일치하는 것이었다. 그런 생활은 시골 사람들에게 광열비라는 점에서 무시할 수 없는 검약을 가져다주는 법이다. 이런 이유로 그녀는 캄바세레스(제정 시대의 대법관으로서 나폴레옹 민법을 기초했다. — 역자 주)가 살고 있던 유명한 저택을 허물었기 때문에 카르젤 광장이 내려다보이는 전망 좋은 곳에서 살게 되었다.

유로 남작이 아내의 사촌 동생을 그 집의 문앞에다 내려주고 "안녕, 베트!"라고 말한 바로 그 순간, 작고 늘씬하고 아름다운, 매우 우아한 복장을 하고 최상의 향수 냄새를 풍기는 젊은 여자가 역시 그 집으로 들어가기 위해서 마차와 벽 사이를 빠져나왔다. 그 여성은 계획적이라고는 조금도 느껴지지 않는 모습으로, 오직 함께 살고 있는 여자의 친척이 어떤 남자인지 보기 위해서 남작과 시선을 마주쳤다. 하지만 방탕한 남작은, 모든 파리 태생 사람들이 마치 곤충학자처럼 자신들이 '바라던 것'을 구현하는 미인을 만났을 때 순간적으로 느끼는 그 강렬한 인상을 느끼고, 마차에 오르기 전까지 체면을 유지하기 위해서 점잖고 완만한 태도로 장갑을 끼면서, 크리놀린으로 된 촌스럽고 조잡한 페티코트가 아니라 좀 더 다른 것으로 드레스가 기분 좋게 흔들리고 있는 그 젊은 여성의 뒷모습을 바라보았다.

"이거 멋지고 귀여운 여잔데."라고 남작은 중얼거렸다. "저런 여자라면 기꺼이 행복하게 해 줄 수 있는데. 상대편도 나를 행복하게 해 줄 거고."

그 낯선 여자는 길에 면한 본관의 계단 위로 이어진 계단의 이음새까지 와서 완전히 몸을 돌리지는 않았지만 정문 쪽으로 힐끗 시선을 돌려 남작이 욕망과 호기심에 휩싸여서 너무 감탄한 나머지 그 자리에 못 박힌 듯 서 있는 모습을 보았다. 다시 말하자면 그것은 파리의 모든 여자들이 길을 가다 만나게 되는, 아주 기쁘다는 듯이 향기를 맡는 꽃이라고 할 수 있다. 자신의 의무에 충실하고 도덕적이며 미모를 갖춘 어떤 부류의 여자들은 산책 중에 자기 나름대로의 조그만 꽃다발을 엮지 못하면 상당히 불쾌한 얼굴이 되어 집으로 돌아오곤 한다.

그 젊은 여성은 서둘러 계단을 올랐다. 잠시 후, 아파트 3층의 창 하나에 불이 들어오고 그 여자의 얼굴이 보였는데, 그녀 곁에는 숱이 없는 머리와 그다지 화난 것 같지 않은 눈빛이 남편임을 분명히 말해 주는 남자가 한 명 서 있었다.

"역시 저런 여자들은 세련되고 센스가 있어!"라고 남작은 혼자 중얼거렸다. "저렇게 해서 어디에 살고 있는지 알려준단 말이야. 너무 노골적이기는 하지만 이런 동네에서는 말이지 위험해, 위험해."

'밀로르'에 오른 국장이 갑자기 고개를 치켜들었는데 그러자 여자와 남편은 남작의 얼굴이, 마치 메두사의 얼굴이 신화적인 마력을 발휘하기라도 한 것처럼 잽싸게 뒤로 물러났다.

'왠지 나를 알고 있는 것 같은데.'라고 남작은 생각했다. '그렇다면 머지않아서 모든 걸 알 수 있겠지.'

실제로 그는 마차가 미술관 거리 위쪽으로 올라섰을 때, 다시 한 번 그 낯선 여자를 보기 위해서 몸을 굽혔는데 그때 그녀가 다시 창가로 되돌아와 있다는 것을 확인할 수 있었다. 자신의 예찬자가 타고 있는 마차를 가만히 바라보고 있는 모습을 들킨 것이 부끄러웠는지 젊은 여자는 재빨리 뒤로 물러났다.

"저 여자가 누군지 '산양'에게 물어봐야겠다."라고 남작은 혼자 중얼거렸다.

나중에 알게 될 일이지만 참사원 의원의 모습은 그들 부부에게 깊은 감동을 심어 주었다.

"저건 유로 남작이잖아. 우리 과의 국장이야!"라고 남편이 창가 발코니에서 안으로 들어오며 외쳤다.

"그렇다면 마르네프, 정원 안쪽 4층에서 그 젊은 남자와 살고 있는 노처녀가 남작의 친척이란 말이에요? 정말 우습군요. 그런 사실을 오늘에야 그것도 우연히 알게 되다니!"

"피셀 양이 젊은 남자와 동거하고 있다고?" 라고 그 관리가 되물었다. "그건 문지기 여자가 만들어 낸 험담이야. 육군성에서 제일가는 권력을 가지고 있는 참사원 의원의 사촌에 대해서 그렇게 가볍게 말하는 게 아니야. 이봐, 저녁이나 줘. 4시부터 기다렸다고!"

명성 높은 나폴레옹의 막료(幕僚) 중 한 사람인 몽코르네 백작과 애인 사이에서 태어난, 굉장한 미모를 지니고 있는 마르네프 부인은 2만 프랑이라는 지참금을 미끼로 육군성의 하급관리와 결혼했다. 죽기 전 6개월 동안 원수의 자리에 있었던 그 유명한 육군 중장의 신용 덕분에 그 풋내기 관리는 자기 과의 제일서기라는 생각지도 못했던 지위에 이르게 되었다. 하지만 막 계장으로 임명되려던 바로 그 순간, 원수의 죽음이 마르네프와 그의 아내의 희망을 뿌리째 완전히 뽑아 버리고 말았다.

발레리 포르탕 양이 가져갔던 지참금도 이미 그의 부채를 갚고, 남자가 가정을 새로 꾸밀 때 필요한 물건을 사고, 특히 어머니 밑에서 사치에 익숙해져 있었으며 아직도 그런 생활을 버리지 못한 미모의 여인의 낭비벽을 충족시키는 데 전부 써 버렸기 때문에 마르네프 씨의 얼마 되지 않는 재산은, 그들 일가가 집세를 절약하도록 만들었던 것이었다.

마르네프 부부는 육군성과 파리의 중심부에서도 그다지 멀지 않은 드와이에네 가의 위치적 조건이 매력적으로 느껴졌기 때문에 그럭저럭 4년 전부터 피셀 양과 같은 집에서 살고 있었다.

장 폴 스타니라스 마르네프 씨는 타락이 가져다주는 일종의 활력으로 치매에 간신히 저항하고 있는 그런 관리 중 한 사람이었다. 마르고

작은 데다 머리카락도 수염도 옅었으며, 혈색도 좋지 않은 누런 얼굴에는 주름까지 잡혀 있었지만 그것 이상으로 피곤해 보였으며, 눈에는 우스워 보이는 눈꺼풀이 덮여 있었는데 그 눈꺼풀이 벌겠으며, 걸음걸이, 몸짓 모두가 한심하기 짝이 없는 이 남자는, 음란죄로 법정에 끌려나온 남자라는 말을 들으면 누구나가 머릿속에 떠올리는 그런 스타일을 하고 있었다.

많은 파리 부부들의 전형이라고도 할 수 있는, 이 부부가 살고 있는 아파트는 오늘날 대부분의 가정을 지배하고 있는 그 겉모습뿐인 사치, 거짓된 외관을 보여 주고 있었다. 객실에는 빛이 바랜 면 벨벳으로 만든 덮개를 씌워놓은 가구, 피렌체풍의 청동상을 본떠 만든 조그만 석고 입상, 조잡한 디자인에 그저 착색한 것이 전부인 데다 촛대마저도 녹아 버린 크리스털 샹들리에가 있었으며, 제조업자의 손에 의해 더해진 목면, 시간이 흐르면 육안으로도 확실하게 알아볼 수 있게 되는 목면으로 만든 값이 싸 보이는 융단이 놓여 있었다. 커튼만 해도 다마스쿠스에서 생산되는 천은 3년만 지나면 차마 눈 뜨고 볼 수 없게 된다는 사실을 가르쳐 주기라도 하듯 모든 것이 마치 교회 입구에 있는 거지들이 두르고 있는 누더기처럼 가난한 자의 비참함을 호소하고 있었다.

식당은 한 명밖에 없는 하녀가 제대로 눈길도 주지 않았기 때문에 마치 시골 호텔의 식당 같은, 구역질이 날 것 같은 광경을 연출하고 있었다. 모든 것이 먼지투성이였고 손길이 충분히 미치지 않았다.

남편의 방은 학생 방처럼 침대나 가구가 모두 독신 청소년용이었는데 주인과 마찬가지로 광채가 없었으며 닳아빠져 있었고, 청소는 일주일에 한 번밖에 하지 않았다. 여러 가지 물건들이 정신없이 널려 있었으며, 낡은 양말이 말총을 채운 의자 밑으로 늘어져 있었고, 그 의자의 꽃무늬 역시 먼지 때문에 다시 한 번 눈에 선명하게 부각되는 기가 막힌 그 방은,

집안일 같은 데는 전혀 무관심하고 도박장이나 카페 등과 같은 집 밖에서만 생활하고 있는 사람이라는 사실을 분명하게 말해 주고 있었다.

이 아파트의 커튼도 먼지 때문에 누렇게 변색되어 있었으며, 돌보는 사람이 없는 아이가 곳곳에 장난감을 어질러놓은 그 관리의 아파트는 살고 있는 사람의 품성을 저절로 저하시키게 하는 그런 불결함 때문에 눈 뜨고는 볼 수 없는 상태였지만, 아내의 방만은 예외였다. 거리에 면해서 조금 안쪽으로 들어온 곳에 세워진 안채와 정원 안쪽에서 옆집과 등을 마주하고 있는 별채가, 한쪽뿐이기는 했지만 연결된 건물에 있는 발레리의 침실과 화장실은 세련된 인도 사라사에 휘감겨 있었으며, 자단으로 만들어진 가구는 늘어서 있었고, 모켓처럼 만들어진 융단이 깔려 있어서 참으로 미녀의 방답게, 그보다는 거의 누군가의 첩의 방처럼 보였다.

벨벳을 둘러친 난로 위쪽 선반에는 당시 유행하던 추시계가 놓여 있었다. 안의 내용물이 상당히 충실한 골동품 장식장, 호사스러운 식물을 심어 놓은 중국의 화분도 몇 개 눈에 띄었다. 침대나 화장대, 거울이 달린 옷장, 2인용 소파, 여자에게 필요한 소품 등이 당시의 자랑거리라고 해야 할지, 조금 독특한 취향을 뚜렷이 내비치고 있었다.

화려함이나 세련됨이라는 점에서 보자면 사실은 3류 정도에 지나지 않았으며, 모든 것이 3년 전의 물건들뿐이었지만 설사 세련되고 화려한 것을 좋아하는 남자라 할지라도 어디 한 군데 흠을 잡지 못했을 것이며, 한 가지 억지를 부리자면 이 사치스러움에는 어딘지 부르주아적인 부분이 있었다. 뛰어난 취향이 동화하는 방법을 알고 있는 사물에서 발생하는 예술성이나 기품이라는 것이 완전히 결여되어 있었다. 사회과학 박사였다면, 그처럼 고가의 장식품들로 이루어진 잡동사니, 늘 그 자리에는 없으면서 언제나 유부녀의 마음에 존재하고 있는 정부라는 그 반신(半神)에서 유래한 잡동사니 중 몇 개만 봐도 그 정부가 어떤 남자인지 짐작하고도 남을 것이다.

　남편과 아내와 아이, 이렇게 세 사람이서 함께 한 저녁, 네 시간이나 준비가 늦어진 저녁이, 필요하다면 이 일가가 직면한 재정적 위기를 설명해 주었을 것이다. 왜냐하면 식탁이야말로 파리 각 가정의 재산을 측량해 주는 가장 확실한 가구이기 때문이다. 야채와 강낭콩 삶은 물로 맛을 낸 수프, 고기의 즙 대신 벌겋게 삶은 물을 듬뿍 뿌려 감자를 더한 송아지 고기, 커다란 접시 가득한 강낭콩, 아주 싸구려 버찌 등과 같은 음식들이 이가 빠진 크고 작은 접시에 담겨 있었으며, 별로 소리가 좋지 않은 초라한 양은 나이프와 포크 등으로 먹고 있었는데 그런 음식들이 과연 이 미녀에게 어울리는 것이라고 할 수 있을까? 만약 남작이 그 자리에 함께 있었다면 그는 동정의 눈물을 흘렸을 것이다. 뚜껑이 달린 광채 잃은 유리병도 길모퉁이 술집에서 싸게 사들인 포도주의 지독한 빛깔을 감추지는 못했다. 냅킨은 벌써 일주일째 같은 것을 쓰고 있었다.

　어쨌든 모든 물건이 있기는 하지만 아무것도 없는 빈궁처럼, 가정에 대한 아내의 무관심과 남편의 무관심을 폭로하고 있었다. 그들을 보고 있으면 제아무리 속된 관찰자라 할지라도, 이 두 사람이 살아가기 위해서는 결국 교묘한 연극을 꾸며야만 하는 그 불길한 단계에까지 이르렀구나 하고 중얼거리게 될 것이다.

　게다가 발레리가 남편에게 한 첫 마디가 저녁 식사가 늦어진 이유를 설명했는데 그것도 요리하는 여자의 계산 빠른 충실함 때문에 한층 더 늦어진 것일지도 몰랐다.

　"사마논이 당신의 어음을 반값이 아니면 받지 않겠다는 거예요. 거기다 담보로 당신의 월급에 대한 위임장을 쓰라지 뭐예요."

　육군성 국장의 집에서는 아직 사람들의 눈에 띄지 않은, 그리고 상여금을 계산에 넣지 않아도 2만 4천 프랑이 되는 연봉에 가려 있던 빈궁이,

이 하급관리의 집에서는 더 이상 나아갈 수도 물러날 수도 없는 상황으로까지 내몰린 것이다.

"당신, 국장을 낚은 거로군." 이라고 남편이 아내의 얼굴을 바라보며 말했다.

"그런 것 같아요." 라고 그녀는 연극 동료들 사이에서 사용하는 은어에도 겁을 먹지 않고 대답했다.

"우린 대체 어떻게 되는 거지?" 라고 마르네프가 말을 이었다. "내일이라도 당장 집주인이 우리 물건을 압류할 거야. 그런데도 당신 아버지는 유언장 하나 쓰지 않고 죽다니! 제정 시대의 인간들은 모두 자기 황제처럼 영원히 죽지 않을 거라 생각하고 있단 말이야."

"가엾은 아버지." 라고 그녀는 말했다. "자식이라고는 저밖에 없었어요. 저를 아주 귀여워해 주셨는데! 백작 부인이 유언장을 태워 버린 거예요. 아버지는 저희에게 종종 1,000프랑짜리 지폐를 세 장이고 네 장이고 주셨잖아요. 어떻게 저를 잊으셨겠어요?"

"우리는 1년 치, 1,500프랑이나 집세를 내지 못했어! 가구를 판다 해도 그만큼의 돈이나 될지……. 셰익스피어는 아니지만, 그것이 문제로다!"

"그래, 맞아. 여보, 저 나갔다 올게요." 라고 발레리는 하녀가 알제리에서 돌아온 애인 병사를 위해서 몰래 고기즙을 짜낸 송아지 고기를 두어 조각 베어 물고는 말했다. "난국에 임해서는 과감한 행동을 취할 필요가 있어요."

"어딜 가려는 거야, 발레리." 라고 외치며 마르네프는 문 쪽으로 향하려는 아내를 가로막았다.

"주인댁에 가려고요." 라며 그녀는 멋진 모자 밑으로 나온 머리카락을 정리하며 대답했다. "당신은 당신대로 그 노처녀와 친해질 수 있도록 노력해 보세요. 그 사람이 정말로 국장의 친척이라면 말이에요."

한 지붕 밑에서 살고 있는 세입자들이 서로의 신분을 전혀 모른다는 이 사실이야말로 파리 생활의 분주함을 가장 잘 묘사할 수 있는 변함없는 사실 중 하나일 것이다. 하지만 매일 아침 일찍 관공서로 갔다가 집에 와서 저녁을 먹고 나면 매일 밤 놀러 나가는 말단 관리와 파리의 환락에 푹 빠져 있는 아내가, 자신들의 집 정원 뒤쪽의 4층에 살고 있는 노처녀의 존재를 조금도 알지 못했다 할지라도, 특히 그 나이 든 아가씨가 피셀 양과 같은 습관을 가진 사람이라면, 쉽게 납득할 수 있는 일이기는 하다.

리즈베트는 이 집에 살고 있는 사람들 중에서 누구보다도 아침 일찍 우유와 빵과 숯을 사러 갔으며, 누구와도 이야기를 나누지 않고 해가 떨어지는 것과 동시에 잠자리에 들었다. 그녀의 집에는 편지도 방문객도 오지 않았으며, 그녀는 이웃사람들과도 전혀 교제를 하지 않았다. 이것이야말로 몇몇 집들에서 볼 수 있는 무명의, 곤충학적인 생활 중 하나로, 그와 같은 집에서는 4년이나 지나서야 볼테르, 필라스톨 뒤 로지에, 보종, 마르셀, 모레, 소피 아르누, 프랭클린, 로베스피에르 등과 같은 명사와 면식이 있는 노인이 5층에 살고 있다는 사실을 처음으로 알게 되는 그런 식이다. 지금 마르네프 부부가 리즈베트에 대해서 이야기한 것도 이 근방이 고도와도 같은 곳이라는 사실과, 가난의 고통이 그들과 문지기 부부 사이에 만들어놓은 관계 덕분에 알게 된 것으로, 실제로 그들에게 있어서 문지기 부부의 도움은 간절하게 필요한 것이었기 때문에 주의에 주의를 기울여서 관계를 유지하고 있었다. 한편 나이 든 아가씨의 자부심 강한 태도, 과묵함, 조심스러운 몸짓은 문지기 부부의 마음속에 아랫사람의 입으로는 표현하지 않는 불만을 암시하는 그 과장된 공손함, 그 차가운 대응을 발생하게 했다. 애초부터 문지기들은, 법정 용어를 빌려 말하자면, '본건에 있어서는', 고작해야 2백 50프랑밖에 집세를 내지 않는 세입자들과 자신들은 대등하다고 믿고 있었다. 사촌 베트가 오르탕스에게 밝힌 이야기는 사실이었기 때문에, 문지기의 아내가 마르네프 부부와의 흉허물 없이 나누는 대화에서 그저 험담이나 할 생각으로 피셀 양을 어떤 식으로 중상했을지는 누구라도 쉽게 이해할 수 있을 것이다.

나이 든 아가씨는 문지기의 아내인 존경할 만한 올리비에 부인의 손에서 촛불을 받아 쥐고 정원으로 나가 자기 아파트의 가장 위에 있는 다락방의 창문에 불이 켜져 있는지를 확인하기 위해 고개를 들었다. 7월의 이 시간대면 정원 안쪽은 새까만 어둠에 잠기기 때문에 나이 든 아가씨도 촛불 없이는 침실로 돌아갈 수가 없었다.

"어머, 안심하세요. 스타인벡 님은 방에 계세요. 외출도 하지 않았어요."라고 올리비에 부인이 비꼬는 듯한 어조로 피셀 양에게 말했다.

나이 든 아가씨는 한마디도 대답하지 않았다. 바로 이런 점, 즉 자신과 인연이 없는 사람들이 이래저래 말하는 것은 그다지 문제 삼지 않는다는 점에서 그녀는 아직도 시골 사람 그대로였다. 그리고 농민들의 안중에는 마을에 관한 일밖에 없는 것과 마찬가지로 그녀는 자신이 그 속에서 생활하고 있는 좁은 교제사회의 평판에만 신경을 쓰고 있었다. 그랬기 때문에 그녀는 의연한 태도로 자신이 살고 있는 집이 아닌 그 다락방으로 올라갔다. 그 이유는 이랬다. 디저트를 먹을 때 그녀는 애인을 위해서 과일과 과자를 자신의 손가방에 넣었는데, 마치 노처녀가 자신의 애완견이 좋아하는 선물을 가지고 돌아가는 것처럼 그것을 그에게 주러 간 것이었다.

그녀는 조그만 램프의 불빛을, 물을 가득 넣은 둥근 유리통으로 증폭시킨 빛 속에서, 오르탕스의 몽상의 주인공인 그 창백한 얼굴의 금발 청년이 일을 하고 있는 모습을 발견하고 조각가의 일곱 가지 도구와 붉은 밀랍, 기초를 잡을 때 쓰는 끌, 대충 모양을 잡아놓은 받침대, 모양에 맞춰서 주조해 놓은 청동 등이 어지럽게 널려 있는 작업대를 향해 앉았는데, 그는 작업복을 입고 모양을 잡기 위해 밀랍으로 만들어 본 조그만 군상을 손에 든 채 마치 시를 짓는 시인처럼 주의 깊게 그것을 가만히 바라보고 있었다.

"저기, 벤세슬라스. 당신에게 줄 선물을 가져왔어요."라고 그녀는 작업대 한쪽에 손수건을 펼치며 말했다.

그런 다음 그녀는 조심스럽게 바구니 속에서 과자와 과일을 꺼냈다.

"친절에 정말 감사드립니다."라고 가엾은 망명자는 가라앉은 목소리로 대답했다.

"이걸 먹으면 힘이 날 거예요. 가엾은 도련님. 그렇게 몰두해서 일을 하기 때문에 몸이 허약해지는 거예요. 당신은 그런 괴로운 직업에 어울리는 사람이 아니에요."

벤세슬라스 스타인벡은 어이없다는 표정으로 나이 든 아가씨의 얼굴을 바라보았다.

"어서 드세요."라며 그녀가 말을 이었다. "마치 자신이 만든 조각이 마음에 들었을 때처럼 그렇게 뚫어져라 저를 바라보지 마시고⋯⋯."

말의 주먹이라고도 할 만한 그런 것을 한 방 얻어맞고 청년은 제정신을 차렸는데, 그도 그럴 것이 그제야 비로소 자기 앞에 있는 것이 언제나 지나친 다정함으로 자신을 놀라게 하는 여자 멘톨(멘톨은 율리시즈의 아들인 텔레마코스의 보호자. — 역자 주)이라는 사실을 깨달았기 때문으로, 그는 그 정도로 놀림을 당하는 데 익숙해져 있었다.

스타인벡은 스물아홉 살이었는데 금발머리 사내에게서 흔히 볼 수 있는 것처럼 실제보다 대여섯 살은 어려 보였다. 망명생활과 가난 때문에 싱싱함도 잃은 이 청년의 젊음과, 거기에 비해서 거칠게 말라 버린 노처녀의 얼굴이 나란히 있는 것을 본다면 사람들은 자연히 그들에게 성별을 줄 때 실수를 저질러 반대로 준 것이라고 생각할 것이다. 그는 자리에서 일어나 위트레흐트 산 노란색 벨벳으로 감싸 놓은 루이 15세 시대풍의 낡은 안락의자가 있는 곳으로 가서 몸을 던졌다. 그곳에서 한동안 쉬고 싶어 하는 것처럼 보였다. 나이 든 아가씨는 과일을 하나 집어 다정하게 그에게 권했다.

"고맙습니다."라고 말하며 그는 과일을 받아들었다.

"피곤해요?"라고 그녀는 과일을 또 하나 건네주며 물었다.

"일에 지친 게 아니라 산다는 것에 지친 거예요."라고 그가 대답했다.

"또 쓸데없는 생각을!"이라며 그녀는 일종의 불쾌함을 담아서 말을 이었다. "당신에게는 늘 당신의 일을 생각해 주는 수호신이 있잖아요."라며 그에게 설탕과자를 권한 뒤, 그가 모든 것을 맛있게 먹는 모습을 바라보며 그녀가 말했다. "그거 알아요? 사촌 언니네서 저녁을 먹을 때도 당신을 생각했어요."

"알고 있습니다."라고 그는 리즈베트에게 반은 애무하는 듯한, 그러면서도 반은 불만을 호소하는 듯한 시선을 던지며 말했다. "당신이 없었다면 저는 이미 오래 전에 죽어 버렸을 거예요. 하지만 피셸 씨, 예술가에게는 기분전환이라는 것이 필요해요."

"어머! 그 말이 하고 싶었던 거로군요!"라고 그녀는 외치며 주먹을 허리에 대고 불타오르는 듯한 눈동자를 그에게 고정시켜 그의 말을 가로막았다. "시료병원에서 비참한 최후를 맞는 수많은 노동자들처럼 파리의 오욕의 늪에서 몸을 망쳐 버리고 싶다는 거죠? 안 돼요, 안 돼. 번듯한 재산을 마련해야 해요. 그리고 연금이 들어오는 신분이 되면 그때는 마음껏 놀아도 좋아요. 도련님, 그렇게 되면 의사선생님께도 놀이에 쓸 돈이 생길 테니까요. 이 난봉꾼!"

벤세슬라스 스타인벡은 자력을 띠고 있는 불꽃으로 그를 꿰뚫는 시선을 동반한 그런 사격을 받고는 풀이 죽어 버렸다. 설사 제아무리 걸쭉한

입담을 가진 신랄한 사람이라 할지라도, 이 장면의 첫 부분을 봤다면 피셸 양에 대해 올리비에 부인이 떠들어 대고 있는 소문이 얼마나 허위에 넘치는 중상인지를 이미 깨달았을 것이다. 이 두 사람의 말투와 동작과 눈빛 모든 것이 두 사람의 비밀스러운 생활의 결백함을 명백히 보여 주고 있었다.

　나이 든 아가씨는 무뚝뚝하기는 하지만 진심이 담긴 모성적 애정을 발휘하고 있었다. 청년은 그런 어머니와도 같은 횡포를 착한 아들처럼 견뎌 내고 있었다. 이 이상한 둘의 관계는 한쪽의 강렬한 의지가 다른 한쪽의 나약한 성격에 끊임없이 작용한 결과처럼 보였는데, 그런 의지의 나약함은 슬라브 인 특유의 것으로, 그것이 그들 속에, 전장에서는 영웅적인 용기를 발휘할 수 있는 여지를 남겨 주면서도 행동에 있어서는 믿을 수 없을 정도의 지리멸렬함, 정신적인 나약함을 발생하게 하는 것이다. 그 원인은 생리학자들이 반드시 연구해야만 할 것으로, 실제로 정치에 대한 생리학자들의 관계는 농업에 대한 곤충학자들의 관계와도 같은 것이다.

　"하지만 제가 결국 부자가 되지 못하고 죽는다면요?"라고 벤세슬라스가 풀이 죽어 말했다.

　"죽는다고요?……"라고 나이 든 아가씨가 외쳤다. "걱정 말아요, 제가 죽게 내버려두지 않을 테니까. 제게는 두 사람분의 생명이 가득 들어 있으니까요. 필요하다면 제 피를 당신 몸 속에 부어 드리겠어요."

　이 격렬하고 순수한 외침을 듣자 눈물이 스타인벡의 눈꺼풀을 적셨다.

　"그렇게 실망할 필요 없어요, 귀여운 벤세슬라스 씨."라고 리즈베트는 가엾은 마음으로 말을 이었다. "저기, 사촌 언니의 딸인 오르탕스가 당신의 도장 재료를 아주 멋지다고 생각하는 것 같아요. 그러니까 당신의 그 청동 군상을 좋은 가격으로 팔 수 있도록 해 줄 거예요. 그렇게 되면 당신은 저에 대한 도리도 다하게 되는 것이니, 하고 싶은 일은 뭐든지 할 수 있게 될 거예요. 자유롭게 되는 거죠. 자, 이젠 웃어 보세요!"

"당신에게 도리를 다하다니, 그건 결코 있을 수 없는 일입니다."라고 가엾은 망명자가 대답했다.

"어머, 어째서요?……"라고 보주 태생의 시골 여자는 자신의 이익에 반하면서까지 리보니아 사람의 편을 들며 물었다.

"당신은 구렁텅이에 있는 제게 먹을 것을 주셨고, 살 곳을 주셨고, 여러 가지로 보살펴주셨습니다. 뿐만 아니라 제게 힘까지 주셨습니다. 오늘 여기에 있는 저는 당신이 만든 겁니다. 물론 때때로 제게 지독한 말씀을 하시기는 했습니다. 저도 괴로웠습니다."

"제가요?"라며 나이 든 아가씨가 말했다. "이번에도 시다, 예술이다 한심하기 짝이 없는 것들을 끄집어내서, 손가락을 딱딱 울리고, 손을 휘두르고, 이상적인 미가 어떻다는 둥, 북방의 광기 어린 신비주의가 어떻다는 둥, 강의를 시작할 생각인가요? 미에도 역시 견실함 이상의 가치는 없어요. 그리고 견실한 사람이란 나를 말하는 거예요! 당신 머릿속에는 훌륭한 생각이 들어 있다고 말씀하실 생각인가요? 대단하군요! 하지만 훌륭한 생각은 제게도 있어요.…… 머릿속에 제아무리 멋진 것이 들어 있다 한들 그걸 활용하지 않는다면 무슨 소용 있겠어요? 그러니까 훌륭한 생각을 가진 사람이라 할지라도, 부지런히 일하는 사람에게는 이길 수가 없어요.…… 그런 꿈같은 생각만 하지 말고 부지런히 일을 하지 않으면 안 돼요. 제가 없는 동안 일은 얼마나 했나요?"

"그 아름다운 아가씨는 뭐라고 하던가요?"

"누가 아름답다고 했나요?"라고 리즈베트는 질투심에 미쳐 버린 호랑이가 울부짖는 듯한 강한 어조로 되물었다.

"당신이요."

"당신이 싫은 표정을 지을까 봐 그렇게 말한 것뿐이에요! 여자 뒤꽁무

니나 따라다니고 싶다는 건가요? 그런 여자가 좋다면 말이죠, 여자를 조
각의 틀에 흘려 넣으세요. 청동으로 당신의 욕망을 형상화하세요. 아직
당분간은 그런 걸 용서하지 않을 테니까요, 홀딱 반했다는 둥, 특히 내 조
카딸에 대해서는요. 당신에게 그 애는 그림의 떡이에요. 그 아이에게는
연 수입이 6만 프랑 되는 남편이 필요하니까요.…… 그리고 그런 사람이
벌써 나타났어요.…… 어머, 아직도 침대를 정리하지 않았군요!"라고 그
녀는 옆방을 들여다보며 말했다. "이런, 가엾은 고양이! 당신을 저렇게
내버려두다니……."

   씩씩한 노처녀는 바로 외투를 벗고, 모자를 벗고, 장갑을 벗고는 마치
하녀처럼 재빠르게 예술가가 잠을 자는, 기숙사용 침대처럼 생긴 조그만
침대를 정돈했다. 그처럼 무뚝뚝한, 아니 퉁명스럽기까지 한 말투와 친
절함의 혼합이야말로 리즈베트가 그 남자에 대해서 쥐고 있는 지배권을
설명해 주는 것으로, 그녀는 그 남자를 완전히 자신의 것으로 만들어 버
린 것이었다. 우리가 인생에 애착심을 느끼는 것도 이렇게 좋은 일과 나
쁜 일이 번갈아가며 찾아오기 때문이 아닐까? 만약 이 리보니아 사람이
리즈베트 피셸을 만나는 대신 마르네프 부인을 만났다면, 그가 그 보호
자에게서 찾아낼 친절도 그를 어떤 진흙투성이의 오욕의 길로 인도하여
거기서 그를 파멸하게 만들었을 것임에 틀림없다. 당연히 그는 일을 하
지 않았을 테니 예술가는 태어나지 않았을 것이다. 바로 그랬기 때문에
이 노처녀의 화가 날 정도의 탐욕스러움을 한탄하면서도, 그의 이성은
몇몇 고향 사람들이 빠져 있는 게으른 생활보다는 이 고단한 생활을 선
택하라고 그에게 명령했던 것이었다.

   이상이 여자의 에너지와 남자의 나약함의 배합의 계기가 된 사건인데
이런 도리에 어울리지 않는 배합도, 들리는 소문에 의하면, 폴란드에서
는 꽤 자주 벌어지고 있는 일이라고 한다.

7

피셸 양은 주문이 밀릴 때면 밤늦게까지 일을 하곤 했는데 1833년 어느 날 밤 1시 무렵, 지독한 탄산가스 냄새와 함께 죽기 일보 직전에 있는 남자의 신음소리가 들려왔다. 그 가스 냄새와 숨을 헐떡이는 소리는 그녀가 살고 있는 아파트 위층 다락방에서 흘러나오는 것이었다. 그녀는 얼마 전에 이 집으로 이사 왔으며, 3년 전부터 셋방으로 개조한 그 다락방에 살고 있는 청년이 자살한 것이라고 생각했다. 그녀는 서둘러 위층으로 올라가 로렌 여자의 힘을 온 몸에 실어 문에 부딪쳐 문을 억지로 열자 세입자가 말기의 마지막 경련으로 몸을 부들부들 떨며 간이침대 위에서 나뒹굴고 있었다. 그녀는 난로의 가스를 막았다. 문을 열자 바깥 공기가 흘러들어와 망명자는 목숨을 건졌다. 그런 다음 그를 환자처럼 침상에 눕힌 뒤 그가 잠들자, 리즈베트는 덜컥거리는 테이블과 간이침대와 다리 두 개짜리 의자밖에 없는 이 다락방의 처절한 빈곤 상태를 보고 자살의 원인을 알 수 있었다.

테이블 위에 유서가 있어서 읽어 보니 이렇게 적혀 있었다.

「저는 리보니아의 프레리에서 태어난 벤세슬라스 스타인벡 백작이라고 합니다.

제 죽음을 누구의 탓으로도 돌리지 마십시오. 제 자살의 원인은《폴란드는 멸망하지 않는다》라는 코시우스코(18세기 폴란드의 애국자. ─ 역자 주)의 말 속에 있으니.

카를 12세의 용감한 장군의 조카는 구걸하기를 원하지 않았던 것입니다. 허약한 제 몸은 군무에 복무하는 것을 허락하지 않았으며, 저는 어제 드레스덴에서 파리로 올 때 가져온 100탈러(독일어로 15~19세기까지 통용된 은화)가 다 떨어지는 걸 보았습니다. 이 테이블 서랍에 25 프랑을 남겨 두었으니 그것으로 집주인에게 내지 못한 방세를 내 주시기 바랍니다.

이제 의지할 곳도 없는 몸이기 때문에 제 죽음은 누구의 흥미도 끌지 못할 것입니다. 우리나라 사람들에게는 프랑스 정부를 비난하지 말아 달라고 부탁하고 싶습니다. 저는 망명자로 신고도 하지 않았고, 어떤 청구도 하지 않았으며, 단 한 사람의 망명자도 만나지 않았습니다. 파리에서는 제가 살아 있다는 사실을 아무도 모릅니다.

저는 기독교인다운 마음으로 죽어갈 것입니다. 신이시여, 스타인벡 일가의 마지막 사내를 용서하소서!

벤세슬라스」

피셸 양은 방세를 내려는 이 청년의 성실함에 매우 감동하여 서랍을 열어 보았더니 실제로 100스우 화폐(5프랑. 1스우는 5상팀. ― 역자 주)가 5장 들어 있었다.

"가엾은 사람!"이라며 그녀가 외쳤다. "하지만 이 사람을 돌봐줄 사람이 아무도 없어!"

그녀는 자기 집으로 내려가 일감을 가지고 와서 이 리보니아 귀족을 간병하며 일을 했다. 정신을 차렸을 때, 머리맡에 여자가 한 명 있는 것을 보고 망명자가 얼마나 놀랐을지는 쉽게 알 수 있을 것이다. 그는 아직도 꿈을 꾸고 있는 것이라고 생각했다. 군복에 달 장식 끈을 만들면서 나이든 아가씨는 이 젊은이, 잠든 얼굴에 그녀가 반해 버린 젊은이의 보호자가 되어야겠다고 마음속으로 결심했던 것이었다. 청년 백작이 완전히 정신을 차리자 그녀는 그에게 격려의 말을 했으며, 생활비를 벌 수 있게 하려면 어떻게 해야 하는지 등을 여러 가지로 물어보았다.

자신의 신상에 관한 이야기를 마친 벤세슬라스는 미술에 대해서 사람들로부터 인정받았던 천부적인 재질 덕분에 지금의 지위를 얻을 수 있었던 것이라고 덧붙였다. 그는 옛날부터 조각에 소질이 있다는 사실을 알고 있었다. 하지만 정규 교육을 받는 데 필요한 시간을 그는, 돈이 없는 사람에게는 너무 긴 것이라고 생각했으며 지금의 자신은 어떤 일에 종사하기에도, 조각예술에 몰두하기에도 몸이 너무 약해져 있다고 말했다. 리즈베트에게 있어서 그런 말은 전부 앞뒤가 맞지 않는 것이었다. 그녀는 이 불행한 남자에게, 특히 파리라는 곳은 온갖 생활수단을 제공해 주기 때문에 의욕이 있는 사람은 어떻게 해서든 살아갈 수 있을 것이라고 말했다. 어느 정도 인내심만 가지고 있다면 뜻이 있는 사람이 여기서 굶어죽을 리는 없을 것이라는 말이었다.

"저만 해도 일개 독신녀, 일개 시골 여자에 불과하지만 그래도 독립해서 훌륭히 살아가고 있어요."라고 마지막으로 그녀가 덧붙였다. "아시겠어요? 만약 당신이 진심으로 열심히 일을 하겠다고 한다면 제게는 모아둔 돈이 얼마간 있으니 다달이 생활에 필요한 돈을 빌려드릴 수는 있어요. 하지만 생활에 필요한 최소한의 비용이지, 정신없이 놀러 다니거나 여자와 놀아날 돈은 아니에요. 파리에서라면 25스우에 저녁을 먹을 수 있고, 아침은 매일 제 것과 함께 만들어 드리도록 하겠어요. 어쨌든 당신 방에 필요한 가구를 갖춰 주고 당신이 필요하다고 생각하는 것을 배울 비용도 내도록 하겠어요. 당신은 당신을 위해서 제가 쓰는 돈에 대한 분명한 차용증서를 써 주시기만 하면 돼요. 그랬다가 돈이 좀 모아지면 전부 돌려주시기만 하면 돼요. 하지만 당신이 일을 하지 않으신다면 저는 아무런 약속도 하지 않았던 것이라 생각하고 당신을 내버려두겠어요."

죽음과의 첫 번째 싸움의 씁쓸한 뒷맛을 아직도 느끼고 있던 불행한 사내가 "아아!"라고 외쳤다. "온갖 나라의 망명자들이, 마치 연옥의 영혼들이 천국을 향해서 발버둥치는 것처럼, 파리를 향해서 모여드는 것은 지극히 당연한 일입니다. 그 어떤 곳에서도, 이런 다락방에서조차도 구원의 손길을 내밀어 주시는 고매한 마음을 가진 사람을 만날 수 있는 이 나라는 그 얼마나 이상적인 나라입니까? 앞으로의 제게 있어서 당신은 저의 모든 것입니다. 저는 당신의 노예가 되겠습니다! 부디 제 마음의 친구가 되어 주시기 바랍니다!"라고 그는 폴란드 인에게는 아주 익숙한, 그 애무하는 듯한 과장스러운 감정의 표현을 담아 말했는데, 그들은 그와 같은 버릇 때문에 비굴한 국민이라는 매우 부당한 비난을 받는 것이었다.

"아니, 안 돼요! 저는 질투심이 강하기 때문에 당신을 불행하게 만들어 버릴 거예요. 하지만 당신의 친군지 뭔지라면 기꺼이 되어드리도록 하겠어요."라고 리즈베트는 대답했다.

"아, 아! 제가 파리의 공허함 속에서 몸부림치고 있을 때 제가 얼마나 열렬하게 누군가를, 설사 폭군이라 할지라도 상관없으니 저와 사귀어 줄 누군가를 얼마나 찾아 헤매고 있었는지 알아주실 수만 있다면!" 이라며 벤세슬라스는 말을 이었다. "만약 귀국을 했다면 황제가 저를 시베리아로 보냈을 테지만, 그 시베리아조차도 그리울 정도였습니다.…… 제게 하늘의 가르침을 주십시오. 저도 일을 하겠습니다. 지금보다 변변한 인간이 되어 보이겠습니다. 지금이라고 해서 딱히 변변찮은 사내라고 말할 수 있는 것도 아니지만……."

"제가 하라고 하면 무슨 일이든 하시겠어요?"라고 그녀가 물었다.

"하겠습니다!"

"그렇다면 당신을 제 아이라고 생각하겠어요."라며 그녀는 들뜬 목소리로 말했다. "관 속에서 나온 남자와 사귀게 되었군요. 그럼 시작해 볼까요? 장을 봐 올 테니 당신은 옷을 입으세요. 제가 빗자루로 천장을 콩콩 두드릴 테니 내려오셔서 저와 함께 식사를 하세요."

이튿날, 피셸 양은 제품을 가지고 간 업자들로부터 조각가라는 직업에 대한 여러 가지 정보를 입수했다. 여기 저기 물어보고 다닌 덕분에 그녀는 프로랑과 샤놀의 공장을 찾아낼 수 있었다. 그곳은 고급 청동제품이나 호사스러운 금은식기를 주조하고 세공하는 전문공장이었다. 그녀는 스타인벡을 그곳으로 데려가 수습 조각가로 고용해 달라고 부탁했다. 하지만 업무가 매우 기묘했다. 그 공장에서는 특별히 유명한 조각가의 거푸집을 바탕으로 제작하고 있었기 때문에 조각 기술 같은 건 가르쳐주지 않았다. 나이 든 아가씨의 끈기와 고집스러움은, 그녀가 보호하고 있는 청년을 장식 도안 담당으로 취직시키는 데 성공했다. 스타인벡은 얼마 지나지 않아서 각종 부속 장식품의 틀을 만들 수 있게 되었으며, 새로운 틀을 제안하기도 했다. 천부적인 재능이 있었던 것이었다.

조물사(彫物師)로서의 수습기간을 마친 지 5개월이 지났을 때, 그는 프로랑 상회의 주임 조각가인, 그 유명한 스티드만을 소개받았다. 20개월 후, 벤세슬라스는 이 스승까지도 능가할 정도의 실력을 갖게 되었다. 그런데 그러는 30개월 동안, 나이 든 아가씨가 16년에 걸쳐서 조금씩 모아둔 돈도 전부 써 버리고 말았다. 금화로 하면 2천 5백 프랑! 그녀는 이 돈을 종신연금에 적립해 둘 생각이었지만 그게 지금은 어떻게 되었는가? 일개 폴란드 인이 발행한 약속어음으로 밖에 존재하지 않게 되었다. 그랬기 때문에 요즘의 리즈베트는 리보니아 인이 사용한 돈을 마련하기 위해서 젊었을 때와 마찬가지로 억척스럽게 일을 하게 되었다.

자신이 소중하게 여기고 있던 금화 대신 한 장의 종이조각밖에 손에 남지 않은 것을 본 순간, 그녀는 어떻게 해야 좋을지 몰라 지난 15년 동안 가장 솜씨 좋은 여공의 충고자이자 친구였던 리베를 찾아가 상의를 하게 되었다. 일의 경위를 듣고 난 리베 부부는 리즈베트를 야단쳤으며, 미친 사람 취급을 했고, 망명 외국인들에게 온갖 욕설을 퍼부었으며, 그런 무리들의 독립을 회복하려는 책모가 상업의 번영, 무슨 일이 있어도 지켜야만 할 평화를 위험하게 하는 것이라고 말했다. 그들은 나이 든 아가씨를 부추겨, 상거래에서 말하는 '보증'을 세우라고 권했다.

"그 쓸모없는 인간이 당신에게 제공할 수 있는 유일한 담보는 그 자신의 육체적 자유예요."라고 리베 씨가 말했다.

아실 리베 씨는 상사 재판소의 판사였다.

"외국인에게 있어서 이건 웃어넘길 일이 아닙니다."라고 그는 계속해서 말했다. "프랑스 인의 경우, 5년 정도 감옥에서 살면 그 다음부터는 틀림없이 부채를 청산하지 않아도 출옥할 수 있어요. 왜냐하면 양심에 구속되는 것만으로도 양심이라는 것은 늘 그를 가만히 내버려두니까요. 하지만 외국인은 감옥에서 결코 나올 수가 없어요. 당신의 그 약속 어음을 제게 주세요. 당신은 그것을 우선 우리 회계담당자 앞으로 돌리세요. 그러면 그에게 그 부도 어음의 거래거절증서를 쓰게 하고, 당신들 두 사람을 고소해서 대심이라는 형태로 민사구속을 선고하는 판결을 내리게 할 테니까요. 완전히 일이 마무리 된 뒤에 우리 회계담당자가 몰래 반대증서를 당신에게 보내기만 하면 되는 거예요. 그렇게 하면 당신에게도 이자가 붙을 거고, 그 폴란드 인에게도 언제나 총알이 장전된 권총을 겨누고 있는 셈이 되니까요."

나이 든 아가씨는 필요한 수속을 밟아 달라고 부탁한 뒤, 벤세슬라스에게는 이런 소송의 수속을 밟는 것은 오로지 그들에게 얼마간의 돈을 빌려줄 한 고리대금업자에게 담보를 주기 위해서 하는 것일 뿐이니 걱정하지 않아도 된다고 말했다. 이 구실은 상사 재판소 판사의 빈틈없는 기지가 만들어 낸 것이었다. 순수한 예술가는 은인을 너무나도 신뢰하고 있어 장님과 다를 바 없었기 때문에 인지가 붙어 있는 그 서류를 파이프로 불을 붙여 태워 버렸다. 다시 말해서 그도 역시 마음에 고민이 있는 사람이나, 잠을 재워야만 하는 에너지를 주체하지 못하는 모든 사람들과 마찬가지로 대단한 흡연가였기 때문이었다. 어느 날 리베 씨가 피셸 양에게 한 무더기의 서류를 보여 주며 그녀에게 말했다.

"벤세슬라스 스타인벡은 이제 당신 것입니다. 온 몸이 꽁꽁 묶여서 꼼짝도 하지 못할 겁니다. 당신은 그 사람을 24시간 이내에 클리시(부채를 갚지 않는 사람들을 가두기 위해 만든 감옥)에 보내 거기서 평생을 보내게 할 수도 있으니까요."

이 성실하고 존경할 만한 상사 재판소 판사는 그날, 음흉한 선행을 행했다는 확신이 불러일으키는 것임에 틀림없는 그런 만족을 느끼고 있었다. 파리에서는 선행도 여러 가지 형태를 띠고 있기 때문에 그런 '음흉한 선행' 이라는 기묘한 표현조차도 선행의 변종 중 하나에 대응하고 있는 것이다. 일단 리보니아 청년을 상사 재판이라는 오랏줄로 묶어 놓고 나니 이번에는 돈을 갚게 하는 것이 문제가 되었다. 이 고명한 상인은 벤세슬라스 스타인벡을 진짜 사기꾼이라 생각하고 있었기 때문이었다. 그에게 있어서 심정이라거나 성실함이라거나 시와 같은 것은 사업상의 재해가 되는 것이었다. 리베 자신의 말을 빌자면, 일개 폴란드 인에게 칠면조와 같은 취급(한방 먹었다는 뜻. — 역자 주)을 받은 가엾은 피셸 양을 위해서 스타인벡이 전에 있었던 가게의 부유한 조금(彫金)업자를 만나러 갔다. 그런데 앞서 말했던, 파리의 귀금속 세공계에서 가장 주목할 만한 예술가들(바그너나 프로망 무리스 등. — 역자 주)의 도움을 얻어, 프랑스 예술을 오늘날과 같은 완성미에 도달시켜 르네상스 시대의 피렌체 사람들과 경쟁하기에 다다른 스티드만이 마침 샤놀의 사무실에 있었다. 그때 마침 이 자수업자가 스타인벡이라는 폴란드 인 망명자에 대해서 물으러 갔던 것이었다.

"스타인벡이라니, 도대체 어떤 사람을 말씀하시는 겁니까?"라며 스티드만이 놀리는 듯한 어투로 말했다. "설마 제가 제자로 가르쳤던 리보니아 청년을 두고 말씀하시는 건 아니겠지요? 손님, 미리 말해 두겠는데 그는 굉장히 훌륭한 예술가입니다. 사람들의 말에 의하면 저는 저 자신을 악마 같은 거물이라고 생각하고 있다고들 합니다. 그런데 그 가엾은 청년은 조각의 신이 될 수 있었을 텐데도 자신은 아무것도 모르고 있습니다."

"죄송하지만 판사라는 명예를 가지고 있는 제게 매우 거침없는 투로 말씀하시는 듯한데, 그건 그렇다 치고……."

"이거 실례했습니다, 재판관님!……."이라고 스티드만이 상대방의 말을 끊고 이마에 손을 얹어 경례를 했다.

"조금 전 당신의 말을 듣고 안심했습니다. 그렇다면 그 청년은 돈을 벌 가능성이 있다는 말입니까?"

"글쎄 말입니다."라며 샤놀 노인이 말했다. "하지만 돈을 벌기 위해서는 일을 할 필요가 있습니다. 그대로 우리 가게에 남아 있었다면 지금쯤은 상당한 돈을 모았을 텐데 말입니다. 어쩔 수 없는 일입니다. 예술가들이란 원래 남에게 얽매이는 걸 싫어하니까요."

"자신의 가치와 존엄성을 자각하고 있는 것입니다."라며 스티드만이 대답했다. "벤세슬라스가 자신의 길을 가며 명성을 높여 위대한 인물이 되려고 노력했다고 해서 저는 그를 비난할 수 없습니다. 그의 권리이니까요! 하지만 그가 떠났을 때는 저도 상당한 손해를 봤습니다."

"바로 그겁니다."라고 리베가 외쳤다. "그것이 학교를 나왔는가 못 나왔는가 하는 것에 대한 젊은이들의 자부심이라는 것입니다.…… 우선은 먼저 돈을 모아 놓은 다음에 명성이든 뭐든 추구해야 합니다."

"돈을 모으면 실력이 녹슬게 됩니다."라며 스티드만이 대답했다. "명성이 재산을 가져다주는 것이 순서거든요."

"어쩔 수 없습니다."라며 샤놀이 리베에게 말했다. "예술가를 묶어둘 수는 없습니다."

"묶으려 해도 밧줄을 갉아 버리죠."라고 스티드만이 맞받아쳤다.

"이 선생님과 같은 분은……"이라며 샤놀은 스티드만 쪽을 바라보며 말했다. "재능이 있으면 있을수록 변덕도 심합니다. 엄청나게 낭비를 하며 유부녀와 사귀고, 마치 돈을 창 내던지듯 써서, 심지어는 일을 할 시간조차도 없습니다. 그래서 주문받은 일조차도 게을리 하게 됩니다. 저희는 하는 수 없이 기술자들에게 부탁을 하기 때문에 이 선생님들만큼 솜씨도 없으면서 부자가 되는 것은 그들입니다. 그러면 선생님들은 이 세상이 무정하다며 불평을 털어놓습니다. 열심히 노력하시면 돈이 산더미처럼 쌓일 텐데……."

"당신은 말입니다, 류미뇽 씨."라고 스티드만이 말했다. "대혁명 이전의 한 출판업자를 떠올리게 하는군요. 그 출판업자가 이렇게 말했다고 합니다. '아아, 만약 몽테스키외와 볼테르와 루소를 가난한 채로 우리 집 다락방에 가둬두고 그들의 바지를 옷장에 넣어둘 수만 있다면 그들은 틀림없이 멋지고 훌륭한 책을 많이 써 낼 테니 한 재산 모을 수 있을 텐데.'라고. 훌륭한 작품을 못이라도 만드는 것처럼 척척 제조해 낼 수 있다면 출판사에서 직접 만들어 냈을 게 아닙니까?…… 천 프랑 준 것 갖고 그렇게 투덜대지 마세요."

사람 좋은 리베 씨는 가엾은 피셀 양을 위해서 매우 만족스러운 기분으로 집으로 돌아갔다. 매주 월요일이면 그녀가 그의 집으로 와서 저녁을 먹기로 되어 있었기 때문에 그날도 잠시 후면 그녀를 만날 수 있을 것이었다.

"만약 당신이 그 사람을 열심히 일하게 한다면 당신은 현명한 것 이상으로 행복을 맛보게 될 겁니다. 이자와 소송비용과 원금까지 전부 돌려받을 수 있을 겁니다. 그 폴란드 인에게는 재능이 있습니다. 생계 정도는 꾸려나갈 수 있게 될 겁니다. 단, 그 사람의 바지와 구두를 잘 간수해서라 쇼미에르(당시 유명했던 댄스 홀. — 역자 주)나 노트르담 드 롤렛 가 근처에는 가지 못하도록 하고 목에 밧줄을 걸어놓도록 하세요. 그렇게 주의를 기울이지 않으면 당신의 조각가 선생님은 그런 곳을 어슬렁거릴 게 뻔하니까요. 예술가들이 어슬렁거린다는 말이 무슨 뜻인지 당신은 모를 거예요. 그건 지독한 일입니다. 조금 전에 들은 얘기에 의하면 천 프랑이라는 돈이 하룻밤 사이에 사라져버린다는 뜻이니까요."

이와 같은 에피소드가 벤세슬라스와 리즈베트의 은밀한 생활에 커다란 영향을 주었다. 은인인 리즈베트는 자신이 내 준 돈이 위험에 처했다는 생각이 들 때면—실제로 몇 번이나 그것을 잃었다고 생각했는지 모른다— 망명자의 빵을 비난이라는 쌉싸름한 압생트에 적셨다. 다정했던 어머니가 계모가 되어 그녀는 이 가엾은 아이를 일방적으로 야단쳤으며, 사사건건 괴롭혔고, 일을 빨리 하지 않는다고 책망했으며, 돈도 되지 않는 직업을 선택했다며 혼을 냈다. 그녀는 붉은 밀랍으로 만든 모형이나 조그만 조각상, 장식 조각의 밑그림, 여러 가지 시 작품들에 가치가 있다는 사실을 믿을 수 없었기 때문이었다. 하지만 곧 너무 심하게 대했던 자신을 후회하고, 뒤치다꺼리나 다정한 말, 헌신적인 봉사로 그 흔적을 지우려 노력하곤 했다. 가엾은 청년은, 자신은 이 말괄량이의 뜻에 묶여 보주 출신의 시골 아가씨의 지배에 굴하고 있는 것이라는 생각이 들 때마다 신음을 연발했지만, 앞서 말한 것과 같은 극진한 대접을 받게 되면 인생의 형이하학적인 면, 물질적인 면에만 치중하는 모성적인 마음 씀씀이에 다시 빠져 버리고 마는 것이었다. 그는 마치 일주일 동안의 혹독한 대우를 화해의 애무로 한순간에 녹여 버리고 마는 여자 같은 사람이었다.

이런 이유로 피셀 양은 이 청년의 영혼 위에 절대적인 지배권을 확립했다. 이 노처녀의 마음속에 씨앗이라는 형태로 존재하고 있던 지배에 대한 기호가 눈 깜짝할 사이에 성장을 했다. 그녀는 자부심과 행동에 대한 욕구를 만족시킬 수 있었다. 즉, 그녀에게는 그녀의 뜻대로 할 수 있고, 야단을 치고, 지도하고, 추켜세우기도 하고, 행복하게도 해 줄 수 있으며 거기다 경쟁상대를 두려워할 필요가 없는 한 사람이 있는 것이었다. 이런 이유로 그녀 성격의 좋은 면과 나쁜 면이 동시에 발휘되었다. 그것은 때때로 예술가를 괴롭히는 적도 있었지만, 그런가 하면 반대로 그녀는 들판의 꽃의 아치(雅致)와도 같은 섬세한 마음 씀씀이를 보이곤 했다.

그녀는 그가 무엇 하나 부족함 없이 생활하는 것을 보면 기뻐했으며, 그를 위해서라면 목숨이라도 버렸을 것임에 틀림없었다. 벤세슬라스는 그럴 것이라고 확신하고 있었다. 모든 아름다운 영혼을 가진 사람들이 그렇듯, 이 가엾은 청년도 괴로웠던 일을 모두 잊고, 이 노처녀의 결점을 잊고, 거기다 그녀도 자신의 거친 성격에 대한 변명으로 자신의 신상에 대한 이야기를 들려줬기 때문에 그는 신세를 진 일밖에 기억하지 못했다. 어느 날 벤세슬라스가 일은 하지 않고 어슬렁거리러 나갔다는 말을 듣고 나이 든 아가씨는 화가 치밀어 올라 그에게 덤벼들었다.

"당신은 내 소유물이에요!"라고 그녀가 그에게 말했다. "성실한 사람이라면 가능한 한 빨리 당신이 빌린 돈을 갚도록 노력을 해야 해요."

그러자 청년 귀족의 몸 안에서 스타인벡 일족의 피가 끓어오른 것인지 얼굴이 새빨갛게 변했다.

"아아, 신이시여!"라고 그녀가 말했다. "저희는 곧 저처럼 변변찮은 여자가 벌어들이는 30스우만으로 생활하게 될 거예요."

이와 같은 말의 결투에 초조함을 느낀 두 사람은 서로에게 화를 냈다.

거기서 가엾은 예술가는 처음으로 왜 자신을 죽음에서 억지로 구해냈냐며 은인을 원망했고, 이건 허무보다도 더 지독한 징역생활이다, 허무 속에서라면 안식 정도는 취할 수 있었을 것이라고 말했다. 그리고 도망을 가겠다고 말했다.

"도망을 치겠다고?······."라며 나이 든 아가씨가 외쳤다. "그래, 역시 리베 씨의 말이 옳았어!'

그리고 그녀는 폴란드 인에게 엄격한 어조로 어떻게 하면 그를 24시간 안에 감옥으로 처넣어 평생을 거기서 나오지 못하게 할 수 있는지를 설명해 주었다. 이것은 뼈아픈 일격이었다. 스타인벡은 침울한 기분과 완벽한 침묵에 빠졌다. 이튿날 밤, 리즈베트는 자살을 준비하는 소리를 듣고 자신이 돌봐주고 있는 남자의 방으로 올라가 서류 뭉치와 정식 영수증을 내밀었다.

"자, 벤세슬라 씨, 저를 용서해 주세요."라고 그녀는 눈물을 글썽이며 말했다. "부디 행복해지세요. 저를 버리고 어디든지 가세요! 저는 당신을 너무 괴롭히고 있어요. 하지만 가끔은 당신을 혼자서 생활할 수 있도록 만들어 준 가엾은 여자가 있었다는 사실도 생각해 주시겠다고 약속해 주세요. 어쩔 수가 없었어요! 제가 짓궂은 말을 한 것도 당신 때문이에요. 저는 언젠가는 죽을지도 몰라요. 제가 없어지면 당신은 어떻게 되는 거죠?······ 당신이 팔릴 만한 물건을 빨리 만들 수 있게 되었으면 좋겠다고 제가 초조하게 굴었던 이유도 거기에 있어요. 제 돈을 돌려 달라고 한 것도 저를 위해서 그랬던 게 아니에요, 정말로!······ 당신이 몽상이라고 말하고 있는 당신의 게으른 버릇, 몇 시간이고 하늘만 바라보며 그렇게 많은 시간을 낭비해 버리는 당신의 구상이라는 것이 걱정이에요. 저는 단지 당신이 일하는 습관을 몸에 익혔으면 하는 것뿐이에요."

그녀의 이런 말은 그가 대꾸 한마디 하지 못하게 하는 어투, 눈빛, 눈물, 태도로 했기 때문에 기품 있는 예술가의 마음에 깊이 스며들었다. 그는 은인의 어깨를 부여잡더니 가슴으로 안으며 그녀의 뺨에 입을 맞췄다.

"이 서류는 잘 간직하고 계세요."라고 그는 활발한 모습을 내보이며 말했다. "당신이 저를 클리시에 집어넣을 리가 없지 않습니까? 저는 여기서도 감사라는 감옥에 갇혀 있지 않습니까?"

6개월 전에 일어난 그들의 비밀 공동생활에서의 그런 에피소드가 벤세슬라스로 하여금 세 점의 작품을 만들게 했다. 그러니까 지금 오르탕스가 가지고 있는 도장 재료와 골동품상에 맡긴 군상, 그리고 지금 막 그가 마무리 작업을 하고 있는 훌륭한 추시계로, 사실 그는 그 시계의 모형 태엽을 박고 있는 중이었다.

이 추시계에는 12명의 여인상이 멋지게 장식되어 있는데, 그 여인상이 12개의 '시간'을 나타내고 있었다. 그 여인들이 참으로 광기어린, 참으로 현란한 춤에 휩싸여 있었기 때문에 꽃과 과일 더미 위에 올라가 있는 세 큐피드들도 '한밤중의 시간' 밖에 멈추게 할 수 없었으며, 그 '한밤중의 시간'의 찢어진 망토의 끝자락이 가장 대담한 큐피드의 손 안에 남아 있었다.

그와 같은 주제가 환상적인 괴물이 꿈틀거리고 있는 모습을 나타내는, 멋진 조각으로 장식된 둥근 대 위에 얹혀 있었다. '시간'이 각각의 시간에 행해지는 습관적인 일들의 특징을 나타낸, 교묘하게 형상화된 상징으로 대표되고 있었다.

여기까지 이야기하면 피셸 양이 그녀의 리보니아 인에 대해서 품고 있는 이상할 정도의 집착도 쉽게 이해할 수 있을 것이다. 그녀는 그가 행복해지기를 바란다고 했지만 그런 그가 다락방에서 기력을 잃고 혈색을 잃어가고 있었다. 이와 같은 무시무시한 상황의 원인은 쉽게 짐작해 볼 수가 있다. 로렌 여자는 이 북국 태생의 청년을 어머니의 다정한 애정, 아내로서의 깊은 질투, 잔소리 많은 여자의 기승(氣勝)스러운 성격으로 감시를 하고 있었던 것이었다. 그랬기 때문에 그녀는 그가 어떤 미치광이 같은 행동, 어떤 방탕도 하지 못하도록 방법을 강구해 두고, 그에게는 늘 돈을 한 푼도 쥐어 주지 않았다.

어쩔 수 없이 조용히 지내고 있는 그녀의 희생자, 그녀의 반려자를 자기 혼자만을 위해서만 남겨 두고 싶다고 생각하는 그런 무모한 욕망의 야만스러움조차도 이해하지 못하는 것이었다. 왜냐하면 그녀는 온갖 어려움을 견디는 습관을 알고 있었기 때문이었다. 그녀는 스타인벡을 사랑하고 있었기 때문에 그와 결혼해야겠다는 생각을 가지고 있지는 않았지만, 너무나도 사랑하고 있었기 때문에 다른 여자에게 양보할 생각도 가지고 있지 않았다. 그의 어머니와도 같은 지위에만은 만족하지 못했으며, 그렇다고 해서 또 다른 하나의 역할을 생각할 때면 그녀는 자신을 미치광이라고 생각했다.

이와 같은 모순, 이 잔인할 정도로 깊은 질투, 한 남자를 혼자서 소유하고 있다는 데서 오는 행복 등과 같은 것들이 한꺼번에 이 나이 든 아가씨의 마음속에서 한없이 동요하고 있었다. 4년 전부터 스타인벡에게 완전히 빠져 버린 그녀는, 이 출구 없는 무리한 생활을 언제까지고 계속하고 싶다는 광기 어린 희망을 가슴에 품고 있었지만, 그런 그녀의 집요함이야말로 그녀가 자신의 소중한 아들이라고 부르고 있던 청년의 파멸을 불러일으키는 것이었다. 본능과 이성과의 이 싸움이 그녀를 이해할 수 없는 압제적인 여자로 만들었다. 그녀는 자신이 젊지도 않으며, 부자도 아니고, 아름답지도 않다는 사실에 대한 원한을 이 청년에게 풀었으며, 그런 식의 복수를 가할 때마다 마음속으로는 자신의 잘못된 마음을 부끄럽게 여겨 비굴할 정도의 언동, 무한한 애정이 담긴 마음 씀씀이로 돌아가곤 하는 것이었다. 도끼를 휘둘러 그녀의 힘이 어느 정도인지 확인하고 난 뒤가 아니면 그녀의 우상에게 바쳐야 할 자기희생을 바칠 수 없는 것이었다. 다시 말하자면 셰익스피어의 《템페스트》를 뒤집어놓아 칼리반이 알리에르와 프로스페로의 지배자가 된 것과 같은 것이었다.

고원한 것만을 생각하고 명상을 좋아하며 특히 게으른 버릇을 가지고 있는 그 불행한 청년의 눈은, 드디어 동물원 우리에 갇힌 사자와 마찬가지로 여자 보호자가 그의 영혼 속에 만들어 놓은 사막의 황량함을 엿보게 되었다. 리즈베트가 그에게 요구하는 강제적인 노동은 그의 마음속 여러 가지 욕구를 채워 주지는 못했다. 권태가 육체적인 병으로 변해 갔고, 미친 짓 같기는 했지만 때로는 꼭 필요한 것임에도 불구하고 그 돈을 달라고 할 수도 없었고, 그렇다고 해서 자신은 돈 버는 방법을 알지 못했기 때문에 그는 점점 쇠약해져 가고 있었다.

때에 따라서는 정력을 주체할 길이 없었기 때문에 불행한 의식이 드디어 울분을 자극하면 그는 마치 목마름에 시달리고 있는 나그네가 불모의 해안을 가로지르다 자신도 모르게 바다의 소금물을 바라보지 않을 수 없는 것과 같은 눈빛으로 리즈베트를 바라보곤 했다.

가난이라는 것과 파리에서의 유폐생활이 가져다주는 그 씁쓸한 과실을 리즈베트는 쾌감을 느끼며 맛보는 것이었다. 따라서 그녀는 아주 조그만 연애라 할지라도 그녀에게서 이 노예를 앗아갈 것이라는 사실을 공포심과 함께 예감하고 있었다. 그녀는 때때로 상대방을 완전히 압도하는 압제와 귀가 따가울 정도의 비난으로, 이 시인을 자잘한 세공물을 만드는 위대한 조각가로 만들어 자기 없이도 생활할 수 있는 수단을 그에게 부여해 버린 자신을 책망하곤 했다.

그런데 그 이튿날, 이들 세 가지 생활, 절망에 빠져 버린 어머니, 마르네프 부부, 가엾은 망명자라는 사정은 각각 다르지만 하나 같이 비참하기 짝이 없는 생활들은 모두, 오르탕스의 순진한 사랑과 남작이 조제파에 대한 불행한 사랑 끝에 만나게 되는 이상한 결말에 의해서 크게 동요하게 되었다.

8

오페라 극장에 들어서려던 순간, 참사원 의원은 르 페르치에 가에 있는 그 전당의 조금 음산한 외관을 보고 그 자리에서 멈춰 섰다. 거기에는 헌병도 불빛도 보이지 않았으며 종업원도 없었고, 군중을 줄 세우기 위한 목책도 없었다. 포스터를 바라보니 희고 긴 종이가 붙어 있는 것이 눈에 들어왔다. 거기에는 배우가 병이나 휴장이라는 결정적인 말이 반짝이고 있었다.

오페라 극장과 관계가 있는 모든 사람들이 그랬던 것처럼 그는 바로 그 근처 쇼샤 가에 위치한 조제파의 집으로 달려갔다.

"이보세요, 나리. 무슨 일로 오셨습니까?"라며 놀랍게도 문지기가 그에게 물었다.

"아니, 나를 벌써 잊었단 말인가?"라고 남작은 불안한 마음으로 물었다.

"그럴 리가 있겠습니까, 나리. 이렇게 서먹서먹하게 다시 나리라고 불러야 하기 때문에 '어디로 가십니까?'라고 묻는 것입니다."

섬뜩한 오한이 남작의 마음을 얼어붙게 만들었다.

"무슨 일이 있었던 거지?"

"남작님께서 밀라 씨의 아파트로 들어가신다 할지라도 거기에는 에로이즈 브리즈투 양과 픽쉬 씨, 레옹 드 롤라 씨, 루스트 씨, 드 베르니세 씨, 스티드만 씨 등과 같은 분들과 향수를 잔뜩 뿌린 부인들뿐입니다. 그분들은 지금 집들이 파티를 하고 계십니다."

"그렇다면 대체 어디로, 그……."

"밀라 씨 말입니까? 글쎄요, 그걸 과연 말씀드려도 되는 건지, 마는 건지."

남작은 5프랑짜리 화폐 두 장을 문지기의 손에 쥐어 주었다.

"그럼 말씀드리겠습니다. 지금은 비르 레보크 가에 있는 데르빌 공작께서 주신 저택에서 살고 있는 것 같습니다."라고 문지기는 조그만 목소리로 대답했다.

그 저택의 주소를 물어본 뒤 남작은 '밀로르' 한 대를 잡아탔다. 그리고 문이 두 개 달린 그 근대적이고 아름다운 저택 중에서도 문에 달린 가스등부터가 호사스러움을 확실하게 보여 주고 있는 집 앞에 도착했다.

남작은 평소 늘 입고 다니던 감색 나사 천으로 만들어진 상의에 하얀 넥타이를 매고, 하얀 조끼, 갈색 중국산 면으로 만들어진 바지, 반짝반짝 빛나는 부츠, 풀을 빳빳하게 먹인 셔츠의 가슴장식을 한 차림이었기 때문에 문지기의 눈에는 지각을 한 초대객 중 한 사람으로 비쳤다. 그의 당당한 관록, 위엄 있는 걸음걸이 등 모든 것이 그와 같은 견해를 뒷받침해 주는 듯했다.

문지기가 울린 종소리를 듣고 하인 하나가 현관의 기둥이 있는 복도에 모습을 드러냈다. 저택과 마찬가지로 새로운 이 하인이 남작을 안으로 안내하자 남작은 제정 시대풍의 몸짓과 함께 의연한 목소리로 그 남자에게 말했다.

"이 명함을 조제파 씨에게 건네주게."

여자의 말이라면 어떤 말이든 듣는 남작은 기계적으로 지금 자신이 있는 방을 바라보고 진귀한 꽃으로 전체를 장식해 놓은 그곳이 대기실이라는 것을 알 수 있었는데, 거기에 있는 가구들을 마련하는 데만 해도 5프랑짜리 은화 4천 개가 들었을 것이라는 사실을 알 수 있었다. 하인이 돌아와서 만찬이 끝나고 커피를 마실 시간이 될 때까지 객실에서 잠깐 기다려 주셨으면 좋겠다고 남작에게 말했다.

남작도 제정 시대의 화사한 생활을 모르지 않았으며, 그것은 틀림없이 놀랄 만한 것이었고, 당시 고안해 냈던 사치품만 해도 수명은 그리 길지 않았지만 역시 엄청나게 돈이 드는 것들이었다. 하지만 이 객실에 서 있자니 남작은 넋이 나가서 마치 눈이 멀어 버린 것 같았다. 세 개의 창에 면해 있는 것은 동화 속에서나 나올 것 같은 정원, 다른 곳에서 흙을 퍼다 꽃을 심어 한 달 만에 완성했으며, 잔디는 마치 화학적 조작에 의해 만들어진 것 같은 종류의 잔디 정원 중 하나였다. 그는 이 방의 품격 높은 장식과 금박, 퐁파두르 양식이라 불리는 값비싼 조각, 멋진 직물과 같은 것들뿐만 아니라, 그런 것들이라면 어떤 저속한 상인이라 할지라도 돈만 가져다 준다면 주문해서 손에 넣을 수 있는 것이었다.

하지만 오직 한 사람의 왕만이 선택하고, 발견하고, 구입하고, 선물할 수 있는 다음과 같은 것들에 감탄하지 않을 수 없었다. 그것은 그뢰즈의 그림이 두 점, 와트가 두 점, 반 다이크의 초상화가 두 점, 류이스달의 풍경화가 두 점에 과스프레가 두 점, 램브란트가 한 점, 홀바인이 한 점, 무릴료와 티치아노가 각 한 점씩 훌륭한 액자에 담겨진, 총계 20만 프랑의 가치가 있는 그림들이 있었다. 그 액자들도 역시 그림과 마찬가지로 값비싼 것들이었다.

"어머! 이제 아셨겠죠, 영감님?" 이라고 조제파가 말했다.

소리도 없는 문을 통해서 발끝으로 페르시아 융단 위를 걸어온 그녀는 그녀의 숭배자가, 귀가 윙윙 울려 파멸의 종소리 이외에는 아무것도 들리지 않는다는 듯이 멍한 상태에 빠져 있는 것을 급습했다.

이렇게도 높은 관직에 있는 인물에 대해서 한, 이 '영감님' 이라는 말은, 이런 종류의 여자들이 제아무리 위대한 인물의 가치라 할지라도 전혀 개의치 않는다는 뻔뻔스러움을 훌륭하게 보여 주고 있었는데, 그것이 남작의 발을 얼어붙게 만들었다. 전신을 흰색과 노란색으로 감싼 조제파는 오늘 밤의 축연을 위해서 매우 아름답게 꾸몄기 때문에 그 사치스럽기 짝이 없는 방에서조차도 더할 나위 없이 고급스러운 보석처럼 빛을 발하고 있었다.

"어때요? 아름답죠?"라고 그녀는 말을 이었다. "공작님께서, 한 주식합자회사에서 들어온 이익을 여기에 전부 쏟아 부으셨어요. 주가가 올랐을 때 그곳의 주식을 처분하셨대요. 저의 공작님도 그렇게 바보는 아니죠? 석탄을 금으로 바꾸는 방법을 알고 있는 건 역시 유서 깊은 대귀족뿐이에요. 식사를 하기 전에 공증인이 서명을 해 달라며 취득 계약서를 가지고 왔는데 그 안에는 대금 수령증도 전부 들어 있었어요. 오늘 참석하신 분들은 데즈그리뇽, 라스티냐, 맥심, 르농쿠르, 베르누유, 라장스키, 록슈피드, 라 파르펠린 등과 같은 분들, 그리고 은행가인 뉴싱겐, 듀티에 그 밖에도 안토니어, 말라거, 칼라빈, 라 숑츠도 있는데 모두들 굉장한 부자라 당신을 동정하고 있더라고요. 좋아요, 유로 씨. 당신도 초대하도록 하죠. 그 대신 헝가리아 주(酒)나 샴페인이나 캡 주(酒)를 두 병 정도 얼른 마셔서 다른 분들과 비슷하게 취해야 해요. 우리는 말이죠, 여기서 너무 많이 마셔서 오페라 극장을 쉴 수밖에 없었거든요. 극장의 단장은 완전히 취해서 음정, 박자를 완전히 무시하고 노래 부르고 있다니까요!"

"아아, 조제파!……."라고 남작이 외쳤다.

"변명이란 정말 쓸데없는 짓이에요!"라고 빙그레 웃으며 그녀가 말했다. "그래도 들어 보시겠어요? 이 저택과 가구들을 구입하는 데 60만 프랑 들었는데, 당신에게도 그에 필적할 만한 것이 있나요? 당신은 30만 프랑의 연금증서를 제게 주실 수 있어요? 공작님은 그것을 식료품점의 과자를 넣는 그 원추형 종이상자에 넣어서 제게 주셨어요…… 정말 멋진 생각이었어요!"

"정말 타락한 여자로군!" 이라고 참사원 의원이 말했지만 완전히 흥분해 버린 이 순간이라면, 단 24시간 동안만이라도 데르빌 공작과 위치를 바꿀 수만 있다면 그는 아내의 다이아몬드를 기꺼이 내밀었을 것이다.

"타락하는 것이 제 장사예요!" 라고 그녀는 맞받아쳤다. "어머, 당신 이번 일을 그런 식으로 생각하고 있었군요. 당신은 어째서 합자회사를 만들지 않았죠? 너무해요. 가엾은 염색한 고양이. 당신이야말로 제게 감사를 해야 해요. 당신이 저와 함께 부인의 앞으로의 생활비와 따님의 지참금까지 전부 써 버릴지도 모르는 그런 상황에서 제가 헤어져 줬으니까.…… 어머! 울고 계신 건가요? 나폴레옹 제국도 이제는 끝이에요.…… 제정에게 마지막 인사를 해 드리겠어요."

그녀는 비극배우 같은 동작을 취하며 말했다.

"당신은 유로라 불리지만, 이제 저는 모르는 사람!" (코르네유의 희곡 《오라스》에 나오는 한 구절을 인용한 것. ─ 역자 주)

그리고 그녀는 자리에서 떠났다.

반쯤 열린 문이 번개처럼, 점점 높아만 가는 주연의 소음의 단편을 동반한, 최고급 연회의 좋은 냄새가 감도는 빛줄기를 흘려보내고 있었다.

여배우가 되돌아와 가느다랗게 열린 문 뒤에서 들여다보니, 유로가 마치 청동으로 만들어진 동상처럼 그 자리에 우두커니 서 있었다. 그녀는 한 발짝 앞으로 다가가 다시 한 번 그의 앞에 모습을 드러냈다.

"유로 씨." 라고 그녀는 말했다. "쇼샤 가에 있는 낡은 아파트는 빅슈 씨의 애인인 에로이즈 블리즈투에게 넘겨 줬어요. 당신의 나이트캡과 부츠를 벗는 데 쓰는 도구, 면도할 때 쓰는 도구 같은 것은 당신이 요구하면 바로 돌려주라고 부탁을 해 놨어요."

이 소름 돋는 놀림은, 결과적으로 고모라를 떠나는 롯처럼 남작을 밖으로 내몰았지만 그는 롯의 아내처럼 뒤돌아보거나 하지 않았다.

유로는 분노를 참지 못하는 남자의 걸음걸이로 혼자 중얼거리며 집으로 돌아왔는데, 그의 가족들은 그가 집을 나설 때 시작했던 1점 당 2스우짜리 휘스트를 여전히 즐기고 있는 중이었다. 남편의 얼굴을 보고 가엾은 애들린은 뭔가 커다란 재앙이나 불명예스러운 일이 일어난 것임에 틀림없다고 생각했다. 자신의 카드를 오르탕스에게 넘겨 준 그녀는 정확히 5시간 전에 쿠르벨이 그녀에게 가난 때문에 맞이하게 될, 수치스러운 말로를 예언했던 바로 그 조그만 객실로 엑토르를 끌고 갔다.

"무슨 일인가요?"라고 그녀가 주저주저하며 말했다.

"미안하오! 나를 용서해 줘. 우선은 이 파렴치한이 한 짓을 당신에게 이야기할 수 있도록 해 줘."

그는 10분 동안 가슴속에 쌓여 있던 울분을 토해 냈다.

"하지만, 여보."라고 그 가엾은 아내가 씩씩한 어조로 대답했다. "그런 사람은 애정이라는 것을 몰라요! 당신이라면 받을 자격이 있는 순수하고 헌신적인 애정을. 당신처럼 통찰력이 있는 분이 어째서 백만장자와 싸우려 하셨던 거죠?"

"사랑스러운 애들린!"이라고 외치며 남작은 아내의 몸을 끌어당겨 그녀를 가슴으로 힘껏 안았다.

남작 부인이 지금, 자존심의 피가 흘러내리는 상처에 위로의 향유를 발라 주었기 때문이었다.

"실제로 데르빌 공작에게서 재산을 빼 보라고. 둘 중에서 누구를 택했을지, 그 여자도 망설이지 않았을 거야."라고 남작이 말했다.

"여보……"라며 애들린이 마지막 힘을 다 짜내어 말을 이었다. "그렇게 첩이 필요하시다면, 어째서 쿠르벨 씨처럼 돈이 많이 들지 않는 여성을, 아주 조그만 돈에 오랫동안 만족하는 계급에서 찾으려 하시지 않는 거죠? 그렇게 하면 우리 모두에게 좋을 텐데요. 필요하다는 사실은 이해할 수 있지만, 허영만은 이해할 수가 없어요."

"아, 아! 당신은 정말로 다정하고 훌륭한 여자야!"라고 그는 외쳤다. "나는 늙어빠진 색마야. 당신 같은 천사를 아내로 삼을 자격이 없어."

"저는 단지 제 나폴레옹의 조제핀 황후에 지나지 않아요."라며 그녀는 쓸쓸한 그늘을 드리우며 대답했다.

"조제핀도 당신만큼은 아니었어."라며 그는 말했다. "자, 나는 형과 아이들과 함께 휘스트를 하러 가겠소. 나도 한 집안의 아버지라는 일에 최선을 다해서 오르탕스를 결혼시키고 나이 든 탕자라는 딱지를 떼야지."

이처럼 마음씨 좋은 할아버지 같은 모습이 가엾은 애들린의 가슴에 너무나도 강하게 와 닿았기 때문에 그녀는 이렇게 말했다.

"상대가 누구든 나의 소중한 엑토르를 내버리고 다른 분을 택하다니, 그 사람 정말 이상한 취향을 가졌군요. 아, 아! 저는 세상의 모든 부를 다 준다 해도 당신과 바꾸지 않을 거예요. 당신에게 사랑받고 있다는 행복감을 맛보면서 어떻게 당신을 버릴 수 있겠어요."

아내의 그와 같은 열광적인 사랑에 대해 남작이 보낸 눈빛은, 타고난 다정함과 복종이야말로 여자의 가장 강력한 무기라는 그녀의 신념을 더욱 굳은 것으로 만들어 주었다. 그녀는 다음과 같은 점에서 잘못 생각하고 있었던 것이었다. 기품 있는 감정도 최고의 영역으로까지 끌어 올려지면 가장 좋지 않은 악덕과 같은 결과를 낳게 된다. 보나파르트는 민중에게 산탄을 퍼부은 덕분에 황제가 되었지만, 그것은 루이 16세가 일개 소스 씨(발렌 마을 우두머리의 대리로 루이 16세를 체포했다. — 역자 주)와 같은 인물의 피를 흘리는 것을 용납하지 않았기 때문에 왕정과 자신의 목을 잃은 곳에서 몇 걸음 떨어져 있지 않았다.

이튿날, 잠든 동안에도 손에서 놓지 않겠다며 벤세슬라스의 도장 재료를 베개 밑에 숨겨 둔 오르탕스는 아침 일찍부터 몸단장을 하고 아버지에게 일어나면 바로 정원으로 나와 달라는 말을 전하게 했다.

9시 30분 무렵, 딸의 부탁을 흔쾌히 들어 준 아버지가 그녀에게 손을 빌려 줬고, 두 사람은 손을 맞잡고 센 강의 강가를 따라 걷다 폰 로와이알 교를 건너 카르젤 광장으로 향했다.

"산책하는 시늉을 해요, 아버지."라고 통용문을 지나 널따란 광장으로 접어들었을 때 오르탕스가 말했다.

"여기를 산책한다고?……."라며 아버지가 놀리는 듯한 어조로 말했다.

"루브르 박물관에 가는 시늉을 하는 거예요. 보세요, 저기."라며 그녀는 드와이에네 가와 직각을 이루고 있는 집들에 등을 기대고 있는 몇 채의 허름한 건물을 가리키며 말했다. "골동품과 그림을 팔고 있는 가게들이 늘어서 있잖아요."

"리즈베트가 저기 살고 있어."

"알고 있어요. 하지만 그 사람이 보면 안 돼요."

"그래서 어쩌자는 거지?"라며 남작은 마르네프 부인의 창가에서 30보 정도 떨어진 곳에 있다는 사실을 깨닫고 급히 그녀에 대해서 떠올리며 말했다.

오르탕스는 루브르 구관의 회랑을 따라 늘어서 있으며, 오테르 드 난트의 맞은편에 있는 한 무리의 집들 모퉁이에 있는 유리문으로 된 한 채의 가게 앞으로 아버지를 데려갔다. 그녀는 아버지를 그 곳에 남겨둔 채 가게 안으로 들어갔다. 아버지는 어제 이후로 그가 받기로 되어 있는 아픔을 미리 달래 보려는 듯 늙은 멋쟁이의 가슴에 그림자를 새겨 놓고 간 그 사랑스럽고 아름다운 여자가 살고 있는 창을 바라보기에 몰두했다.

그렇지만 아내의 충고를 실천해야겠다는 생각이 드는 것을 막을 수는 없었다.

'앞으로는 서민 여자들에게 시선을 돌리기로 하자' 라고 마르네프 부인의 황홀하고 요염한 모습을 생각하면서 그는 마음속으로 중얼거렸다. '그 사랑스러운 여자라면 욕망의 가죽만으로 둘러싸인 조제파도 금방 잊게 해 줄 거야.'

그런데 다음부터 기술할 내용은 이 가게의 안과 밖에서 동시에 일어난 일이다.

그의 새로운 미녀의 방 창문을 뚫어져라 쳐다보다가 남작은 남편의 모습을 발견했다. 자기 손으로 플록 코트를 솔질하며 창을 통해 누군가가 광장으로 오는 것을 기다리고 있는 듯한 모습이 역력했다. 그의 눈에 띄는 것이 두려웠던 사랑에 빠진 남작은 드와이에네 가 쪽으로 등을 돌리고, 그래도 때때로 힐끗힐끗 시선을 던질 수 있도록 비스듬하게 자세를 취하고 있었다. 이 동작 때문에 그는 마침 강변길을 따라오다 자신의 집으로 돌아가기 위해서 집들의 모퉁이를 우회하려 했던 마르네프 부인과 거의 정면으로 맞닥뜨리게 되었다. 발레리는 남작의 넋이 나간 듯한 시선을 받으며 충격과도 같은 것을 느낀 듯 그 시선에 답하여 그에게 조신한 척하는 여자의 추파를 보냈다.

"아름다운 사람이다."라며 남작이 외쳤다. "이런 사람을 위해서라면 제아무리 광기어린 짓을 한다 해도 후회는 하지 않을 거야!"

"저! 죄송하지만," 이라고 굳은 결심이라도 한 여자처럼 그녀가 문득 뒤돌아보며 대답했다. "유로 남작님 아니십니까?"

남작은 더욱 넋이 빠져서 몸짓으로 그렇다고 대답했다.

"그렇다면 우연히 두 번이나 우리들의 눈을 마주치게 해서, 행운인지 불행인지는 모르겠지만 당신의 호기심을 자극했거나 관심을 끌게 한 것 같아서 드리는 말씀인데 광기어린 짓을 하시기 전에 부하에게 공평한 대우를 해 주셨으면 하는 바람입니다.…… 저희 남편의 운명이 당신 손에 달려 있거든요."

"그건 무슨 뜻입니까?"라고 남작이 은근한 목소리로 물었다.

"남편은 육군성의 당신과 같은 국에서 일하고 있는데 루블랑 씨의 부, 코케 씨의 과에 속해 있어요."라고 빙그레 웃으면서 그녀가 대답했다.

"하지만 저는, 그러니까…… 아직 이름을 듣지 못했습니다."

"마르네프 부인이라고 해요."

"사랑스러운 마르네프 부인. 당신의 아름다운 눈을 위해서라면 부정한 짓이라도 할 수 있을 것 같은 기분이 듭니다.…… 당신과 같은 건물에 제 사촌이 살고 있는데 곧, 가능한 한 빨리 그 사촌을 만나러 갈 테니 그때 당신이 그 부탁을 하러 와 주세요."

"이렇게 무례한 부탁을 용서해 주세요, 남작님. 하지만 왜 이렇게 말을 걸 결심을 하게 됐는지 이해해 주시기 바랍니다. 저희에게는 뒤를 봐 주시는 분이 없기에……."

"그렇군요! 그렇군요!"

"어머! 남작님, 오해하시면 안 돼요."라고 그녀는 눈을 내리깔며 말했다. 남작은 갑자기 태양이 떨어져 버린 듯한 느낌이 들었다.

"궁지에 몰리기는 했지만 저는 성실한 여자예요."라며 그녀는 말을 이었다. "6개월 전, 저의 유일한 보호자였던 몽코르네 원수가 돌아가셨거든요."

"그랬군요! 그분의 자녀분이 되십니까?"

"네, 맞아요. 하지만 끝까지 인정을 받지 못했어요."

"재산의 일부를 당신에게 남겨 주기 위해서였겠지요."

"하지만 아무것도 남겨 주시지 않으셨어요. 유언장이 발견되지 않았기 때문이죠."

"이런! 정말 안 됐군요. 원수님은 뇌졸중으로 갑작스럽게 쓰러지셨으니까요.…… 부인, 그래도 희망을 잃지 마세요. 나폴레옹 제국의 바이야르 기사(16세기의 명장. — 역자 주)들의 딸에게는 무엇인가 해 드려야만 하니까요."

마르네프 부인은 아름다운 모습으로 인사를 하고 헤어지며 내심 '이젠 됐다'고 자랑스럽게 생각했고, 남작도 '옳다구나'라고 생각하고 있었다.

'이렇게 이른 아침에 대체 어디를 다녀오는 걸까?'라며 그는 조금 과장된 것일지도 모르지만 그녀의 아름다움을 더욱 빛나게 하고 있는 드레스의 그 물결치는 듯한 움직임을 분석하면서 의문을 품었다. '목욕탕에 다녀온 것 치고는 너무 지친 얼굴을 하고 있고, 남편이 그녀를 기다리고 있어. 조금 이상해. 이건 조금 생각해 봐야겠는데.'

마르네프 부인이 드디어 집 안으로 들어가자 남작은 딸이 가게 안에서 무엇을 하고 있는지 알고 싶어졌다. 그곳으로 들어가면서도 그는 여전히 마르네프 부인네 창을 올려다보고 있었기 때문에 하마터면 한 청년과 부딪칠 뻔했다. 그 청년은 창백한 얼굴에 눈은 회색으로 반짝반짝 빛나고 있었으며, 검은 메리노 천으로 만든 여름 코트와 성긴 즈크로 만든 바지를 입고 노란색 가죽 각반이 달린 구두를 신은 청년이었는데, 마치 사냥개와 같은 기세로 뛰쳐나오던 참이었다. 남작은 그 청년이 마르네프 부인의 집 쪽으로 달려가 그 안으로 들어가는 것을 확인했다.

오르탕스는, 가게 안으로 들어서면 문에서 바로 눈에 띄는 장소 한가운데 놓여 있는, 테이블 위에 한층 더 눈에 띄게 놓여 있는 그 군상을 바로 찾아낼 수 있었다.

그녀가 그 존재를 알고 있었다는 특별한 사정이 없었다 할지라도 이 걸작은 걸출한 것들 특유의 '활기(브리오)'라고 할 만한 것에 의해서, 이 탈리아에서였다면 그녀 자신이 '활기'의 여신의 상을 위한 모델이 되었을 것임에 틀림없을, 이 아가씨의 주의를 끌었을 것임에 틀림없었다.

천재의 작품이라 할지라도 모든 것이 전부, 누가 봐도 분명히 알 수 있는, 무지몽매한 사람의 눈으로도 알아볼 수 있는 그런 빛, 그런 광채를 똑같이 가지고 있는 것은 아니다. 그렇기 때문에 라파엘로의 몇몇 그림, 예를 들자면 《그리스도의 변용》이라거나 《폴리뇨의 성모》라거나 바티칸 궁전의 《스탠자》의 벽화라거나 시알라 화랑의 《바이올리니스트》라거나 피티 화랑에 있는 도니 가 사람들의 초상이나 《에스겔의 환상》, 보르게제 화랑의 《그리스도 책형》, 밀라노의 브렐라 미술관의 《성모 마리아의 혼인》처럼 순간적인 찬탄을 불러일으키지는 않았다. 트리브나 화랑의 《세례 요한》이나 국립 로마학원의 《성모의 머리를 빗기는 누가》는 교황 레오 10세의 초상이나 드레스덴의 《성모상》만큼의 매력은 없었다. 그럼에도 불구하고 모두가 똑같은 가치를 가지고 있다. 그뿐만이 아니다. 《스탠자》나 《변용》이나 단채화나 바티칸이 소장하고 있는 세 장의 소품 등은 숭고한 완성미의 최고 단계에 도달해 있다. 단 이런 종류의 걸작은, 구석구석까지 이해를 하기 위해서 제아무리 미술에 정통한 감상자라 할지라도 일종의 긴장과도 같은 연구를 요구하는 법이다. 이에 비해서 《바이올리니스트》나 《성모 마리아의 혼인》이나 《에스겔의 환상》은 눈이라는 두 개의 문을 통해서 자연스럽게 우리의 마음속으로 들어와, 거기에 자신의 자리를 잡고 앉는다. 그런 식으로 아무런 고민도 없이 그림을 받아들이는 것은 누구나 좋아하는 것이다. 하지만 이것은 예술의 극치가 아니라 자연스러운 행운이다. 이 사실이 증명하는 것은, 예술작품의 발생 과정 속에는 마치 가정에서 특별히 행운을 타고난 아이가 선천적으로 아름답고 어머니에게도 조금도 해를 주지 않고 태어나 모든 사람들이 그에게 미소 지으며 그들이 하는 일이 모두 잘 풀려 나가는 것과 같은 출생의 우연이 작용하고 있다는 것이다. 다시 말해서 사랑의 아름다운 꽃과 마찬가지로 천재의 아름다운 꽃이라는 것도 존재하는 것이다.

번역할 수 없는 이탈리아 어이자 최근 우리나라에서도 사용하기 시작한 이 '활기'라는 말은, 예술가들의 초기 작품의 특징이다. 그것은 젊은 재능의 발랄한 기운과 앞뒤 가리지 않는 혈기의 열매로, 발랄한 느낌뿐이라면 나중에 운이 좋을 때 되돌아올 수도 있다. 하지만 그럴 때라 하더라도 이 활기는 예술가의 마음에서 더 이상 나오지 않는다. 그리고 화산이 불을 내뿜듯이 이 활기를 작품 속에 내던지는 대신 지금은 그에 대해서 수동적이 되어 여러 가지 외적인 사정, 연애라거나 경쟁심이라거나 혹은 때로는 미움, 또 어떤 때는 그것 이상으로 유지해야만 하는 명성이라는 지상 명령 덕분으로 그것을 되찾는 것과 같은 것이다.

벤세슬라스의 군상과 그 이후의 작품과의 관계는 《성모 마리아의 혼인》이 라파엘로의 모든 작품에 대해 가지고 있는 관계와 마찬가지로, 라파엘로의 그 작품은 유년의 발랄한 생기와 그 사랑스러운 충실함과 어머니의 웃음소리에 메아리처럼 답하는, 보조개 달린 발그레한 하얀 피부 밑에 숨겨진 힘을 감춘 채, 모방 불가능한 아치(雅致)로 천재가 첫발을 들여놓은 것이었다.

소문에 의하면 유진 공(나폴레옹 제정 시대의 이탈리아 부왕. ─ 역자 주)은 이 그림을 위해서 40만 프랑을 지불했다고 하는데, 라파엘로의 작품을 소유하지 못한 나라에게 있어서 그것은 100만 프랑의 가치를 가지고 있는 것일지도 모른다. 하지만 예술로써는 이보다 훨씬 더 가치가 있는 벽화의 가장 뛰어난 것이라 할지라도 그만큼의 금액을 지불할 사람은 없을 것이다.

오르탕스는 아가씨로서 자기가 저금한 금액을 생각해 내고는 찬탄의 마음을 억누른 채 별 느낌 없다는 듯한 무관심한 태도로 상인에게 말했다.

"이건 얼마나 해요?"

"1,500프랑입니다."라고 상인은 한쪽 구석에서 등받이 없는 의자에 앉아 있던 한 청년에게 눈짓을 보내며 대답했다.

이 청년은 유로 남작의 살아 있는 걸작을 보고 넋을 잃고 말았다. 순간 오르탕스는 그런 낌새를 알아차리고, 고생 때문에 핏기가 없는 얼굴에 희미하게 떠오른 붉은 빛을 보고 이 사람이 작가일 것이라고 생각했으며, 그 잿빛 눈동자에서 묻고 싶어 하는 기분이 점화한 불꽃을 보았다. 그녀는 여위어서 금욕생활을 하고 있는 수도사처럼 굳어진 얼굴을 바라보았다. 윤곽이 뚜렷한 장밋빛 입술, 섬세하고 사랑스러운 턱, 슬라브 인 특유의 비단과 같은 가느다란 밤색 머리에 넋을 잃고 말았다.

"1,200프랑 정도라면……"이라고 그녀가 대답했다. "우리 집에 갖다 달라고 부탁할 수 있을 텐데."

"이건 고대의 물건입니다, 아가씨."라고 상인은 말했다. 모든 동업자들과 마찬가지로 그도 역시 골동품에 관해 최고의 마지막 승부수로 모든 것을 말했다고 생각했다.

"미안하지만 이건 올해 만든 거예요."라며 그녀는 조용한 어조로 대답했다. "사실은 다름이 아니라 만약 그 가격에 파실 생각이 있다면 이걸 만드신 분을 우리 집으로 보내 달라고 부탁하러 온 거예요. 그분에게 아주 커다란 주문을 찾아줄 수도 있을 것 같거든요."

"만든 사람이 1,200프랑을 받게 되면 저는 얼마 정도 받을 수 있을 거라고 생각하세요? 저도 장사치입니다."라며 가게 주인은 서글서글한 어조로 말했다.

"맞아요! 정말 그렇군요."라며 아가씨는 자신도 모르게 경멸의 표정을 지어 보이며 되받아쳤다.

"됐습니다! 잠깐 기다리세요, 아가씨! 가게 주인과는 제가 담판을 짓겠습니다."라고 넋을 잃은 리보니아 사람이 외쳤다.

오르탕스의 숭고하기까지 한 아름다움과 그녀 속에 분명히 나타나 있는 예술에 대한 사랑에 매료되어 그는 계속해서 외쳤다.

"제가 이 군상을 만든 사람입니다. 열흘 전부터 이렇게 하루에 세 번씩이나 누군가 이것의 가치를 인정해 값을 깎고서라도 사 주지 않을까 보러 왔었습니다. 당신은 저를 칭찬해 주신 첫 번째 사람입니다. 잠깐만 기다려주십시오."

"이 골동품 가게 주인과 함께 한 시간 뒤에 오세요.…… 이게 아버지의 명함이에요."라고 오르탕스가 대답했다.

그리고 난 뒤 상인이 군상을 헝겊으로 포장하기 위해 다른 방으로 간 것을 보고 그녀가 조그만 목소리로 이렇게 덧붙였다. 그 소리를 듣고 예술가는 깜짝 놀라서 꿈이 아닐까 생각했다.

"벤세슬라스 씨, 당신의 미래를 위해서라도 피셀 양에게는 이 명함을 보여 주거나 산 사람의 이름을 말하지 마세요. 그 사람은 제 친척이에요."

'제 친척' 이라는 말이 예술가의 눈을 어지럽게 만들어, 그는 추방당한 이브 중 한 명을 보았고, 천상의 낙원을 엿볼 수가 있었다. 오르탕스가 리즈베트의 연인을 꿈에 그리고 있었던 것만큼 그도 리즈베트가 이야기한 아름다운 친척 아가씨를 꿈에 그리고 있었으며, 조금 전 그녀가 들어왔을 때도,

'아아! 그녀가 저런 사람이었으면!' 이라고 생각했었다.

이 두 연인이 주고받은 눈빛도 추측해 볼 수 있는데 그것은 불꽃과도 같은 눈빛이었다. 때 묻지 않은 연인들은 위선을 조금도 가지고 있지 않기 때문에.

9

"왜 그러냐? 거기서 뭐 하는 게냐?"라고 아버지가 딸에게 물었다.

"제 돈 1,200프랑을 써 버렸어요. 이리 와 보세요."

그녀가 다시 한 번 아버지의 팔을 잡자 아버지가 그녀에게 되물었다.

"1,200프랑이라고?"

"사실은 1,300프랑이에요!…… 부족한 건 빌려주실 거죠, 아버지?"

"그래, 이런 가게에서 그런 커다란 돈을 어디에 썼단 말이냐?"

"저거예요! 저게 문제예요."라며 기쁘다는 듯이 딸이 대답했다. "남편을 찾았다고 하면 그것도 그렇게 비싼 건 아니겠죠?"

"남편이라고? 너, 이 가게에서 말이냐?"

"안 되나요? 사랑하는 아버지, 제가 대예술가와 결혼하는 걸 반대하실 생각이세요?"

"아니다, 오르탕스. 현대의 위대한 예술가란 칭호를 갖지 않은 왕과 같다. 명성과 돈을 겸비하고 있는데, 이 두 가지는 사회적으로 가장 유리한 소유물이다. 선덕이 가장 유리한 것이지만."이라고 조금은 거짓된 신자와 같은 어조로 그가 덧붙였다.

"물론이죠."라며 오르탕스가 대답했다. "그런데 조각에 대해서는 어떻게 생각하세요?"

"이건 아무래도 수지가 맞지 않는 부문이다."라고 그는 머리를 흔들며 말했다. "커다란 재능뿐만 아니라 엄청난 보호자가 필요하거든. 정부만이 유일한 소비자니까. 어마어마한 사치도, 막대한 부도, 세습의 궁전도, 귀족의 영지도 사라져 버린 오늘날에는 판로가 막혀 버린 예술이다. 우리 집에 놓을 수 있는 건 조그만 그림과 조각상뿐이야. 바로 그렇기 때문에 예술은 왜소라는 병에 위협을 받고 있다."

"하지만 판로를 확보할 수 있을 만한 대예술가라면……?" 이라며 오르탕스가 말을 이었다.

"그렇다면 문제는 해결되지."

"게다가 후원자도 있으면?"

"더 없이 좋지!"

"거기다 귀족이면?"

"그래?"

"백작이라면?"

"백작이 조각을 한단 말이냐?"

"재산이 없거든요."

"그래서 오르탕스 유로 씨의 재산에 의지를 하시겠단 말씀이지?" 라고 남작은 딸의 눈 속을 살펴보는 듯한 시선을 던지며 놀리듯 말했다.

"백작이면서도 조각을 하는 그 대예술가가 조금 전, 태어나서 처음으로 딱 5분 동안 댁의 따님을 봤어요, 남작님." 이라며 오르탕스는 태연한 어조로 아버지에게 대답했다. "사랑하는 다정한 아버지, 어제 아버지가 의회에 들어가셨을 때 어머니가 기절 하셨어요. 어머니는 신경이 쇠약해져서 기절을 한 것이라고 했지만, 그건 성사되지 못한 제 혼담과 관계가 있는 어떤 걱정거리가 원인이 된 거예요. 어머니 말에 의하면 저를 치워버리기 위해서……."

"너를 사랑하고 있는 어머니가 그런 말을 했을 리가 없다."

"그런 의회적이지 못한 말을 말이죠." 라고 웃으며 오르탕스가 말을 이었다. "네, 어머니는 그런 말을 쓰지는 않았어요. 하지만 저는 알 수 있어요. 혼기가 됐는데도 결혼을 하지 않는 딸은 성실한 부모님에게 매우 무거운 십자가라는 사실을. 그래서 어머니의 생각으로는, 3만 프랑의 지참금만 있으면 충분한, 정력적이고 재능을 겸비한 남자가 하나 나타나면 우리 모두가 행복해질 수 있다는 거예요. 어쨌든 제게 장래에는 검소하게 살아야 할 것이라고 각오하게 하고, 너무 멋진 꿈에 빠지지 않도록 하는 게 나를 위해서 좋을 거라고 생각하고 계세요.…… 그건 혼담이 깨졌다는 얘기고, 지참금을 내지 못한다는 얘기예요."

"네 어머니는 정말로 기품 있고, 품격 높고, 훌륭한 사람이다."라고 속내를 털어놓은 이야기를 듣고 매우 만족해하면서도 깊은 부끄러움을 느끼며 아버지가 대답했다.

"어머니는 어제 제 결혼을 위해서라면, 아버지가 어머니에게 당신의 다이아몬드를 팔아도 된다고 허락하셨다고 했어요. 하지만 저는 어머니가 다이아몬드를 가지고 계시는 편이 낫다고 생각해요. 그래도 역시 남편은 갖고 싶어요. 저는 그 사람, 어머니의 생각에 꼭 맞는 후보자를 발견한 듯한 기분이 들어요."

"저기서 말이냐?…… 카르젤 광장에서?…… 아침에 잠깐 산책을 했을 뿐인데?"

"어머! 아버지도 참. 재앙은 훨씬 더 먼 곳에서부터 오는 법이에요(라신의 작품《페드르》속의 한 구절. — 역자 주)."라고 그녀는 장난스럽게 대답했다.

"그렇다면 말이지, 알겠느냐, 오르탕스야. 네 상냥한 아버지에게 모든 걸 밝혀 보거라."라고 그는 불안감을 억누르면서도 딸의 마음을 달래는 듯한 달콤한 어조로 물었다.

절대로 비밀을 지키겠다는 약속을 한 뒤에 오르탕스는 사촌 베트와 자신이 주고받았던 이야기를 요약해서 들려주었다. 그리고 집으로 돌아온 그녀는 자신의 추측이 얼마나 명민(明敏)한 것인지를 증명하기 위해서 그 도장 재료를 아버지에게 보여 주었다. 아버지는 내심 그런 이상적인 사랑이 하룻밤 사이에 이 순진한 딸의 마음에 암시를 준 계획의 명쾌함을 인정하고, 본능에 휩싸인 아가씨들이 보여 주는 교묘하기 짝이 없는 수법에 감탄하고 말았다.

"조금 전에 샀던 걸작도 한번 보세요. 조금 있으면 도착할 거예요. 그리고 벤세슬라스 씨도 골동품 가게 주인과 함께 올 거예요.……. 그런 군상을 만든 작가라면 틀림없이 출세할 거예요. 그러니 아버지의 힘으로 그 사람을 위해서 청동상을 하나 주문해 주고, 미술원의 숙사(塾師)도 하나 마련해 줬으면 좋겠어요."

"너무 조급하게 구는구나."라며 아버지가 외쳤다. "너희들을 그냥 내버려 두면 법정 기한인 11일째 되는 날에 바로 결혼을 해 버릴 것 같구나."

"11일이나 기다려야 해요?"라고 그녀가 웃으며 대답했다. "하지만 단 5분 만에 아버지가 어머니에게 반한 것처럼 저도 그 사람이 좋아졌어요. 그분도 마치 2년 전부터 알고 지냈던 것처럼 저를 사랑해 주실 거예요. 틀림없어요."라고 아버지의 말에 대답했다. "그분의 눈 속에서 소설 열 권 정도의 애정을 읽을 수 있었어요. 그분이 천재라는 사실이 입증되면 아버지와 어머니도 그분을 받아들이게 될 거예요. 조각이야말로 최고의 예술이에요!"라고 그녀가 손뼉을 치며 자리에서 벌떡 일어나 외쳤다. "그래요, 전부 말해 버리겠어요."

"뭐냐? 아직도 남았단 말이냐?"라고 아버지가 미소 지으며 말했다.

그런 말괄량이 같은 더할 나위 없는 천진함이 남작의 마음을 완전히 안심시켰다.

"이건 정말 중요한 고백이에요."라고 그녀가 대답했다. "저 그분을 만나기 전부터 그분을 사랑했어요. 그리고 한 시간 전에 그분을 뵙고 나서 완전히 빠져 버리게 됐어요."

"조금 지나치게 빠져 버린 것 같구나."라고 그 천진난만한 정열을 즐거워하며 남작이 말했다.

"제가 아버지를 너무 믿고 있다고 해서 벌을 내리시지는 마세요. '저 사랑하고 있어요. 사랑하고 있어서 행복해요'라고 아버지의 마음에 외칠 수 있다니 기분이 좋아요."라며 그녀가 맞받아쳤다. "저의 벤세슬라스를 만나 보세요. 우수에 잠긴 듯한 그 이마!…… 천재의 태양이 빛나고 있는 그 회색 눈!…… 그 세련된 느낌! 저기, 어떻게 생각하세요? 리보니아는 멋진 나라인가요?…… 리즈베트가 그런 청년과 결혼하다니! 그의 어머니뻘 되는 나이잖아요? 그건 살인행위예요. 그분이 그를 위해서 한 여러 가지 일들을 생각하면 격렬한 질투심을 느껴요. 분명히 그분과 저의 결혼을 탐탁지 않게 여길 거예요."

"그래, 그래. 오르탕스야, 어머니에게는 숨기지 말도록 하자."라고 남작이 말했다.

"그러려면 그 도장 재료를 보여 줘야만 하는데, 저 리즈베트와 비밀을 지키겠다고 약속했어요. 어머니에게 놀림 받는 것이 싫다고요."라고 오르탕스가 대답했다.

"너는 도장 재료에 대해서는 의리를 지키면서 리즈베트의 연인을 훔치겠다는 거구나!"

"도장 재료에 대해서는 약속을 했지만 그분에 대해서는 아무것도 약속한 게 없거든요."

족장제 사회의 순박함에 넘쳐나는 이 사건은 이상할 정도로 유로 일가의 비밀스러운 가난에 꼭 들어맞는 것이었다. 그래서 남작은 딸이 자신을 믿고 사실을 털어놓은 것을 칭찬해 주었으며, 앞으로의 일에 대해서는 부모님들의 신중한 헤아림에 맡겨야만 한다고 말했다.

"애야, 무슨 말인지 알겠냐? 그 사촌 베트의 연인이라는 사람이 정말 백작인지, 법률에 의거한 신분증명서류를 가지고 있는지, 그의 소행이 보증을 바탕으로 행해진 것인지 등을 확인하는 것은 네가 할 일이 아니니까.…… 사촌 베트는 지금보다 스무 살이나 젊었을 때 다섯 번이나 혼담을 거절했을 정도니까 방해가 되지 않을 테지만, 그건 내가 맡기로 하거라."

"저기, 아버지. 만약 제가 결혼하는 편이 낫다고 생각하신다면 리즈베트에게는 결혼 계약에 서명할 때가 아니면 제 연인에 대해서 말씀을 하지 말아 주세요.…… 6개월 전부터 그분에 대해서 질문 공세를 퍼 부었거든요. 그래서 리즈베트에게는 왠지 설명하기 어려운 부분이 있어요."

"어떤 부분을 말하는 거냐?"라고 아버지는 어떻게 대답해야 좋을지 몰라하며 말했다.

"어쨌든 설사 농담이라 할지라도 리즈베트의 연인에 대한 걸 너무 꼬치꼬치 캐물으면 싫은 내색을 해요. 여러 가지로 알아보는 건 알아서 하세요. 하지만 방향을 결정하는 건 제게 맡겨 주세요. 이렇게 모든 걸 밝혔잖아요. 걱정하지 않으셔도 좋아요."

"주께서 말씀하셨지. '어린 아이들을 내게로 보내라'고 말이다. 너도 부모 곁으로 돌아온 아이 중 하나로구나."라고 남작은 조금 놀리는 듯한 투로 대답했다.

점심을 먹고 나자 골동품상과 예술가와 군상이 도착했다는 전갈이 왔다. 딸의 뺨을 물들인 홍조가 무엇보다도 남작 부인을 걱정하게 만들었으며, 주의 깊게 만들었기 때문에 오르탕스의 당황한 듯한 모습, 그녀 눈동자의 반짝임이 아가씨의 마음으로는 숨기지 못하는 이 비밀을 바로 깨닫게 했다.

남작의 눈에는 검은 옷으로 온 몸을 감싼 스타인벡 백작이 아주 품위 있는 청년으로 보였다.

"동상도 만드시나?"라고 군상을 만져 보며 그가 물었다.

사람들에게서 들은 적이 있는 말로 칭찬을 한 뒤에 그는 그 청동상을 아내에게 넘겨 주었지만, 그녀도 조각에 대해서는 무엇 하나 아는 것이 없었다.

"어머니, 정말 멋지죠?"라고 오르탕스가 어머니의 귀에 대고 말했다.

"동상 말입니까? 남작님, 여기에 있는 이런 시계를 조립하는 것만큼 어렵지는 않겠죠? 이 가게의 주인이 일부러 가져오신 겁니다만."이라며 예술가가 남작의 질문에 대답했다.

골동품상은 큐피드들이 열둘의 시간의 여신을 잡으려 하고 있는 납으로 만들어진 원형을 식당의 찬장 위에 올려놓으려던 참이었다.

"이 추시계도 놓고 가게나."라고 그 작품의 아름다움에 넋을 잃은 남작이 말했다. "이걸 내무부 장관과 농상무 장관에게 꼭 보여 주고 싶으니까."

"그토록 네가 마음에 두고 있는 청년이 대체 누구니?"라며 남작 부인이 딸에게 물었다.

"그 원형을 활용할 수 있을 정도의 돈이 있는 예술가라면 10만 프랑은 벌 수 있을 겁니다."라고 말하면서 골동품상은 딸과 예술가의 시선이 마주치는 것을 보고 그 방면에 정통한 사람이라는 듯한 태도를 보이는 것이었다. "8천 프랑짜리 청동상을 스무 개만 팔면 될 거예요. 주조품을 하나 만드는 데 대략 1,000에큐(1에큐는 5프랑 은화 하나. — 역자 주)는 들 테니까요. 하지만 하나하나에 번호를 붙여 둔 뒤 원형을 깨 버리면 스무명 정도의 애호가는 틀림없이 찾아 낼 수 있을 거고, 그들도 이 작품을 자신들만이 소유하고 있다는 사실에 만족감을 느끼게 될 겁니다."

"10만 프랑이라고?"라며 스타인벡은 상인과 오르탕스와 남작과 남작부인을 번갈아 바라보며 말했다.

"그렇습니다. 10만 프랑입니다!"라고 상인은 되풀이했다. "만약 제가 부자였다면 바로 제가 20만 프랑을 주고서라도 그것을 사들였을 겁니다. 왜냐하면 원형을 없애버리면 그것으로 한재산 모을 수 있을 테니까요.…… 임금님과 같은 분이라면 이 걸작을 위해서 30만, 40만 프랑이라도 내고 객실의 장식으로 삼을 것임에 틀림없습니다. 예술작품으로써, 전문가와 비전문가를 동시에 만족시킬 수 있는 추시계는 지금까지 한 번도 만들어진 적이 없는데 남작님, 이건 그런 어려움을 해결한 작품입니다."

"자, 이게 당신 몫이에요."라고 말하며 오르탕스가 금화 여섯 개를 건네주자 그 상인은 물러났다.

"오늘 방문했었다는 말은 아무에게도 하지 마세요."라고 예술가가 문턱이 있는 곳까지 와서 상인에게 말했다. "만약 그 군상을 어디에 가져다 주었냐고 묻는 사람이 있으면 발렌느 가에 살고 있는 유명한 예술 애호가인 데르빌 공작의 이름을 대도록 하세요."

상인은 알겠다는 듯 고개를 끄덕였다.

"실례하지만, 이름은?" 하고 예술가가 돌아오자 남작이 물었다.

"스타인벡 남작이라고 합니다."

"당신의 신분을 증명할 서류를 가지고 계신지……."

"네. 가지고 있습니다, 남작님. 러시아 어로 적힌 것과 독일어로 적힌 것을 가지고 있지만 공인은 받지 않았습니다."

"9피트짜리 동상을 만들 만큼의 정력은 가지고 있나?"

"네."

"그렇다면, 지금부터 내가 만나러 가는 사람들이 만약 자네의 작품에 만족한다면 몽코르네 원수의 동상을 만드는 일을 자네에게 줄 수도 있을지 모르네. 펠 라셰즈 묘지에 있는 원수의 무덤 위에 세우려는 걸세. 육군 장관과 제국 근위병의 옛 장군들이 상당히 많은 돈을 각출하는 것이니 우리에게는 작자를 선발한 권리가 있네."

"아아, 남작님! 그렇게만 된다면 제게도 행운일 것이고……."라며 스타인벡은 한 번에 그렇게 많은 행운을 맞아들이게 된 사실에 놀라 말했다.

"걱정할 것 없네."라고 남작이 다정하게 대답했다. "지금부터 자네의 군상과 이 원형을 두 장관에게 보여 주러 갈 텐데, 만약 그들이 이 두 개의 작품을 보고 감탄한다면 자네의 운도 활짝 열리게 될 거야."

오르탕스는 아버지의 팔을 아플 정도로 꼭 쥐었다.

"조금 전에 말했던 서류를 가져오기 바라네. 그리고 아무에게도, 우리의 사촌인 리즈베트에게도 자네의 행운에 대해서는 이야기하지 말도록 하게."

"리즈베트?" 하고 유로 부인이 외쳤다. 목적은 간신히 알아낼 수 있었지만 거기에 이르기까지의 수단을 알 수가 없었다.

"부인의 흉상을 만들어서 제 솜씨를 증명해 보여도 괜찮겠습니까?"라고 벤세슬라스가 덧붙였다.

유로 부인의 미모에 끌려서 예술가는 아까부터 어머니와 딸을 비교해 보고 있었던 것이었다.

"자자! 이보게, 자네에게는 멋진 인생이 될지도 모르네."라고 남작은 스타인벡 백작의 섬세하고 품격 높은 외관에 커다란 호감을 느끼며 말했다. "파리에서는 재능이 있는데도 오랫동안 인정을 받지 못하는 사람은 아무도 없네. 착실하게 일을 하기만 하면 바로 인정을 받게 된다는 사실을 자네도 곧 깨닫게 될 거야."

오르탕스는 발갛게 상기된 얼굴로 60개의 금화가 들어 있는 예쁜 알제리산 지갑을 청년에게 내밀었다. 예술가는 여전히 귀공자처럼 구는 면이 남아 있었기 때문에 오르탕스의 홍조에 대해서, 쉽게 해석할 수 있는 수

치의 빛으로 답했다.

"혹시 이 돈은 당신이 일을 해서 처음으로 손에 넣은 돈이 아닌가요?"라고 남작 부인이 물었다.

"네, 맞습니다. 예술적인 일에 관해서만 보자면. 하지만 저의 노동이라는 점에서 보자면 처음은 아닙니다. 직공으로 일한 적도 있었으니까요."

"그렇다면 우리 딸의 돈이 틀림없이 행운을 가져다줄 거예요."라고 유로 부인이 대답했다.

"그러니까 사양하지 말고 받게."하며, 여전히 지갑을 손바닥 위에 올려놓은 채 쥐려 하지 않는 벤세슬라스를 보고 남작이 말했다. "그 금액도 곧 이 멋진 작품을 손에 넣고 싶어 하는 어떤 부자 귀족이나, 아니 어쩌면 국왕께서 이자까지 쳐서 돌려주실 테니 본전은 뽑을 수 있을 걸세."

"어머! 전 이게 정말로 좋아요, 아버지. 그 누구한테도, 황태자라 할지라도 절대로 이걸 양보하지는 않을 거예요!"

"아가씨를 위해서 다른 군상을 만들 수도 있습니다. 이것보다 훨씬 더 아름다운……."

"그것과 이것은 다른 거예요."라고 그녀는 대답했다.

그리고 쓸데없는 말까지 해 버린 것이 부끄러운 듯 그녀는 정원으로 나갔다.

"그렇다면 집으로 가자마자 틀과 원형을 파기하도록 하겠습니다."라고 스타인벡이 말했다.

"자자, 신분을 증명하는 서류를 가지고 와요. 그리고 내가 품고 있는 기대에 당신이 충분히 답한다면 내가 바로 연락을 하도록 하지."

이 한마디를 듣고 예술가는 따분함을 느끼지 않을 수 없었다. 유로 부인과 자신의 인사를 받기 위해 일부러 정원에서 돌아온 오르탕스에게 인사를 한 뒤, 그는 자신의 다락방으로 돌아가지도 못하고, 그럴 용기도 없었기 때문에 튀일리 공원으로 산책을 하러 갔다. 왜냐하면 다락방에서는 그의 폭군이 질문으로 그를 괴롭히며 그로부터 비밀을 캐내려 할 것임에 틀림없었기 때문이었다.

오르탕스의 이 연인은 백 개, 이백 개의 군상과 동상을 머릿속으로 그려 보았다. 자신의 손에서, 카노바처럼 대리석을 캐 가지고 올 수 있을 것만 같은 힘이 솟아오르는 것을 느꼈다. 그러나 카노바도 그와 마찬가지로 허약했기 때문에 그 행동으로 인해서 하마터면 죽을 뻔했지만…… 벤세슬라스는 그의 살아 있는 영감이 되어 버린 오르탕스 때문에 지금은 완전히 다른 사람이 되어 있었다.

"세상에, 정말 사람을 놀라게 하는구나!"라고 남작 부인이 딸에게 말했다. "이게 대체 어떻게 된 거냐?"

"사랑하는 어머니, 그러니까 조금 전에 본 사람이 사촌 베트의 연인이고, 아무래도 지금은 저의 연인이 된 것 같은 사람……. 하지만 아무것도 모르는 척 눈감아 주실 수 있어요? 어머! 어머니에게는 모든 것을 숨기려 했었는데 아무래도 전부 자백해 버릴 것 같아요."

"그럼, 난 나갔다 오겠소."라고 딸과 아내에게 입맞춤을 하면서 남작이 말했다. "어쩌면 '산양'을 만나고 올지도 모르겠는데, 그렇게 되면 그 청년에 대해서 많은 것을 알 수 있을 거야."

"아버지, 신중하게 하세요."라고 오르탕스가 다시 말했다.

"어머! 큰일 날 아이!"라고, 딸이 이 연애시에 대해서 들려주자 남작 부인은 자신도 모르게 외쳤다. 그 마지막 장이 오늘 아침, 조금 전에 있었던 사건이었던 것이다. "큰일 날, 귀여운 오르탕스 씨. 이 세상에서 가장 영악한 아가씨란 역시 천진난만한 아가씨인 듯하네요."

진실된 정열에는 그 나름대로의 본능이 갖춰져 있다. 미식가를 과일이 담긴 쟁반 앞에 세워 놓고, 거기서 과일 하나를 집어 보라고 한다. 그는 결코 틀리는 일 없이, 살펴보지도 않고 가장 맛있는 것을 집을 것이다. 그와 마찬가지로 좋은 환경에서 자란 아가씨들에게 남편을 선택할 수 있는 절대적인 자유를 줘 보기 바란다. 만약 그녀들이 지정한 남자들과 접촉할 수 있는 위치에 있다면 그녀들이 틀리는 적은 거의 없을 것이다. 자연은 과오를 범하지 않는 법이다. 이 영역에서의 자연의 조화를 '첫눈에 반한다'고 하는 것이다. 연애에 있어서는 첫눈이 그대로 제2의 시력(천리안. ─ 역자 주)인 것이다.

어머니다운 위엄 밑에 놓여 있기는 했지만 어머니의 만족감도 딸의 만족감에 뒤지지 않는 것이었다. 그녀의 생각으로는 쿠르벨이 말했던, 오르탕스를 결혼시킬 수 있는 세 가지 방법 중에서도 가장 좋은 것이라고 생각되는 방법대로 일이 잘 풀려 나갈 것 같다는 느낌이 들었기 때문이었다. 그녀는 이번 사건 속에서, 그녀의 열렬한 소망에 대한 섭리의 답을 본 것 같은 기분이 들었다.

피셀 양의 감금자는 어쨌든 돌아가지 않을 수 없었기 때문에 연인으로서의 환희를, 첫 성공에 들뜬 예술가로서의 기쁨 뒤로 숨겨야겠다고 생각했다.

"대성공이에요! 제 군상을 데르빌 공작님께서 사 주셨어요. 공작님께서 제게 일을 주실 생각인가 봐요."라고 베세슬라스는 나이 든 아가씨의 테이블 위에 금화 1,200프랑을 던져 놓으며 말했다.

쉽게 생각할 수 있는 바대로 그는 오르탕스의 지갑을 소중하게 끌어안고 있었다. 가슴 주머니에 넣어 두었던 것이었다.

"그래요? 잘 됐네요."라며 리즈베트가 대답했다. "저도 일을 하기에 완전히 지쳐 있었으니까요. 이젠 아셨죠, 벤세슬라스 씨? 당신이 선택한 이 직업으로는 돈이 들어오는 데 번거로움이 많다는 사실을. 이렇게 처음으로 돈을 손에 넣게 되었지만 당신은 지금까지 5년 동안 땀 흘려 일했으니까요! 이 정도의 금액으로는, 제 돈이 약속어음의 형태로 바뀐 이후, 제가 당신을 위해서 쓴 돈을 갚을 수 있을지 모르겠어요. 하지만 걱정하지 않아도 돼요."라고 금화 세기를 마친 뒤 그녀가 덧붙였다. "이 돈은 전부 당신을 위해서 쓰도록 하겠어요. 이것만 있으면 우리도 1년 동안은 편하게 살 수 있어요. 그 일 년 동안에 만약 당신이 지금처럼 계속해서 일을 한다면 그때는 당신도 제게 돈을 갚을 수 있을 거예요. 그리고 당신 자신도 얼마간의 돈을 갖게 될 거예요."

자신의 술책이 성공을 거둔 것을 보고 벤세슬라스는 나이 든 아가씨에게 데르빌 공작에 관해 꾸며 낸 이야기를 들려주었다.

"당신에게 지금 유행하고 있는 검정색 옷을 지어 드리고 싶어요. 셔츠도 새것을 장만해야 하고. 당신의 재능을 인정해 준 분의 댁에 갈 때는 역시 제대로 된 옷을 입고 가야만 해요."라고 리즈베트가 말했다. "그리고 지금부터는 저런 초라한 다락방보다 훨씬 넓고 보기에도 좋은 아파트도 필요하고, 가구도 멋진 것이 필요할 거예요.…… 어머, 완전히 흥분하셨군요. 사람이 바뀐 것 같아요."라고 가만히 벤세슬라스를 바라보며 덧붙였다.

"제 군상을 대단한 걸작이라고 하더군요."

"그건 좋은 일이에요. 그렇다면 부지런히 만들어 주세요."라고 매우 실리적이고, 승리의 기쁨이라거나 예술에 있어서의 미라는 것을 전혀 이해하지 못하는 말라깽이 아가씨가 맞받아쳤다. "팔아 치운 것에 대해서는 더 이상 생각하지 말고 앞으로 팔 수 있는 다른 것을 만들도록 해요. 그 번거로운 작업을 하게 했던 삼손 때문에 당신의 노력과 들인 시간을 제외하고서도 당신은 200프랑이나 돈을 썼으니까요. 추시계도 실물을 제작하려면 틀림없이 2천 프랑 이상 들 거예요. 그래, 맞아요. 다른 말은 하지 않을 테니 두 사내아이가 수레국화 화관을 소녀에게 씌워 주는 것을 만들도록 해요. 그거라면 파리 사람들의 마음을 사로잡을 수 있을 거예요. 저는 지금부터 쿠르벨 씨 댁으로 가는 길에 재단사인 글라프 씨를 찾아가야겠어요.…… 당신 방으로 돌아가세요. 지금부터 옷을 갈아입어야 하니까."

이튿날, 마르네프 부인에게 푹 빠져 버린 남작이 리즈베트를 만나러 갔다. 그녀는 문을 연 순간 눈앞에 그가 서 있는 모습을 보고 적잖이 놀랐다. 그가 그녀의 집을 찾아온 것은 처음 있는 일이었기 때문이었다. 그랬기에 그녀는 마음속으로 혼자 중얼거렸다. '오르탕스가 내 연인을 원하고 있는 걸까?' 라고 생각한 것은 어제 쿠르벨 씨 집에서 공소원 판사와의 혼담이 깨졌다는 소리를 들어 알고 있었기 때문이었다.

"어머, 당신이 여긴 어쩐 일이세요? 태어나서 처음으로 저를 방문해 주셨군요. 어차피 제 눈이 아름다워서 오신 건 아니겠지만."

"아니 아름다워요! 정말로."라며 남작이 대답했다. "당신은 지금까지 내가 봐 온 것 중에서 가장 아름다운 눈을 가지고 있어요."

"무슨 일로 오신 거죠? 이렇게 초라한 집을 찾아오시다니. 저, 정말 부끄러워요."

사촌 베트에게 있어서 그녀의 집을 구성하고 있는 두 개의 방은 객실이자, 식당이자, 부엌이자, 작업실이기도 했다. 가구는 생활에 여유가 있는 노동자의 가정에서 볼 수 있는 것들이었다. 즉, 지푸라기를 넣은 호두나무 의자, 호두나무로 만든 조그만 식탁, 작업 테이블 하나, 나무로 된 검게 그을린 액자에 끼워진 채색 판화, 창에는 아기자기한 커튼, 호두나무로 만든 커다란 옷장, 잘 닦여져 있어 청결함으로 반짝반짝 빛나고 있는 타일들. 그 어디에도 먼지 하나 묻어 있지 않았지만 모든 것에 차가운 색조가 감돌고 있어서 그야말로 텔뷰르크(17세기 네덜란드의 화가. ―

역자 주)의 그림 그대로였다. 무엇 하나 부족함이 없었으며 그 회색빛이 감도는 색, 예전에는 푸른빛이 감돌고 있었지만 지금은 황갈색에 가깝게 되어 버린 벽지의 색까지도 갖춰져 있는 텔뷰르크의 그림이었다. 침실에는 지금껏 아무도 들어가 본 적이 없었다.

남작은 한눈에 모든 것을 둘러보고 주물로 된 스토브에서 자잘한 가재도구에 이르기까지, 모든 것에서 범속함의 낙인을 확인하고는 구역질을 느끼면서 속으로 중얼거렸다.

'바로 이게 품행방정이라는 것이군!' — "무슨 일로 왔냐고?"라고 그는 큰 목소리로 대답했다. "어차피 빈틈없는 사람이니 언젠가는 그 이유를 꿰뚫어보겠지. 그렇다면 솔직하게 말하는 편이 낫겠군!"이라며 자리에 앉아 주름을 만들고 있는 모슬린으로 된 커튼을 조금 끌어올려 정원 너머를 바라보며 그가 말했다. "이 건물 안에 매우 아름다운 여자가 살고 있는데……."

"마르네프 부인 말이죠? 그렇군요! 알겠어요!"라며 그녀는 모든 것을 알아챈 듯 말했다. "그럼 조제파 씨는 어쩔 셈이죠?"

"슬프다! 조제파라는 여자는 더 이상 존재하지 않아.…… 나는 하인처럼 깨끗하게 쫓겨나고 말았어."

"그래서 어쩌겠다는 거죠?"라고 사촌 베트는 언제나 15분 정도 앞서서 분개하는 내숭쟁이 숙녀의 위엄을 띤 채 가만히 남작을 바라보며 물었다.

"그래서 마르네프 부인이라는 사람은 관리의 아내로 상당히 품위도 있는 사람이고, 당신이 만난다고 하면 아무도 이상하게 생각하지 않을 테니,"라며 남작은 말을 이었다. "그 사람과 친하게 지냈으면 해. 아니! 걱정할 건 없어. 그녀도 국장님의 사촌에게는 틀림없이 최대한의 경의를 표할 테니까."

바로 그때, 고급 반부츠를 신은 여자의 발소리와 함께 옷깃 스치는 소리가 계단 쪽에서 들려왔다. 발소리는 층계참에서 멈췄다. 똑똑 두 번 노크를 한 뒤에 마르네프 부인이 모습을 드러냈다.

"피셸 씨, 이렇게 갑자기 댁을 찾아와서 정말 죄송합니다. 저, 어제도 여기에 왔었는데 안 계시더군요. 같은 건물에 살고 있고, 또 당신이 참사원 의원님의 사촌이라는 사실을 알고, 이미 당신의 힘을 빌려서 국장님에게 중재를 부탁해 놨어요. 조금 전에 국장님이 오시는 걸 보고 이렇게 실례를 했어요. 왜냐하면 남작님의 말씀에 의하면 내일 인사이동의 원안이 장관님에게 제출된다고 하니까요."

그녀는 차분함을 잃어 가슴이 두근두근 뛰고 있는 모양이었다. 하지만 다름이 아니라 계단을 뛰어올라왔기 때문이었다.

"아름다운 부인, 그런 청원자 같은 말은 하지 않으셔도 됩니다."라며 남작이 대답했다. "저야말로 당신을 뵙고 용서를 받아야 합니다."

"그럼 피셸 씨만 괜찮다면 저희 집으로 오시지 않으시겠습니까?"라고 마르네프 부인이 말했다.

"먼저 가세요, 엑토르 씨. 저는 나중에 뒤따라가겠어요."라고 사촌 베트가 숙녀 같은 어조로 말했다.

파리 출신인 마르네프 부인은 국장님의 방문과 호의에 크게 기대를 걸고 있었기 때문에 그런 회견에 어울리는 몸단장을 하고 있었을 뿐만 아니라 그녀의 아파트에도 화장을 해 놓았다. 그녀는 아침부터, 외상으로 산 꽃을 꽂아 놓았다. 마르네프도 아내를 도와 가구의 먼지를 털고, 아주 조그만 물건까지도 닦아 광택을 냈으며, 일일이 비누로 닦고, 솔질을 했다.

발레리는 신선함이 넘쳐나는 환경으로 국장님의 마음을 사로잡은 다음, 그것도 완전히 사로잡은 다음, 잔혹하게 취급하고 아이에게 과자를 주는 척해서 조급하게 만드는 것처럼, 당시에 어울리는 거래의 수법을 사용해서 속을 태울 권한을 손에 넣으려 했다. 그녀는 이미 유로의 속마음을 꿰뚫어보고 있었다. 궁지에 몰린 파리의 여자에게 24시간만 줘 보면 알 수 있다. 그녀는 틀림없이 내각까지도 쓰러뜨릴 것이다.

제정 시대의 방식에 익숙한 이 제정 시대의 남자는 현대적인 연애법, 1830년 이후 형성된 새로운 양심, 이전까지와는 전혀 다른 사랑을 얻는 법을 조금도 알 리가 없었다. 현대의 연애에서 '가련하고 나약한 여자'는, 마지막에는 자신을 연인의 욕망에 의한 희생자, 상처에 붕대를 감아 주는 자선병원의 수녀, 타인을 위해서 헌신하는 천사로 보이기 위해서 일을 꾸미는 법이다.

이 '새로운 연애 기교'는 악마의 일이기 때문에 엄청난 양의 복음적 미사여구를 소비한다. 사랑이란 순교라는. 이상이나 무한을 동경하기 때문에 남자와 여자 모두가 사랑에 의해서 한층 더 좋은 사람이 되어 가는 것이라는. 이처럼 듣기 좋은 말도 사실은 이전보다도 더, 실제 행동에 있어서 적극적으로 행동하고 훨씬 더 맹렬한 기세로 타락하기 위한 구실에 지나지 않는 것이었다. 우리 시대의 특질인 이와 같은 위선이 연애를 부패시켜 놓았다. 서로가 천사이기는 하지만 사정만 허락한다면 누구라도 악마처럼 행동한다. 전쟁으로 날이 지고 새던 무렵에는 연애도 그런 식으로 자기 분석을 할 여유가 없었기 때문에, 1809년에 연애는 제국과 마찬가지로 신속하게 성립되곤 했었다. 하지만 왕정 복고 시대, 호남아 유로가 다시 난봉꾼이 되었을 때 그가 위로해 준 사람은, 마치 빛을 잃은 별처럼 정계의 하늘에서 추락한 몇몇 사람들의 옛 여자 친구들이었으며, 노인이 된 후 그는 제니 카딘과 조제파의 포로가 되어 버리고 말았던 것이었다.

마르네프 부인은 그와 같은 국장님의 전력을 듣고 난 후에 공격준비를 갖췄는데, 그것은 그녀의 남편이 관공서에서 얼마간의 정보를 얻어다 그녀에게 들려준 것이었다. 현대식 감상 연극이 남작의 눈에는 새로운 매력이 있는 것으로 보일지 몰랐기 때문에 발레리의 태도는 이미 결정되어 있었는데, 솔직하게 말해서 그녀가 오늘 오전에 실험해 본 자신의 매혹법은 그녀의 모든 기대에 부응하는 것이었다.

10

이처럼 감상을 자극하는 소설적이고 낭만적인 수법 덕분에 발레리는, 자신은 무엇 하나 약속하지 않았는데도 남편을 위해서 계장의 자리와 레종 드뇌르 훈장을 획득할 수 있었다.

이와 같은 게릴라 전쟁은 '로셰 드 캉카루(당시 유명했던 레스토랑. ― 역자 주)'에서의 만찬이나, 연극 관람이나, 머리에서부터 뒤집어써야 하는 스페인풍의 긴 스카프, 숄, 드레스, 보석 등과 같은 수많은 선물 없이는 치를 수 없는 것이었다. 드와이에네 가의 아파트는 그다지 좋은 곳이 아니었다. 남작은 바노 가에 있는 근대적이고 세련된 건물 속에 있는 아파트에 훌륭한 가구를 들여놔야겠다는 계획을 세웠다. 마르네프는 어떤 금전적인 문제를 해결하기 위해 1개월 뒤에 고향을 방문해야 한다는 이유로 두 주간의 휴가를 얻었으며 거기다 특별 수당까지 받았다. 그는 스위스로 여행을 떠나 그곳의 여자들을 연구해야겠다고 생각했다.

유로 남작은 자신이 눈독을 들이고 있는 여자의 뒤를 봐 주면서도 역시 눈독을 들이고 있는 청년의 뒤를 봐 주는 일에도 소홀하지 않았다. 상무 장관으로 있는 포피노 백작은 미술을 애호하고 있었다. 백작은 '삼손'의 군상 하나를 위해서, 틀을 깨고 자신의 '삼손'과 유로 양의 것만 남기도록 한다는 조건으로, 2천 프랑을 지불했다. 이 군상이 한 국왕의 감탄을 자아냈기 때문에 추시계의 원형을 보여 줬더니 그것을 제작해 달라는 주문이 들어왔다. 그리고 딱 하나만 제작해야 한다는 조건으로 3만 프랑이 제공되었다. 상담을 의뢰 받은 예술가들은, 그 안에는 스티드만도 포함되어 있었는데, 이들 두 작품의 작가라면 동상을 만들게 해도 상관없다고 말했다. 곧 원수이자 육군대신인 몽코르네 원수 기념상모금위원회 위원장인 비상부르 공작이, 동상의 제작을 스타인벡에게 맡기겠다는 결정을 통과시켰다. 당시 국무차관보였던 라스티냑 백작이, 자신의 라이벌들의 갈채를 받으며 갑자기 명성을 얻게 된 이 예술가의 작품을 원했다. 그는 두 소년이 소녀에게 화관을 씌워 주는 감미로운 군상을 스타인벡에게서 넘겨받고, 잘 아는 바와 같이 글로 카이유에 위치하고 있는 정부 대리석 창고에 아틀리에를 제공하겠다고 약속했다.

이와 같은 사실은 그야말로 성공이었지만, 파리에서만 맛볼 수 있는 성공, 즉 광기어린 성공, 그것을 지탱하는 어깨와 허리의 힘을 갖고 있지 않은 인간을 짓밟아 버리는 그런 종류의 성공으로, 이것은 여담이지만 실제로 그런 비극이 종종 일어난다. 본인이나 피셀 양도 그런 것이라고는 조금도 알지 못했으며, 신문이나 잡지에 벤세슬라스 스타인벡 백작에 관한 기사가 곧잘 실리게 되곤 했다. 날이면 날마다, 피셀 양이 외출하면 벤세슬라스는 바로 남작 부인의 집으로 달려갔다. 베트가 사촌인 유로 부인 댁에 가는 날을 제외하고, 그는 거기서 한두 시간씩을 보냈다. 그런 상태가 한동안 계속되었다.

남작은 스타인벡 백작의 재능과 신분을 확인하고 안심했으며, 남작 부인은 그의 인품과 품행이 바른 것을 보고 기뻐했고, 오르탕스는 공인된 자신의 사랑, 자기 약혼자의 명성을 자랑스럽게 생각하고 있었기 때문에 결혼 얘기를 망설이는 사람은 아무도 없었다. 어쨌든 이 예술가는 행복의 절정에 있었는데 그러던 어느 날, 마르네프 부인이 무심코 내던진 한마디 때문에 이 모든 상황이 위험에 처하게 되었다. 그 일은 다음과 같이

해서 일어났다.

유로 남작이 마르네프 일가의 속사정을 알기 위해 마르네프 부인과 친분을 쌓기 원했던 리즈베트는 이미 발레리 가의 만찬에 초대를 받았는데, 그것은 발레리도 유로 가의 속사정을 알기 위해 나이 든 아가씨의 환심을 사려 했기 때문이었다. 그래서 발레리는 자신이 이사하기로 되어 있는 새로운 아파트의 집들이에 피셸 양을 초대하기로 했다. 나이 든 아가씨는 저녁을 먹으러 갈 수 있는 집이 한 군데 더 늘었다는 사실이 기뻤으며, 거기다 마르네프 부인이 그녀를 완전히 구워삶았기 때문에 언제부터인가 그녀에게 우정을 느끼게 되었다.

지금까지 나이 든 아가씨가 사귀어 왔던 모든 사람들 중에서 그녀를 누이처럼 생각해 준 사람은 아무도 없었다. 실제로 피셸 양에 관한 일이라면 사소한 것까지 발 벗고 나서는 마르네프 부인은 그녀와 마치, 그녀가 남작 부인이나 리베 씨나 쿠르벨 씨 등과 같은, 다시 말해서 그녀를 저녁 식사에 초대해 주는 모든 사람들과 맺고 있는 것과 같은 관계에 있었다. 마르네프 부부는 특히 가정 내의 심각한 가난이 리즈베트의 눈에 띄도록 일부러 내보였는데 그것도 매번, 친절하게 대해 줬는데 은혜를 잊은 친구라거나, 계속 되는 병이라거나, 혹은 어머니인 포르탕 부인에게도 그런 빈궁함을 숨기고 능력 이상의 희생을 해 왔기 때문에 변함없이 유복한 줄 알고 돌아가셨다는 등, 대체로 더할 나위 없이 그럴 듯한 이유로 착색해서 사촌 베트의 동정심을 자극했다.

"가엾은 사람들이에요!" 라고 그녀는 사촌 형부인 유로에게 말했다. "당신이 왜 그 사람들의 뒤를 봐 줘야겠다고 생각했는지 충분히 이해하고도 남겠어요. 정말로 그럴 만한 가치가 있는 사람들이에요. 정말로 인내심 많고 마음씨가 좋은 걸요! 계장 직으로 얻는 천 에큐만으로는 생활해 나가기가 어려운가 봐요. 몽코르네 원수가 돌아가신 뒤부터는 빚이 늘어 가고만 있나 봐요. 처자가 있는 관리에게 이곳 파리에서 2,400프랑의 봉급으로 살아가라고 하다니, 정부도 참 한심해요."

그녀에게 우정이라 여겨지는 것을 보이고, 무엇이든 털어놓고 얘기하며 그녀와 상의하고 그녀의 기분을 맞췄으며, 그녀가 손을 끌어 인도해 주기를 바라는 것처럼 보인 이 젊은 여자는 바로 그랬기 때문에 짧은 시간 안에, 괴팍한 사촌 베트에게 있어서는 어떤 친척보다도 친한 여자가 되었다.

남작은 남작대로 제니 카딘이나 조제파는 물론 그런 여자들의 친구조차도 그에게 보여 준 적이 없는 마르네프 부인의 조심스러움, 교양, 태도에 감탄했기 때문에 첫눈에 그녀에게 빠져 들어 노인 나름대로의 정열, 분별이 있는 것처럼 보이면서도 실제로는 무분별하기 짝이 없는 정열의 포로가 되었다. 실제로 그녀에게서는 여배우나 가수의 경우, 그의 온갖 불행의 원인이 되었던 조소적인 태도나, 술을 먹고 흥청망청 대는 버릇이나, 광기어린 낭비, 타락한 소행, 세상적인 고려에 대한 멸시 등과 같은 것을 찾아볼 수 없었으며, 무슨 일이 있어도 얽매이지 않으려고 하는 자유분방함도 찾아볼 수 없었다. 동시에 얼마든지 물을 빨아들일 수 있는 모래에 비유될 만한 창부의 그 탐욕스러움에서도 그녀는 벗어나 있었다.

그의 친구가 되어 상담 상대가 된 마르네프 부인은 그에게 제아무리 하찮은 선물을 받을 경우에라도 이상할 정도로 사양하는 듯한 태도를 보였다.

"관공서의 자리나 특별수당처럼 당신이 우리를 위해서 정부로부터 받아서 주시는 것이라면 무엇이든 받겠어요. 하지만 당신이 사랑하고 있다고 말씀해 주시는 여자의 명예를 처음부터 그렇게 부끄럽게 만들지는 말아 주세요."라고 발레리는 말했다. "아니면 사랑한다는 말도 믿을 수가 없어요.…… 사실은 믿고 싶지만."이라고 그녀는 성녀 테레사가 하늘을 올려다볼 때와 같이 눈만으로 위를 올려다보는 시선을 보내며 덧붙였다.

무슨 선물을 하나 할 때마다 보루를 탈취하는 것과 같은 소동, 양심을 능욕하는 것과 같은 고생을 해야 했다. 가엾은 남작은 아주 조그만 것, 그래도 상당히 값이 나가는 것이지만, 그런 것을 보내기 위해서도 여러 가지 술책을 사용했으며, 드디어 정숙한 여자를 만났다는 사실, 그의 몽상을 현실화한 여자를 찾아냈다는 사실에 만족했다. 이 소박한 가정(이는 그의 말이다)에서도 그는 자신의 집에서와 마찬가지로 신과 같은 존재였다. 마르네프 씨는 자신이 근무하고 있는 육군성의 주피터 신이, 설마 황금의 비가 되어 아내에게로 내려오려는 의도를 가지고 있다고는 생각지도 못한 듯한 태도로, 황송스러운 자신의 상관에 대해서 하인과도 같이 행동했다.

23세가 된 마르네프 부인은 청순하고 소심한 중산계급 여자, 드와이에네 가에 남 몰래 피어 있는 꽃으로, 창부들의 끝없이 타락한 행동이나 비도덕적인 본성 같은 것은 모를 것이 틀림없었으며, 지금의 남작은 그런 여자들의 비도덕적인 소행에 등줄기가 오싹해지는 것 같은 혐오감을 느꼈다. 남작은 지금껏 유혹과 싸우는 정숙한 매력에 접한 적이 없었는데 조심스러운 발레리가 그런 매력을, 노래의 문구처럼 '시내를 따라서 어디까지나' 맛보게 해 주었던 것이었다.

엑토르와 발레리가 대충 그런 관계에 있다는 사실을 알고 나면, 발레리가 엑토르로부터 곧 대예술가인 스타인벡이 오르탕스와 결혼할 것이라는 비밀정보를 알아냈다고 해도 누구도 놀라지는 않을 것이다. 사랑을 하고는 있지만 아무런 권리도 행사할 수 없는 남자와, 쉽게는 몸을 허락하겠다고 결심하지 않는 여자 사이에는 말과 마음의 여러 가지 다툼이 오가며, 마치 검술 시합에서 가죽 덮개를 씌운 검술도(劍術刀)가 결투에서의 진검이 내뿜는 필살의 기운을 띠는 것과 마찬가지로 종종 말이 사고를 폭로한다. 그럴 때 가장 신중한 남자는 튀렌(17세기 프랑스의 명장. ― 역자 주)의 흉내를 낸다. 그럴 때면 남작은 거듭 다음과 같이 외치는 정애(情愛) 넘치는 발레리에게, 딸의 결혼이 그에게 얼마다 커다란 행동의 자유를 가져다 줄 것인지에 대해서 은근슬쩍 내비치곤 했다.

"저는 완전히 제 것이 될 수 없는 분을 위해서 과오를 범할 수 없어요!"

남작은 이미 25년 전부터 유로 부인과 자신 사이에는 모든 것이 끝나 버렸다고 몇 번이고 단언하며 맹세했다.

"아주 아름다운 부인이라는 평판을 들었어요!" 라며 마르네프 부인이 되받아쳤다. "증거를 보여 주세요."

"곧 보여 드리겠소." 라고 남작은 발레리가 자신을 얽매게 될 이 희망의 표명에 기분이 좋아져서 말했다.

"어떻게 하실 생각인가요? 결코 제 곁을 떠나서는 안 돼요." 라는 것이 발레리의 대답이었다.

그래서 엑토르는 하는 수 없이 바노 가에서 실현 도중에 있는 그의 계획을 밝히고 정식 아내에게 주어야 할 생활의 절반을, 그래 봐야 설령 밤과 낮이 문명인의 생활을 균등하게 이분하고 있다는 가정하의 이야기지만, 그녀에게 줄 생각이라는 사실을 발레리에게 입증해 보여 주지 않을 수가 없었다. 그는 딸만 결혼시키고 나면 아내를 혼자 집에 남겨 두어 일을 복잡하게 만들지 않고 별거를 하겠다고 말했다. 그렇게 하면 남작 부인은 오르탕스나 젊은 유로 부부에게로 가서 시간을 보낼 것임에 틀림없었으며, 그는 아내의 복종을 확신하고 있었다.

"나의 귀여운 천사님, 그렇게 되면 나의 참된 생활, 나의 참된 가정은 바노 가에 있게 돼."

"어머! 완전히 당신 마음대로 제 앞날을 결정하셨군요!" 라며 마르네프 부인이 말했다. "남편은 어떻게 되는 건가요?"

"그런 닳아빠진 남자 같은 건……!"

"당신에 비한다면 정말 그렇지만……." 이라고 그녀는 웃으며 대답했다.

마르네프 부인은 스타인벡 백작의 신상에 대해서 알게 되자 그 청년을 만나고 싶어서 견딜 수가 없었다. 혹은 자신이 그와 같은 지붕 아래서 살고 있는 동안에 보석을 박은 세공물이라도 만들게 하여 받는 것도 괜찮을지도 모른다고 생각했다. 남작이 그런 호기심을 매우 혐오했기 때문에 발레리는 벤세슬라스에게는 절대로 눈길을 주지 않겠다고 약속했다. 하지만 그런 변덕을 포기한 보상으로 세브르의 옛 도자기인, 조금 세련된 티 세트 한 벌을 받은 뒤에도 그녀는 그 욕망을 마음 깊은 곳에, 마치 수첩에라도 적어 놓는 것처럼 간직해 두었다. 그래서 어느 날, 그녀의 사촌 베트에게 자신의 방으로 와서 함께 커피를 마시자고 불러서 화제를 베트의 연인에 대한 것으로 가져가 그를 만나도 위험은 없는지 살펴보았다.

"이봐요, 베트."라고 그녀는 말했는데, 그녀들은 벌써 서로를 이름만으로 부르는 사이가 되었기 때문이었다. "어째서 당신의 연인을 아직도 소개시켜 주지 않는 거지?…… 눈 깜빡할 사이에 그 사람이 유명해졌다는 사실을 알고 있어?"

"그 사람이? 유명해졌다고?"

"그 사람에 대한 소문이 파다해!"

"아이고! 이를 어쩌지!" 하고 리즈베트가 외쳤다.

"그 사람이 아버지의 동상을 만들게 됐어. 그래서 나도 그 사람의 작품을 성공시키는 데 커다란 도움을 줄 수 있을 거라고 생각해. 몽코르네 부인은 나처럼 생이 그린 세밀화를 빌려올 수 없을 테니까. 1809년, 바그람 전투 전에 그려진 걸작으로, 가엾은 우리 어머니가 받은 그림이야. 그러니까 젊고 아름다웠을 때의 몽코르네의 초상이야."

생과 오귀스탕 두 사람은 제정 시대 때 세밀화의 왕좌에 군림하고 있었다.

"지금 뭐라고 했어? 동상을 만든다고?"라고 리즈베트가 물었다.

"높이 9피트짜리 동상인데 육군성에서 주문하는 거야. 어머, 리즈베트, 대체 어떻게 된 거야? 이런 얘기를 내가 들려줘야 하다니! 정부가 스타인벡 백작에게 글로 카이유 대리석 창고에 아틀리에와 아파트를 줄 예정이야. 아무래도 당신의 폴란드 청년이 그 대리석 창고의 소장이 될 거 같은데. 그건 2천 프랑이라는 봉급을 받는 자리고, 손에는 반지를 끼고……."

"나도 모르고 있는데 어떻게 그렇게 자세한 것까지 알고 있지?"라고 멍해 있던 리즈베트가 간신히 제정신을 차리고 물었다.

"그래서 말인데 사랑하는 나의 사촌 베트."라고 마르네프 부인이 아름다운 표정을 지으며 말했다. "너는 그 무슨 일이 일어나도 변하지 않는 참된 우정을 가질 수 있겠니? 나와 친자매처럼 사귀고 있다는 것만으로……? 나도 너에게는 아무것도 숨기지 않을 테니 너도 내게 그 무엇도 숨기지 않겠다고. 내가 당신의 스파이가 될 테니, 당신도 나의 스파이가 되어 주겠다고 약속할 수 있어?…… 어쨌든 우리 남편에게도 유로 씨에게도 나에 대해서 절대로 말하지 않겠다고. 지금부터 하는 얘기를 내가 했다고는 절대로 말하지 않겠다고 약속할 수 있어?"

마르네프 부인은 창으로 콕콕 찔러 투우를 흥분시키는 이 투우사의 일을 중간에서 멈췄는데, 그것은 사촌 베트의 험악한 표정이 무서웠기 때문이었다. 이 로렌 여자의 얼굴은 소름이 돋을 만큼 무서운 표정으로 변해 있었다. 사람을 찌를 것 같은 검은 눈이 호랑이의 눈처럼 움직이지 않고 응시하고 있었다. 얼굴 표정은 고대의 여자 예언자라는 말을 들으면 떠올리는 얼굴과 비슷했으며, 딱딱 울리는 것을 막기 위해서 이를 악물고 있었으며, 굉장한 경련이 그녀의 팔다리를 떨게 하고 있었다. 모자와 머리카락 사이에 갈고리 모양으로 굽은 손을 찔러 넣고 머리카락을 쥐어뜯어 지나치게 무거워진 머리를 지탱하려 했던 것이다. 머릿속이 불타오르고 있는 것이다.그녀의 체내에서 맹위를 떨치고 있는 화재의 연기가 마치 화산의 분화에 의해서 파인 땅의 갈라짐 같은 얼굴의 주름 하나하나에서 피어오르고 있는 것처럼 보였다. 그것은 숭고한 모습이었다.

"왜 그래? 도중에서 얘기를 멈춰 버리다니."라고 그녀가 허무하다는 듯한 목소리로 말했다. "지금까지 그 사람을 위해서 노력해 왔던 것만큼 앞으로는 너를 위해서 노력할게. 아아! 그 사람을 위해서라면 내 피까지도 줬었는데……."

"그럼, 그 사람을 사랑하고 있는 거야?"

"마치 내 피를 이어받은 아이처럼!"

"그렇다면……."이라고 마르네프 부인은 전보다 편안한 기분으로 말을 이었다. "아들로서밖에 사랑하고 있지 않은 것이라면 너도 기뻐해야할 일이 한 가지 있어. 너도 그 사람이 행복해지기를 바라고 있지?"

리즈베트는 발작을 일으킨 여자처럼 재빨리 고개를 끄덕여 그 말에 대답했다.

"그 사람, 일 개월 후면 당신 사촌언니의 딸과 결혼할 거야."

"오르탕스와?"라고 나이 든 아가씨는 갑자기 자신의 얼굴을 두드리며 자리에서 일어나 외쳤다.

"어머, 왜 그래? 역시 그 청년을 사랑하고 있었던 거야?"라고 마르네프 부인이 물었다.

"이렇게 된 이상 너와 나는 죽을 때까지 변하지 않는 우정으로 맺어진 거야."라며 피셸 양이 말했다. "그래, 네가 누군가에게 끌리게 된다면 무슨 일이든 해 주겠어. 다시 말해서 너의 불손한 행동도 내게는 미덕과 같은 거야. 실제로 내게는 너의 불손한 행동이 필요하게 될 거야!"

"너 사실은 그 사람과 동거하고 있었던 거지?"

"그렇지 않아. 어머니가 되어 주고 싶었던 것일 뿐이야."

"어머! 뭐가 뭔지 하나도 모르겠어."라며 발레리가 말을 이었다. "그렇다면 너는 농락을 당한 것도 아니고 속임수에 넘어간 것도 아니니, 그 사람이 훌륭한 결혼을 하고 거기다 이렇게 잘 팔리는 것을 보면 매우 기뻐해야만 하잖아. 어쨌든 이제 당신에게 있어서는 모든 것이 끝이야. 그래. 그 예술가는 매일, 당신이 저녁을 먹기 위해 외출을 하면 바로 유로 부인의 집으로 가거든."

'애들린!' 이라며 리즈베트는 마음속으로 외쳤다. '아아, 애들린! 반드시 복수하고 말겠어. 당신을 나보다도 더 추한 여자로 만들어 주겠어!'

"너 정말로 죽은 사람처럼 창백한 얼굴을 하고 있어."라며 발레리가 말을 이었다. "역시 무슨 일이 있었던 거지?…… 아아, 난 왜 이렇게 멍청할까? 어머니와 딸이 모두 그렇게 당신에게 숨겼을 정도였으니, 당신이 그 연애를 방해할 것이라는 사실을 느끼고 있었던 거야. 하지만 당신이 그 청년과 동거한 것이 아니라면 난 이번 소동을, 내 남편의 마음보다도 더 이해를 할 수가 없어."

"그래! 너는 이해할 수 없을 거야!"라고 리즈베트가 말을 이었다. "너는 이 음모가 어떤 의미를 가지고 있는지 이해할 수 없을 거야! 이거야 말로 최후의 일격이라고 할 수 있어! 지금까지도 영혼에 얼마나 깊은 상처를 받아왔는지 너는 모르겠지만 나는 어렸을 때부터 애들린을 위해서 희생해 왔어! 내게는 주먹을 주었고 그 사람은 애지중지 키웠지! 내게 부엌데기 같은 초라한 옷을 주었고, 그 사람에게는 귀부인 같은 멋진 옷을 줬어! 나는 정원을 파헤치기도 하고 채소의 껍질을 벗겨야 했지만 그 사람은, 그 사람의 손가락은 아름다운 옷을 입기 위해서만 움직였어!…… 그 사람은 남작과 결혼해서 황제의 궁전에 얼굴을 내미는 화려한 생활을 해 왔지만 나는 1809년까지 시골에 남아서 4년 동안이나 적당한 사람을 기다렸어. 물론 그 사람들이 나를 불러주기는 했지만 그것은 나를 여공으로 만들어서, 마치 어딘가의 문지기와 같은 관리나 장교와 선을 보게 하기 위해서였어.…… 나는 26년 동안이나 그 사람들이 남긴 것을 받아서 생활해 왔어.…… 그런데 무슨 구약성경의 시대도 아니고 이제 와서, 가난한 사람이 단 한 마리의 어린 양을 소유하며 그것을 삶의 보람이라고 생각하고 있는데, 헤아릴 수도 없이 많은 양을 기르고 있는 부자가 그것을 부러워하며 그 가난한 사람의 양을 앗아가다니……. 미리 양해를 구하지도 않고 양보를 해 달라고 말하지도 않고. 애들린이 나의 행복을 가로챘어!…… 애들린! 애들린! 무슨 일이 있어도 당신을 진흙탕 속으로, 나보다도 더 비참한 신분으로 떨어뜨리고 말겠어! 내가 그렇게 귀여워하던 그 오르탕스가 나를 속이고 있었을 줄이야!…… 남작이……. 아니, 있을 수 없는 일이야. 이봐, 지금 내가 한 말 중에서 진짜라고 생각되는 사실을 다시 한 번 말해 줘."

"이봐, 마음을 좀 가라앉혀."

"발레리, 나의 천사. 그래 마음을 가라앉힐게."라고 이 평범하지 않은 나이 든 아가씨가 자리에 앉으며 대답했다. "내게 제정신을 차리게 할 수 있는 것은 오직 하나밖에 없어. 뭔가 증거를 보여 줘!"

"증거는 당신의 그 오르탕스 씨가 '삼손'의 군상을 소장하고 있고, 이 잡지에 그것을 석판으로 찍은 게 실려 있다는 거야. 자신이 저축한 돈으로 그것을 샀다고 하던데. 그리고 남작이 사위가 될 사람의 장래를 생각해서 그를 시장에 내놓았고, 여러 가지 것들을 손에 쥐어 줬다는 거야."

"물! 물 좀 줘!"라고 리즈베트는 석판으로 찍힌 것에 시선을 던진 뒤 이렇게 소리쳤다. 그 석판으로 찍은 것 밑에는 '유로 델비 양이 소장하고 있는 군상'이라는 글자가 적혀 있었다. "물을 달라니까! 머릿속이 끓어오르는 것 같아. 정신이 돌아버릴 것만 같아!"

마르네프 부인이 물을 가져오자 나이 든 아가씨는 모자를 벗고 검은 머리카락을 푼 뒤 이 새로운 여자 친구가 내민 대야 속으로 머리를 처박았다. 그녀는 그대로 몇 번이나 머리를 처박고 이제 막 시작하려 했던 화를 간신히 가라앉혔다. 이렇게 해서 물로 머리를 식히고 난 뒤, 그녀는 자제력을 완전히 회복했다.

"절대 비밀이야."라고 그녀가 머리카락을 닦으며 마르네프 부인에게 말했다. "지금 한 얘기는 전부 다, 절대로 비밀이야.…… 자, 한번 보라고. 나 완전히 냉정을 되찾았어. 벌써 다 잊어버렸다고. 지금은 전혀 다른 생각을 하고 있어!"

'이 사람 내일 당장 샤란튼(당시 유명했던 정신병원. — 역자 주)으로 가게 될 거야. 틀림없어.'라고 마르네프 부인은 이 로렌 여자의 얼굴을 바라보며 생각했다.

"어쩔 수 없잖아?"라며 리즈베트가 말을 이었다. "너도 한번 생각해 보라고. 물이 밑을 향해서 강으로 똑바로 흘러가듯 묵묵히 무덤까지 가는 수밖에 없어. 내가 얼마나 대단한 짓을 저지를 수 있겠어? 물론 가능하다면 애들린과 딸과 남작 모두를 산산조각 내고 싶어! 하지만 나 같은 가난한 사람이 부자 친척 일가에게 무슨 일을 할 수가 있겠어?…… 그야말로 계란으로 바위 치기 아니겠어?"

"그래, 당신 말대로야."라고 발레리가 대답했다. "여물을 넣어 두는 선반에서 가능한 한 많은 여물이 내게 돌아오도록 할 방법을 생각하기만 하면 되는 거야. 그게 파리에서의 생활이라는 거야."

"그리고……"라며 리즈베트가 말했다. "어차피 나는 금방 죽을 거야.

정말이야. 내가 언제까지고 어머니 대신 돌봐주려 했던, 죽을 때까지 함께 살려고 했던 그 '아이'를 잃었으니까."

그녀는 눈에 눈물을 글썽이며 갑자기 입을 다물었다. 감정의 기복이 심한 누른 빛의 여자의 이런 알기 쉬운 태도가 마르네프 부인을 전율에 빠지게 만들었다.

"하지만 당신이라는 사람을 만나게 됐어."라고 나이 든 아가씨가 발레리의 손을 잡으며 말했다. "그것만으로도 이 처참한 불행 속에서는 하나의 위안을 느낄 수 있어.……우리 틀림없이 사이좋게 지낼 수 있을 거야. 그리고 내가 어떻게 당신을 버릴 수 있겠어? 당신과 맞서는 일은 결코 없을 거야. 나는 절대로·사랑 받은 적이 없었으니까! 나와 결혼해도 좋다고 한 사람들은 모두 내 사촌의 후광을 등에 업으려 했던 것일 뿐이야.……천국에라도 오를 수 있을 만큼의 에너지를 가지고 있으면서도 그것을 빵이다, 물이다, 싸구려 옷이다, 다락방의 방세다 하는 것들을 손에 넣기 위해서 사용하다니! 아아, 이거야 말로 순교자와도 같은 생활이야! 진이 완전히 다 빠져 버렸어."

그녀는 갑자기 입을 다물고 마르네프 부인의 파란 눈 속으로 비수의 날이 심장을 꿰뚫는 것처럼 이 아름다운 여자의 영혼을 꿰뚫는 검은 시선을 던졌다.

"그런데도 어째서 불평 같은 걸 털어놓은 걸까?"라고 그녀는 스스로에게 비난을 퍼부으며 외쳤다. "아아! 나 이렇게 재잘재잘 떠들었던 적한 번도 없었어!…… '사람을 속이면 보상을 받게 된다'는 말이 있잖아?"라고 그녀는 한동안 사이를 둔 뒤 아이들에게나 하는 그런 말을 덧붙였다. "네가 말한 대로야. 우리의 이를 닦은 다음 여물을 넣어 두는 선반에서 가능한 한 많은 여물이 내게 돌아오도록 하자고."

"그래, 맞는 말이야."라고 마르네프 부인은 이런 소동에 겁을 먹어 자신이 그 격언을 말했다는 사실도 잊고 말했다. "당신의 그 말, 진실과 통하는 부분이 있다고 생각해. 그래, 인생이란 원래 그렇게 긴 것이 아니니 거기서 가능한 한 이익을 이끌어 내어 자신이 하고 싶은 일을 위해서 타인을 이용해야 해! 나 이렇게 젊지만 그래도 그렇게 생각하게 되었어! 어렸을 때는 오냐오냐 하며 키우고, 나를 우상처럼 떠받들고, 마치 여왕님의 딸처럼 키우더니 아버지가 출세를 위한 결혼을 해 버린 뒤에는 나를 거의 잊고 말더군! 어머니는 가엾게도 꿈과 같은 희망으로 나를 위로해 주었지만, 내가 연봉을 겨우 1,200프랑 받는 평범한 공무원과 결혼한 것을 보더니 마음의 병을 앓다가 돌아가시고 말았어. 그것도 서른아홉 살이나 된 늙그수레하고 냉혹하고 방탕한, 징역형 수감자의 감옥처럼 타락했고 당신이 당한 것처럼 우리 집을 출세의 도구로밖에 보지 않는 남자니까!…… 하지만 나는 결국 그런 수치라는 것을 모르는 남자야말로 가장 다루기 좋은 남편이 아닐까 생각하게 됐어. 나보다도 길거리의 불결한 추녀들을 더 좋아하기 때문에 나를 자유롭게 내버려 두거든. 월급은 전부 자기가 써 버리지만 그 대신 내가 스스로 수입을 얻어도 그 방법을 귀찮게 물어보지 않거든."

이번에는 그녀가 자신도 모르게 고백의 기세에 끌려 버렸다는 사실을 문득 깨달은 여자처럼 갑자기 입을 다물고, 리즈베트가 아주 진지하게 귀를 기울이고 있다는 사실에 깜짝 놀라 마지막 비밀을 밝히기 전에 상대방의 기분을 떠볼 필요가 있다고 판단했다.

"너도 알고 있지? 내가 당신을 얼마나 믿고 있는지?"라며 마르네프 부인이 말을 이었는데 리즈베트는 거기에 크게 안심할 수 있는 신호로 그녀에게 답했다.

우리는 종종 눈과 머리의 상하 운동으로 중죄 재판소의 선서보다도 훨씬 더 엄숙한 맹세를 표현하는 적이 있는 법이다.

11

"내 외모는 일단 어디를 봐도 올곧게 보이는 여자야."라고 마르네프 부인은 상대방의 맹세를 받아들이는 것처럼 리즈베트의 손 위에 자신의 손을 얹으며 말을 이었다. "게다가 한 사람의 아내야. 하지만 내 멋대로 생활할 수가 있어. 그렇기 때문에 아침에 마르네프가 육군성으로 출근할 때 내게 말을 하고 가야겠다는 마음이 문득 들었다 할지라도 내 침실의 문에 자물쇠가 채워져 있으면, 그 사람은 별 생각 없이 가 버릴 정도야. 아이에 대한 그 사람의 애정은, 내가 튀일리 정원에 있는 두 개의 '대하 (大河)' 상의 발 밑에서 놀고 있는 그 대리석 아이들을 귀여워하는 것에도 미치지 못할 정도. 내가 저녁을 먹으러 돌아오지 않아도, 그 사람은 별일 아니라는 듯 하녀와 둘이서 식사를 해. 우리 집 하녀는 남편에게만은 아주 충실하거든. 그리고 저녁 식사를 마치면 그 사람은 매일 밤 놀러 나가서 12시나 1시가 되기 전에는 돌아오지 않아. 단, 조금 불편한 건 1년 전부터 내 심부름꾼이 없었다는 거야. 그건 다시 말하자면 1년 전부터 미망인이 된 것과 같은 것이지……. 내가 사랑한 것은 딱 한 번뿐, 하지만 행복했어.…… 상대는 1년 전에 떠나 버렸는데 돈 많은 브라질 사람으로, 그 사람만이 내가 저지른 유일한 과오! 프랑스에 영주할 생각으로 재산을 처분해서 현금으로 바꾸기 위해 귀국했어. 그 사람이 돌아온다 해도 사랑하는 발레리는 이미 변해 버렸어. 썩어 버린 여자가 되어 버리고 말았어. 어쩔 수가 없어! 그 사람 탓이지 내 탓은 아니야. 그 사람 돌아오는 게 왜 이렇게 늦는 걸까? 어쩌면 나의 정조와 마찬가지로 그 사람도 파산한 것일지도 몰라."

"나 그만 가 봐야겠어."라고 리즈베트가 갑자기 말했다. "이제 나는 네게서 결코 떨어지지 않겠어. 너를 사랑하고 있어. 존경하고 있어. 네 말은 무엇이든 다 들을게! 사촌은 내게 바노 가에 있는, 네가 미래에 살 집으로 이사를 하라고 끈질기게 말해 왔어. 하지만 나는 그럴 마음이 없었어. 그런 새삼스러운 친절의 이유를 잘 알고 있었으니까."

"어머, 나를 감시하라는 거로군. 그 정도는 나도 알고 있어."라고 마르네프 부인이 말했다.

"바로 그게 그 사람이 돈을 써 대는 이유야."라며 리즈베트가 대답했다. "파리에서는 대부분의 은혜가, 사실은 투기와도 같은 것이고, 그 은혜를 잊는 행위의 대부분은 보복이야!…… 상대방이 가난한 친척 여자니까 마치 쥐새끼 취급하듯 기름 덩어리로 낚아 산 채로 잡아 두겠다는 속셈이겠지. 나, 남작의 요청을 받아들이겠어. 소름이 돋을 만큼 이 집이 싫어졌거든. 하지만 거기는 그래. 너와 나 두 사람 모두 눈치가 빠르니 서로에게 불리한 점은 말하지 않고, 해야 할 말만 하는 정도는 해낼 수 있을 거야. 그러니까 입을 조심할 것, 그리고 우정……."

"무슨 일이 있어도 변하지 않는 우정이야!"라고 마르네프 부인이 호신용 친구, 상담의 대상이 되어 주는 여자, 신뢰할 수 있는 숙모 같은 인물이 생겼다는 사실이 기뻐서 설레는 마음으로 외쳤다. "그건 그렇고, 바노 가에서는 남작도 신경을 쓰고 있는 듯해."

"그야 그렇겠지."라고 리즈베트가 말을 이었다. "3만 프랑이나 들였으니까! 그 돈을 대체 어디서 마련해 왔는지 몰라. 여가수 조제파가 홀딱 벗겨 먹고 난 뒤인데도 말이야. 그래, 너는 아주 좋을 때 그와 마주친 거야." 라고 그녀가 덧붙였다. "남작은 너처럼 그렇게 희고 매끈매끈하고 조그만 손으로 그의 심장을 쥐는 여자를 위해서라면 도둑질이라도 할지 모르지."

"그렇다면 너는," 이라며 마르네프 부인, 결국은 무신경에 지나지 않는 창부들의 무덤덤한 어조로 말을 이었다. "어떻게 생각해? 이 집 안에 있는 것 중에서 너의 새로운 집에 어울릴 만한 것이 있다면 무엇이든 주겠어.…… 이 장롱도, 거울이 달린 이 옷장도, 이 융단도, 이 벽걸이도……."

리즈베트의 눈은 더할 나위 없는 기쁨 때문에 둥그렇게 열렸다. 그런 선물을 받을 수 있다는 것이 도무지 믿기지 않았기 때문이었다.

"너는 우리 유복한 친척이 30년 동안 해 준 것보다도 더 많은 것을 단번에 해 주는구나!……."라며 그녀가 외쳤다. "그 사람들은 내가 가구를 가지고 있는지 어떤지 한 번도 생각해 본 적이 없을 거야! 몇 주 전, 처음으로 찾아왔을 때도 남작은 내 가난한 생활상을 보고 부자들 특유의 표정으로 얼굴을 찡그렸어……. 어쨌든 고마워. 그것에 대한 보답은 꼭 하겠어. 어떤 식으로 할지는 너도 곧 알게 될 거야!"

발레리가 '나의 사촌 베트'를 층계참까지 나가 배웅했고, 두 여자는 거기서 서로를 끌어안았다.

"이상할 정도로 신 냄새가 나, 저 사람!"이라고 아름다운 쪽의 여자가 중얼거렸다. "나의 사촌에게 그렇게 몇 번이고 입을 맞추는 건 그만두기로 하겠어! 하지만 조심해야 해. 저 사람과의 사이는 적당히 잘 조절을 해야 해. 큰 도움이 될 사람이니까. 저 사람이 내게 한재산 만들어 줄 거야."

순수한 파리 출생 여자답게 마르네프 부인은 고생을 싫어했으며, 필요할 때가 아니면 달리지도 도약도 하지 않는 고양이의 나른한 습성을 가지고 있었다. 그녀에게 있어서 인생이란 당연히 쾌락이어야만 했으며, 쾌락은 어려움을 수반하고 있으면 안 되었다. 그녀는 꽃을 좋아했지만, 그것도 누군가가 집까지 가져다줄 때에만으로 한정되어 있었다. 그녀는 자신의 뜻에 맞는 훌륭한 객석과 그곳으로 가기 위한 마차가 준비되어 있지 않으면 연극 구경 같은 건 생각지도 않았다.

발레리는 이와 같은 창부의 취향을 어머니에게서 물려받았는데 그녀의 어머니는 몽코르네 원수가 파리에 머물고 있을 때, 그의 사랑을 독차지하고 있었기 때문에 20년이라는 세월 동안 모든 사람들이 발밑에 무릎 꿇는 것을 보아 왔다. 하지만 낭비벽이 심했기 때문에 나폴레옹 몰락 이후, 지금은 그 맛도 잊어버린 호사스러운 생활 속에서 모든 것을 소비하고 모든 것을 탕진해 버렸던 것이었다. 제정 시대의 고위 현관들은 그 방종함에 있어서는 옛날 대귀족들에게도 뒤지지 않았다. 왕정 복고 시대가 찾아오자 귀족들은 철저하게 내몰리고 재산을 빼앗겼던 과거를 잊을 수가 없었다. 그랬기 때문에 두어 개의 예외를 제외한다면 귀족 계급은 검소해지고 현명해졌고, 미래를 생각해서 결국은 부르주와적이 되어 위대함을 잃게 된 것이었다.

그 후, 1830년(7월 혁명이 있던 해. ― 역자 주)이 되어 1793년에 시작한 일을 완성시켰다. 그 이후부터 프랑스에서 유서 깊은 명가는 남아 있어도 정치적 격변이라도 일어나지 않는 한 더 이상 호사스러운 생활은 찾아볼 수 없게 되었으며, 그런 정치적인 격변을 예측하기도 어려워졌다. 이 나라에서는 모든 것에 개성이라는 낙인이 찍히고 말았다. 가장 현명한 무리들의 재산은 종신연금이 되었다. 프랑스에서 가족은 파괴되고 말았다.

마르네프의 표현을 빌자면, 발레리가 유로를 낚아챈 날 그녀를 피가 터져 나올 정도로 옥죄고 있던 빈곤이라는 강력한 힘이 이 젊은 여자에게 자신의 미모를 부를 얻는 수단으로 이용하도록 결심하게 했던 것이었다. 그랬기 때문에 그녀는 며칠 전부터 어머니를 본받아, 심부름꾼에게는 숨겨야만 할 것까지도 밝힐 수 있었으며, 자기 대신 행동하고, 돌아다니고, 생각해 줄 헌신적인 여자 친구, 다시 말해서 인생의 불평등한 처사에도 동의하는 저주받은 영혼을 가진 여자를 가까이에 두고 싶다고 생각했다.

하지만 그녀는, 그녀에게 사촌 베트와 친분을 맺기 원하는 남작의 의도를 리즈베트에게도 뒤지지 않을 만큼 꿰뚫어보고 있었다. 그녀는 몇 시간이고 침실 의자에 몸을 눕힌 채, 모든 인간이나 감정이나 책략의 어슴푸레한 구석구석에 이르기까지 관찰이라는 등불의 빛을 가져가는 그 파리 여자의 무시무시한 이지의 암시를 받아 적의 스파이를 공범자로 바꾸는 방법을 생각해 냈다. 앞서 말한 실언도 틀림없이 계획적인 것이었다. 정열이 앞서는 이 열렬한 노처녀의 참된 성격을 꿰뚫어보고 그녀를 자신의 진영으로 끌어들이려 했던 것임에 틀림없다. 따라서 이 대화에도, 나그네가 하나의 심연의 깊이를 몸으로 실감하기 위해서 던져 보는 돌멩이와도 같은 뜻이 담겨 있었다. 그리고 마르네프 부인은 겉보기에는 이렇게도 나약하고 겸허하고 위험할 것 같지 않아 보이는 이 나이 든 아가씨 속에서 그와 함께 이아고(셰익스피어의 희극 《오셀로》 속의 인물로 냉혹한 음모가. ─ 역자 주)와 리차드 3세(셰익스피어의 희극 《리차드3세》의 주인공으로 커다란 야심을 품은 자. ─ 역자 주)를 발견하고 두려움을 느꼈다.

사촌 베트는 눈 깜빡할 사이에 원래 그녀의 모습으로 되돌아왔다. 코르시카 사람이나 야만인과 같은 성격을 가지고 있는 이 여자는 눈 깜빡할 사이에 그 성격을 억누르고 있던 약한 고삐를 끊고, 마치 어린아이가 아직 덜 익은 과일을 훔치려고 꺾은 가지가 아이의 손에서 벗어나면서 휙 튕겨져 올라가는 것처럼 원래의 위협하는 듯한 오만함을 되찾았다.

사회적 세계를 관찰하는 사람들에게 있어서, 아직 처녀성을 유지하고 있는 사람들이 보여 주는 사고의 충실함, 완벽함 그리고 신속함은 언제나 변함없는 감탄의 대상이 될 것이다.

온갖 기형 현상과 마찬가지로 처녀성도 역시 독자적인 풍요로움, 사람을 삼켜 버릴 것 같은 위대함을 가지고 있다. 그때까지 생명력이 에너지를 절약하고 있었던 만큼 처녀성을 유지하고 있던 개인은 측량할 수 없을 정도의 저항성과 지속성을 갖추게 되는 것이다. 두뇌는 모든 능력의 전반에 걸쳐서 부를 더하고 있다. 순결한 사람이 육체 혹은 영혼을 필요로 하며, 행동 혹은 사고 작용에 호소할 때, 그렇기 때문에 그들은 그들의 근육 속에서 강철의 단단함, 혹은 그들의 지성 속에서 선천적인 지식을, 즉 악마적인 힘, 혹은 의지의 흑마술(黑魔術)을 발견하는 것이다.

그런 점에서 성모 마리아는, 설령 그녀를 지금은 상징으로써만 생각한다 할지라도 그 위대함으로, 인도나 이집트나 그리스의 모든 유형의 그림자를 희미하게 만들어 버린다. 위대한 사물의 어머니(Magna parens rerum)인 '처녀성'은 그 희고 아름다운 손 속에 온갖 고위의 세계로 들어가는 열쇠를 쥐고 있는 것이다. 다시 말해서 이 장대하고 무시무시한 예외는 가톨릭 교회가 부여하는 온갖 영광에 값하는 것이다.

그런 이유로 사촌 베트는 눈 깜빡할 사이에 그 덫을 도저히 피할 수 없는, 그 도회술(韜晦術)을 꿰뚫어볼 수 없는, 그 신속한 결정이 감각기관의 전례 없는 완벽함에 바탕을 두고 있는 모히칸 인(쿠퍼의 《마지막 모히칸》에 묘사된 용맹한 아메리카 인디언의 일족. — 역자 주)이 되었다. 그녀는 타협을 모르는 증오와 복수심, 이탈리아나 스페인이나 근동(近東)에서 볼 수 있는 증오와 복수심의 화신이 되었다. 절대적인 영역으로까지 끌어올려진 우정이나 애정이 뒷받침하고 있는 이 두 개의 감정은 태양빛에 잠긴 나라에서만 알 수 있는 것이다. 게다가 리즈베트는, 특히 로렌 지방의 여자로, 그것은 속일 결심을 단단하게 했다는 것이다.

그녀로서도 자기 역할의 이 마지막 부분을 기꺼운 마음으로 받아들인 것은 아니었다. 그녀는 심각한 무지에서 유래하는 일종의 기묘한 책략을 계획했다. 형무소라는 것을 어린이들이라면 누구나 상상하는 것과 같은 성질의 것이라고 생각하여 면회와 서신 교환 금지를 수반한 금고와 구속을 혼동한 것이었다. 면회와 서신 교환 금지는 구금 중에서도 최고의 단계이며, 이 최고의 단계는 형사재판에서만 허용되는 특권이었다.

마르네프 부인의 아파트에서 나온 리즈베트는 리베 씨에게로 달려가 사무실에 있던 그를 만났다.

"친절한 리베 씨, 역시."라며 그녀는 사무실 문에 걸쇠를 건 뒤 그에게 말했다. "당신이 말한 대로예요. 폴란드 인들은…… 악당이에요. 모두 신도 법도 믿지 않는 사람들이에요."

"유럽에 불을 붙이려고 하는 사람들이에요."라고 평화를 사랑하는 리베 씨가 말했다. "조국을 위해서 모든 상업과 상인을 파산시키자고 말하고 있지만, 그 조국이라는 것이 그러니까 늪지뿐이고, 코사크나 농민들과 같이 애초부터 인간이라고 분류하는 것 자체가 오류인 사나운 짐승 같은 무리를 제하고 나면 대부분은 볼썽사나운 유태인들뿐이라고 해요. 그 폴란드 녀석들은 현대라는 시대를 잘못 이해하고 있어요. 현대의 우리는 더 이상 야만인이 아니에요! 전쟁의 시대는 지났어요. 피셸 씨, 국왕들과 마찬가지로 과거의 유물이 되었어요. 우리의 이 시대는 상업과 공업과 부르주와적 영지가 승리를 거둔 시대로, 그와 같은 것들이 네덜란드를 낳은 거예요. 그렇고말고요."라며 그는 갑자기 활기 넘친 어조로 말했다. "우리는 지금 민중이 자유의 합법적인 전개와 입헌적 정치구조의 평화적인 조작에 의해서 여러 가지 것들을 손에 넣을 수 있는 시대에 살고 있어요. 폴란드 인들은 그걸 알지 못하는 것인데 제 생각으로는……. 그런데 무슨 일이죠, 리즈베트 씨?"라고 스스로 자신의 말을 가로막으며, 그 여공의 모습으로 봐서 고원한 정치문제는 그녀의 이해 범위를 뛰어넘는 곳에 있는 것 같다는 사실을 깨닫고 그가 덧붙였다.

"이것이 그 서류들입니다."라고 베트가 말을 꺼냈다. "저의 3,210프랑을 날려 버리지 않으려면 그 극악무도한 사람을 감옥에 넣어야만 해요."

"그러니까, 말하지 않았나요?"라고 이 생 드니 부근의 신탁적 인물이 외쳤다.

퐁스 형제 가게의 주식을 양도받은 리베 상회는 여전히 모베즈 파롤 가에 있는, 원래는 랑제 공작의 저택이었던 곳에 가게를 내고 있었는데 그것은 대귀족들이 루브르 주위에 모여 있던 시대에 이 고명한 일가에 의해서 세워진 건물이었다.

"안 그래도 이곳에 오는 도중에 당신의 축복을 빌고 왔습니다."라고 리즈베트가 대답했다.

"그 남자가 아무것도 눈치 채지 못했다면 아침 4시에는 처넣을 수 있어요."라고 판사는 일출 시간을 확인하기 위해 달력을 살펴보며 말했다. "하지만 아무래도 모레 아침이 되겠군. 누가 뭐래도 민사 구속의 통지와 함께 지불을 독촉하기 위해 체포하겠다는 사실을 예고하지 않으면 투옥할 수는 없으니까. 그런 이유로……."

"그런 한심한 법률이 어디 있나요?"라고 사촌 베트가 말했다. "그렇게 하면 채무자가 도망가 버리고 말잖아요."

"도망갈 권리가 있는 거예요."라고 판사는 씁쓸한 웃음을 지으며 대답했다. "잘 들어보세요. 그러니까 어떤 방법을 써야 하는가 하면……."

"그렇다면 제가 서류를 가지고 가겠어요."라고 베트가 상업 재판관의 말을 가로막으며 말했다. "제가 그것을 그 사람에게 건네주며 돈을 꼭 마련해야 할 필요가 생겼는데, 그 돈을 빌려 준 사람이 이런 형식적인 수속을 요구했기 때문이라고 말하겠어요. 그 폴란드 인의 성격은 제가 잘 알고 있는데 틀림없이 서류를 펼쳐 보지도 않고 파이프에 불을 붙이기 위해서 태워 버리고 말 거예요!"

"그래요! 그거 좋은 방법이네요! 묘안이에요, 피셸 씨! 그렇게 하면 더 이상 걱정할 필요가 없을 거예요. 깨끗하게 처리할 수 있을 겁니다. 하지만 잠깐만요! 그 남자를 감옥에 처넣는 것만이 전부는 아니죠. 그런 번거로운 수속을 밟는 것도 원래는 빌려 준 돈을 되찾기 위해서니까요. 대체 당신은 누구에게서 그 돈을 받을 생각인가요?"

"그 사람에게 돈을 대 주고 있는 사람들이오."

"그렇군요! 맞아요. 육군 장관이 우리 가게의 단골 중 한 사람이었던 분의 동상을 그 남자에게 맡겼다는 사실을 잊고 있었어요. 나도 참! 우리는 몽코르네 장군에게 아주 많은 군복을 납품했었어요. 그 사람만은 대포의 연기로 군복을 순식간에 새까맣게 만들었죠. 용감한 분이었어요. 그리고 꼬박꼬박 대금을 지불하셨어요."

원수가 황제를 구하든, 조국을 구하든 '꼬박꼬박 대금을 지불' 했다는 것이 상인의 입에 걸리면 언제나 가장 훌륭한 찬사가 되는 것이다.

"그렇다면 리베 씨, 토요일이면 사전 준비가 완전히 갖춰질 거예요. 조금 다른 얘기지만 저 드와이에네 가를 떠날 거예요. 바노 가로 이사할 거예요."

"그거 잘 됐군요. 저는 원래 야당 사람들이나 하는 말을 아주 싫어하지만, 그래도 루브르 궁전이나 카르젤 광장의 불명예가 될 만한, 굳이 말하자면, 그래! 불명예가 될 만한 일이야. 그런 일각에 당신이 살고 있는 것을 보고 괴로웠어요('바리케이드 왕' 루이 필립 치하에서는 왕당파가 야당이었다. ― 역자 주). 저는 정말로 루이 필립을 경애하고 있어요. 저의 우상이에요. 루이 필립은 부르주아 계급의 엄숙하고 정확한 대표로, 그는 이 계급을 기초했으며 그의 왕조를 구축했어요. 국민군을 재건함으로 해서 그가 금은 장식실 업계를 위해 얼마나 노력을 해 왔는지 저는 결코 잊지 못할 겁니다."

"당신이 그렇게 당당하게 말씀하시는 걸 듣고 있으면……"이라고 리즈베트가 말했다. "어째서 대의사가 되지 않는 건지 신기할 정도예요."

"지금의 왕조에 대한 저의 충성을 두려워하고 있군요." 하고 리베가 대답했다. "저의 정적은 루이 필립 왕에 반대하는 녀석들이니, 그분은 정말 기품 있는 성격을 가진 사람이에요. 훌륭한 일족입니다. 다시 말해서……"라고 같은 이유를 되풀이하면서 그는 말을 이었다. "그 분이야말로 우리가 이상적이라고 생각했던 분이에요. 품행도 그렇고, 소박함도 그렇고, 모든 것을 갖추고 있어요. 하지만 루브르 궁전의 완성이라는 것이 우리가 왕위를 인정한 조건이었고, 황실비도 틀림없이 우리가 기한을 정하지는 않았지만 파리의 중앙부를 한심한 상태로 만들어 놓은 채 방치해 놓은……. 중도파이기 때문에 저는 파리의 중심부가 좀 더 다른 상태였으면 좋겠다고 생각하고 있는 거예요. 당신이 살고 있는 그 부근을 보면 저는 소름이 돋아요. 지금 그대로라면 당신도 머지않아 길거리 강도에게 살해당할지도 몰라요.…… 그건 그렇고 쿠르벨 씨가 국민군의 대대장에 임명됐다고 하던데, 그 커다란 견장을 우리가 맡아서 만들었으면 좋을 텐데."

"지금부터 그분 댁의 만찬에 참석하러 갈 거예요. 당신을 찾아뵈라고 말씀드릴게요."

리즈베트는 그녀가 돌보고 있는 리보니아 인과 세상과의 모든 연락을 단절하겠다는 희망에 기분이 좋아져, 그를 자기 혼자서만 독점할 수 있을 것이라고 생각했다. 일도 하지 못하게 될 테니 예술가는 지하 무덤에 매장된 사람처럼 잊혀져, 그녀만이 그를 만나러 그 지하 무덤을 찾게 될 것이라고 생각했다. 이렇게 해서 그녀는 이틀간의 행복을 맛보았는데 그도 그럴 것이 그녀는 남작 부인과 그 딸에게 치명적인 타격을 가할 수 있을 것이라고 생각했기 때문이었다.

소세 가에서 살고 있는 쿠르벨 씨의 집으로 가기 위해 그녀는 카르젤 교, 볼테르 강변, 도르세 강변, 벨세스 가, 유니베르테 가, 콩코드 교, 마리니 거리를 차례로 지났다. 이 비논리적인 코스는 언제나 이상할 정도로 다리의 적인 정열의 논리에 의해 결정된 것이었다.

사촌 베트는 강변로를 지나는 동안 센 강의 오른쪽 강변을 바라보며 아주 천천히 발걸음을 옮겼다. 그녀의 계획은 적중했다. 그녀는 옷을 갈아입고 있는 벤세슬라스를 남겨 놓고 외출했는데 그녀에게서 해방되자마자 그가 가장 빠른 길을 통해서 남작 부인의 집으로 갈 것이라고 생각했던 것이었다. 실제로 그녀가 센 강을 잡아먹을 듯이 바라보며 머릿속으로는 건너편을 걸어가고 있는 듯한 착각에 빠져서 볼테르 강변의 돌로 만들어진 난간을 따라 걸어가고 있을 때 튀일리 정원의 통용문에서 나온 예술가가 로와이얄 교를 향해서 가는 것을 보고 바로 그라는 사실을 알 수 있었다. 거기서 그녀는 이 불량한 남자의 뒤를 쫓았는데 그가 알아채지 못하도록 뒤를 따를 수가 있었다. 실제로 사랑에 빠져 버린 남자는 거의 뒤를 돌아보지 않는 법이다. 그녀는 유로 부인의 집 앞까지 그를 따라가서 그곳을 방문하는 것에 아주 익숙한 남자처럼 그가 안으로 들어가는 것을 지켜보았다.

마르네프 부인이 밝힌 이야기를 확인할 결정적인 증거가, 제정신을 잃을 정도로 리즈베트를 분노하게 만들었다.

이제 막 새로 선출된 대대장의 집에 다다랐을 때, 그녀는 살인을 저지를지도 모를 정신적 흥분 상태에 있었는데 마침 쿠르벨은 객실에서 아이들, 즉 젊은 유로 부부가 오기를 기다리고 있었다.

하지만 세레스탕 쿠르벨은 파리의 벼락 출세한 자의 너무나도 천진하고 진실된 대표자였기 때문에 아무런 인사도 하지 않고 세자르 빌로트의 이 행복한 후계자의 집에 들어간다는 것은 조금 예의에 어긋나는 일이다. 세레스탕 쿠르벨은 그 한 사람만으로도 하나의 세계를 간직하고 있다. 그러니 그가 이 가정적 드라마 속에서 차지하고 있는 중요한 역할을 위해서라도 리베 씨 이상으로 많은 물감을 그를 위해 사용할 가치가 있을 것이다.

12

독자는 종종 유소년 시절, 혹은 사회생활을 시작한 시절에 어떻게 우리가 우리 자신의 손으로 표본을 만들어 내는가 하는 것에 대해서 생각해 본 적이 있는지? 그런 이유로 은행의 수습사원은 자신의 고용주의 집객실에 들어서자 자신도 그런 객실을 가질 날을 몽상하기 시작한다.

만약 그가 재산을 모으게 된다면 20년 후에 그가 자택에 정중하게 들여놓는 것은 그 시대에 유행하는 사치가 아니라 예전에 그를 매료했던, 시대에 뒤떨어진 사치일 것이다. 그런 회고적인 질투에서 유래하는 어리석은 행위의 전부는 헤아릴 수도 없는 것이며, 그와 마찬가지로 인간들로 하여금 자신이 만들어 낸 표본을 모방하여, 달빛에 열중하려 심신을 혹사하게 만드는 그 조용한 대항심에서 발하는 광기어린 행동의 숫자도 헤아릴 수 없는 것이다.

쿠르벨은 자신의 주인이 도움을 주었기 때문에 구의 보좌관이 되었던 것이었으며, 세자르 빌로트의 견장을 부러워하고 있었기 때문에 대대장이 된 것이었다. 그랬기 때문에 예전, 운명이 그의 주인인 빌로트를 자부심의 절정으로까지 끌어올렸을 때 건축가인 그랑드의 손에 의해 실현된 호화로운 조화에 망연해졌던 쿠르벨은 자기 아파트의 장식을 생각하게 되었을 때, 그의 입버릇을 빌려서 말하자면, 이래저래 주저하지 않았다. 그는 눈을 딱 감고 돈을 아끼지 않았으며, 이제는 완전히 잊혀진 건축가 그랑드에게 모든 것을 위임했다. 빛을 잃은 영광이 시대에 뒤떨어진 감탄의 지지를 얻어 대체 언제까지 지속될 수 있을지는 알 수 없는 것이다.

그랑드는 이번에도, 몇 번째인지 헤아릴 수도 없을 정도였지만, 질리지도 않고 붉은 능직물을 둘러친, 자신이 자랑으로 여기고 있는 흰색과 금색의 객실을 완성해 냈다. 아주 흔해 빠진 세공물을 새기듯 아무런 특징도 없는 조각을 더한 자단으로 만든 가구는, 그래도 산업물산박람회 때 파리의 가구 제조업계가 지방업계에 대해서 정당한 자부심을 가져도 좋다고 허락한 물건이었다. 입식 촛대나 벽걸이식 촛대나 난로의 재받이, 시계 등은 로카이유양식에 속한 것이었다. 객실 중앙에 움직이지 않도록 붙박아 놓은 둥근 테이블은 온갖 이탈리아산 고대 대리석으로 되어 있었는데, 그 대리석은 전부 양장점의 옷감 표본 같은 이 광물학적 표본 조각이 제조되는 로마에서 수입된 것이다. 쿠르벨이 자신의 집에 초대하는 모든 부르주아들이 정기적으로 이 테이블을 보고 감탄했다.

부르주아계급들 사이에서 좋은 평판을 얻고 있는 화가 펠 글라스의 손에 의해 그려진 고 쿠르벨 부인, 쿠르벨 자신—그는 글라스 덕분에 우습게도 바이런처럼 거만한 자세를 취해야 했는데—, 그의 딸, 그의 사위의 초상화가 네 개, 모두 서로 대칭적으로 배치되어 객실의 내벽을 장식하고 있었다. 한 개 당 천 프랑씩 지불한 액자가, 참된 예술가라면 누구나 어깨를 움츠렸을 것임에 틀림없는 이런 싸구려 카페 같은 모든 호사스러움과 멋진 조화를 이루고 있었다.

황금은 언제나 어리석음을 폭로하는 그 어떤 조그만 기회라도 놓치지 않는 법이다. 만약 은퇴한 상인들이 이탈리아 국민의 특색인 그 위대한 것에 대한 본능을 가지고 있었다면 오늘날, 파리에 베네치아의 도시가 10개나 있었을 것이다. 현대에도 여전히 밀라노의 부유한 상인이라면 두오모(밀라노의 대성당. — 역자 주)에 50만 프랑을 기증하여 그 원형 지붕 꼭대기에 있는 거대한 성모상의 금박을 다시 바르게 하는 일도 충분히 있을 수 있다. 카노바(18세기 말에서부터 19세기 초에 활약했던 이탈리아의 조각가. — 역자 주)는 유서에서 4백만 리라의 교회를 지으라고 동생에게 명령했으며, 동생도 거기에 자신의 돈을 얼마간 보탰다. 파리의 부르주아(모두 리베와 마찬가지로 파리에 대한 애정을 자신들 가슴에는 간직하고 있지만)가 노트르담 사원의 탑에 걸려 있는 종루 건립 비용을 기부해야겠다는 생각을 하기는 하는 걸까? 하지만 상속인이 없어서 국가가 회수하는 상속 재산을 생각해 보기 바란다. 쿠르벨과 같은 사람들에 의해서 15년 동안 소비된 보드지나 금가루가 섞인 두꺼운 종이나 엉터리 조각 등으로 만들어진 한심한 사치품을 사들인 돈으로 틀림없이 파리의 온갖 미화사업을 완성할 수 있었을 것이다.

이 객실을 빠져나온 곳에 부르(17세기에서 18세기에 걸쳐 활약했던 유명한 세공사. — 역자 주)의 흉내를 낸 테이블과 옷장을 갖춘 훌륭한 사무실이 있었다.

벽 전면에 사라사를 두른 침실도 역시 객실과 이어져 있었다. 이곳을 필두로 빛에 번쩍이는 마호가니가 식당 곳곳으로 퍼져 있었으며, 멋진 액자에 담아 놓은 스위스의 풍경화가 벽면의 거울을 장식하고 있었다. 스위스 여행을 꿈에도 그리고 있던 쿠르벨 노인은, 자신이 실제로 그 나라를 구경하러 가기 전까지 하다못해 그림으로 그린 그 나라라도 소유하고 싶었던 것이었다.

전 보좌관이자 훈장 패용자이자 국민군의 장교인 쿠르벨은 이것을 봐도 알 수 있듯이 그의 불운한 조상들의 모든 권세, 가구라는 면에서의 권세까지 그대로 재현한 것이었다. 왕정 복고 시대에 한쪽이 몰락했던 바로 그 순간, 완전히 등한시되고 있던 이 인물이 그다지 특별한 운명의 장난에 의해서라고도 할 수 없는, 그저 일의 흐름에 따라서 저절로 대두하게 된 것이었다. 혁명의 와중에서는 바다에 폭풍이 들이닥쳤을 때와 마찬가지로, 견실한 가치를 가진 것은 바닷속으로 가라앉으며, 파도는 가벼운 것만을 수면에 띄운다. 왕당주의자로 윗사람에게 사랑받았으며, 주위 사람들의 질투의 대상이었던 세자르 빌로트가, 야당인 부르주아 계급의 집중 공격의 표적이 된 것에 대해서, 그 승리감에 젖어 있는 부르주아 계급 그 자체는 쿠르벨에 의해서 대표되고 있었던 것이었다.

돈만 있으면 언제나 손에 넣을 수 있는 온갖 비속한 사치품들로 가득찬, 집세 1,000에큐짜리 아파트는 한 오래된 저택의 앞쪽 정원과 뒤쪽 정원 사이에 낀 2층을 점하고 있었다. 거기에는 모든 것이, 곤충학자의 집에 있는 초시류(鞘翅類) 표본처럼 잘 보존되어 있었는데 쿠르벨이 거기에서 머무는 적은 거의 없었다.

이 호사스러운 집이 야심으로 가득 찬 이 사람의 법률상의 주소였다. 그 집에서는 요리하는 여자 한 명과 하인을 한 명 쓰고 있었는데 정치상의 동료나 현혹시킬 필요가 있는 사람들을 환대할 때, 혹은 가족이나 친척을 초대할 때면 그는 임시로 하인을 둘 더 고용하여 슈베(당시의 일류 식료품점)에서 만찬용 요리를 조달해 오곤 했다. 예전에는 노트르담 드 롤레트 가의 에로이즈 브리즈투 양의 집에 있었던 쿠르벨의 진짜 생활의 거점은 이미 살펴본 것처럼 지금은 쇼샤 가로 옮겼다. 이 전직 상인(은퇴한 부르주아는 어중이떠중이 모두 자신을 전직 상인이라고 말하지만)은 매일 아침, 상업상의 일을 하기 위해서 소세 가에서 두 시간을 보내고 나머지 시간은 자이르(볼테르의 비극 《자이르》의 여주인공으로 이스라엘의 왕 오로스마누에게 사로잡혀 왕의 연모를 받는다. — 역자 주)를 상대하기로 했는데, 그것이 자이르에게는 커다란 고민거리가 아닐 수 없었다. 오로스마누, 즉 쿠르벨은 에로이즈 양과 굳은 계약을 맺고 있었다. 그녀는 쿠르벨에게 매달 500프랑에 해당하는 행복을 줘야만 했는데, 다음 달로 연기하는 것은 용납되지가 않았다. 거기에 더해서 쿠르벨은 그녀의 저녁 식사비와 임시 지출비도 전부 지불해 주었다. 예전에 그 유명한 여가수의 후원자였던 쿠르벨에게 있어서 프리미엄이 붙어 있는 이 계약—왜냐하면 그가 여러 가지 선물을 주었기 때문이었다—은 매우 돈이 적게 드는 것이라고 여겨졌다. 그 점에 관해서 그는 아내를 여의기는 했지만 딸들을 너무나도 사랑하기 때문에 재혼하지 못하는 상인들에 대해서, 전용 마구간을 갖기 보다는 다달이 말을 빌리는 편이 낫다고 생각하는 것과 같은 것이다. 그렇다고는 하지만 쇼샤 가의 문지기가 남작에게 밝힌 이야기를 생각해 본다면, 쿠르벨은 마부와 말을 돌보는 사람까지 놓을 수는 없었던 모양이었다.

앞서 살펴본 바와 같이 쿠르벨은 딸에 대한 과도한 애정을 자기 향락의 구실로 삼고 있었던 것이었다. 그의 배덕성이 고도의 도덕적인 근거에 의해서 정당화되고 있었다. 그렇게 해 둔 다음 전직 향수장수는 그 생활(어쩔 수 없는 생활, 섭정 시대식, 퐁파두르식, 리셜리외 원수식의 방탕한 생활)에서 껍데기뿐인 우울함과 같은 것을 이끌어 내고 있었다. 쿠르벨은 눈앞의 사소한 일에 얽매이지 않는 사람, 조금 조그만 대귀족, 대범하고 생각하는 것이 치졸하지 않은 인간인 척하고 있었지만 그러면서도 매달 1,200프랑이나 1,500프랑밖에 쓰지 않았던 것이었다. 그것도 정치적인 위선을 위해서가 아니라 부르주아 계급적인 허영심을 위해서였는데 그것도 역시 결과는 마찬가지였다. 주식거래소에서 쿠르벨은 시대를 한발 앞서나가는 사람, 특히 활달한 낙천가로 통하고 있었다.

쿠르벨은 그런 면에 있어서는 빌로트 영감을 크게 앞질렀다고 생각하고 있었다.

"듣자 하니……"라고 쿠르벨이 사촌 베트의 모습을 보자마자 화를 내며 소리질렀다. "유로 양의 결혼을 진행시키고 있는 게 당신이라고 하던데? 그것도 제 손으로 직접 돌봐 기른 청년 백작과!"

"마치 그것이 당신의 마음에 영 들지 않는다는 듯한 말투로군요."라고 리즈베트는 마음속 깊은 곳까지 꿰뚫어볼 듯한 시선을 쿠르벨에게 던지며 대답했다. "제 친척 아가씨가 결혼하는 것을 방해해서 대체 당신에게 무슨 이익이 있다는 거죠? 소문에 의하면 루바 씨의 아들과 그 아가씨와의 혼담을 깬 것도 당신이라고 하던데요?"

"아니, 당신은 훌륭한 여자로 입이 무겁다는 사실은 나도 잘 알고 있어."라며 쿠르벨 노인이 말을 바꿨다. "그래서 하는 말인데, 유로 나리께서 나의 조제파를 앗아간 죄를 내가 용서할 거라고 생각하시나?…… 게다가 내가 나이를 먹으면 틀림없이 결혼을 했을 건전한 아가씨를, 보잘것 없고 뻔뻔스러운, 정조관념이고 뭐고 아무것도 없는 가벼운 여자인 오페라 가수로 만들어 버렸어.…… 아니, 절대로 용서할 수 없어. 무슨 일이 있어도!"

"그래도 유로 씨는 좋은 분이에요."라고 사촌 베트가 말했다.

"사람은 좋지. 아주 좋아! 너무 좋아서 탈이야!"라며 쿠르벨이 말을 이었다. "내가 특별히 그 사람에게 악의를 품고 있다는 건 아니야. 그냥 복수를 해 주고 싶은 것일 뿐이야. 틀림없이 복수를 하고 말겠어. 그것이 나의 집념이야!"

"유로 부인 앞에 모습을 드러내지 않는 것도 역시 그 욕망을 위해서인가요?"

"어떤 의미에서는……."

"그렇게 된 거로군요! 그렇다면 제 사촌 언니에게 구애하고 있었던 거군요."라고 리즈베트는 빙그레 웃으며 말했다. "그럴 거라고는 짐작하고 있었지만."

"하지만 그녀는 나를 길거리 개처럼 취급했어. 그것뿐이라면 모르겠지만 나를 하인처럼 내쫓았어. 좀 더 분명하게 얘기하자면 정치범 취급이었지! 그래도 나는 반드시 성공을 거두고 말겠어."라고 주먹을 쥐어 자신의 이마를 콩콩 두드리며 그가 말했다.

"가엾은 남작! 첩에게 배신당하고 아내마저 바람을 피우고 있다는 사실을 알게 된다면 틀림없이 슬픔을 견디지 못할 거야!"

"조제파가?" 라며 쿠르벨이 외쳤다. "조제파가 그를 배신했단 말이야? 냉담해졌다고? 내쫓았단 말이야?…… 잘했구나, 조제파! 조제파가 내 원수를 갚아 주었구나! 진주를 두 개 보낼 테니 네 귀에 걸어주길 바란다. 내 지난날의 귀여운 사슴!…… 그런 일이 있었을 줄 난 꿈에도 몰랐어. 아름다운 애들린이 다시 한 번 그녀의 집에 와 달라고 말했던 그 이튿날, 당신을 만난 뒤 나는 코르베유의 루바 씨 댁에 갔다가 지금 돌아온 길이니. 에로이즈가 나를 시골로 보내려고 그렇게 노력을 하더니, 이제야 그 이유를 알 것 같군. 내가 없는 동안에 그림쟁이, 엉터리 배우, 문사들과 쇼샤 가에서 집들이를 할 생각이었던 거야.…… 한방 먹은 셈이로군! 그래, 관대하게 봐 주기로 하지. 에로이즈는 나를 즐겁게 해 주니까. 그녀는 아직 빛을 보지 못한 데자제(당시 활약했던 여배우. ― 역자 주)야. 그녀는 아주 재미있는 여자야! 이게 어젯밤에 도착한 편지거든."

「저의 사랑스러운 아버지, 쇼샤 가로 텐트를 옮겼어요. 친구들을 청해서 집들이를 했어요. 하갈(유태 민족의 아버지인 아브라함의 두 번째 아내. ― 역자 주)이 아브라함을 기다리고 있어요.」

"에로이즈가 여러 가지 이야기를 들려줄 거야. 그녀는 원래 그 방종한 무리들에 관한 일이라면 뭐든 알고 있으니까."

"하지만 저의 사촌은 그런 불쾌한 일이 있었는데도 그걸 순순히 받아들였어요."라고 사촌 베트가 대답했다.

"설마!"라고 쿠르벨은 시계추처럼 왔다 갔다 하던 발걸음을 멈추고 선 채로 말했다.

"유로 씨도 나이를 먹은 거겠죠."라고 리즈베트가 놀리는 듯한 투로 말했다.

"나는 그의 성격을 알고 있어."라며 쿠르벨이 말을 이었다. "우리 두 사람 사이에는 닮은 점이 있어. 유로는 여자 없이는 살 수 없는 사람이야. 어쩌면 아내의 품으로 돌아갈지도 모르지."라며 그는 혼잣말을 중얼거렸다. "그에게는 그것도 신선하겠지만 그렇게 되면 나의 복수도 끝장이야. 당신 웃고 있군, 피셸 양!······ 그렇다면 당신은 뭔가를 알고 있단 말인가?"

"당신 생각하는 게 우스워서요."라며 리즈베트가 대답했다. "물론 우리 사촌 언니는 아직도 굉장히 아름답기 때문에 연심을 일으키는 정도는 아무것도 아니에요. 만약 저라도 남자였다면 그 사람에게 사랑을 느꼈을 거예요."

"세살 버릇 여든까지 간다는 말이로군!" 이라며 쿠르벨이 말했다. "당신은 나를 놀리고 있어! 남작이 누군가 다른 사람을 찾아냈다는 말인가?"

리즈베트는 그것을 긍정하는 듯한 몸짓으로 고개를 끄덕였다.

"아아! 눈 깜빡할 사이에 조제파를 대신할 여자를 찾아내다니, 이 얼마나 운이 좋은 남자란 말인가?"라며 쿠르벨이 말을 이었다. "하지만 난 놀라지 않아. 언젠가 저녁을 먹는 자리에서 그가 말한 바에 의하면, 젊었을 때 그는 여자에 궁해지는 일이 없도록 언제나 세 여자와 관계를 맺고 있었다고 했으니까. 그러니까 그 순간 그가 버리려고 하는 여자와, 그 순간 군림하고 있는 여자와, 미래를 위해서 구애를 하고 있는 여자. 이번에도 그의 울타리 안에다 예비로 여공이든 뭐든 키우고 있었던 것임에 틀림없어! 울타리인지 그의 영지 안 사슴 사냥터인지는 모르겠지만! 제법 루이 15세 같은 부분이 있단 말이야, 그 영감에게는! 정말로 풍채가 좋고 운이 좋은 남자야! 하지만 그 양반도 이젠 나이를 먹었어! 밀려드는 나이의 물결을 숨길 수야 없지.····· 어디서 바느질품을 팔고 있는 되바라진 애라도 건진 모양이지?"

"그게 그렇지가 않아요."라고 리즈베트가 대답했다.

"뭐야?"라며 쿠르벨이 말했다. "그가 잘난 척하는 걸 방해하기 위해서 나는 어떤 고통도 감수할 수 있어! 그에게서 조제파를 앗아오려 했지만 나는 그렇게 하지 못했어. 그런 부류의 여자들은 결코 첫사랑에게 돌아오지 않는 법이거든. 그리고 흔히들 말하는 것처럼 돌아온다 할지라도 사랑은 돌아오지 않아. 하지만 베트 양, 그 색마로부터 여자를 빼앗아서 말이지, 미안하지만 배가 불쑥 나온 국민군 대대장, 미래 파리 시장의 벗겨진 머리를 가진 나 같은 뚱보 할아버지도, 여왕 말을 빼앗기면 바로 졸들을 움직여서 그렇게 쉽게 물러나지만은 않는다는 사실을 증명하기 위해서라면 5만 프랑을 내도 좋아. 그러니까 써도 좋다고 생각하고 있어."

"저는 기본적으로……"라며 리즈베트가 대답했다. "다른 사람에게서 무슨 말을 듣든 그걸 모르는 척해야만 하는 입장이에요. 다른 사람이 제게 밝힌 것은 단 한마디도 남에게 말하지 않을 거예요. 저의 그런 행동 방침을 배반할 수 있을 리가 없잖아요. 누구에게도 신용을 얻지 못할 테니까요."

"그건 나도 알고 있어."라며 쿠르벨이 대답했다. "당신은 정말 흠잡을 데 없는 노처녀야.…… 아, 실례했소. 예외적인 사람이라는 말이야. 그런데 당신 가족들은 단 한 번도 당신에게 연금을 설정한 적이 없었던 것 같더군."

"하지만 저 역시 자부심을 가지고 있어요. 금전적으로는 누구에게도 피해를 주고 싶지 않아요."라고 베트가 말했다.

"그래, 만약 당신이 내 복수를 도와준다면……"이라며 전직 상인이 말을 이었다. "당신을 위해서 종신연금으로 1만 프랑을 써도 상관없을 거야. 어떤가, 베트양? 누가 조제파의 후원자인지 가르쳐주지 않겠나? 그렇게 하면 당신은 집세와 아침 식사비, 그리고 당신이 좋아하는 맛있는 커피를 살 수 있을 만큼의 돈을 손에 넣을 수 있어. 다른 것을 섞지 않은 모카도 마실 수 있을 거야.…… 응? 다른 것이 섞이지 않은 모카는 정말 맛있다니까!"

"1만 프랑을 종신연금으로 삼으면 1년에 500프랑 정도 받게 되겠지만 그것보다 제게는 사람들의 비밀을 결코 발설하지 않는 게 더 중요해요."라며 리즈베트가 말했다. "안 그런가요, 쿠르벨 씨? 남작님은 제게 아주잘해 주세요. 집세도 내 주겠다 하고……."

"그렇지만 그게 얼마나 오래 갈지? 그래, 남작에게 의지하도록 해요!"라며 쿠르벨이 외쳤다. "남작이 어디서 돈을 마련해 올 수 있다는 거지?"

"글쎄요! 그건 잘 모르겠어요. 하지만 그 여자 분을 위해서 준비한 아파트에 3만 프랑 이상을 썼어요."

"여자 분? 그렇다면 사교계에 있는 여자란 말인가? 그 악마 같은 녀석! 정말 운이 좋은 녀석이야! 여자란 여자는 전부 그 녀석을 위해서만 있는 것 같잖아!"

"남편이 있는 아주 품위 있는 분이에요."라고 사촌 베트가 말을 받았다.

"정말인가?"라고 외치며 쿠르벨은 욕망도 욕망이지만 '품위 있는 여자'라는 마법의 언어 때문에 한층 더 빛을 더한 눈을 동그랗게 떴다.

"네."라며 리즈베트가 대답했다. "여러 가지 재능을 가지고 있고, 음악도 잘하고, 스물세 살, 얼굴은 때 묻지 않은 아름다움을 간직하고 있고, 피부는 눈부신 흰색, 강아지 이빨처럼 사랑스러운 이를 하고 있고, 눈은 별님처럼 초롱초롱하고, 멋진 이마……, 그리고 그렇게 작고 멋진 발은 본 적이 없어요. 코르셋을 걸어 두는 마네킹에도 뒤지지 않을 만큼 늘씬하고……."

"그렇다면 귀는?" 하고 쿠르벨이 이 사랑의 인상서(人相書)에 크게 자극을 받은 듯 물었다.

"모습을 본떠 두고 싶을 정도의 귀예요."라고 그녀는 대답했다.

"손은 작나?"

"딱 한마디로 분명하게 말씀드리자면 보석처럼 멋진 사람이에요. 거기다 그 기품, 청순함, 정숙함!…… 마음이 아름다운, 천사 같은, 온갖 기품을 다 갖추고 있는 사람이에요. 아버지가 바로 원수님이시거든요."

"원수님이라고?" 말하며 쿠르벨은 갑자기 엄청난 기세로 벌떡 일어서며 외쳤다. "어떻게 그런 일이? 제길! 해도 해도 너무 하는군! 부아를 돋우는 데도 정도가 있지!…… 아아! 더러운 영감쟁이! —아, 미안. 리즈베트 양, 이거 정말 미쳐 버리겠군!…… 10만 프랑을 써도 좋으니 난……."

"그래도 안 돼요! 심지가 굳고 정숙한 여자라고 말씀드렸잖아요. 그래서 남작은 교묘한 방법을 썼던 거예요."

"그는 한 푼도 없을 텐데……. 조금 전에 말했던 것처럼."

"하지만 남편이 있으니 그 남편을 부추겨서……."

"어떻게 부추겼단 말이지?"라고 씁쓸한 웃음을 지으며 쿠르벨이 말했다.

"벌써 계장으로 임명됐으니 그 남편도 아마 다른 생각을 품지는 않을 거예요.…… 그리고 이번에 수훈자 명단에 들어가게 되어 있으니까요."

"정부도 조심해야 할 필요가 있어. 함부로 훈장을 뿌리지 말고 이미 서훈한 사람들을 좀 더 존중해야 해."라며 쿠르벨은 정치적으로 화가 난다는 양 말했다. "그런데 겉만 번지르르했지 늙어빠진 영감탱이 남작의 어디가 그렇게 좋다는 거지?"라며 그는 말을 이었다. "나도 그에게 뒤지지 않을 만큼 남자답다고 생각하는데."라며 거울을 들여다보고 위엄 있는 태도를 취해 본 다음 덧붙였다. "에로이즈 역시 여자가 거짓말을 할 수 없는 상태에 있을 때 나보고 멋진 사람이라고 말하곤 했었거든."

"그건 그래요. 여자는 살찐 남자를 좋아하거든요. 살찐 분들은 대체로 좋은 분들이에요. 그리고 당신과 남작 중에서 하나를 고르라면 저는 당신을 고를 거예요. 물론 유로 씨는 싹싹하고 호남아에 품위 있는 풍채를 가지고 있기는 해요. 하지만 당신은 다부지고 거기다 그러니까……, 당신이 그 사람보다 한층 더 풍류를 아는 사람처럼 보이니까요!"

"정말 세상 여자들이 모두, 신심 깊은 여자까지도 그런 모습을 한 남자를 좋아하다니, 정말 이해할 수가 없어."라고 쿠르벨은 베트에게 다가가 허리에 손을 감으며 외쳤다. 그만큼 흥분되어 있었던 것이었다.

"문제는 그것과 상관없어요."라며 리즈베트는 계속해서 말을 이어갔다. "그처럼 많은 이익을 약속받은 여자가, 웬만한 일 가지고는 뒤를 봐주는 사람에 대해서 부정한 짓을 할 리가 없다는 사실을 잘 알아 두셨으면 해요. 그렇다면 10만 프랑이나 그 이상의 돈이 필요할 거예요. 그 사랑스러운 부인은 앞으로 2년만 있으면 남편이 과장 자리에 오를 수 있을 거라 생각하고 있으니까요.…… 그 불쌍하고 천사처럼 사랑스러운 사람을 나락으로 떨어뜨린 것도 결국에는 가난이었으니까요."

쿠르벨은 객실 안을 미친 사람처럼 돌아다녔다.

"그는 틀림없이 그 여자에게 푹 빠져 있겠지?"라며 그는 잠시 시간이 흐른 뒤에 물었는데 그 잠시 동안, 리즈베트에 의해서 그렇게 자극받은 그의 욕망은 마치 광기를 띤 발작처럼 미쳐 날뛰었던 것이었다.

"당신 상상에 맡기겠어요!"라며 리즈베트는 말을 이었다. "아직 그것을 손에 넣었다고는 생각지 않지만."이라고 희고 커다란 앞니 밑에서 엄지손가락을 딱 하고 울리며 그녀는 말했다. "그래도 그 사람은 벌써 1만 프랑 정도나 되는 여러 가지 선물을 했어요."

"흠! 이거 재밌는 걸."이라며 쿠르벨이 외쳤다. "그럼 내가 몰래 쳐들어간다면?"

"어머, 이를 어째! 남의 일에 대해서 숙덕거리고 있다니. 저 정말 못된 여자예요."라고 리즈베트가 후회가 된다는 듯한 어조로 말을 이었다.

"그럴 리가 있나. 나는 당신 일족들에게 수치심을 느끼게 해 주고 싶어. 내일 5부 이자로 당신에게 매해 600프랑이 들어가도록 당신 명의로 종신연금을 설정해 두겠어. 그 대신 모든 걸, 그 둘시네아(돈키호테의 상상 속의 연인. – 역자 주)의 이름과 주소를 가르쳐 줘. 당신에게만 고백하겠는데 나는 지금까지 단 한 번도 품위 있는 여자와 관계를 맺어 본 적이 없거든. 내 최대의 야심은 그런 여자를 알게 되는 거야. 마호메트교에서 말하는 극락의 천녀든 뭐든 내가 머릿속으로 그리고 있는 상류 사교계의 여자에 비하면 아무것도 아니야. 다시 말하자면 나의 이상이지, 나의 즐거움이야. 그것도 얼마간은 병적인 부분이 있기 때문에 솔직하게 말해서 유로 남작 부인이 내 눈에 50세라고 보이는 일은 결코 없을 거야."라고 그때 그는 자신도 모르는 사이에 앞선 세기의 가장 재기에 넘치는 인물과 의견이 일치했던 것이었다. "알겠는가, 베트 양? 나는 내던질 생각이야. 1만 프랑이든 10만 프랑이든……. 쉿! 아이들이 도착했군. 정원을 가로질러서 이쪽으로 오고 있는 게 보여. 당신으로부터는 아무런 말도 듣지 않은 걸로 하지. 그것만은 틀림없이 맹세할 수 있어. 나도 당신이 남작에게 신뢰를 잊기를 바라지는 않으니까. 뿐만 아니라……. 그 양반은 틀림없이 그 여자에 대한 사랑에 푹 빠져 있을 거야!"

"네! 마치 미친 사람 같아요!"라며 사촌 베트가 말했다. "자기 딸을 시집보내기 위한 돈 4만 프랑도 마련하지 못했던 사람이 이번의 새로운 사랑을 위해서는 그것을 마련해 왔을 정도니까요."

"그런데 그는 사랑받고 있다고 느끼고 있나?"라고 쿠르벨이 물었다.

"설마, 그 나이에!……."라고 나이 든 아가씨가 대답했다.

"그렇군! 나도 참 바보야!"라며 쿠르벨이 외쳤다. "앙리 4세(16세기말 프랑스의 국왕. — 역자 주)가 가브리엘(앙리 4세의 애첩)에게 베르젤드 (가브리엘의 애인으로 그녀를 앙리 4세에게 소개시켜 준 인물)와의 관계를 허락했던 것처럼, 에로이즈와 한 예술가와의 관계를 관대하게 봐 주었던 내가 말이야. 아아! 나이 들고 싶지 않아! 나이 먹고 싶지 않아! —이야, 세레스틴, 오늘은, 나의 사랑스럽고 사랑스러운 딸, 오늘은……. 그런데 아기는 어떻게 한 거냐? 아아, 거기에 있구나! 맹세코 말하는데 이 녀석 나를 닮기 시작했어. —유로 군, 오늘은 어떤가? 건강한가?…… 머지 않아서 집안에 또 결혼식이 있을 것 같더구나."

세레스틴과 그녀의 남편은 리즈베트를 가리키며 눈짓을 주고받은 뒤, 딸이 전혀 모르겠다는 어조로 아버지에게 말했다.

"누가 결혼하나요?"

쿠르벨은 자신의 경솔했던 한마디를 만회해 보이겠다는 의미로, 모든 것을 전부 이해하고 있다는 듯한 표정을 지어 보였다.

"오르탕스의 결혼 말이다."라며 그는 말을 이었다. "하지만 아직 완전히 결정된 것이라고는 말할 수 없지. 이제 막 루바 씨 댁에서 오는 길이다만 그 파리 고등재판소 판사의 상대로 포피노의 딸이 물망에 오르기 시작했거든. 그 사람은 지방 재판소의 재판장이 되기를 원하고 있으니까.…… 자, 식사를 시작하자."

13

7시에 리즈베트는 이미 승합마차에 올라 귀가를 하는 중이었다. 왜냐하면 한시라도 빨리 벤세슬라스를 만나고 싶었기 때문으로, 20일 전부터 그녀는 그에게 속고 있었던 것이었는데, 그런 그에게 쿠르벨 자신이 직접 과일을 가득 담아 준 바구니를 들고 돌아가는 중이었다.

'나의 사촌 베트'에 대한 쿠르벨의 다정한 마음이 배가되었다는 사실을 보여 주는 것이다. 그녀가 숨도 쉬지 못할 만큼 무시무시한 속도로 다락방에 올라가 보니 예술가는 사랑하는 오르탕스에게 줄 생각으로 만든 상자의 조각 장식 마무리에 열을 올리고 있는 중이었다. 뚜껑의 둘레 모양은 수국 덤불을 나타내고 있었으며, 그 수국 덤불 속에서 사랑의 신 큐피드들이 장난을 치고 있었다. 가엾은 이 청년은 공작석을 사용하기로 한 그 상자의 제작비를 마련하기 위해서 두 개의 가지가 달린 촛대를 만들어 그 제조권까지 프로랑 에 샤놀 상회에 전부 양도했는데, 그것은 걸작이었다.

"요 며칠 새 일에 너무 몰두 하는 거 아니에요, 벤세슬레스 씨?"라며 리즈베트가 땀범벅이 된 이마를 닦아주고 거기에 입맞춤한 뒤 말했다. "8월에 그렇게 열심히 일하는 건 좋지 않아요. 정말이에요. 당신 건강에도 영향을 줄 거예요.…… 자, 쿠르벨 씨 댁에서 복숭아랑 배를 얻어 왔어요.…… 그렇게 억척스럽게 일하지 않아도 돼요. 제가 2천 프랑을 빌려다 줬잖아요. 그것도 아주 운이 나쁘지 않는 한, 당신의 추시계만 팔린다면 갚을 수 있을 거예요.…… 하지만 그 돈을 빌려 준 사람에게 조금 의심스러운 부분이 있어요. 수입인지가 붙은 이런 서류를 조금 전에 보내왔거든요."

그녀는 그 민사 구속 통보장을 몽코르네 원수 동상의 에스키스

(Esquisse) 밑에 놓았다.

"누굴 위해서 이렇게 예쁜 걸 만들고 있나요?"라고 그녀는 벤세슬라스가 과일을 먹기 위해서 내려놓은 붉은 밀랍으로 된 수국 가지들을 집어 들며 물었다.

"한 귀금속상을 위해서예요."

"어떤 귀금속상이죠?"

"모르겠어요. 스티드만이 제게 자기 대신 이걸 만들어 달라고 했어요. 급하다고요."

"그런데 여기에 수국이 새겨져 있군요."라며 그녀는 공허한 목소리로 말했다. "당신은 대체 왜 저를 위해서는 단 한 번도 밀랍을 만들려고 하지 않나요? 반지나 조그만 상자 뭐든지 상관없는데, 조그만 기념이 될 만한 걸 만드는 게 그렇게도 어려운 일인가요?"라고 그녀가 예술가에게 섬뜩한 시선을 내던지며 말했지만 다행스럽게도 그의 눈은 밑을 향하고 있었다. "그러면서도 나를 좋아한다고 하다니!"

"의심하고 있는 건가요……, 피셸 씨?"

"어머! 왜 그렇게 쌀쌀맞게 말하세요?…… 모르겠어요? 당신이 바로 저기서 죽어 가고 있는 것을 발견한 순간부터 저는 오로지 당신만을 생각해 왔어요. 당신을 도와줬을 때, 당신은 제게 모든 것을 바치겠다고 말했잖아요. 전 지금까지 단 한 번도 그 약속을 말한 적은 없지만, 저는 저 자신에게 분명히 이렇게 약속했어요. 마음속으로, 나 자신에게 말했어요. '이 청년이 내게 모든 것을 바치는 한, 이 사람을 행복하게 해 주고 부자로 만들어 주고 싶다'고요! 그리고 당신의 재산이라는 것을 만드는 데 드디어 성공했단 말이에요!"

"어떻게 해서 말입니까?"라고 행복의 절정에 올라서 함정의 냄새를 맡기에는 너무나도 천진했던 가엾은 예술가가 물었다.

"이렇게 된 거예요."라고 로렌 여자가 말을 이었다.

리즈베트는 어린아이가 부모에 대해 품고 있는 것과 같은 애정으로 그녀의 얼굴을 바라보고 있는 벤세슬라스를 바라보고 있다는 데서 오는 기쁨을 피할 수는 없었지만, 사실 그 애정 속에서 넘쳐나고 있었던 것은 오르탕스에 대한 사랑인데, 그것이 나이 든 아가씨의 착각을 불러일으킨 것이었다. 태어나서 처음으로 남자의 눈 속에서 정념의 불꽃을 발견한 그녀는 자신이 거기에 불을 지른 것이라고 착각했다.

"쿠르벨 씨께서 우리에게 새로운 가게를 내라고 10만 프랑을 출자해 주신다고 했어요. 단, 당신이 저와 결혼을 한다는 조건으로요. 그 뚱뚱보 양반, 정말 엉뚱한 생각도 다 하죠?⋯⋯ 당신은 어떻게 생각해요?"

예술가는 죽은 사람처럼 얼굴이 창백해져서 빛을 잃은 눈으로 은인의 얼굴을 바라보았는데 그 눈빛이 그의 생각을 고스란히 자백하고 말았다. 그는 얼이 빠진 사람처럼 멍하니 입을 벌린 채였다.

"내가 세상에서도 보기 드문 추녀라는 사실을⋯⋯"이라고 씁쓸한 웃음을 떠올리며 그녀는 말했다. "그렇게 확실하게 가르쳐 준 사람은 아직 아무도 없었어요."

"피셀 씨."라며 스타인벡이 대답했다. "저의 은인을 추녀라고 생각한 적은 단 한 번도 없었어요. 저는 당신에게 열렬한 사랑을 바치고 있어요. 하지만 저는 아직 서른 살로⋯⋯."

"그리고 저는 마흔세 살이죠!"라며 리즈베트가 말했다. "제 사촌 언니인 유로 부인은 마흔여덟 살인데도 아직도 열광적인 사랑을 불러일으키고 있어요. 물론 그 사람은 미인이기는 하지만!"

"당신과 저는 열다섯 살이나 차이가 나요, 피셀 씨. 어떤 부부가 될 거라고 생각하세요? 우리 두 사람을 위해서도 잘 생각해 봐야 할 거예요. 제가 감사하는 마음은 물론 당신의 친절에도 뒤지지 않을 거라고 생각합니다. 그리고 당신의 돈도 며칠만 있으면 갚을 수 있을 거라고 생각합니다."

"저의 돈이라고요?"라며 그녀가 외쳤다. "어머! 당신은 저를 마치 냉혹하고 무정한 고리대금업자처럼 취급하시는군요."

"죄송합니다."라며 벤세슬라스가 대답했다. "하지만 당신은 늘 돈에 대한 얘기만 하시기에……. 어쨌든 당신은 저를 낳아 주셨습니다. 그런 저를 파괴하지 마세요."

"저랑 헤어지고 싶은 거로군요. 알겠어요."라고 그녀는 고개를 끄덕이며 말했다. "당신은 종이호랑이처럼 무기력한 사람인데 대체 누가 그런 배은망덕한 행동을 할 만한 용기를 심어 준 거죠? 저를 믿지 못하겠다는 건가요? 당신의 수호신과도 같은 저를……. 당신을 위해서 몇 날 밤이고 그렇게 밤새워 일했던 저였어요! 평생 모은 돈을 당신에게 건네 줬는데! 4년 동안이나 제 빵을, 일개 가난한 여공의 빵을 당신에게 나눠주고, 저의 모든 것과 제 용기까지 빌려 준 저였는데!"

"피셸 씨, 그만하세요! 이젠 그만하세요!"라며 그는 그 자리에서 무릎을 꿇고 그녀 쪽으로 손을 내밀며 말했다. "이제 더 이상 한마디도 하지 마세요! 사흘 후에 모든 것을 말씀드리겠습니다. 제발 부탁입니다."라고 그녀의 손에 입을 맞추며 그가 말했다. "제발 부탁이니 행복에 빠질 저를 용서해 주십시오. 저는 사랑에 빠졌습니다. 그리고 상대방도 저를 사랑하고 있습니다."

"그렇다면 행복해지세요, 벤세슬라스 씨."라고 그를 일으켜 세우며 그녀가 말했다.

그리고 그의 이마와 긴 머리에 마지막 아침을 음미하고 있는 사형수처럼 열광적인 몸짓으로 입맞춤을 했다.

"아아! 당신은 둘도 없이 마음이 고상하고, 둘도 없이 훌륭한 분입니다. 당신은 제가 사랑하는 여인에게도 결코 뒤지지 않는 분입니다."라고 가엾은 예술가가 말했다.

"저는 아직도 당신을 사랑하고 있기 때문에 당신의 앞날이 걱정 돼서 견딜 수가 없어요."라며 그녀가 어두운 표정으로 말을 이었다. "유다는 목을 매달아 죽었어요.…… 은혜를 모르는 사람들의 말로는 전부 비참했어요. 당신은 저와 헤어지면 가치 있는 것은 아무것도 만들지 못하게 될 거예요. 저와 결혼하지 않는다 할지라도, 저는 어차피 노처녀, 그런 건 잘 알고 있어요. 포도 덩굴 같은 제 팔 안에서 당신의 청춘의 꽃을, 당신 말을 빌리자면 당신의 포에지(시의 세계가 가지는 정취)를 짓밟아 버릴 생각은 없다는 사실을 알아주셨으면 해요. 저랑 결혼하지 않는다 할지라도 함께 사는 것, 정말 불가능한 일일까요? 어때요? 제게는 장사꾼 재질이 있어요. 10년만 일하면 당신을 위해서 한 재산 마련해 줄 수 있을 거예요. 저의 다른 이름은 '검약'이거든요. 거기에 비하면 젊은 여자들은 낭비 그 자체예요. 그런 여자와 결혼하면 모든 것이 사라져 버려서 당신은 그 사람을 행복하게 하기 위해서만 일을 하게 될 거예요. 행복이란 추억 외에는 아무것도 만들어내지 못해요. 저는 당신을 생각하면 팔을 축 늘어뜨린 채로 몇 시간이고 멍해져 버리곤 해요……. 그러니 벤세슬라스 씨, 함께 생활하도록 해 주세요. 그래요, 저 역시 무슨 얘긴지 알고 있어요. 애인을 마음껏 만들면 될 거예요. 자꾸만 당신을 만나고 싶어 하는 저 아름다운 마르네프 부인처럼 아름다운 여자를 애인으로 삼으면 될 거예요. 그 사람이라면 제게서는 맛볼 수 없었던 행복을 맛볼 수 있게 해 줄 거예요. 그리고 제가 연 수입 3만 프랑의 재산을 만들어 주면 그때 결혼하도록 하세요."

"당신은 천사 같은 사람입니다, 피셸 씨. 저는 이 순간을 결코 잊지 못할 겁니다."라고 벤세슬라스는 눈물을 닦으며 대답했다.

"그래요. 언제나 그렇게 사리분별을 잘하는 사람이었으면 좋겠어요."
라고 그녀는 취한 사람처럼 황홀한 듯 그의 얼굴을 바라보며 말했다.

우리는 누구나 허영심이 강하기 때문에, 리즈베트는 승리한 것이라고
생각했다. 마르네프 부인을 제공하겠다는, 그렇게도 커다란 양보를 하지
않았는가? 그녀는 생애에서 가장 강렬한 감동을 느꼈으며, 태어나서 처
음으로 환희가 마음을 적시는 것을 느꼈다. 다시 한 번 이 시간을 되돌릴
수만 있다면 그녀는 악마에게 영혼을 파는 일조차도 거절하지 않았을 것
이다.

"저는 약속했습니다."라며 그가 대답했다. "저는 한 여성을 사랑하고
있으며, 다른 그 어떤 여성도 그녀에게는 이길 수 없습니다. 하지만 당신
은 제가 여읜 어머니와 같은 분이라고 생각하고 있으며 앞으로도 계속
그럴 것입니다."

이 한마디 말은 불을 내뿜는 분화구 안으로 흘러든 눈 더미와도 같은
것이었다. 리즈베트는 자리에 앉은 채 어두운 표정으로 이 청년의 젊음,
기품 있는 미모, 예술가다운 이마, 아름다운 머리카락 등, 다시 말하자면
그녀의 마음속에 억압되어 있던 여자의 본능을 불러일으킨 모든 것을 가
만히 바라보았는데 곧 조그만 방울이었지만 눈물이, 바로 말라 버리기는
했지만 한동안 그녀의 눈을 적셨다. 그 모습은 중세의 석상을 만드는 작
가들이 묘비 위에 새겨 놓은 그 마르고 늘씬한 조각과 비슷했다.

"저는 당신을 저주하지는 않겠어요."라고 갑자기 자리에서 일어서며
그녀가 말했다. "당신은 아직 어린아이인걸요. 당신에게 신의 가호가 있
기를!"

그녀는 밑으로 내려가 자신의 아파트로 들어갔다.

"내게 반했군."이라고 벤세슬라스가 중얼거렸다. "가엾게도. 열에 들
뜬 그 말들을 생각해 봐! 마치 미친 사람 같아."

이 미의 표상, 시의 표상인 청년을 자신의 곁에 묶어 두려고 하는 실리적이고 메마른 성질을 가진 여자의 그런 마지막 노력에는 너무나도 외골수적인 격렬함이 있었기 때문에 그에 비할 수 있는 것은, 바다에서 조난을 당해 해변에 도달하려고 마지막 힘을 짜내는 사람의 저돌적인 에너지 정도로밖에 생각되지 않았다.

이틀 뒤, 아침 4시 30분, 스타인벡 백작이 아직도 깊은 잠에 빠져 있을 때 그의 다락방 문을 두드리는 소리가 들려왔다. 그가 문을 열자 수수한 차림을 한 남자 둘이 들어왔는데 그 뒤를 따라서 들어온 세 번째 남자는 복장을 통해서 별로 반갑지 않은, 집달을 맡은 관리라는 사실을 분명히 알 수 있었다.

"당신이 벤세슬라스, 그러니까 스타인벡 백작입니까?"라고 마지막으로 들어온 남자가 물었다.

"그렇습니다."

"저는 채무 구류 집행인인, 루샤르 씨의 후임 글라세라고 하는 사람입니다만……."

"그런데요?"

"당신을 체포하겠습니다, 백작. 클리시 감옥까지 함께 가 주셔야겠습니다.…… 자, 채비를 하시기 바랍니다.…… 아시는 바와 같이 저희는 정식으로 절차를 밟아서 온 것입니다. 경찰은 데려오지 않았습니다. 밑에 마차를 대기시켜 놨습니다."

"당신은 완전히 체포당하고 만 겁니다."라며 입회인 중 한 명이 말했다. "그러니 깨끗하게 따라올 것이라고 생각합니다."

스타인벡이 옷을 갈아입자 양 옆에서 입회인들이 팔짱을 껴 계단 밑으로 데리고 갔다. 그가 마차에 오르자 마부는 명령도 듣지 않고 목적지를 알고 있는 사람처럼 마차를 출발시켰다. 가엾은 외국인은 30분 만에 아무런 막힘도 없이 정식으로 수감되었는데 그는 이론 하나 제기하지 않았다. 그만큼 그는 커다랗게 놀랐던 것이었다.

10시에 감옥의 서기과로 불려 가 보니 리즈베트가 있었는데, 뚝뚝 눈물을 흘리며 건강하게 잘 지내라고 말하고, 일을 할 수 있을 정도로 넓은 방을 빌리라며 그에게 얼마간의 돈을 건네주었다.

"벤세슬라스 씨."라며 그녀가 말했다. "체포당했다는 사실을 누구에게도 말해서는 안 돼요. 그 누구에게도 편지를 보내서는 안 돼요. 이 사실이 알려지면 당신의 장래는 엉망진창이 되어 버릴 거예요. 이런 불명예는 숨겨야만 해요. 제가 곧 석방되도록 해 드리겠어요. 지금부터 돈을 마련해 오겠어요.…… 걱정하지 않아도 돼요. 일 때문에 돈이 필요하면 언제든지 제게 편지를 보내세요. 곧 당신을 자유롭게 해 드리겠어요. 그렇게 하지 못한다면 저는 죽어도 좋아요."

"아아, 저는 당신에게 두 번이나 도움을 받는군요!"라고 그가 외쳤다. "만약 남들이 저를 쓰레기 같은 사람이라고 생각한다면 저는 목숨보다 더 중요한 것을 잃게 되거든요."

리즈베트는 기쁨으로 부푼 가슴을 안고 밖으로 나왔다. 사랑하는 예술가를 감금시켜 둠으로 해서, 사실 그는 기혼자였다. 그의 아내의 노력으로 은사를 받아 러시아로 귀국해 버렸다고 해서 그와 오르탕스의 결혼을 중단하게 할 수 있을 것이라고 생각했기 때문이었다. 따라서 이 계획을 바로 실행에 옮기기 위해, 이날은 그녀가 저녁을 먹으러 가는 날이 아니었음에도 불구하고 오후 3시 무렵, 그녀는 남작 부인의 집으로 향했다. 벤세슬라스가 와야 할 시간에, 사촌 언니의 딸이 품을 것임에 틀림없는 고문과도 같은 괴로움을 천천히 즐길 생각이었던 것이었다.

"너 식사하러 온 거니?"라고 남작 부인이 실망의 빛을 숨기며 물었다.

"네, 물론이죠."

"알았어요!"라며 오르탕스가 대답했다. "시간에 맞춰서 시작할 수 있도록 말해 놓고 오겠어요. 기다리는 건 싫거든요."

오르탕스는 어머니에게 안심하라는 눈짓을 보냈다. 시중드는 사람에게 만약 스타인벡이 모습을 나타내면 되돌려 보내라고 말해 둘 생각이었기 때문이었다. 하지만 시중드는 사람이 외출하고 없었기 때문에 오르탕스는 몸종에게 그렇게 하라고 말할 수밖에 없었고, 몸종은 대기실에서 기다리기 위해 자기 방으로 바느질감을 가지러 갔다.

"내 애인에 대해서는?"이라며 오르탕스가 돌아오자 사촌 베트가 물었다. "이제는 전혀 물어보지도 않네."

"그래, 맞아. 어떻게 됐어?"라며 오르탕스가 말했다. "아주 유명한 분이 되셨잖아. 틀림없이 만족하고 있겠지?"라고 리즈베트의 귓가에 대고 조그만 목소리로 속삭였다. "벤세슬라스 스타인벡 씨에 대한 소문이 파다하다니까."

"귀찮을 정도야."라며 리즈베트가 큰소리로 대답했다. "그 사람은 일이 손에 잡히나 않나 봐. 파리의 여러 가지 향락에 이길 수 있을 만큼 그 사람의 마음을 빼앗는 것뿐이라면 내게도 자신이 있어. 하지만 소문에 의하면 니콜라이 황제가 그런 예술가를 자신 곁에 두고 싶어서 그를 특별히 사면해 줬다나, 어쨌다나……."

"어머! 정말?"이라고 남작 부인이 말했다.

"그 사실을 어떻게 알고 있어?"라고 오르탕스는 심장의 경련과도 같은 것을 느끼며 물었다.

"세상에서 가장 신성한 끈으로……"라며 잔인한 베트가 말을 이었다. "그 사람과 연결되어 있는 사람, 즉 그 사람의 부인이 어제 그 사람에게 편지를 보내왔거든. 그 사람 귀국할 생각이라고 했어. 프랑스를 버리고 러시아로 돌아가겠다니, 정말 한심한 얘기 아니야?"

오르탕스는 머리를 가만히 옆으로 기울이면서 어머니의 얼굴을 응시했다. 남작 부인은 딸이 목에 두른 스카프의 레이스만큼 하얗게 질려 기절하려는 것을 간신히 붙들고 있을 여유밖에 없었다.

"리즈베트! 내 딸을 죽일 생각이니?"라며 남작 부인이 외쳤다. "너는 우리 일가를 불행에 빠뜨리기 위해서 태어난 거니?"

"어머, 무슨 소리야? 대체 내가 뭘 어쨌다는 거지, 애들린?"이라고 로렌 여자는 벌떡 일어나 협박하는 듯이 몸을 곧게 폈지만 제정신이 아닌 남작 부인은 그래도 주의를 기울이지 않았다.

"내가 잘못했어!"라고 오르탕스를 붙잡아 주며 애들린이 대답했다. "벨을 눌러 줘!"

바로 그때 문이 열렸기 때문에 두 여자는 동시에 고개를 돌려 벤세슬라스 스타인벡의 모습을 보았다. 몸종이 자리를 비웠기 때문에 요리하는 여자가 문을 열어 안으로 불러들인 것이었다.

"오르탕스!"라고 외친 뒤 예술가는 세 여자가 모여 있는 곳까지 단숨에 달려갔다.

그리고 어머니가 보는 앞에서 약혼자의 이마에 입을 맞췄는데 그 태도가 더할 나위 없이 경건했기 때문에 남작 부인은 기분이 조금도 상하지 않았다. 이것이야말로 실신에 대한 그 어떤 약보다도 효과적인 약이었다. 오르탕스는 눈을 떠 벤세슬라스를 알아보고는 곧 혈색이 돌아왔다. 잠시 뒤 그녀는 완전히 정신을 차릴 수 있었다.

"그렇다면 이게, 당신이 숨기고 있었던 일이었군요?"라고 사촌 베트는 벤세슬라스에게 미소 짓고 두 여자의 당혹해하는 표정을 통해서 진상을 파악했다는 듯한 표정으로 말했다.

"너, 어떤 방법으로 내 애인을 가로채 간 거지?"라며 오르탕스를 정원으로 데리고 나가며 그녀가 말했다.

순진하게도 오르탕스는 자신의 연애에 관한 모든 사실을 사촌 베트에게 이야기했다. 아버지와 어머니가 리즈베트는 절대로 결혼하지 않을 것이라고 확신하고 있었기 때문에 스타인벡 백작의 방문을 허락했다는 것이었다. 단, 오르탕스도 그렇게 단순하지만은 않은 꼼꼼한 아가씨였기 때문에 군상을 산 것이나, 작가가 찾아온 것은 우연이었다고 말했으며, 그녀의 말에 의하면 작가는 처음으로 자신의 작품을 사 준 사람의 이름을 알고 싶어서 찾아왔던 것이었다고 했다.

스타인벡은 곧 두 여자가 있는 곳으로 다가와서 열렬한 어조로 나이든 아가씨에게 이렇게 빨리 석방된 데 대한 감사의 말을 전달했다. 리즈베트는 예수회 신자처럼 교활하게도, 사실은 채권자가 막연한 약속밖에 해 주지 않았기 때문에 내일 자신이 그의 석방을 위한 수속을 밟을 생각이었지만, 채권자가 그런 비열한 박해 행위를 부끄럽게 여겨 먼저 손을 쓴 것임에 틀림없을 것이라고 벤세슬라스에게 대답했다. 그리고 나이 든 아가씨는 만족하고 있는 듯이 보였으며, 벤세슬라스의 행운에 대해서 축하의 말을 건넸다.

"정말 짓궂군요!"라고 그녀는 오르탕스와 그 어머니가 있는 앞에서 그에게 말했다. "제 친척인 오르탕스를 사랑한다고 그리고 오르탕스로부터도 사랑받고 있다고 그젯밤에 고백하기만 했다면 제게 그렇게 눈물을 흘리게 하지 않았어도 됐을 텐데. 저는 당신이 분명히 나라는 나이 든 여자 친구, 당신의 이 가정교사를 버리는 거라고만 생각하고 있었어요. 반대로 당신은 우리의 친척이 되겠다는 거로군요. 이제부터 당신은, 물론 가느다란 고리이기는 하지만, 그래도 제가 당신에 대해서 품고 있는 감정에는 충분한 고리로 당신과 연결되는 거예요."

이렇게 말한 뒤 그녀는 벤세슬라스의 이마에 입을 맞췄다. 오르탕스는 그녀의 팔에 몸을 내던지고 뚝뚝 눈물을 흘렸다.

"내 행복은 당신 덕이야."라고 그녀는 리즈베트에게 말했다. "이 일을 평생 잊지 않겠어."

"리즈베트."라고 남작 부인도 모든 일이 이렇게 잘 풀려나가는 것을 보고 도취한 기분으로 리즈베트에게 입을 맞춘 뒤 말했다. "남작도 나도 너에게 신세를 지고 말았구나. 이 은혜는 반드시 갚겠어. 정원으로 나가서 잠깐 상의하고 싶은 것이 있어."라고 그녀를 데리고 나가면서 부인이 말했다.

이렇게 해서 리즈베트는 겉으로는 일가의 수호천사 역할을 맡게 되었다. 쿠르벨도, 유로도, 애들린도, 오르탕스도 그녀를 소중하게 생각하게 되었다.

"네가 더 이상 일하지 않아도 되도록 해 주고 싶어."라며 남작 부인이 말했다. "만약 네가 일요일을 제외하고 매일 40스우 번다고 가정한다면 1년이면 600프랑이 돼. 그런데 저금은 얼마나 했지?"

"4,500프랑."

"어머, 가엾게도."라고 남작 부인이 말했다.

그녀는 자신도 모르게 하늘을 올려다보았는데 그것은 30년이나 걸려서 모은 그 금액이 떠올리게 하는, 갖은 고생과 불편함을 생각하니 가슴이 미어지는 듯한 기분이 들었기 때문이었다. 그런 영탄의 의미를 오해한 리즈베트는 거기서 벼락출세한 여자의 조소적인 모멸을 보고, 그녀의 사촌 언니가 마침 어렸을 때의 폭군에 대해서 온갖 경계심을 버리려고 했던 바로 그 순간에 그녀의 증오심은 굉장한 양의 원한을 더했던 것이었다.

"그 금액에 1만 5천 프랑 더해 주겠어."라고 애들린이 말을 이었다. "그 전부의 용익권자로 너, 허유권자로는 오르탕스의 이름으로 투자하겠어. 그렇게 하면 너에게 매년 600프랑의 국채이자가 들어가게 될 거야."

리즈베트는 행복감의 절정에 있는 것처럼 보였다. 그녀가 눈에 손수건을 대고 기쁨의 눈물을 멈추려 열심히 노력하며 돌아와 보니 오르탕스가 가족 전원의 총아가 되어 버린 벤세슬라스 위로 쏟아진 온갖 호의의 징표를 자세하게 들려주었다.

그런 이유로 남작이 귀가했을 때 그는 가족 전원이 모여 있는 것을 보았다. 왜냐하면 남작 부인이 정식으로 스타인벡 백작을 사위라 부르고 남편이 찬성한다면, 이라는 보류조건을 붙여 결혼식 날짜를 2주일 후로 결정했기 때문이었다. 따라서 객실에 모습을 드러내자마자 참사원 의원은 아내와 딸에게 둘러싸였고, 그녀들 중 한 사람은 귓속말을 하기 위해서, 한 사람은 그에게 입맞춤을 하기 위해서 모두 그에게로 달려갔다.

"그런 식으로 나를 속박하다니 당신도 조금은 지나친 면이 있구려."라며 남작은 엄격한 어조로 말했다. "이번 결혼에 대해서는 아직 결정된 게 아무것도 없어요."라고 말한 뒤 그가 스타인벡에게 가만히 시선을 던지자 청년의 얼굴이 새파랗게 질려 버렸다.

불행한 예술가는 마음속으로 중얼거렸다.

'내가 체포되었던 것을 알고 있구나.'

"너희들, 이리 좀 오너라."라며 아버지는 덧붙여 딸과 그 미래의 남편을 정원으로 데리고 나갔다.

그리고 그는 두 사람과 함께 이끼가 잔뜩 낀 정자로 가 그곳의 벤치에 자리를 잡고 앉았다.

"백작, 자네는 내가 이 아이의 어머니를 사랑하고 있는 것만큼 이 아이를 사랑하고 있나?"라고 남작이 벤세슬라스에게 물었다.

"그 이상으로 사랑하고 있습니다."라고 예술가는 말했다.

"이 아이의 어머니는 농가 출신의 아가씨로 단 한 푼의 재산도 가지고 있지 않았어."

"오르탕스 양을 저기에 있는 모습 그대로 제게 주십시오. 시집올 준비 같은 건 하지 않아도……."

"그게 정말인가?"라고 남작이 미소 지으며 말했다. "오르탕스는 참사원 의원, 육군성 국장, 레종 드뇌르 2등 훈장 패용자로 유로 백작의 동생, 백작의 영광은 영원할 것이며 곧 원수가 될 텐데 그 백작의 동생 유로 델비 남작의 딸일세. 게다가 저 아이에게는…… 지참금도 있어!"

"말씀하신 대로……"라며 사랑에 빠진 예술가가 말했다. "저는 야심가로 보일지도 모릅니다. 하지만 사랑하는 오르탕스 양이 직공의 딸이었다 할지라도 저는 그녀와 결혼할 것입니다."

"바로 그게 내가 알고 싶었던 점일세."라며 남작이 말을 이었다. "그럼, 저쪽으로 가 있거라, 오르탕스. 백작과 잠시 할 얘기가 있다. 이분이 진심으로 너를 사랑하고 있다는 사실은 너도 잘 알았겠지?"

"네, 아버지. 농담을 하고 계시다는 건 잘 알고 있었어요."라고 딸이 기쁘다는 듯이 대답했다.

"친애하는 스타인벡 씨."라고 남작은 예술가와 단둘이 남자 어투에 무한히 좋은 느낌, 몸짓에 굉장한 매력을 드러내 보이면서 말했다. "나는 아들에게 20만 프랑이라는 결혼자금을 설정해 두었지만 가엾게도 실제로는 세 푼도 손에 넣지 못했어. 앞으로도 무엇 하나 줄 수가 없을 거야. 딸의 지참금은 20만 프랑이었다고 하고, 자네는 그걸 받은 것으로 인정해 줘야만 하겠네."

"알겠습니다, 남작님."

"아아, 그렇게 서두를 필요는 없어."라며 참사원 의원이 말했다. "끝까지 들어 보기 바라네. 사위에게, 아들에게 기대하고 있는 것과 같은 희생적 정신을 요구할 수는 없어. 아들은 그의 장래를 위해서 내가 어느 정도의 일을 할 수 있는지, 앞으로 내가 얼마만큼의 일을 할 수 있을지를 잘 알고 있었으니까. 녀석은 장관이 될 것이고 그렇게 되면 20만 프랑 정도 는 쉽게 마련할 수 있을 테니까. 하지만 자네는 알겠는가? 사정이 전혀 달라! 자네는 아내 명의로 국채등록대장에 5부 이자로 등록된 6만 프랑 을 받게 될 거야. 그 자산에는 리즈베트에게 지불해 줘야 할 얼마 되지 않 는 연금이 붙어 있기는 하지만 그 여자의 수명도 그리 길지는 않을 거야. 나는 알고 있는데 그녀는 폐가 좋지 않아. 이 비밀은 누구에게도 말해서 는 안 되네. 그 가엾은 여자가 조용히 죽기를 바라고 있거든. 딸에게는 2 만 프랑을 들여 준비를 하게 할 생각일세. 딸아이 어머니가 곧 6천 프랑 짜리 다이아몬드를 주기로 되어 있어."

"정말 외람된 말씀입니다만, 그렇다면……."

"나머지 12만 프랑은 말일세……."

"이제 그만하십시오, 남작님."이라며 예술가가 말했다. "제가 원하는 것은 사랑하는 오르탕스뿐으로……."

"어쨌든 들어 보기 바라네. 젊은 사람들은 너무 성급해서 탈이야. 그 12만 프랑이라는 것을 나는 가지고 있지 않아. 하지만 자네 손에는 들어 갈 거야."

"그건 너무나……."

"자네는 정부로부터 내가 따다 주는 주문이라는 형태로 그것을 받게 될 걸세. 그건 내 명예를 걸고 약속할 수 있어. 자네도 알고 있겠지만 정 부의 대리석 창고에 아틀리에도 갖게 될 걸세. 멋진 동상을 몇 개 전시하 도록 하게. 그러면 미술원에도 들어갈 수 있도록 해줄 테니. 윗분께서는 우리 형과 나를 좋게 생각하고 계시니 지금 말한 금액의 4분의 1 정도에 해당하는 베르사유 조각 일을, 자네를 위해 신청해도 틀림없이 뜻대로 될 것이라고 생각하네. 그건 그렇고, 파리 시로부터 몇 가지 주문을 따다 줄 수 있을 거고, 귀족원에서도 따올 수 있을 거야. 이런저런 주문들이 여러 가지로 있을 테니 머지않아 자네는 조수를 써야만 할 걸세. 나는 그런 식으로 빚을 갚을 생각일세. 그런 식으로 지참금을 지불해도 상관이 없을지 가만히 생각해 보기 바라네."

"그런 호의를 받지 않더라도 저 혼자의 힘으로 아내의 재산을 만들어 줄 수 있을 만한 힘은 가지고 있을 겁니다."

"제발 그랬으면 좋겠군."이라고 남작이 외치며 말했다. "청춘이란 의심할 줄을 모르는 것이니! 나도 한 여자를 위해서 적의 군대를 쳐부수는 일 정도는 했을 거야! 자!"라며 청년 조각가의 손을 잡고 손등을 두드리며 그가 말했다. "나는 자네와의 결혼에 동의했네. 이 다음 일요일에 계약하고 그 다음 토요일에 제단 앞에서 식을 올리도록 하세. 마침 아내의 생일이기도 하니!"

"자, 이젠 걱정할 것 없다."고 남작 부인은 창에 얼굴을 찰싹 붙이고 있는 딸에게 말했다. "벤세슬라스 씨와 아버지가 서로를 끌어안고 있어."

밤이 되어 집으로 돌아와서야 벤세슬라스는 자신이 어떻게 석방되었는지를 비로소 알 수 있었다. 문지기 앞으로 봉인된 커다란 꾸러미가 도착해 있었는데 그 안에는 그의 채무에 관한 서류와 판결서의 밑 부분에서 볼 수 있는 정식 수령증이 들어 있었으며, 다음과 같은 편지도 들어 있었다.

「친애하는 벤세슬라스 군

오늘 아침, 나는 자네와 친분을 쌓기를 원하고 있는 한 고귀한 신분을 가진 분에게 자네를 소개시켜 드릴 생각으로 10시 무렵 자네를 방문했었네. 거기서 영국 인들이 자네를 그들의 조그만 섬 중 하나, 그 수뇌부에서는 클리시 성이라 부르는 조그만 섬으로 연행해 갔다는 사실을 알게 되었네.

나는 곧장 레옹 드 롤라 씨에게로 달려가 농담처럼, 자네가 4천 프랑이 없어서 지금 시골에서 나오지 못하고 있다, 그리고 지금 자네의 보호자가 되겠다고 나선 그 고귀한 분 앞에 모습을 드러내지 않으면 자네의 장래가 위험해질지도 모른다고 이야기했네. 다행스럽게도 그 자리에 블리드가 있었는데 그 천재적인 남자는 밑바닥 생활도 경험을 해 봤고 자네에 대해서도 잘 알고 있었네.

벤세슬라스 군, 이 두 사람이 필요한 금액을 조달해 주었네. 그래서 나는 자네를 투옥시켜 천재에게 모욕을 준 야만스러운 사람에게 자네를 위해 돈을 지불하러 갔네. 정오에 튀일리로 가야 했기 때문에 자네가 자유의 공기를 마시는 것은 볼 수가 없네. 나는 자네가 귀족이라는 사실을 알고 있네. 두 친구에게 자네에 대해 보증을 해 두었네. 그러니 내일 그들을 만나러 가 주기 바라네.

레옹도 블리드도 자네에게 돈을 갚으라고는 하지 않을 걸세. 두 사람 모두 군상을 만들어 달라고 할 거야. 그리고 그건 가장 합당한 처사일세. 나는 그렇게 생각하네.

자네의 라이벌이라고 자칭할 수 있다면 좋겠지만 사실은 자네의 작업 동료에 지나지 않는다네.

_스티드만

추신 ─ 그 고귀한 분에게는, 자네는 내일이나 되어야 여행에서 돌아올 것이라고 말해 두었네. 그랬더니 그분은 '상관없소. 그렇다면 내일!' 이라고 말씀하셨다네.」

벤세슬라스 백작은 '수우(殊遇)'의 여신이 우리를 위해 준비해 준 그 장밋빛, 주름 하나 없는 주홍빛 시트에 휩싸여 잠들었다. 이 절름발이 여신은, 주피터가 생각이 있어서 눈가리개를 하지 않았기 때문에 천재들에게 대해서는 '정의'나 '운명'의 여신들보다 훨씬 더 느릿느릿 걸었다. 노점상의 조잡한 상품에 쉽게 속아 그들의 가장이나 트럼펫에 낚여 그녀는 원래대로라면 누항(陋巷)의 한쪽 구석에 숨어 있는 유능한 선비를 찾는 데 써야 할 시간을 그런 무리들이 손님을 끌어 모으기 위해 펼치는 재주를 보거나 돈을 던져 주는 데 허비해 버렸다.

그렇다면 여기서 유로 남작이 대체 어떤 방법으로 오르탕스의 지참금을 모았으며, 거기에 마르네프 부인이 이사할 그 멋진 아파트의, 정신이 까마득해질 만한 비용을 만들어 내는 데 성공했는지 설명해 둘 필요가 있을 것이다. 돈을 만들어 내기 위해서 그가 발휘하는 구상력에서는 틀림없이 재능의 각인을 찾아볼 수 있는데 그러한 재능이 오히려 낭비벽이 있는 사람이나 정열을 가지고 있는 사람들을 진흙탕 속으로 끌어들이며, 거기서 여러 가지 재액이 그들의 몸을 망치게 하는 데 이르는 것이다. 습성이 되어 버린 악이 낳는 이상한 힘, 야심가나 호색한, 다시 말해서 온갖 종류의 악마의 손길이 때때로 보이는 멋지고 놀라운 재주의 원동력이 되는 이상한 힘을, 남작이 그렇게 돈을 끌어다 대는 것 이상으로 잘 보여 주는 것은 아무것도 없을 것이다.

14

그 전날 아침에 한 노인, 즉 조안 피셸은 조카가 발행한 3만 프랑짜리 어음의 지불을 하지 못하고 있었는데, 만약 남작이 그 금액을 돌려주지 않는다면 파산 신고를 해야만 하는 처지로까지 내몰리게 되었다.

70세가 된 백발의 이 멋진 노인은 보나파르트 당인 그에게 있어서 나폴레옹이라는 태양에서 발하는, 찬란하기만 했던 유로에 대해서 그야말로 맹목적인 신뢰를 품고 있었기 때문에 평소 그가 곡식이나 말여물의 여러 가지 조달업무를 지휘하고 있는, 집세 8백 프랑짜리 좁은 1층 대기실을 프랑스 은행의 급사와 함께 천천히 걷고 있었다.

"마르그리트가 잠깐 돈을 가지러 갔거든요."라고 그는 급사에게 말했다.

회색 제복에 은몰(은을 도금한 가느다란 줄)을 단 급사는 이 알자스 출신 노인의 성실함을 잘 알고 있었기 때문에 3만 프랑을 받지 않고 그대로 돌아가려 했다. 하지만 노인이 아직 8시도 되지 않았다며 억지로 그를 잡아두었던 것이었다. 말 한 마리가 끄는 이륜마차가 집 앞에서 멈추자 노인은 재빨리 밖으로 달려 나가 숭고할 정도로 확신에 찬 표정으로 남작에게 손을 내밀었다. 남작은 그에게 지폐 30장을 건네주었다.

"두어 집 앞으로 더 가서 잠시 기다리게. 이유는 나중에 설명하도록 하지."라고 피셀 노인이 말했다. ―"이보게 젊은이."라고 말한 노인은 은행의 급사가 있는 곳으로 돌아가서 지폐를 헤아린 뒤 건네주고 문이 있는 곳까지 배웅을 나갔다.

은행 급사의 모습이 보이지 않게 되자, 피셀은 나폴레옹의 한쪽 팔이었던 신성한 조카가 기다리고 있는 이륜마차를 되돌아오게 해 남작을 집 안으로 안내하며 말했다.

"자네가 배면한 3만 프랑을 자네가 직접 내게 주었다는 사실을 프랑스 은행에서 알게 되면 자네에게 좋지 않을 것 같아서……. 자네 같은 신분에 있는 사람이 그런 것에 서명했다는 것 자체가 벌써 좋은 일은 아니니까."

"정원 안으로 들어가서 얘기해요, 피셀 아저씨."라고 고급 관리가 말했다. "아저씨는 여전히 건강하시네요."라고 포도덩굴 밑에 앉아 마치 징병 대역 알선업자가 병역을 대신할 사람을 꼼꼼히 살펴보며 값을 매기

듯 노인을 바라보며 남작이 말을 이었다.

"종신연금을 걸어도 좋을 만큼 건강해."라며 깡마르고 몸이 다부지며 크고 날카로운 눈매를 한, 거칠거칠하고 조그만 노인이 밝게 대답했다.

"더위에는 약한 편인가요?"

"반대야."

"아프리카를 좋아하나요?"

"좋은 곳이지! '꼬마 하사관(나폴레옹의 애칭. ― 역자 주)'에 이끌려 프랑스군이 원정을 갔었지."

"사실은 우리 모두를 구하기 위해서"라고 남작은 말했다. "알제리로 가 줬으면 하는데……."

"그럼 지금 하고 있는 장사는?"

"육군성의 한 관리가 이번에 퇴직을 하게 되는데 먹고 놀 돈이 없어서 아저씨의 가게를 샀으면 좋겠다고 하고 있어요."

"알제리에서 뭘 하라는 거지?"

"육군에 물건을 납품하는 거예요. 곡식과 말여물을. 서명이 끝난 면허증을 제가 이미 손에 넣었어요. 현지에서는 군이 사정한 납입 가격보다 70퍼센트나 싸게 현물을 사들일 수 있어요."

"누구에게서 산다는 거지?"

"약탈 부족이나 농산물로 소작료를 받는 관리들이나 아랍 족의 추장들에게서요. 알제리에는(우리나라의 영토가 된 지 8년이 지났다고는 하지만 아직도 잘 알려지지 않은 지방으로) 어마어마한 양의 곡식과 말여물이 있어요. 그런데 그와 같은 농산물이 아랍 인의 것이라는 사실을 알게 되면 우리 프랑스 인이 이런저런 이유를 대서 그것을 가로채려 해요. 그리고 그것이 우리의 것이 되면 이번에는 아랍 인들이 그것을 되찾으려고 혈안이 되죠. 곡식 때문에 전쟁이 끊이질 않아요. 그런데 양쪽 모두 얼마나 훔쳤는지 그 정확한 양은 자기들도 전혀 알지 못해요. 드넓은 밭 한가운데서, 중앙시장에서 하는 것처럼 일일이 보리가 몇 백 리터라거나, 당페르에서 하는 것처럼 말여물의 무게를 잴 여유는 없거든요. 아랍 추장이나 우리 군의 그곳 병사들이나 모두 돈을 더 좋아하기 때문에 그런 농산물들을 공짜나 다름없는 가격으로 파는 거예요. 군의 양식 경리부에는 일정한 수요가 있어요. 그래서 식량과 말여물을 손에 넣기 어렵다는 점과 운반에 따르는 위험이 있다는 사실을 계산에 넣어 비싼 가격의 계약이라 할지라도 관대하게 봐 주고 있죠. 이게 식량과 말여물이라는 관점에서 본 알제리의 실정이에요. 간신히 형태를 잡아가기 시작한 행정기구의 잉크병으로 드디어 완화되기 시작한 혼란이라고 할 수 있죠. 우리 행정 관계자조차도 앞으로 10년 정도 지나지 않는 한 확실한 전망을 내놓을 수는 없지만, 거기에 가면 혼자서도 상황을 잘 파악할 수 있는 사람이 있어요. 그러니 거기로 가서 한밑천 잡았으면 좋겠어요. 제가 아저씨를 그곳으로 보내는 건 나폴레옹이 가난한 원수를 왕국의 윗자리에 앉혀 놓고 은밀하게 밀수를 보호하도록 하는 것과 같은 것이에요. 저는 파산해 버렸어요, 피셸 아저씨. 앞으로 1년 동안에 10만 프랑은 필요할 거예요."

"그 정도는 베드윈 족(사막의 아랍 인. ― 역자 주)에게서 뜯어내도 상관없을 거야."라며 늙은 알자스 인이 아무렇지도 않다는 얼굴로 대답했다. "제정 시대에는 그렇게 했었으니까……."

"이 가게를 살 사람이 오전 중에 찾아와서 아저씨에게 1만 프랑을 건네줄 거예요."라며 유로 남작이 말을 이었다. "아프리카로 가는 데는 그거면 충분하지 않나요?"

노인은 동의한다는 뜻으로 머리를 끄덕였다.

"거기에 가서 필요한 자금 말인데요, 그것도 걱정하실 필요 없어요."

라며 남작이 말을 이었다. "이 가게를 판 돈의 나머지는 제가 받도록 할 게요. 마침 필요한 데가 있어서요."

"모든 게, 내 피까지도 네 것이란다."라며 노인이 말했다.

"아니오! 조금도 걱정할 필요 없어요."라고 남작은 실제 이상의 통찰력을 아저씨에게 상정해서 말을 덧붙였다. "농산물 거래도, 그것 때문에 아저씨의 정직함에 손상이 가지는 않을 거예요. 모든 건 당국이 어떻게 나오느냐에 달려 있어요. 그런데 그곳의 담당자를 배치한 건 바로 저니까 그 점은 제가 보장하겠어요. 피셀 아저씨, 이 얘기는 목숨을 걸고서라도 다른 사람에게 해서는 안 돼요. 전 아저씨를 잘 알고 있기 때문에 말을 빙빙 돌려서 이야기하지 않고 흉금을 털어놓고 상의를 드린 거예요."

"가기로 하지."라며 노인이 말했다. "그런데 언제까지 계속할 수 있을까?"

"2년 동안이오! 아저씨도 10만 프랑을 벌어 보주로 돌아와 행복하게 살 수 있을 거예요."

"뭐든 네가 원하는 대로 하겠다. 나의 명예란 곧 너의 명예를 말하는 것이니."라고 조그만 노인이 차분한 어조로 말했다.

"아저씨 같은 사람이야말로 제가 가장 좋아하는 사람이에요. 그건 그렇고 출발하기 전에, 결혼해서 행복해진 조카 딸의 모습을 꼭 한번 봐 주시기 바랍니다. 백작 부인이 될 거예요."

농산물이라는 형태로 거둬들이는 소작료나 약탈물의 약탈이나, 앞서 말한 퇴직 관리가 지불하게 될 피셀의 가게에 대한 대가도, 대략 5천 프랑 정도는 들어갈, 결혼준비를 포함한 오르탕스의 지참금 6만 프랑과 마르네프 부인을 위해서 사용한, 혹은 지금부터 사용해야 할 4만 프랑을 즉석에서 제공할 수는 없었다. 그리고 지금 그가 가져온 3만 프랑을 남작은 대체 어디서 마련해 온 것일까? 다음이 그 경위이다.

며칠 전 유로는 두 개의 생명보험회사로 가서 3년 계약으로 액면 150만 프랑짜리 보험에 가입했다. 보험료를 지불한 그 보험증서를 들고 귀족원의 한 회의에 참석했다 돌아오는 길에, 마침 함께 저녁을 먹으려고 그와 같은 마차를 타고 귀가하게 된 귀족원 의원 뉴싱겐 남작에게 그는 다음과 같이 말을 꺼냈다.

"남작, 사실은 7만 프랑 정도 필요한데 어떻게 변통해 줄 수 없겠습니까? 누군가 표면적인 명의를 지정해 주면 그 사람에게 향후 3년간 내 월급의 저당 설정 가능한 금액을 위탁하도록 하겠습니다. 그러면 일 년에 2만 5천 프랑은 될 겁니다. 그러니까 7만 5천 프랑이 되는 셈입니다. '하지만 자네가 죽을지도 모르지 않나' 라고 생각하겠죠?"

그렇다는 듯이 뉴싱겐 남작은 고개를 끄덕였다.

"여기에 15만 프랑짜리 생명보험증서가 있습니다."라고 남작은 주머니에서 서류 한 장을 꺼내어 내밀며 대답했다. "이걸 원금과 이자 합계 8만 프랑을 갚을 때까지 맡겨 두도록 하겠습니다."

"그럼 만약에 당신이 잘린다면?" 이라고 백만장자 남작이 웃으며 말했다.

백만장자와 정반대인 상대편 남작은 난처하다는 듯한 표정을 지었다.

"걱정할 거 없어요. 당신에게 그 돈을 빌려 주는 대신 조금 어려운 일을 부탁하려고 말해 본 것뿐이니까요. 당신 상당히 어려운 처지에 빠진 것 같더군요. 나세나레파 은행에 당신의 서명이 돌아와 있거든요."

"딸을 결혼시키게 되었습니다."라며 유로 남작이 말했다. "그런데 제게는 돈이 한 푼도 없습니다. 의회의 의자에 앉아 있는 500명의 부르주아들이, 황제가 했던 것처럼 충성스럽게 열심히 일하는 사람에게 실수로라도 충분한 보상을 해 주는 일이 절대로 일어나지 않는 이런 망은의 시대에 행정에 참여하고 있는 사람들은 누구나 마찬가지지만요."

"아아, 당신, 조제파의 뒤를 봐 줬었죠?"라며 귀족원 의원이 말을 이었다. "그걸로 모든 걸 이해할 수 있습니다. 우리끼리니까 하는 얘긴데 데르빌 공작, 그런 오리 같은 여자를 당신의 지갑에서 빼갔으니 당신에게 커다란 봉사를 한 셈입니다.

나도 그 불행을 맛보았으니, 그 불행을 가엾이 여겨야지."

그는 멋진 프랑스의 시 한 구절을 인용한 뒤, 이렇게 덧붙였다. "친구로서의 충고를 들어주시겠습니까? 이제 슬슬 가게의 문을 닫으세요. 아니면 당신이 위험해집니다."

이 이상한 거래는 마치 상어의 신하처럼 보이는 조그만 물고기와 마찬가지로 대금융업자에게 자신의 이름을 빌려 주고 있는 사기꾼 중 하나인 보비네라는 삼류 고리대금업자의 중개로 행해졌다. 이 욕심 많은 초보 고리대금업자는 어떻게 해서든 이 고명한 사람의 보호를 받아야겠다고 생각했기 때문에 유로 남작으로부터 90일 기한의 어음을 받았으며, 4번까지는 갱신을 해도 상관없고 결코 시중에 유통시키는 일은 없을 것이라고 약속했다.

피셸의 후계자는 그의 집을 취득하기 위해 4만 프랑을 지불해야 했는데, 거기에는 파리에 근접한 한 지역에 말여물을 납품하는 권리를 부여하겠다는 약속이 덧붙여져 있었다.

여기까지가, 연애라는 것이 예전에는 더할 나위 없이 청렴하고 정직했던 인물, 나폴레옹 시대의 행정부 중에서도 가장 실력 있고 능력 있던 한 사람을 타락하게 만든 무시무시한 미궁이다. 즉, 고리로 빌린 돈을 청산하기 위해서 자신의 직책을 더럽히고 자신의 연애 비용을 짜내고 딸을 결혼시키기 위해서 고리로 돈을 빌리는 식이었다. 이와 같은 변통에 의

한 낭비, 이와 같은 모든 고통은 마르네프 부인에게 멋있게 보이기 위해서, 이 부르주아 계급 출신의 다나에(그리스 신화에 의하면 주피터가 황금 빗물이 되어 그녀 위에 내려 아이를 임신하게 했다. — 역자 주)의 주피터가 되었기 때문에 허비한 것이었다. 성실하게 재산을 쌓아가기 위해 발휘한 그 어떤 활동도, 이지도, 대담함도 남작이 정상에서 밑바닥으로 똑바로 떨어지면서 발휘한 그와 같은 것에 비교하면 그리 대단한 것은 아니었다. 그는 근무처인 국의 일도 훌륭하게 처리했으며, 그러면서도 틈틈이 실내 장식업자를 독촉하고, 인부들을 감시해서 바노 가에 있는 집의 그 어떤 세세한 부분까지도 면밀하게 음미했다. 마르네프 부인에게 완전히 마음을 빼앗겼으면서도 그는 여전히 의회의 회의에도 빠짐없이 출석했으며, 보통 사람들의 몇 배나 일을 했기 때문에 그의 가족들은 물론 다른 그 어떤 사람들도 그가 무엇에 정신을 빼앗겼는지 깨닫지 못했다.

애들린은 아저씨가 파산을 면했다는 사실을 알고, 또 결혼계약서에 지참금이 기재되어 있는 것을 보고 어리둥절함을 느꼈으며, 그렇게 훌륭한 조건하에 성립된 오르탕스의 결혼이 불러 일으키는 행복감 속에서도 무엇인가 불안감 같은 것을 느꼈다. 하지만 마르네프 부인이 바노 가의 아파트로 옮기는 날과 꼭 일치하도록 남작에 의해서 결정된 딸의 결혼식 전날, 엑토르는 관청의 통보와도 같은 다음과 같은 말로 아내의 놀란 가슴을 진정시켰다.

"애들린, 이렇게 해서 딸도 드디어 시집을 보내게 됐어. 그러니 그 문제에 대한 우리들의 걱정도 이젠 끝이야. 드디어 우리가 은거할 때가 온 것 같아. 내가 지금의 자리에서 퇴직할 날이 이제 3년도 남지 않았으니까 말이야. 지금부터 아무런 도움도 되지 않는 쓸데없는 지출을 할 필요가 어디 있겠어? 우리 아파트는 집세가 6천 프랑이나 해. 집에는 하인이 넷이나 있어서 우리는 일 년에 3만 프랑이나 쓰고 있어. 만약 내가 약속을 지킬 것이라는 사실을 인정해 준다면, 왜 이런 이야기를 하는가 하면, 오르탕스를 결혼시키고 당신 삼촌에게 끊어 준 만기 어음을 회수하는 데 필요한 돈을 손에 넣기 위해 나는 3년간의 내 급여를 위탁했는데……."

"어머! 당신 정말 훌륭한 일을 하셨어요."라고 그녀는 남편의 말을 가로막으며 그의 두 손에 입을 맞췄다.

이 고백이 애들린의 걱정을 종식시킨 것이었다.

"그래서 당신이 몇 가지 조그만 희생을 감수해 줘야겠어."라고 자신의 손을 끌어내고 아내의 이마에 가만히 입을 맞추며 그가 말했다. "플르메가의 2층에 꽤 괜찮은 아파트가 있어. 멋진 판자로 장식되어 있는데 집세도 1,500프랑밖에 하지 않아. 당신도 몸종 하나밖에 필요하지 않을 테고, 나도 급사 하나로 견뎌 볼 생각이야."

"좋아요."

"일단 체면치레는 할 수 있도록 해놓은 다음, 집 안을 소박하게 하면 내 용돈을 제외하고 일 년에 6천 프랑밖에 들지 않을 거고, 내 용돈은 내가 알아서 하겠소."

심지가 굳은 아내는 너무나도 기뻐서 남편의 목으로 달려들었다.

"제가 당신을 얼마나 사랑하고 있는지 다시 한 번 보여 줄 수 있다니, 이렇게 기쁜 일도 없을 거예요!"라며 그녀가 외쳤다. "당신은 정말로 이런저런 수단을 생각해 내는 데 정말 뛰어난 분이에요."

"일주일에 한 번만 아이들을 불러서 저녁을 먹고 당신도 알고 있는 것처럼 나도 집에서는 거의 식사를 하지 않으니……. 당신도 빅토랑에게 일주일에 두 번, 오르탕스에게 일주일에 두 번 저녁을 먹으러 간다 해도 누구도 이상하게 생각하지는 않을 거야. 그리고 나는 쿠르벨과 우리와의 완전한 관계 회복도 실현 가능하다고 생각하고 있으니 일주일에 한 번은 우리가 그의 집에서 식사를 하게 될 거야. 이렇게 5일간의 저녁 식사와 집으로 아이들을 불러서 하는 식사, 그리고 식구 외에 다른 곳에서 받는 약간의 초대까지 생각한다면 일주일 전부가 되는 셈이야."

"당신을 위해서 저금을 하겠어요."라고 애들린이 말했다.

"미안하오!"라며 그가 외쳤다. "당신은 정말 멋진 여자야."

"다정하고 신처럼 훌륭한 엑토르! 제가 마지막 숨을 거두는 그 순간까지 당신을 위해서 기도하겠어요."라며 그녀는 대답했다. "사랑스러운 오르탕스를 저렇게 훌륭하게 결혼시키셨는걸요."

아름다운 유로 부인의 생활의 축소와 솔직하게 말하자면, 마르네프 부인에게 엄숙하게 약속한 그녀의 유배가 이렇게 해서 시작된 것이었다.

결혼 계약의 서명에 초대받은 뚱뚱하고 땅딸막한 쿠르벨 노인은 이 이야기의 시작의 계기가 된 장면 같은 것은 마치 존재하지도 않았다는 듯이, 유로 남작에게 감추고 있는 일은 아무것도 없다는 듯이 행동했다. 세레스탕 쿠르벨은 애교 넘치는 행동을 보였다. 여전히 전직 향수장수다운 점이 조금 눈에 띄었지만 대대장이 된 덕분에 당당한 관록을 더해 가고 있었다. 결혼식이 있는 날 밤에는 춤을 추겠다고 말했다.

"아름다운 부인……"이라며 그는 은근한 어조로 유로 부인에게 말했다. "저희 같은 인간들은 모든 것을 잊어버리는 법을 알고 있어요. 부디 저를 댁에서 내쫓지 말아 주세요. 그리고 종종 아이들과 함께 방문해 주셔서 초라한 저희 집을 수놓아 주실 수 있겠습니까? 아무것도 걱정할 필요 없습니다. 제 마음속에 웅크리고 있는 감정에 대해서는 단 한마디도 하지 않겠습니다. 제가 취한 행동은 멍청한 사람들이나 하는 행동이었습니다. 당신을 뵙지 못하게 되면 그야말로 잃게 되는 것들이 너무 많아서……."

"쿠르벨 씨, 몸가짐이 단정한 여자는 지금 당신께서 암시하신 것과 같은 말을 들을 만한 귀를 가지고 있지 않은 법이에요. 그러니까 만약 약속을 지켜 주시기만 한다면, 인척관계로써 한탄스러울 뿐인 이런 불화가 진정되기를 제가 얼마나 바라고 있는지 의심하실 필요도 없을 거예요."

"뭐하는 거야? 뚱보 골쟁이 영감." 이라고 유로 남작은 쿠르벨을 억지로 정원으로 끌고 가며 말했다. "자네는 어디를 가든, 실제로 우리 집에 와서도 늘 나를 피하기만 하지 않는가? 우리처럼 나이 지긋하게 먹은 여성 애호가들이 고작 여자 하나 때문에 사이가 갈라져서야 쓰겠어? 그거야 말로 천박한 거라고."

"남작, 저는 당신처럼 호남아도 아니고 유혹의 기술을 알고 있는 것도 아니기 때문에 당신처럼 그렇게 쉽게 손실을 만회할 수가 없다고요."

"빈정대는 건가?"라고 남작이 대답했다.

"제가 졌을 때는 이긴 사람에게 빈정대도 괜찮겠지요."

이런 식으로 시작된 대화는 완전한 화해로 마무리 지어졌다. 하지만 쿠르벨은 복수를 할 권리가 있다는 사실을 끝까지 확실하게 확인하려 했다.

마르네프 부인이 유로 양의 결혼식에 초대를 받고 싶다고 말했다. 앞으로의 애인을 자기 집의 객실에 들이기 위해서 참사원 의원은 계장까지 포함한 국의 직원들에게 초대장을 돌리지 않을 수 없었다. 그랬기 때문에 성대한 무도회가 필요하게 됐다. 남작 부인은 살림에 능한 주부답게 만찬보다는 야회(夜會)가 돈이 덜 들고 훨씬 더 많은 손님들을 맞이할 수 있을 것이라고 생각했다. 그랬기 때문에 오르탕스의 피로연은 커다란 화제를 불러 일으켰다.

공작 비상부르 원수와 뉴싱겐 남작이 신부측, 라스티냐 백작과 포피노 백작이 스타인벡측의 입회인이 되었다. 그리고 스타인벡 백작이 명성을 얻게 된 이후, 프랑스에 거주하고 있는 폴란드 인들 사이에서도 가장 저명한 인물들이 그와의 교제를 원했기 때문에 예술가는 그 사람들도 초대를 하지 않을 수 없다고 생각했다. 남작이 그곳의 일원인 참사원과 육군 경리당국, 포르젬 백작에게 축하의 뜻을 표하려 하는 군의 장교들도 각각 최고의 간부들로 대표되었다. 꼭 초대를 해야만 하는 손님만도 200명으로 예상되었다. 이야기가 그렇게 결정되자 기라성 같은 사람들이 모이는 그 자리에 사랑스러운 마르네프 부인이 출석하고 싶다고 말한 것이 얼마나 절실한 것이었는지를 쉽게 짐작할 수 있을 것이다.

한 달 전부터 남작 부인은 자신의 다이아몬드 중에서 가장 멋진 것 몇 개는 신부의 의상을 위해서 남겨 두고 나머지를 판 돈은 딸의 결혼식 준비를 위해 썼다. 그렇게 해서 1만 5천 프랑을 손에 넣을 수 있었는데 그중에서 5천 프랑은 오르탕스의 의상을 위해 사용했다. 현대의 사치스러운 취향이 요구하는 점을 생각해 본다면 신혼 부부의 아파트에 가구를 갖추는 데 1만 프랑으로 어느 정도를 할 수 있었겠는가? 하지만 젊은 유로 부부와 쿠르벨 노인, 포르젬 백작이 상당한 금액을 선물했다. 특히 나이 든 포르젬 백작은 은 식기 한 벌을 위해서 일정 금액을 따로 준비해 두었다. 그와 같은 수많은 도움 덕에, 말이 아주 많은 파리 여자라도, 신혼 부부가 고른 앵발리드 앞 광장에서 가까운 생 도미니크 가에 있는 아파트의 내부 장식에는 틀림없이 만족했을 것이다. 거기서는 모든 것이 서로에게 순수하고 진솔하고 성실한 두 사람의 애정과 잘 조화를 이루고 있었다.

드디어 축복의 날이 찾아왔다. 그것은 오르탕스와 벤세슬라스에게 뿐만 아니라 아버지에게도 그에 못지않게 축복스러운 날이었다. 마르네프 부인은 자신이 부정을 저지르는 날, 즉 두 사람의 연인이 결혼식을 올리는 그 이튿날 새로운 집에서 집들이를 하기로 결심하고 있었기 때문이었다.

평생에 한 번도 결혼식 피로연의 무도회에 참석한 적이 없었던 사람이 과연 있을까? 각자 자신의 추억에 물어보면 될 것이다. 그러면 정식 예복 뿐만 아니라 축복스러운 얼굴로도 화려하게 장식한 사람들이 떠올라 틀림없이 미소를 참지 못할 것이다. 사회적 행사가 환경의 영향을 증명하는 것이라면 그것이야말로 그런 경우를 말하는 것이 아닐까?

실제로 일부 사람들의 화려한 장식이 다른 사람들에게도 영향을 미치기 때문에 격식을 갖춘 복장에 익숙한 사람들조차도, 결혼식을 생애에서 몇 번 겪지 못할 축제라고 생각하는 사람들의 범주에 들어가는 것처럼 보인다. 그리고 엄숙한 얼굴 표정을 한 무리들, 무슨 일에나 철저하게 무관심하기 때문에 평소 입는 검은 옷을 그대로 입은 채 온 그 노인들을 떠올려 보기 바란다. 그리고 젊은이들이 지금부터 시작하려 하는 인생 체험의 쓸쓸함을 그대로 얼굴에 나타내고 있는 나이 든 부부들, 샴페인 속의 탄산가스처럼 그런 자리에서 거품을 일으키고 있는 수많은 쾌락, 부러워 죽겠다는 듯한 젊은 아가씨들, 자신의 의상이 눈에 띄는지 어떤지에만 신경을 쓰고 있는 여자들, 짤막한 옷이 화려하게 꾸민 무리들과 대조적인 가난한 친척들, 야식에만 정신이 팔려 있는 미식가들, 트럼프에만 정신이 팔려 있는 트럼프광들. 부유한 자와 가난한 자, 부러워하는 자와 부러워하지 않는 자, 철학자와 환영에 휩싸인 사람, 온갖 부류의 사람들이 거기에 신부라는 진귀한 꽃을 감싸는 꽃바구니 속의 꽃처럼 모여 있는 것이다. 결혼식 피로연의 무도회란 사회의 축소판이다.

모임이 한창 무르익었을 때 쿠르벨이 남작의 팔을 붙들고 더할 나위 없이 은근한 표정으로 남작의 귀에 대고 말했다.

"놀랐어요! 아까부터 당신의 얼굴만 힐끗힐끗 쳐다보고 있는 저 장밋빛 옷을 입은 조그만 부인, 정말 대단한 미인이군요!"

"누구 말이지?"

"저기, 이유는 알 수 없지만 당신이 감싸고돌고 있는 계장의 아내! 마르네프 부인이라고 했던가요?"

"그걸 자네가 어떻게 알고 있지?"

"그래, 좋은 수가 있어. 유로 씨, 만약 저 여자의 집에 데려가 준다면 당신이 제게 지독한 짓을 한 것도 전부 잊기로 하겠습니다. 저도 당신을 에로이즈의 집으로 초대하겠습니다. 저 멋진 여성이 누구일까 모두들 고개를 갸우뚱거리고 있습니다. 저 여자 남편의 사령(辭令)이 어떻게 해서 서명되었는지 당신의 부하 중 어느 누구도 떠들고 다니지 않을 거라는 자신은 있습니까?…… 정말로 운이 좋은 악당이야! 저 정도라면 과장 이상의 가치가 있을 겁니다.…… 아아, 저였다면 기꺼이 과장 자리에 앉혔을 겁니다.…… 어떻습니까? '신나여, 우리는 친구!'(코르네유의 유명한 비극《신나》속의 대사. — 역자 주)'"

"무슨 일이 있어도……"라며 남작은 전직 향수장수에게 말했다. "나 역시 이상한 짓은 하지 않겠다고 약속하겠어. 한 달 정도 지나면 저 사랑스러운 천사와 저녁을 먹을 수 있도록 하지.…… 실제로 우리는 천사라고 부를 수 있는 사이로까지 발전했네, 쿠르벨. 자네도 나처럼 하기를 바라네. 마녀는 포기하는 게 좋아."

바노 가의 4층에 있는 깔끔한 아파트에 자리를 잡은 사촌 베트는 10시에 무도회장에서 나와 연리 1,200프랑이 되는 두 장의 국채 등록증서를 보기 위해 집으로 돌아왔다. 한 장의 허유권은 스타인벡 백작 부인에게 귀속되어 있었으며, 또 다른 한 장의 허유권은 젊은 유로 부인에게 귀속되어 있었다. 그러니 쿠르벨이 어떻게 해서 친구인 유로에게 마르네프 부인의 이야기를 할 수 있었는지, 그리고 아무도 모르는 비밀을 알 수 있었는지도 쉽게 추측해 볼 수 있을 것이다. 실제로 여행 중인 마르네프와 사촌 베트와 남작과 발레리만이 이 비밀을 알고 있었으니.

남작은 마르네프 부인에게, 계장의 아내에게는 너무나도 호사스러운 의상을 선물하는 경솔한 짓을 하고 만 것이었다. 다른 여자들은 발레리의 의상과 미모 양쪽 모두에 질투심을 품었다. 부채 뒤에서 속닥속닥 속삭이는 목소리가 오고갔는데, 왜냐하면 마르네프 부부의 빈궁함은 그가 근무하고 있는 국 안에 잘 알려진 사실이었기 때문이었다. 남작이 아내를 보고 첫눈에 반했을 무렵, 남편은 이리저리 돌아다니며 구원의 손길을 요청했다. 게다가 엑토르도 발레리가 인기를 끌고 있는 것을 보고 황홀한 기쁨을 감출 수가 없었다. 얌전하게 그것도 기품에 넘쳐서 모두의 선망의 대상이 된 그녀는, 처음 새로운 세계로 들어가는 여자들이 그렇게도 무서워하는 그 주의 깊은 검사를 받았던 것이었다.

아내와 딸과 사위를 마차에 태운 남작은 아들과 며느리에게 일가의 가장의 역할을 맡긴 뒤 누구도 눈치 채지 못하게 그 자리에서 빠져나오는 데 성공했다. 그는 마르네프 부인의 마차에 올라 그녀를 집까지 바래다주었다. 그런데 그는 그녀가 말없이 생각에 잠겨서 무슨 근심거리라도 있는 듯한 얼굴을 하고 있다는 사실을 깨달았다.

"내가 행복해지는 것이 그렇게도 당신 마음을 답답하게 만드는 건가, 발레리?"라고 말하며 그는 마차 안에서 그녀의 몸을 끌어당겼다.

"아무리 남편의 파렴치한 소행이 자유를 가져다주었다고는 하지만 가련한 여자가 처음으로 과오를 범하는 데 아무런 생각이 없을 수는 없잖아요.…… 저를 영혼도 신앙심도 없는, 믿음도 없는 여자라고 생각하고 계신 건가요? 당신은 오늘 밤 더할 나위 없이 불건전한 기쁨을 맛봤으며, 견딜 수 없는 방법으로 저를 구경거리로 만드셨어요. 고등학교 학생이라도 그런 밉살맞은 짓은 하지 않을 거예요. 그랬기 때문에 그 자리에 있던 여자들이 전부 윙크를 해 대고 비아냥거리는 말을 해서 수치심을 느끼게 했던 거예요. 과연 자신에 대한 평판에 신경을 쓰지 않는 여자가 있을까요? 당신은 저를 사람들 앞에 나서지 못할 여자로 만들었어요. 아아, 저는 정말로 당신 것, 그래요! 그러니 이 과오에 대한 변명으로는 당신 한 사람만을 충실하게 지키는 것 이외에는 달리 방법이 없어요!…… 나쁜 사람!" 이라고 그녀는 미소 지으며 그의 입맞춤에 몸을 맡긴 채 말했다. "우리 과장님의 부인인 코케 부인이 제 곁으로 와서 레이스를 칭찬해 주셨어요. '영국 건가요? 라고 말하고 '얼마 주셨나요, 부인?' 이라고 묻더군요. — '모르겠어요' 라고 대답했어요. '이 레이스는 어머니에게서 받았거든요. 저는 이런 훌륭한 물건을 살 만큼의 돈을 가지고 있지 않아요' 라고."

앞서 본 바와 같이 마르네프 부인은 끝내, 제정 시대의 나이 든 멋쟁이를 완전히 매료시켜 버렸기 때문에 그는 자신이 처음으로 그녀에게 과오를 범하게 한 것이라고 착각했으며, 모든 의무에 대한 관념을 잊게 할 만큼의 정열을 그녀에게 심어 준 것이라고 굳게 믿고 있었다. 그녀는 결혼한 지 3일 만에 생각하기도 싫은 이유로 그 파렴치한 마르네프에게 버림을 받은 것이라고 말했다. 그 이후로 더할 나위 없이 얌전한 아가씨 같은 생활을 했으며 그것만으로도 아주 행복했다고 말했다. 그녀에게는 결혼이라는 것이 소름이 돋을 만큼 끔찍한 것으로 여겨졌기 때문이라고 했다. 그녀가 지금 침울한 표정을 짓고 있는 것도 바로 그 때문이라는 것이었다.

"연애도 역시 결혼과 같은 것이라면……." 이라며 울면서 그녀는 말했다.

발레리가 지금 처한 것과 같은 상황에 놓이면 거의 대부분의 여자들이 입에 담는, 속이 빤히 들여다보이는 거짓말이 남작으로 하여금 제7천국의 장미 화원을 엿보게 했던 것이었다. 그랬기 때문에 사랑하는 예술가와 오르탕스가 참을 수 없는 기분으로 남작 부인이 딸에게 마지막 축복의 말과 마지막 입맞춤을 하기를 기다리고 있을 바로 그 무렵, 발레리는 이래저래 거드름을 피워 남작을 바싹 달아오르게 만들고 있었다.

아침 7시에, 행복의 절정에 있었던 남작 ―이렇게 말하는 이유는, 그가 발레리의 집에서 가장 순진한 아가씨와 가장 숙달된 악마를 동시에 발견했기 때문인데― 그 남작은 피로연 자리로 돌아와 주인으로서의 역할로 고생하고 있던 젊은 유로 부부와 교대를 했다. 가족과는 거의 아무런 관계도 없지만 어느 피로연이나 결국에는 자신들의 독무대로 만들어 버리고 마는 춤의 명수들이 코틸리오라고 불리는 콩트르당스(여러 사람들이 두 줄로 서서 서로 마주보고 추는 춤. ― 역자 주)를 미친 듯이 추고 있었으며, 카드놀이를 하고 있는 무리들은 테이블을 향해 앉은 채 놀이에 푹 빠져 있었다. 쿠르벨 노인은 6천 프랑이나 땄다.

　　포터에 의해서 배달된 신문의 파리 잡보란에는 다음과 같은 기사가 실려 있었다고 한다.

　　「스타인벡 백작과 참사원 의원이자 육군성 국장인 유로 델비 남작의 따님으로, 그 유명한 포르젬 백작의 조카인 오르탕스 유로 양의 결혼식이 오늘 아침 성 토마스 아퀴나스 교회에서 행해졌다. 이 성대한 의식에는 수많은 인사들이 참석했다. 그중에는 레옹 드 롤라, 조제프 블리드, 스티드만, 빅슈 등 몇몇 저명한 예술가들, 육군경리부, 참사원 관계의 명사들, 양원 의원 다수, 그리고 프랑스에 거주하고 있는 저명한 폴란드 인 파즈 백작, 라진스키 백작 등이 있었다.

　　벤세슬라스 스타인벡 백작은 스웨덴 왕 카를로스 12세 휘하의 유명한 장군의 조카에 해당된다. 이 청년 백작은 폴란드 반란에 참가한 뒤, 몸을 피할 곳을 찾아 프랑스로 망명한 인물인데, 이 땅에서 그의 재능으로 얻어 낸 당연한 명성이 그에게 귀화 인가서와 같은 것을 부여한 것이다.」

　　이렇게 해서 유로 델비 남작의 끔찍할 정도의 궁핍함에도 불구하고 그의 딸의 결혼식은 체면이 요구하는 것 무엇 하나, 신문에 의해 주어지는 평판에조차도 부족함이 없는 것이 되었으며, 식은 아들 유로와 쿠르벨 양의 결혼식에 비해서도 모든 면에서 뒤지는 점이 없었다. 이 축전이 국장의 재정에 대해서 속삭이던 소문을 완화시켰지만, 마찬가지로 딸에게 준 지참금이 왜 그가 신용 대출에 의지해야만 했는지도 설명해 주고 있었다.

여기서 이 이야기의 서론이라고 할 수 있는 부분이 끝난다. 이상의 이야기가 그것을 완결시키는 드라마와 맺고 있는 관계는 전제가 명제와 맺고 있는 관계, 온갖 제시부가 온갖 고전 비극과 맺고 있는 관계와 같은 것이다.

15

파리에서는 여자가 자신의 미모를 무기로 돈을 벌기로 결의했다고 해서, 그것이 반드시 그녀가 재산을 모으는 이유가 되는 것은 아니다. 파리에서는 아주 세련되고 훌륭한 미녀가 끔찍할 정도로 처참한 처지에 놓여서, 향락에서 시작된 일생의 비참한 최후를 맞이하는 광경을 흔히 볼 수 있다. 그것은 다음과 같은 이유 때문이다. 부르주아 계급의 정숙한 아내로서의 외모를 유지하면서 창부들의 생활에 몸을 내던져 그것의 이익만을 손에 넣어야겠다고 의도하는 것만으로는 충분하지 않기 때문이다.

악덕은 쉽사리 개가를 올리지 않는 법이다. 그런 면에서는 천재와 비슷한 부분이 있는데, 양쪽 모두 부와 재능의 공존을 유지하기 위해서는 커다란 행운으로 넘쳐나는 상황의 협력을 필요로 한다. 프랑스혁명의 이상한 측면을 지워보기 바란다. 나폴레옹 황제는 존재하지 않게 된다. 그는 단지 파베르(17세기의 명장. ─역자 주)의 재판(再版)에 지나지 않았을 것이다. 애호가도 명성도 막대한 재산을 탕진했다는 불명예스러운 훈장도 없고, 돈을 목적으로 한 미모라 할지라도 창고에 넣어 둔 코레조(15세기 이탈리아의 화가. ― 역자 주)의 그림과 같은 것이며, 다락방에서 생을 마감하는 천재와 같은 것이다. 따라서 파리의 라이스(고대 그리스의 미모를 갖춘 창부. ― 역자 주)는 무엇보다도 먼저 그녀에게 열을 올리고 그녀의 가치에 어울리는 돈을 내줄 만한 부자를 찾아내야만 한다. 특히 그것이 간판이기 때문에 남보다 뛰어난 우아한 거동을 유지해야 하고, 남자들의 자존심을 자극할 만한 품위 있는 몸짓을 보여야 하고, 부자들의 무감각 상태를 눈 뜨게 할 만한 소피 아르누(17세기말 기지에 넘쳤던 미모의 여배우. ― 역자 주)와 같은 기지를 가지고 있어야만 한다. 어쨌든 오직 한 남자에게만 충실한 것처럼 보여서 그 남자의 행복이 다른 사람들의 질투심을 유발하도록 해서 호색한들의 욕망을 불러일으키도록 해야만 한다.

이런 부류들의 여자들이 '행운'이라고 부르는, 그와 같은 모든 조건을 다 갖춘다는 것은 제아무리 백만장자나 무료함에 지친 사람이나 놀기에도 지쳐 버린 변덕스러운 사람들이 가득한 도회에서라 할지라도 파리에서는 그리 쉬운 일이 아니다. 그런 면에서 하늘의 섭리는 말단 관리들의 가정이나 하층 부르주아 계급에게는 강력한 비호의 손길을 내밀고 있는 것임에 틀림없으며, 그들에게는 그와 같은 어려움이, 적어도 그들의 활동이 전개되고 있는 환경 때문에 더욱 배가되고 있는 것이다.

그렇다고는 하지만 역시 파리에는 상당한 숫자의 마르네프 부인이 있기 때문에 발레리를 하나의 전형으로 이 풍속사 속에 등장시켜야만 할 것이다. 이와 같은 여자들 중에서 어떤 사람들은 참된 정열과 필요라는 두 가지에 복종하는데, 예를 들자면 코르빌 부인은 실제로 오랫동안 좌파의 가장 유명한 연설가 중 한 명으로 은행가인 케렐과 관계를 맺고 있었다. 또 다른 부류들은 허영심에 휩싸여서 행동했는데, 예를 들어서 보들레 부인은 루스트와 사랑의 도피행각을 벌이기는 했지만 거의 건전한 여자로서의 생활을 보냈다. 후자의 경우에 해당하는 여자들은 몸을 장식하는 데 필요하기 때문에 어쩔 수 없이 끌려 다니고, 전자의 경우에 해당하는 여자들은 너무나도 쥐꼬리만 한 봉급으로는 일가의 생계를 꾸려나갈 수 없기 때문에 과오를 범한다.

국가의 인색함이라기보다 좀 더 정확하게 말하자면 의회의 인색함은 상당히 많은 불행을 불러일으키며 상당히 많은 타락을 낳고 있다. 지금 사람들은 자꾸만 노동자 계급에게 동정을 보내며 그들을 제조업자들에게 착취당하는 인간으로 그려 내고 있다. 하지만 국가는 그 어떤 탐욕스러운 공업가보다도 백 배나 더 냉혹하다. 국가는 봉급이라는 점에 관해서는 검약이라는 수준을 넘어서 난센스의 영역에까지 이르고 있다. 많이 일하면 공업은 그들의 노동에 비례하는 만큼의 급여를 지불해 준다. 하지만 국가는 그렇게도 많은 무명의 헌신적인 노동자들에게 대체 무엇을 주고 있단 말인가?

유부녀에게 있어서 명예의 길에서 일탈한다는 것은 용서받기 어려운 죄다. 하지만 그 상태에도 몇 가지 단계가 있다. 몸을 망치기는커녕 자신의 과오를 숨기고 그 정사에 대해서 앞서 말한 두 여자처럼 겉보기에는 정숙한 여자로서의 생활을 계속하는 여자들도 개중에는 있다. 그에 비해서 그녀들 중의 어떤 사람들은 과오를 덮기 위해 칠을 한 곳에 투기라는 파렴치한 행위를 더한다. 따라서 마르네프 부인은 첫걸음부터 그 모든 결과를 알고 있었으면서도 타락을 받아들여, 수단과 방법을 가리지 않고 자신도 즐기면서 돈을 뜯어내겠다고 결심한 야심만만한 유부녀 창부들의 전형인 것이다. 이와 같은 여자들은 거의 대부분 언제나 마르네프 부인의 경우와 마찬가지로 남편과 함께 일을 한다.

이처럼 스커트를 입은 마키아벨리야말로 여자 중에서도 가장 위험한 여자인 것이다. 온갖 부류의 좋지 않은 파리 여자 중에서도 이런 부류가 가장 좋지 않다. 조제파나 쇤츠나 말라가나 제니 카딘 등과 같은 진짜 창부는 그들의 확실한 신분에 의해서 창가의 홍등이나 도박장의 조명과 같은 정도로 밝은 빛의 경고를 발하고 있다. 그렇기 때문에 남자들은 그것이 자신을 파멸로 내모는 것이라는 사실을 알 수 있다. 하지만 집안의 생활고밖에 결코 보이지 않으며 겉으로는 무분별한 행동을 절대로 하지 않는 것처럼 보이는 유부녀의 거짓 정숙함이나 미덕이나 위선적인 행동은 슬금슬금 사람들의 눈에 띄지 않게 파멸로 이끄는데, 그런 파멸은 이유를 알 수 없어서 관대하게 보기 때문에 한층 더 기이한 파멸인 것이다. 유쾌한 즐거움이 아니 좀스러운 가계부가 막대한 재산을 삼켜 버리고 마는 것이다. 일가의 가장이 악명도 드날리지 못한 채 몰락하며, 비참한 생활 속에서 예전에는 허영심이 만족을 얻었다는 커다란 위안조차도 그에게는 아무런 도움이 되지 않는다.

이와 같은 이야기는 화살이 표적을 꿰뚫듯 상당히 많은 가정의 핵심을 찌르는 것이다. 사회의 온갖 계층, 아니 궁정 한가운데에서조차 수많은 마르네프 부인을 찾아볼 수 있다. 왜냐하면 발레리는 가장 세세한 부분에 이르기까지 실물에 딱 들어맞게 만들어진 슬픈 현실이기 때문이다. 불행하게도 이런 초상 역시 정숙한 미소를 지으며 꿈꾸는 듯한 모습을 보이고 천진난만한 표정을 짓는다. 하지만 마음은 금고처럼 튼튼한 천사들을 쉽게 사랑한다는 좋지 않은 버릇까지 교정하지는 못할 것이다.

오르탕스의 결혼식이 있은 지 약 3년이 지난 1841년에, 유로 데빌 남작의 문란한 행동은 잠잠해져 있었다. 루이 15세의 주치의의 표현에 의하면 현역에서 물러난 것으로 알려져 있었지만 그럼에도 불구하고 마르네프 부인을 위해서는 조제파를 위해서 쓴 돈의 두 배가 되는 돈을 썼던 것이었다. 그런데 발레리는 언제나 멋진 차림을 하고는 있었지만, 계장을 남편으로 둔 여자답게 간소함을 가장하고 있었다. 사치스러운 취향은 집에서 입는 옷이나 집 안에서의 몸단장에만 한정되어 있었다.

이렇게 해서 그녀는 사랑하는 엑토르를 위해서 파리 여자의 허영심을 희생하고 있는 것처럼 보였다. 하지만 연극을 보러는 갔으며, 그럴 때면 언제나 멋진 모자를 쓰고 최고로 우아한 복장으로 모습을 드러냈다. 남작이 그녀를 마차에 태우고 극장의 가장 좋은 자리로 데려가는 것이었다. 가운데 정원과 앞쪽 정원 사이에 위치한 근대적인 건물의 3층 전부를 차지하고 있던 바노 가의 아파트에서는 품위가 넘쳐흐르고 있었다. 호사스러운 물건이라고 해 봐야 인도의 벽걸이 장식용 융단과 아주 쾌적하고 훌륭한 가구 정도였다. 하지만 침실만은 예외로 제니 카딘이나 쇼츠와 같은 여자들이 자랑하는 것과 같은, 돈에 구애받지 않은 사치스러움을 보이고 있었다. 다시 말해서 레이스로 된 커튼이나, 캐시미어로 만든 벽걸이용 융단이나 비단으로 된 문의 커튼, 스티드만이 원형으로 제작한 난로 위 선반, 멋진 물건들이 늘어서 있는 골동품용 장식장 등과 같은 것들이다.

유로는 자신이 뒤를 봐 주고 있는 발레리가 호사스러운 점에서, 조제파의 황금과 진주를 박아 놓은 듯한 진흙탕 집에서 살기를 바라지 않았던 것이었다. 주요한 두 개의 방, 즉 객실과 식당의 한쪽에는 붉은 다마스크를 쳐 놨으며, 다른 한쪽에는 조각으로 장식한 떡갈나무 가구를 들여 놓았다. 하지만 전체적인 조화를 갖추고 싶다는 욕망에 자신도 모르게 이끌려서 6개월 후, 남작은 어마어마한 가격의 가구와 집기류, 예를 들자면 청구서의 가격이 2만 4천 프랑이 넘는 은제 식기 세트를 선물하곤 해서 겉모습뿐이었던 사치에 본격적인 사치를 더했다.

마르네프 부인의 집은 2년 안에 매우 쾌적한 집이라는 평판을 얻었다. 거기서는 트럼프를 할 수 있었기 때문이었다. 발레리도 역시 순식간에 애교 있고 기지에 넘치는 여성이라는 소문을 듣게 되었다. 그녀의 생활 상의 변화를 그럴 듯하게 보이기 위해서 그녀의 친아버지인 몽코르네 원수가 개립유증(介立遺贈)이라는 형태로 그녀에게 엄청난 재산을 남겨 준 것이라는 소문이 돌기 시작했다. 먼 앞날의 일까지 생각한 끝에 거기에 종교적인 위선까지 더했다. 일요일이면 빠짐없이 교회 일에 참석해 그녀는 신앙심 깊은 여자로서의 온갖 명예를 얻었다. 깨끗한 재산을 모아 자선사업을 돕기 위해 성스러운 빵을 기꺼이 기증했으며, 또 부근의 가난한 사람들에게 조그만 자선을 베풀기도 했는데 그 비용을 전부 엑토르가 부담했다. 그런 이유로 그녀에게는 모든 일이 우아한 형태로 진행되었다. 따라서 많은 사람들은 참사원 의원의 나이가 나이인 만큼 그녀와 남작과의 관계는 순수한 것이라고 단정했으며, 마치 고 루이 18세가 세련된 글의 연애편지에 대해서 가지고 있었던 것과 같은 플라토닉한 취향을 남작이 마르네프 부인의 애교 넘치는 재치와 매력적인 행동, 교묘한 화술에 대해서 가지고 있는 것일 뿐이라고 상상하고 있었던 것이다.

남작은 밤 12시경 다른 사람들과 함께 자리에서 일어났다가 15분 후에 다시 돌아오곤 했다. 이 깊은 비밀이 어떻게 지켜질 수 있었는가는 다음과 같은 것이 있다.

이 집의 문지기는 올리비에 부부로, 그들은 마침 문지기를 찾고 있던 주인과 알고 지내던 남작의 소개로 드와이에네 가의 초라하고 수입이 적은 그들의 문지기 방에서 바노 가의 가장 실질적이고 멋진 문지기 방으로 옮긴 것이었다. 그런데 옛날에는 샤를 10세 왕가에 고용된 속옷을 관리하던 하녀였다. 정통 왕조와 함께 그 지위에서 몰락한 올리비에 부인에게는 아이가 세 명 있었다. 장남은 이미 공증인의 수습 서기가 되었는데 올리비에 부인의 사랑의 대상이었다. 그 소중한 아들이 6년 동안이나 병역에 종사해야 했기 때문에 자칫 그 빛나는 경력이 중단될 판이었는데 그때 마르네프 부인이 손을 빌려 줘 누군가 육군성의 높은 분에게 부탁해서 징병 심사위원회가 쉽게 발견해 내는 그 체형 부적격을 이유로 병역을 면제받았다. 그랬기 때문에 샤를 10세의 마부였던 올리비에와 그의 부인은 유로 남작과 마르네프 부인을 위해서라면 그리스도를 다시 한 번 십자가에 매다는 일이라도 사양하지 않았을 것이다.

브라질 사람인 몬테스 데 몽테자노스 씨와의 과거를 모르는 사람들이 과연 어떤 소문을 만들어 낼 수 있었을까? 만들어 낼 수 있을 리가 없다. 게다가 세상 사람들은 재미있고 유쾌하게 놀게 해 주는 살롱의 여자 주인에 대해서는 끝없이 관대한 법이다. 그리고 마르네프 부인은 자신의 여러 가지 매력에 더해서 또 다른 하나, 숨겨진 권력을 가지고 있다는 매우 존중되어야 할 이점을 겸비하고 있었다. 그랬기 때문에 공작 비상브루 원수의 비서가 되어 청원 심사관으로서의 자격으로 참사원에 들어가기를 꿈꾸고 있던 클로드 비뇽은, 몇몇 시원시원한 성격을 가진 트럼프광인 대의사들도 이 살롱을 출입하는 단골 중 하나가 되었다. 마르네프 부인의 교제 사회는 현명한 완만함으로 구성되어 가고 있었다. 따라서 친밀한 교제는, 의견과 소행이 일치하고 있었으며, 서로가 서로를 도와 이 집 안주인의 무한한 미점(美占)을 칭송하는 일에서 이해관계를 찾아내는 사람들 사이에서만 형성되었다. 이와 같은 진리는 잘 기억해 둘 필요가 있다. 이해관계만으로 묶인 사람들은 언젠가는 사이가 벌어지지만 타락한 사람들은 언제나 사이가 좋다.

바노 가에 정착한 지 3개월이 지난 후부터 마르네프 부인은 쿠르벨을 초대하게 되었는데, 쿠르벨 씨는 그 직후 자신이 살고 있는 구의 구장이 되어 레농 드뇌르 4등 훈장의 패용자가 되었다. 쿠르벨은 오랫동안 망설였다. 그 유명한 국민군 군복에 작별을 고해야만 했기 때문으로 그는 그것을 입으면 나폴레옹 황제에게도 뒤지지 않을 만큼 훌륭한 군인이 된 듯한 기분이 들어 튀일리 정원을 활보하곤 했었다. 하지만 마르네프 부인에 의해서 자극받은 야심이 허영심보다 더욱 강했다. 구장님께서는, 에로이즈 브리즈투 양과 자신과의 정사를 자신의 정치적 자세와는 전혀 어울리지 않는 것이라고 판단하게 되었다. 구장 자리라는 부르주아 계급의 왕좌에 앉기 훨씬 전부터 그의 여성관계는 깊은 비밀에 싸여 있었다. 하지만 쉽게 추측해 볼 수 있는 바와 같이 마르네프 씨의 재산 분유제(分有制)의 아내 발레리 포르탕의 명의로 6천 프랑의 국채를 등록함으로 해서 몇 번이든 마음껏 조제파를 빼앗긴 것에 대한 복수를 할 권리를 획득했다. 첩 특유의 날카로운 안목을 어머니로부터 물려받은 것임에 틀림없는 발레리는 첫눈에 이 그로테스크한 예찬자의 성격을 꿰뚫어보았다. '나는 아직 상류 여자들과 관계를 맺어 본 적이 없다' 고 쿠르벨이 리즈베트에게 말했고, 리즈베트로부터 친구인 발레리에게로 전해진 이 한마디가, 5부 이자로 연리 6천 프랑인 국채를 손에 쥐게 된 그 거래 속에도 충분히 계산되어 있었던 것이었다. 그 이후부터 그녀는, 세자르 빌로트의 전 외교판매원이었던 이 노인의 눈에 자신이 빛을 잃을 만한 행동은 조금도 하지 않았다.

쿠르벨은 브리 지방의 방앗간집 딸을 아내로 맞아들이는, 돈을 목적으로 한 결혼을 했는데 상대방은 외동딸이었기 때문에 그녀의 상속 유산 중 4분의 3은 그의 재산이 되게 되어 있었다. 왜냐하면 소상인들은 대부분의 경우 장사 그 자체보다는 상점과 농촌의 자산과의 결합에 의해서 부를 축적하기 때문이다. 파리 근교의 소작인이나 방앗간, 축산업자나 농민의 대부분은 딸들을 위해서 상점 계산대의 영광을 꿈꾸며, 소상인이나 보석상이나 환전상 중에서 공증인이나 혹은 대소인(代訴人) 이상으로 자신들의 뜻에 부합되는 사위를 보는데 공증인이나 대소인의 높은 사회적 지위는 오히려 그들을 불안하게 만든다. 그들은 나중이 되면 그런 부르주아 계급의 정상에 있는 사위들로부터 멸시를 받지나 않을까 걱정을 하고 있기 때문이다. 쿠르벨 부인은 매우 볼품없고 아주 속되며 어리석은 여자였는데 한창 좋은 나이에 세상을 떴기 때문에 남편에게 아버지로서의 기쁨 외에는 그 어떤 기쁨도 주지 못했다. 하지만 상인으로서 비로소 홀로 서게 되었을 무렵, 이 호색한은 직업상의 의무에 얽매여서 그리고 가난함 때문에 제동이 걸려 탄탈로스(그리스 신화에 나오는 폭군으로 굶주림과 갈증의 형벌을 받는다. — 역자 주)의 역할을 수행할 수밖에 없었다. 그의 말을 빌리자면 파리의 가장 '기품 있는' 여자들과 끊임없이 접촉하면서 상인답게 굽실굽실 머리를 숙여 그녀들을 보내고는 그 아름다움, 유행하는 옷을 가볍게 걸친 그 옷맵시, 그 외에도 '혈통'이라고밖에 달리 부를 길이 없는 여러 가지 효과에 넋이 팔려 그녀들에게 반해 버리는 것이었다. 그와 같은 살롱의 요정들에게 손이 닿을 수 있는 곳까지 출세하는 것이 젊었을 때부터 형성된 그의 숨겨진 소망이었다. 따라서 마르네프 부인의 '두터운 정을 황송하게' 생각한다는 것은, 그에게 있어서 단지 환영을 소생시키는 것일 뿐만 아니라 이미 봐 온 것처럼 자부심과 허영심과 자존심의 문제이기도 한 것이었다.

그의 야심은 성공으로 인해서 더욱 커다랗게 부풀어 올랐다. 그는 우선 커다란 머리의 쾌락을 맛보았는데 머리가 포로가 되어 버리면 마음에도 그것이 튀어 행복감은 열 배나 커지게 된다. 그리고 마르네프 부인은 쿠르벨에게 상상할 수도 없을 만큼의 의미 있는 듯한 태도를 보였다. 왜냐하면 조제파도 에로이즈도 그를 사랑한 적이 없었기 때문이었다. 그에 반해서 마르네프 부인은 이 남자 속에서 영원히 마르지 않는 금고를 발견해 내고는 그를 완전히 속일 필요가 있다고 판단했던 것이었다.

금전만이 목적인 사랑의, 사람을 속이려고 하는 수법은 현실보다도 훨씬 더 매력적이다. 진짜 사랑에는 서로가 서로에게 진심으로 상처를 주는 참새의 싸움과도 같은 부분이 근본적으로 포함되어 있다. 그에 반해서 약을 올리기 위한 싸움은 상대 남자의 자존심을 자극하는 애무와도 같은 것이다. 그랬기 때문에 쿠르벨에게 있어서 가끔씩밖에 만날 수 없다는 사실이 욕망을 정열과도 같은 상태로 유지하게 했던 것이었다. 만날 때면 그는 언제나 후회의 연극을 연기하며 걸핏하면 용감한 자들의 천국에서 그녀가 어떻게 생각하고 있을지 모르겠다며 한탄하는 발레리의 정숙한 척하는 냉혹함에 부딪치지 않을 수 없는 것이었다. 그는 일종의 약올림과도 같은 것을 견뎌 내야 했지만 빈틈이 없는 이 여자는 그가 자신의 힘으로 그것을 정복한 것이라고 여기게 했으며, 이 부르주아의 광기어린 정열에 자신도 모르게 이끌린 것처럼 보였다. 그랬다가 그녀는 곧 그런 자신이 부끄럽다는 듯, 영국 여자 뺨칠 정도의 조신함과 여자의 자부심과 정숙함 그 자체와 같은 모습을 되찾아 언제나 그 기품이라는 무게로 쿠르벨의 기세를 꺾어 놓는 것이었다. 왜냐하면 쿠르벨은 처음 봤을 때부터 그녀를 정숙한 여자라고 생각하고 있었기 때문이었다. 게다가 발레리는 부드러운 애정을 보이는 특별한 방법을 익히고 있었기 때문에 쿠르벨에게 있어서도 남작에게 있어서도 그녀는 잊을 수 없는 여자가 되어 버렸다.

사람들 앞에서 그녀는, 내성적이고 꿈꾸는 듯한 순수함과 흠 잡을 데 없는 조신함, 파리 여자의 애교나 아름다움, 몸짓으로 한층 더 눈에 띄는 재기의 황홀경에 빠질 것 같은 융합을 보여 주었다. 하지만 두 사람만 있을 때면 창부들도 능가할 만큼의 익살과 유쾌함으로 끊임없이 새로운 생각을 떠올리곤 하는 것이었다. 이와 같은 겉과 속의 대조가 쿠르벨과 같은 사람들에게는 특별히 마음에 드는 부분이다. 자기 자신만이 그런 연극의 유일한 원인이라는 사실을 자랑스럽게 생각하며, 그것이 자신만을 위해서 행해지는 연극이라고 착각하여 그런 감미로운 위선에 배를 움켜

쥐고 웃으며 여배우의 연기를 칭찬하는 것이다.

발레리는 유로 남작을 멋지게 길들였으며, 그런 부류의 여자들의 악마적인 본성을 그리기에 합당한 매우 까다로운 보살핌으로 그를 어쩔 수 없이 나이 먹게 만드는 것이었다. 제아무리 선천적으로 건강한 사람이라 할지라도 어떤 시기가 찾아오면, 그때까지 포위 공격을 받으면서도 오랫동안 아무렇지도 않게 버텨 왔던 요새처럼 실제 상황이 일거에 폭로되어 버리는 경우가 있다. 제정 시대 멋쟁이가 머지않아 곧 붕괴할 것이라는 사실을 꿰뚫어본 발레리는 그것을 한층 더 빨리 진행시킬 필요가 있다고 판단했다.

"왜 그렇게 답답한 일을 하시나요? 나의 나이 든 병사."라고 이중 간통을 구성하는 그들의 비밀결혼이 있은 지 6개월 후에 그녀가 그에게 말했다. "아니면 다른 사람에게 다시 구애를 할 생각인가요? 저를 배신하실 생각인가요? 저는 당신이 화장을 하지 않는 편이 훨씬 더 멋있게 보여요. 그런 억지로 꾸민 듯한 멋은 보고 싶지 않아요. 제가 당신의 부츠에 발린 2스우도 되지 않는 에나멜이나 당신의 고무벨트, 억지로 몸을 조이는 조끼, 가발 같은 걸 좋아하는 거라고 생각하고 계신 건가요? 그리고 저는 소중한 유로 씨가 나이 들어 보이면 보일수록, 당신을 다른 여자에게 빼앗기지나 않을까 하는 걱정을 하지 않아도 되잖아요!"

이렇게 해서 마르네프 부인의 애정뿐만 아니라 그녀의 숭고한 우정까지도 진심으로 받아들인 참사원 의원은 여생을 그녀와 함께 보낼 생각이었기 때문에 그 개인적인 충고에 따라서 머리와 수염 염색하기를 그만두었다. 발레리로부터 그처럼 절실한 사랑의 고백을 받은 뒤의 어느 날의 일, 미남에 당당한 체구를 가지고 있는 엑토르가 새하얀 머리카락으로 모습을 드러냈다. 마르네프 부인은, 머리카락 안쪽의 새로운 털에 의해 생긴 하얀 선을 벌써 몇 번이고 봐 온 척했으며 사랑스러운 엑토르에게 그 사실을 간단하게 증명했다.

"흰 머리는 당신에게 아주 잘 어울려요."라고 그를 바라보며 그녀가 말했다. "부드러움을 더해 줘요. 그런 모습이 얼마나 좋은지 몰라요. 매력적이에요."

결국 남작은 그쪽으로 방향이 정해지자 가죽조끼도 벗어던졌으며 코르셋도 벗어 버렸다. 그와 같은 소도구들을 전부 제거해 버렸다. 배가 늘어져 뚱뚱함이 폭로되었다. 튼튼한 떡갈나무가 땅딸막한 탑이 되었으며, 루이 12세(젊은 마리 당그르텔을 비로 맞아들였기 때문에 빨리 늙어 죽음을 맞이했다. ― 역자 주)의 흉내를 냄으로 해서 남작이 놀랄 만큼 빨리 늙어 버렸기 때문에 몸의 둔중한 움직임이 더욱 기분 나쁠 정도로 눈에 띄기 시작했다. 눈썹만이 여전히 검어 멋쟁이 유로를 희미하게나마 엿볼 수 있게 했는데, 그것은 마치 봉건시대 성 어딘가의 벽면에 남아 있는 희미한 조각의 조그만 부분이, 전성시대에 그 성이 어떤 모습이었는지를 엿볼 수 있게 하는 것과 같은 것이다.

그렇게 오랫동안 루벤스풍의 살색으로 반들반들 빛나고 있던 얼굴에서도 지금은 몇 개의 멍과 깊이 각인된 주름을 통해서 자연에 반역하는 정열의 필사적인 몸부림을 엿볼 수 있었는데, 그런 만큼 그런 불균형이, 아직은 발랄하고 젊은 눈빛을, 검게 그을린 갈색의 그 얼굴 속에서 이상할 정도로 부각되게 하는 것이었다. 이 무렵의 유로는 그야말로 그 멋진 인간의 폐허로, 남자다움이 눈이나 코나 손가락 등 이른바 관목의 수풀 같은 것을 지나서 표면으로 빠져나왔기 때문에 로마 제국의 그 거의 불멸에 가까운 유적 위에 피어난 이끼와도 같은 느낌을 주었다.

복수심에 불타오른 국민군 대대장이 유로에게 화려한 승리를 거두어야겠다고 생각하고 있는데 그렇다면 어떻게 해서 발레리는 쿠르벨과 유로 두 사람을 싸움도 시키지 않고 손 안에 쥐고 있었던 것일까? 어쨌든 이

의문은 지금부터 전개될 드라마에 의해서 얼음 녹듯 풀릴 것이기 때문에 바로 답할 필요는 없지만 그래도 리즈베트와 발레리 두 사람이서 어떤 놀랄 만한 계략을 짜냈고, 그 계략의 강력한 작용이 그러한 결과를 낳는 데 커다란 힘을 더해 준 것이라는 사실만은 지적해 두어도 상관없을 것이다. 마르네프는 아내가 항성 속에 군림하는 태양처럼 그녀가 군림하고 있는 환경에 의해서 아름다움을 더해 가는 것을 보고 누구의 눈에도 아내에 대한 정열의 불꽃을 다시 피워 올린 것처럼 보였으며, 미친 사람처럼 그녀의 뒤를 쫓아다녔다. 마르네프 씨의 그런 질투는 좌흥을 심하게 깎아내렸지만 그만큼 그것이 오히려 발레리의 두터운 정에 평범하지 않은 가치를 가져다주었다. 그래도 마르네프는 거의 우스울 정도로 사람 좋은 노인이 되어 버린 국장에게는 신뢰를 나타내고 있었다. 그의 유일한 눈엣가시인 인물은 다름 아닌 쿠르벨이라고 생각했기 때문이었다.

로마의 시인들에 의해서 묘사되기 시작했지만 현대의 우리의 수치심은 어떻게 이름 붙여야 좋을지 모를 대도시 특유의 그 방탕함의 극치에 의해 몸을 망쳐 버린 마르네프는 밀랍으로 만들어진 해부 표본처럼 추한 모습으로 변해 있었다. 그래도 그 병의 화신 같은 남자는 멋진 옷을 입고 말쑥한 바지를 입은 부목 같은 가느다란 다리를 사뿐사뿐 움직이며 돌아다녔다. 거칠거칠하게 말라 버린 이 남자의 가슴에서는 새하얀 셔츠가 좋은 냄새를 풍겼으며 사향이 사람의 코를 찌르는 썩은 냄새를 지워 줬다. 숨을 헐떡이며 붉은 굽의 구두를 신은 악덕―실제로 발레리는 마르네프에게 그의 재산, 훈장, 지위에 걸맞은 복장을 입히고 있었기 때문에―의 이 추악한 모습이 쿠르벨을 벌벌 떨게 만들었기 때문에 그는 계장의 따가운 시선을 제대로 받아들일 수가 없었다. 구장에게 마르네프는 악몽과도 같은 존재였다. 리즈베트와 아내가 부여해 준 그런 기묘한 권력을 깨달은 이 질이 좋지 않은 한량은 그것을 매우 재미있어하며 악기를 다루듯 그것을 다뤘다. 그리고 객실에서의 트럼프가 몸은 물론 영혼까지도 망가져 버린 이 남자의 마지막 도락이었기 때문에 그는 쿠르벨을 봉으로 여기고 있었는데, 쿠르벨도 역시 자신이 이 존경할 만한 관리를 속이고 있다고 생각하고 있었기 때문에 부드럽게 대할 수밖에 없었다.

처음부터 마르네프의 썩어 빠진 모습은, 구장에게는 비밀로 지켜지고 있었기 때문에 이 꼴사납고 파렴치한 쿠르벨이 어린아이처럼 조용해지는 것을 보고, 특히 발레리가 쿠르벨에 대해서는 마치 광대를 보고 웃는 것처럼 깔깔대고 웃으며 그를 철저하게 경멸하는 것을 보고, 남작도 그는 절대로 경쟁자가 될 리 없을 것이라고 생각한 듯, 그랬기 때문에 자꾸만 그를 만찬에 초대했던 것이었다.

발레리는 그녀의 곁에서 서로를 감시하고 있는 이 두 연인과 질투심 많은 남편의 보호를 받으며 그녀가 빛을 발하고 있던 교제 사회에서 모든 남자들의 시선을 끌어 모았으며 욕망을 불러일으켰다. 이렇게 해서 그녀는 일단 체면을 유지하면서도 거의 3년 동안이나 창부들이 열렬하게 희망하는 성공, 하지만 그녀들이 스캔들이나 대담한 행동이나 밝은 곳에서의 영화 같은 생활의 도움으로 아주 가끔씩밖에 얻을 수 없는 성공의 가장 어려운 조건을 실현하기에 이른 것이었다. 샤놀이 멋진 반지에 박힌 보기 좋은 다이아몬드처럼, 예전에는 드와이에네 가의 광맥에 묻혀 있었던 발레리의 아름다움은, 지금은 실제 가치 이상의 가치를 갖게 되었다. 수많은 남자들을 불행하게 만들었던 것이었다.…… 클로드 비뇽도 남몰래 그녀에게 연심을 품고 있었다.

3년이라는 사이를 두고 같은 인물들을 재회하게 된다면 이러한 회고적 설명이 상당히 많이 필요한 법이지만, 이상이 발레리의 수지결산서라고 할 수 있는 것이다. 다음에 이야기할 것은 그녀의 동료인 리즈베트의 결산서이다.

16

마르네프 가에서 사촌 베트는 부인을 보살피는 일과 가정부일을 겸하고 있는 친척과도 같은 지위를 점하고 있었다. 하지만 그녀는 대부분의 경우 그런 어정쩡한 지위를 받아들일 수밖에 없는 불행한 여자들을 괴롭히는 이중의 굴욕이라는 것을 거의 느끼지 못했다. 리즈베트와 발레리는, 여자들 사이에서는 그리 흔히 있을 것이라고 생각되지 않기 때문에 언제나 지레짐작이 심한 파리 사람들이 바로 중상을 하는 것과 같은 그 열렬한 우정의 감동적인 광경을 보여 주고 있었다.

로렌 여자의 남자 같이 거친 성격과 발레리의 애교 있는, 참으로 파리 여자다운 성질의 대조가 한층 더 커다란 중상의 재료가 되었다. 게다가 마르네프 부인은 여러 가지로 이 여자 친구를 돌봐 줌으로 해서 자신도 모르게 무성한 소문에 무게를 더했는데, 나중에 알 수 있는 바와 같이 그와 같은 보살핌도 사실은 혼담을 목적으로 한 것으로, 결국은 이것이 리즈베트의 복수를 완전한 것으로 만들어 주게 된다.

사촌 베트의 집에서는 실로 커다란 혁명이 일어났다. 그녀의 몸을 좀 꾸며야겠다고 생각한 발레리는 그녀로부터 놀랄 정도로 많은 매력을 찾아냈다. 지금은 어쩔 수 없이 코르셋을 입게 된 이 이상한 여자는 늘씬한 몸매를 갖게 됐으며, 멋지게 풀어 헤친 머리를 위해서 머릿기름을 사용했고, 맞춤집에서 가져온 모양 그대로 옷을 입었고, 엄선한 부츠와 비단으로 된 회색 양말을 신었다. 하지만 그것은 그녀의 집에 출입하는 상인들에 의해서 발레리의 계산서 속에 포함되었고 유로나 쿠르벨이 그 돈을 지불했다.…… 이렇게 해서 젊어지고 나니, 여전히 노란색 캐시미어 숄을 걸치고 있었다고는 하지만 그 3년 동안 그녀를 보지 못했던 사람들은 이게 그 베트란 말인가 하며 놀랄 것이다.

명장의 손에 의해서 잘 다듬어져 그것에 어울리는 반지에 끼워진 이 검은 다이아몬드, 다이아몬드 중에서도 가장 진귀한 다이아몬드는 몇몇 야심적인 관리들에 의해서 그 진가에 부합하는 매우 높은 평가를 얻었다. 이 '피범벅이 된 수녀(당시 인기를 얻고 있었던 영국 작가 루이스의 소설에 등장하는 음탕하고 잔인한 수녀의 망령. ― 역자 주)'에게 화장을 시키고, 의상으로 치장하게 하고, 검은 머리와 멋지게 조화를 이루고 있는 검은 눈이 반짝반짝 빛나고 있는 올리브색 마른 얼굴을, 좌우로 가른 굵은 머리카락으로 교묘하게 두르기도 하고, 똑바로 뻗은 자세를 어떻게 해서든 살리려고 노력해서 교묘한 발레리가 만들어 내기에 성공한 야성적인 시정을 보면, 리즈베트를 처음 만난 사람들은 누구나 자신도 모르게 전율을 느끼지 않을 수 없었다.

크라나흐나 반 에이크가 그린 《성처녀》, 비잔틴 화가의 《성처녀》가 액자 속에서 나온 것처럼 베트는 이집트 조각가들이 미라의 관에 넣었던 이지스(이집트의 의학 · 결혼 · 농업의 여신. ― 역자 주)나 그 외의 신들과 혈연관계가 있는 그런 신비한 그림들 특유의 어색함, 거북함을 유지하고 있었다. 화강암이, 현무암이, 반암(斑巖)이 그대로 걸어다니고 있는 것 같은 느낌이었다. 남은 생의 생활에 대한 걱정이 없어졌기 때문에 베트는 언제나 기분 좋게 지낼 수 있었으며 저녁 식사에 초대를 받는 집에는 어디에나 활달한 기운을 함께 가져다주었다. 거기다 남작이 아담한 아파트의 집세를 내 주었으며, 그곳의 장식들도 앞서 말한 바와 같이 친구인 발레리의 거실과 침실에 있던 것들을 그대로 가져온 것이었다. '처음 인생을 시작했을 때는 굶주린 산양과 거의 다를 바 없었지만, 마지막에는 아무래도 암사자(사교계에서 화려한 평판을 얻고 있는 여자라는 뜻. ― 역자 주)의 생활을 할 수 있을 것 같아'라고 그녀는 말하곤 했다.

그녀는 여전히 리베 씨를 위해서 장식 끈 중에서도 특히 어려운 일을 계속하고는 있었지만 그녀의 말에 따르자면 그것은 단지 시간을 낭비하지 않기 위해서 하는 일에 지나지 않았다. 하지만 곧 알 수 있겠지만 그녀의 생활은 극단적으로 바빴다. 그러나 일단 손에 익힌 기술은 절대로 버리지 않는다는 것이 시골에서 올라온 사람 특유의 버릇으로, 그런 점에서 그들은 유태인과 비슷한 면이 있었다.

사촌 베트는 매일 아침 날이 채 밝기도 전에 요리하는 여자를 데리고 직접 중앙시장으로 나갔다. 리즈베트의 계획에 의하면 유로 남작을 파멸로 몰아넣는 가계부는, 한편으로는 친구 발레리를 부유하게 만드는 것이며, 실제로 그녀를 부유하게 만들어 주고 있었다.

과연 일가의 주부들 중에서 1838년 이후 선동적인 작가들에 의해서 하층 계급 사이에 유포된 그 반사회적 설교가 얼마나 불길한 결과를 낳는지 몸소 체험하지 못한 주부들이 있을까? 지금은 어느 가정에서나 하인이라는 재앙이야말로 온갖 재정적 재앙 중에서도 가장 결정적인 재앙이 되었다. 극히 드문 예외, 몽티뇽의 선행상에도 값할 만한 예외를 제외하면 요리하는 사람이나 요리하는 여자는 가정 안의 도둑, 월급을 받고 있는 뻔뻔스러운 도둑으로, 정부는 이와 같은 도둑질을 조장함으로 해서 스스로 그들을 감싸고 도는 결과를 낳아 버린 것이다.

'바구니의 손잡이(주인을 위해 장을 보며 돈을 떼어먹는 것을 속된 말로 '바구니의 손잡이를 춤추게 한다' 고 한다. — 역자 주)' 라는 오래된 농담에서도 알 수 있는 바와 같이 안 그래도 요리하는 여자들에게는 그와 같은 도둑질이 공공연하게 이루어지고 있었다. 예전에 그녀들은 복권을 사기 위해 40스우를 슬쩍 했지만 지금 그녀들은 저축은행을 위해서 50프랑을 가로챈다. 그럼에도 불구하고 마음이 차가운 청교도들은 심심풀이 삼아 박애사업을 해 보고 민중을 교화한 것이라고 생각한다.

하인들은 주인의 식탁과 시장 사이에 비밀스럽게 입시세관(入市稅關)을 설치해 두었는데 그 입시세를 거둬들이는 솜씨는 천하의 파리 시조차도 그들이 온갖 것들에서 그들의 세금을 가로채는 솜씨만큼 교묘하지는 않았다. 식료품에 대해서 그들이 과세하는 50% 외에도 그들은 출입하고 있는 상인들로부터 많은 금액의 사례를 요구한다. 제아무리 높은 지위에 있는 상인들이라 할지라도 이 숨겨진 세력 앞에서는 몸을 떤다. 마차 상인이든 보석상이든 재단사든 그들은 모두 한마디도 하지 않고 이 세력을 매수하기 시작한다. 그들을 감시하려고 하는 사람들이 있으면 하인들은 무례한 행동으로 답하거나, 일부러 아둔한 척해서 수습하는 데 돈이 많이 드는 실수로 앙갚음을 한다. 예전에는 고용주들이 그들의 몸을 뒤졌지만 요즘에는 반대로 그들이 고용주들의 몸을 뒤진다. 재앙은 그야말로 절정에 달해 사법당국도 압력을 가하기 시작했지만 그 효과는 전혀 없었으며 그것을 소멸시킬 수 있는 것은 하인들에게 노동수첩 소지를 강제하는 법뿐일 것이다. 그렇게 하면 이 재앙은 마치 마법을 걸어 놓은 것처럼 사라질 것이다. 하인들은 모두 노동수첩을 제출해야만 하며 주인들은 거기에 해고하는 이유를 적어 넣어야 하기 때문에 하인들의 도덕 저하에도 틀림없이 강력한 압박을 가할 수 있을 것이다.

그 순간순간의 대국적인 정치문제에만 정신을 팔고 있는 정치가들은 파리 하층 계급의 타락이 얼마나 심각한 문제가 되어 있는지 알지 못한다. 통계는 도둑질로 얼마간의 돈을 모은 40세나 50세의 요리하는 여자들과 결혼하는 20대 노동자의 어마어마한 숫자에 대해서 아무런 말도 하지 않는다. 범죄성과 종족의 질적 퇴화와 불행한 가정생활이라는 세 가지 관점에서 그와 같은 결합이 가져다주는 결과를 생각해 보면 전율을 느끼지 않을 수 없다. 하인들의 도둑질에 의해서 발생하는 순수한 재정적 피해만 해도 그것을 정치적인 견지에서 보자면 엄청난 것이다. 이와 같은 이중 갈취 때문에 부풀어 오른 생활비는 많은 가정에서 여유 있는 지출을 하지 못하게 한다. 여유 있는 지출! 이것이야말로 국가 상업 수입의 절반을 점하는 것이며 인생에 여유를 주는 것이다. 책과 꽃도 많은 사람들에게 있어서는 빵과 마찬가지로 필수품이다.

파리 가정에서의 이와 같은 무시무시한 재앙을 잘 알고 있던 리즈베트는 그녀들이 서로 친자매처럼 지내기로 약속했던 그 극적인 장면에서 발레리에게 지원을 약속했고, 그녀의 살림을 자신이 맡아서 해야겠다고 생각했다. 그리고 보주의 산속에서, 어머니 쪽의 친척으로 예전에 난시의 사교의 요리를 해 주던 신앙심 깊고 극단적일 정도로 성실한 여자를 불러들였다. 그렇지만 그녀가 아직 파리에 익숙하지 않았고, 특히 그와 같이 어린 충실함을 너무나도 자주 엉망으로 만들어 버리는 악질적인 꼬드김이 두려웠기 때문에 리즈베트는 중앙시장까지 마트린느를 따라가 능숙하게 장보는 법을 익히게 하려 했다.

상인들에게 속지 않기 위해서 여러 가지 물건들의 진짜 가격을 숙지하거나, 예를 들자면 제철이 아닌 생선처럼 가격이 비싸지 않을 때 계절과 어울리지 않는 요리를 준비한다거나, 식품 가격에 통달해서 가격이 오를 것을 예상하고 쌀 때 사 두거나 하는 등 주부로서의 마음가짐이 파리의 가정경제에 있어서는 가장 필요한 것이다. 마트린느는 매우 좋은 급여를 받았으며, 모든 사람들이 그녀에게 여러 가지 선물을 주었기 때문에 그녀는 이 일가가 매우 마음에 들어 싼 물건을 사면 마치 자기 일처럼 기뻐했다. 그랬기 때문에 그녀는 머지않아 리즈베트와 어깨를 나란히 하게 됐으며, 리즈베트도 '이제 그녀의 훈련은 끝났다', '이제는 마음 놓고 맡길 수 있다'고 생각하게 되었기 때문에 발레리가 손님을 부를 때 이외에는 시장에 가지 않기로 했다. 하지만 한마디 덧붙이자면 그 손님을 부르는 날이 매우 자주 있었다. 그 이유는 다음과 같다.

처음 남작은 더할 나위 없이 엄밀하게 체면을 지키고 있었다. 하지만 마르네프 부인에 대한 그의 정열이 짧은 순간에 너무나도 격렬해져서 만족을 얻을 수 없었기 때문에 한순간이라도 그녀와 떨어져 있기가 싫어졌다. 일주일에 4번 그녀의 집에서 저녁을 먹던 것을 어느 틈엔가 매일 거기서 식사를 하는 편이 낫겠다고 생각하게 된 것이었다. 딸이 결혼식을 치른 지 6개월 후, 그는 식비로 매달 2천 프랑을 건네주기로 했다. 마르네프 부인은 사랑하는 남작이 대접을 하고 싶어 하는 사람이라면 누구라도 만찬에 초대하겠다고 말했다. 그리고 식사는 언제나 6인분 준비해 놓을 테니 세 명까지는 갑자기 데려와도 상관이 없을 것이라고 말했다. 리즈베트는 자기만의 절약법을 써서 천 프랑만으로 식탁에 훌륭한 요리들을 늘어놓는 결코 쉽지 않은 문제를 해결하여 매달 천 프랑을 마르네프 부인에게 건네줬다.

발레리의 의상비로 쿠르벨과 남작이 많은 돈을 냈기 때문에 두 여자는 거기서부터도 매달 천 프랑짜리 지폐를 한 장씩 남길 수 있었다. 이런 이유로 너무나도 청순하고 천진한 이 여자는 이때 이미 15만 프랑을 저금할 수 있었다. 그녀는 국채에서 생기는 이자와 매달 생기는 그런 이익을 하나로 모아 그것을 자본으로 삼아 커다란 벌이로 더욱 살을 찌워 갔는데, 그것은 오로지 대범한 쿠르벨이 그의 이른바 '사랑스러운 공작 부인'의 자본을 자신의 화려한 금융 조작에 보태 준 덕분이었다.

쿠르벨은 주식거래소의 은어나 투기의 계략 등을 발레리에게 가르쳐 주었다. 그리고 파리 여자는 누구나 마찬가지지만, 그녀도 역시 선생님보다 훨씬 더 능숙한 주식가가 되었다. 리즈베트도 자신의 1,200프랑을 한 푼도 쓰지 않았으며, 집세와 의상비도 타인에게 의존하여 자기 주머니에서는 1스우도 쓰지 않았기 때문에 5, 6천 프랑 정도 되는 조그만 자본을 만들 수 있었는데 친절하게도 쿠르벨이 그것을 유리하게 투자해 주었다.

어쨌든 발레리에게 있어서 남작의 애정과 쿠르벨의 애정은 상당히 무거운 짐이 되었다. 이 드라마의 줄거리가 다시 궤도에 올랐던 그날, 마침 인생에 있어서 그 종소리를 들으면 벌떼가 모여드는 것과 같은 그런 종의 역할을 수행하는 한 가지 사건에 흥분하여 발레리가 리즈베트의 아파트로 올라왔다. 그녀들은 생활상의 조그만 비참함을 잠재울 때 흔히 사용하는, 언제까지고 끊임없이 수다를 떠는, 혓바닥으로 천천히 피워 올리며 기분전환을 하는 담배와도 같은 편안한 우는 소리에 푹 빠졌다.

"사랑하는 나의 리즈베트. 오늘 아침에는 두 시간이나 쿠르벨을 상대해야 해. 정말 피곤해! 아, 아! 나 대신 당신이 갈 수만 있다면 얼마나 좋을지 모르겠어!"

"미안하지만 그건 안 돼."라고 리즈베트는 웃으며 말했다. "나는 처녀로 죽게 되어 있거든."

"그런 두 늙은이들의 말에 따라야 하다니! 때로는 내 자신이 부끄럽다니까! 아, 아! 가엾은 어머니가 이런 나의 모습을 본다면……."

"나와 쿠르벨을 착각하지 마."라고 리즈베트가 대답했다.

"아, 사랑스럽고 사랑스러운 베트, 나를 경멸하지 않는다고 말해줘."

"어머! 나도 아름다웠다면 물론 여러 가지로……, 놀았을 거라고 생각해!"라며 리즈베트가 말했다. "그러니까 너도 잘못하고 있는 게 아니야."

"하지만 당신이라면 자기 마음하고만 이런 문제를 상의했겠지?"라고 마르네프 부인은 한숨을 내쉬며 말했다.

"왜 그런 말을 하는 거야?"라며 리즈베트가 대답했다. "마르네프는 죽은 사람과 다를 바 없어서 그저 무덤에 묻기를 잊은 거나 마찬가지잖아. 남작이 너의 남편 같은 거고, 쿠르벨 씨는 너의 숭배자. 그러니까 내가 보기에는 세상 여자들과 마찬가지로 너도 정석을 지키고 있는 거야."

"그렇지 않아, 멋진 리즈베트. 내가 괴로워하는 건 그런 것 때문이 아니야. 당신은 이해하려 하지 않는군."

"어머, 그럴 리가 있겠어!"라며 로렌 여자가 외쳤다. "말로 하지 않는 부분까지 내 복수의 일부분이 되어 있어. 어쩔 수 없잖아!…… 그 준비를 철저하게 해 놓고 있는 거야."

"몸도 마음도 마를 만큼 벤세슬라스를 사랑하고 있는데 절대로 만날 수가 없다니!"라고 발레리가 두 손을 허공으로 뻗으며 말했다. "유로 씨가 그 사람에게 우리 집으로 와서 식사를 하자고 초대했는데 그 예술가가 거절을 했어! 자신이 우상처럼 떠받들어지고 있다는 사실을 모르는 거야, 그 몹쓸 사람! 그 사람의 부인이 뭐 어쨌다는 거야? 그저 아름다운 고깃덩어리에 지나지 않잖아! 그래, 그녀는 아름답기는 해. 하지만 나는 나에 대해서 알고 있어. 내가 한 수 위라는 사실을!"

"걱정할 거 없어, 발레리. 그 사람은 올 거야."라고 리즈베트가 떼를 쓰는 아이를 유모가 달래는 듯한 어조로 말했다. "내가 그렇게 하도록 할 테니까."

"대체 언제 온다는 거지?"

"아마도 이번 주 안에……."

"내게 입맞춤 할 수 있게 해 줘."

이것만 봐도 알 수 있듯이 이 두 여자는 일심동체였다. 발레리의 모든 행동은, 설사 경솔한 행동이라고 보이는 것조차도, 그녀가 기뻐하는 모습도, 새치름한 태도도 전부 둘이서 신중하게 숙고한 끝에 결정한 것들이었다.

이런 창부의 생활에서 이상한 감동을 느낀 리즈베트는 무슨 일에 있어서나 발레리의 상담역이 되어 주었으며, 가차 없는 논리로 한 걸음 한 걸음씩 복수를 향해 나아갔다. 그리고 그녀는 발레리를 너무나도 사랑했기 때문에 그녀를 자신의 딸, 친구, 유일한 사랑의 대상이라고까지 생각하고 있었다. 이 여자 속에는 식민지 태생 여자의 순종적인 모습, 관능적인 여자의 나른함이 있는 것처럼 보였던 것이다.

리즈베트는 매일 아침 그녀와 재잘재잘 수다를 떨었는데 그것도 벤세슬라스를 상대로 할 때보다 훨씬 더 즐거웠으며, 두 사람은 공동으로 계획한 장난이나 남자들의 어리석음을 비웃고, 하나가 되어 각각 자신들의 재산의 이자가 늘어나는 것을 계산하기도 했다. 게다가 리즈베트는 그녀의 이번 계획과 새로운 우정 속에서, 벤세슬라스를 향한 맹목적인 사랑 이상으로 그녀의 활동을 위한 훨씬 더 풍성한 사료를 발견한 것이었다.

모름지기 증오심을 만족시켰을 때의 기쁨이야말로 마음에 가장 격렬하고 강렬한 짜릿함을 전해주는 법이다. 우리 마음속에 가로누워 있는 감정의 광맥 중 사랑은 금이라고 할 수 있으며, 증오심은 철이라고 할 수 있다. 그리고 누구나 자신이 가지고 있지 못한 것이라면 그것이 무엇이든 좋아하는 것처럼, 발레리는 리즈베트가 그렇게도 좋아하던 미모를 지금 한창 피어나고 있는 그대로를 보여 주고 있으며, 게다가 그 미모는 그녀에게 언제나 차갑고 무감동적이었던 벤세슬라스의 미모보다도 훨씬 더 다루기 쉬운 미모였다.

그로부터 머지않아 3년이 지나려고 하던 무렵부터 리즈베트의 눈에도, 그녀가 목숨을 걸고 지혜를 짜내서 행해 온 물밑 작업이 효과를 거두어 가고 있다는 사실이 보이기 시작했다. 리즈베트가 생각하고 마르네프 부인이 행동했다. 마르네프 부인은 도끼, 리즈베트는 그것을 휘두르는 손. 그것도 날이 갈수록 더욱 미워져만 가는 유로 일가를 재빠른 손놀림으로 잘라 나가는 손이었다. 실제로 증오심이라는 것은 점점 더 강해져 가는 것으로, 마치 사랑을 하면 하루하루 사랑하는 마음이 더욱 깊어져 가는 것과 같은 것이다.

애정과 증오는 자기 자신을 자양분으로 성장하는 감정이다. 그런데

이 두 가지 중에서는 증오가 수명이 더 길다. 애정에는 끝이 있는 힘이라는 한계가 있으며 그 위력을 생명과 낭비에 의존하고 있다. 증오는 죽음이나 인색함과 같은 것으로, 다시 말하자면 인간이나 사물을 초월한 추상적인 작용력과도 같은 것이다. 리즈베트는 자신에게 꼭 맞는 생활을 시작하게 된 뒤부터 그 속에서 타고난 능력을 마음껏 발휘하게 되었다. 그녀는 예수회 사람들과 같은 방법으로, 그러니까 숨은 세력으로 군림하게 되었던 것이었다. 그랬기 때문에 그녀는 모든 것이 젊어졌다. 그녀의 얼굴은 빛으로 반짝이고 있었다. 리즈베트는 유로 원수의 부인이 되는 꿈을 꾸고 있었던 것이었다.

두 여자 친구가 빙글빙글 말을 돌려서 하지 않고 속에 있는 것 그대로 가장 사소한 생각까지도 이야기를 나눈 앞의 장면은 마침 리즈베트가 신경을 써야 하는 만찬의 재료를 사러 중앙시장에 갔다가 돌아왔을 때 펼쳐진 일이었다. 코케 씨의 의자를 노리고 있던 마르네프가 그와 그의 정숙한 아내인 코케 부인을 초대했으며, 발레리는 그날 밤 안으로 유로에게 과장을 사직시키도록 교섭을 하라고 청할 생각이었다. 리즈베트는 남작 부인의 집으로 저녁을 먹으러 가기 위해 옷을 갈아입고 있는 중이었다.

"차 마실 시간까지는 돌아와서 도와줄 거지, 리즈베트?" 하고 발레리가 말했다.

"가능한 한……."

"가능한 한이라니? 혹시 애들린하고 함께 누워서 그 사람이 자는 동안 눈물을 닦아 줄 만큼 사이가 좋아지기라도 한 거야?"

"할 수만 있다면 그렇게 하고 싶어!"라고 리즈베트가 웃으며 대답했다. "거절하지는 않을 거야. 그 사람은 행복했던 때에 대한 보상을 하고 있는 거야. 속이 후련해. 나는 어렸을 때의 일을 절대로 잊지 않고 있으니까. 운명은 돌고 도는 법이야. 그 사람은 몰락하고 이번에는 내가 포르 젬 백작 부인이 될 차례야!"

17

리즈베트는 플르메 가를 향해서 출발했는데, 얼마 전부터 그녀가 그곳으로 가는 이유는 마치 연극을 보러 갈 때처럼 강렬한 감정을 마음껏 만끽하기 위해서였다.

유로가 부인을 위해서 고른 아파트는 크고 널따란 응접실과 객실과 화장하는 방이 딸린 침실로 구성되어 있었다. 식당은 객실 바로 옆에 붙어 있었다. 3층에 있는 하인들의 방 두 개와 부엌이 이 집을 보충해 주고 있었는데, 그래도 아직은 참사원 의원이자 육군성 국장인 인물의 집으로는 부끄럽지 않은 것이었다. 전체적으로 봐서 건물이나 정원이나 계단은 모두 당당한 것이었다. 객실과 침실과 식당을 지난날의 영화를 간직하고 있던 물건들로 장식해야 했던 남작 부인은 그중에서 가장 좋은 것을 유니베르시테 가에 있는 저택의 잔해 속에서 골랐다. 가엾은 부인은 그래도 여전히 지난날 행복했던 순간들을 말없이 지켜본 그런 도구류를 사랑하고 있었으며, 그녀는 그것들이 거의 위로에 가까운 말을 해 주는 것 같은 기분을 가졌다. 다른 사람의 눈에는 거의 보이지도 않을 만큼 살짝 긁힌 장미 모양도 그녀의 눈에는 띄었는데, 그와 마찬가지로 그녀는 추억 속에서도 아련한 꽃의 아름다움을 엿보고 있었다.

다리 열두 개가 달린 의자, 온도계와 커다란 스토브, 하얀색 캘리코로 만들고 둘레에 붉은 테를 두른 커튼 등과 같은 것들이 관공서의 싸늘한 대합실을 떠오르게 하는 널따란 응접실에 들어서면 저절로 가슴이 아파 왔다. 부인이 보내고 있는 쓸쓸한 생활을 선명하게 그려 볼 수 있기 때문이었다. 기쁨과 마찬가지로 괴로움도 저절로 하나의 분위기를 만들어 내

는 법이다. 집 안에 시선을 한 번 던지는 것만으로도 그곳을 지배하고 있
는 것이 애정인지 절망인지를 단번에 알 수 있다. 애들린은 대부분 굉장
히 넓은 침실에 있었다. 거기에는 점무늬가 있는 마호가니로 만든, 제정
시대풍의 청동 장식이 달린 자콥 데마르텔(제정 시대 이후부터 유명했던
가구의 장인. ― 역자 주)의 멋진 가구가 있었지만 거기에 달린 청동조차
도 루이 16세식 가구의 동 장식보다 차갑게 보이는 것이었다.

그리고 지금은 빛나는 살빛을 잃은 채 어색한 활달함을 가장하고, 그
래도 집에서 입는 파란 벨벳으로 만든 실내복을 매우 소중하게 여기며
오래도록 입어 오려 했던 것처럼 여전히 제정 시대풍의 위엄을 유지하고
있는 이 여자가 재봉대를 앞에 두고 로마 양식의 팔걸이가 달린 의자에
앉아 있는 모습을 보면 전율을 느끼지 않을 수 없을 것이다. 남작 부인은
이 아파트에 유배된 지 만 1년이 다 되어갈 무렵에는 그런 불행의 괴로움
을 한껏 맛보고 있었다.

'나를 이런 곳으로 내몰았다고는 하지만 엑토르는 내게 단순한 농가
의 여자보다는 훨씬, 훨씬 더 나은 생활을 하게 해 주고 있어' 라며 그녀
는 마음속으로 중얼거렸다.

'이게 그 사람의 뜻인 걸. 무엇이든 그 사람의 뜻에 따라야지! 누가 뭐
래도 나는 유로 남작 부인, 원수의 지위에 오른 사람의 제수고, 그 어떤
사소한 과오도 범하지도 않았어. 두 아이들도 전부 결혼했으니 이제 남
은 건 아내로서 지켜온 정절이라는 한 점 부끄러움도 없는 베일에 둘러
싸여, 사라져 버린 행복의 상장(喪章)을 달고 죽음을 기다리기만 하면 되
는 거야.'

1810년에 로베르 르페브르가 그린, 제국근위사단 지불명령관의 제복
을 입은 유로 남작의 초상화가 재봉대 위에 떡 하니 걸려 있었다. 애들린
은 손님이 왔다는 소리가 들려오면 언제나 애독하고 있는《그리스도를

본받아(15세기 토마스 아켐피스에 의해 저술된 것으로 보이며, 《성경》에 버금가는 기독교 문학의 고전. — 역자 주)》을 그 재봉대에 넣어 두곤 했다. 흠잡을 데 없는 이 막달라 마리아('일곱 개의 악령'에게 괴롭힘을 당했지만 예수에 의해 구원받았으며 제자가 되었다. — 역자 주)도 역시 그녀의 사막에서 성령의 목소리에 귀를 기울이고 있었던 것이었다.

"마리에트 씨, 오늘……"이라고 리즈베트가 문을 열어 주러 나온 요리하는 여자에게 물었다. "애들린 언니의 기분은 어때?"

"네, 보기에는 좋아 보여요. 하지만 우리끼리 하는 말인데, 저렇게 고집을 피우다가는 죽어 버리고 말 거예요."라며 마라에트가 리즈베트의 귀에 대고 속삭였다. "제발 좀 더 여유를 갖고 사시라고 말씀 좀 해 주세요. 어제만 해도 아침은 우유 2스우하고 1스우짜리 조그만 빵 하나만 있으면 된다고 하시더라고요. 저녁에는 청어나 차가운 송아지 고기 약간, 그것도 1주일분으로 1리브르를 한 번에 요리해 두면 된다고 하시질 않나. 물론 집에서 혼자 드실 때의 얘기기는 하지만……. 당신의 식사를 위해서는 하루에 10스우밖에 쓰려고 하질 않으세요. 세상에 그런 법이 어디 있어요. 만약 제가 원수님께 그런 훌륭한 계획이라도 말씀드리는 날에는 틀림없이 남작님과 싸움이라도 해서 유산 상속권을 박탈하시고 말 거예요. 하지만 당신이라면 친절하시고 상황에 따라 사람을 다룰 줄 아실 테니 잘 말씀드릴 수 있을 거예요."

"그렇다면 형부에게는 왜 말하지 않는 거지?"라고 리즈베트가 물었다.

"그게 말이죠, 이래저래 벌써 20일인지 25일 정도 돌아오지 않으셨거든요. 그러니까 요전에 당신이 오셨을 때 이후로! 부인께서는 나리께 결코 돈을 달라고 해서는 안 된다, 그러면 집에서 내쫓겠다고 말씀하셨어요…… 하지만 그 때문에 고생을 하시고……. 정말 가엾게도 얼마나 고

생을 하고 계시는지! 나리께서 이렇게 오랫동안 부인을 내버려 둔 건 이번이 처음이에요…… 벨 소리가 날 때마다 창가로 달려가서……. 하지만 4, 5일 전부터는 팔걸이 의자에 앉아서 일어나지도 않으세요. 책을 읽으면서 따님 댁에 가실 때는 언제나 제게 이렇게 말씀하세요. '마리에트'라고요. 그리고 '만약 나리께서 돌아오시면 나는 이 집에 있을 거다. 그때 바로 문지기를 보내줘. 수고비는 충분히 드릴 테니까'."

"가엾은 애들린!"이라며 베트가 말했다. "듣기만 해도 슬퍼지네. 나는 매일 형부에게 애들린에 대해서 이야기하고 있어. 하지만 어쩔 수가 없어! 형부는 내게 늘 말해. '네 말이 맞아, 리즈베트. 나는 천박하기 짝이 없는 사람이야. 아내는 천사 같은 사람이지만 나는 몹쓸 사람이야! 내일 집에 들어갈게'라고. 그러면서도 마르네프 부인 집에 뻔질나게 드나들어. 그 여자가 그를 파멸시킬 게 뻔한데 그래도 그녀에게 목을 매고 있어. 내가 없었다면, 내가 마트린느를 불러들이지 않았다면 남작은 두 배나 많은 돈을 썼을 거야. 그런데도 재산을 거의 대부분 날렸으니 어쩌면 지금은 권총으로 자살을 했을지도 모르지. 만약 그렇게 되면, 마리에트 씨, 당신도 잘 알고 있겠지? 애들린은 남작이 죽었다는 사실만으로도 죽어 버릴 거야. 분명해. 나는 거기에 있으면서 어떻게 해서든 말을 만들어서 형부가 돈을 너무 많이 쓰지 못하도록 노력하고 있어."

"네, 부인께서도 그렇게 말씀하세요. 당신에게 얼마나 신세를 지고 있는지 잘 알고 계세요."라며 마리에트가 대답했다. "오랫동안 당신에 대해서 잘못 생각하고 있었다고 말씀하셨어요."

"그래?"라며 리즈베트가 말했다. "그 외에 다른 말은 하지 않았니?"

"네, 피셸 씨. 부인께서 기뻐하실 테니 나리에 대해서 이야기를 해 드리세요. 매일 나리의 얼굴을 본다며 당신을 아주 부러워하고 계세요."

"지금 혼자?"

"마침 원수님께서 와 계십니다. 요즘은 매일같이 찾아오세요. 그럴 때마다 부인은 늘 나리가 오늘 아침에 집에서 나가셨는데 밤늦은 시간이 아니면 돌아오지 않을 거라고 말씀하세요."

"그런데 오늘 먹을 음식은 있어?"라고 리즈베트가 물었다.

마리에트가 대답하기를 망설이며 로렌 여자의 시선에 몸 둘 바를 몰라 하던 바로 그 순간, 객실의 문이 열리며 유로 원수가 나왔는데 너무 급하게 서둘렀기 때문에 변변히 얼굴도 보지 않고 베트에게 인사를 한 뒤 종이쪽지 하나를 떨어뜨린 채로 떠나 버렸다. 베트는 그 종이쪽지를 집어 들고 계단이 있는 곳까지 달려 나갔다. 왜냐하면 가는귀가 먼 노인을 불러 봐야 소용없는 일이었기 때문이었다. 그런데 그녀는 일부러 원수를 따라잡지 않도록 일부러 뒤쫓은 다음 되돌아와서는 연필로 적힌 다음과 같은 글을 남 몰래 읽었다.

「아주버니, 사실은 남편으로부터 지난 3개월분의 생활비를 받기는 했지만 딸 오르탕스가 꼭 좀 돈이 필요하다고 해서 모두를 빌려 줬어요. 그것 가지고도 급한 불을 끌 수 있을지 모르겠다던데. 정말 송구스럽습니다만 몇 백 프랑만 빌려 주실 수 없으시겠습니까? 유로에게 돈을 더 달라고 조르고 싶지는 않습니다. 한마디라도 남편에게 꾸지람을 듣는다면 몸을 잘라내는 것보다 더한 고통을 느낄 것이기 때문에.」

'어머!'라며 리즈베트는 생각했다. '그 사람이 이렇게까지 자존심을 억누르다니, 대체 어떤 절박한 상황에 처해 있는 것일까?'

안으로 들어선 리즈베트는 애들린이 눈물을 글썽이고 있는 것을 보고 그녀의 목으로 달려들며 말했다.

"세상에 가엾게도. 애들린, 난 전부 알고 있어요!"라며 사촌 베트가 말했다. "봐, 원수님이 이 종이쪽지를 흘리고 가셨어. 아주 서두르는 모습이셨거든. 마치 사냥개처럼 달려 나가셨어.……. 그 한심한 엑토르 씨는 그 이후로 돈을 주지 않은 거야?"

"꼬박꼬박 주셔."라며 남작 부인이 대답했다. "그런데 오르탕스가 돈이 필요하다고 해서, 그만……."

"그래서 우리에게 음식을 대접할 돈이 없었던 거로군." 이라고 리즈베트가 사촌 언니의 말을 가로막으며 말했다. "조금 전 식사에 대해서 얘기했을 때 마리에트가 난처한 표정을 지었던 것도 그래서였었군. 언니는 정말 아이 같아. 그렇다면 내 돈을 사용하도록 해."

"고마워. 친절하기도 하지, 리즈베트."라고 애들린은 뚝 하고 떨어지는 눈물 한 방울을 닦으며 대답했다. "이번에는 조금 어려움을 겪고 있지만 이건 일시적인 거야. 앞날에 대해서는 충분히 생각해 뒀어. 앞으로 내 생활비는, 집세를 포함해서 1년에 2,400프랑으로 할 테니 그것으로 어떻게든 될 거야. 리즈베트, 이 사실만은 무슨 일이 있어도 엑토르에게 말해서는 안 돼. 그런데 그분은 건강하시니?"

"물론이지. 마치 퐁 네프 다리처럼 말이야! 곤줄박이처럼 까불면서 그 마녀 같은 발레리에 대한 생각밖에는 하지 않는다니까."

유로 부인은 창문너머로 내다보이는 달빛을 받고 있는 커다란 소나무를 바라보고 있었기 때문에 리즈베트는 사촌 언니가 어떤 감정에 빠져 있는지를 읽어 낼 수가 없었다.

"오늘은 모두 함께 모여서 식사를 하기로 한 날이라고 얘기했니?"

"얘기했어. 하지만 오지 않을 거야! 마르네프 부인이 성대한 만찬회를 열 예정이야. 코케 씨의 사직에 대해서 교섭을 벌일 생각이거든! 그러니까 그 어떤 일보다 먼저 그 일을 처리할 거야! 그래, 맞아. 애들린, 하고 싶은 말이 있어. 내가 독립, 자존이라는 점에 대해서 얼마나 까다로운 성

격인지 알고 있지? 언니의 남편은 틀림없이 언니를 파멸로 몰아넣을 거
야. 나는 그녀의 집에 있으면서 언니와 모든 사람들에게 도움이 되어야
겠다고 생각했지만 그 여자, 어디까지 타락했는지 그 끝을 알 수 없는 사
람이야. 그러니까 언니와 모든 사람들에게 불명예가 되는 일까지 유로
씨에게 시킬지도 몰라."

애들린은 마치 가슴에 비수를 맞은 사람처럼 꿈틀 하고 몸을 웅크
렸다.

"정말이야, 애들린. 나는 확신하고 있어. 역시 언니만은 정확한 사실
을 알고 있어야 해. 그러니까 장래에 대해서 생각해야 해. 원수께서는 연
세가 많으시기는 하지만 아직은 오래 사실 거고, 많은 봉급도 받고 계셔.
그분의 미망인이라면 그분이 돌아가신 뒤에도 6천 프랑의 연금을 받을
수 있을 거야. 그만큼의 돈이 있으면 나는 언니들 모두의 생활을 충분히
봐 줄 수 있을 거야. 언니는 그 노인으로부터 신용을 얻고 있으니 그분과
내가 결혼할 수 있도록 말 좀 해 주지 않을래? 원수 부인이 되고 싶어서
이러는 게 아니야. 그런 지위 같은 건 마르네프 부인의 양심과 마찬가지
로 문제가 되지 않아. 하지만 그렇게 하면 언니들 모두의 빵을 확보할 수
있잖아. 언니가 언니 것을 빌려 준 것을 보면 오르탕스도 생활이 궁한 거
같은데."

바로 그때 원수가 다시 모습을 드러냈는데, 이 노병은 매우 서둘러서
다녀온 듯 비단 손수건으로 이마의 땀을 닦고 있었다.

"마리에트에게 2천 프랑을 건네줬다."라고 그는 제수씨의 귀에 대고
속삭였다.

애들린의 얼굴이 온통 새빨갛게 물들었다. 두 줄기 눈물이 아직도 그
녀의 긴 눈썹을 적시고 있었으며, 그녀가 말없이 노인의 손을 쥐자 노인
의 얼굴은 황홀함에 빠진 연인처럼 행복감을 드러냈다.

"애들린, 나는 그 돈으로 네게 선물을 하고 싶구나."라며 그가 말을 이었다. "갚지 않아도 상관없으니 가장 마음에 드는 것을 내가 직접 골라서 사 주도록 하마."

그는 리즈베트가 내민 손과 악수를 하며 거기에 입맞춤했다. 그 정도로 기쁨에 넘쳐서 제정신이 아니었던 것이다.

"좋은 징조야."라고 애들린은, 당시의 그녀로서는 최선의 미소를 지어 보이며 리즈베트에게 말했다.

바로 그때 아들인 유로 부부가 도착했다.

"아우도 함께 식사를 하는 건가?"라고 원수가 무뚝뚝한 어조로 물었다.

애들린은 연필을 들어 조그만 종이쪽지에 다음과 같은 말을 적었다.

「곧 돌아올 거예요. 오늘 아침, 저녁은 집에서 먹을 거라고 말했으니까요. 하지만 돌아오지 않는다면 장관께서 붙들고 계신 걸 거예요. 요즘에 아주 바쁘다고 했거든요.」

그런 다음 그 종이쪽지를 내밀었다. 원수를 위해서 그녀가 그와 같은 대화법을 생각해 냈고, 조그만 종이 쪽지가 연필과 함께 언제나 재봉대 위에 놓여 있었다.

"나도 알고 있어."라며 원수가 대답했다. "알제리 문제 때문에 눈코 뜰 새 없이 바쁘다는 건."

바로 그때 오르탕스와 벤세슬라스가 안으로 들어왔다. 이렇게 해서 자신이 일족에 둘러싸여 있을 것을 보고 남작 부인은 시선을 문득 원수에게로 돌렸는데 그 시선의 의미를 이해한 것은 리즈베트뿐이었다.

행복한 생활은 아내에게 열렬한 사랑을 받고 있으며, 세상으로부터도 사랑을 받고 있는 예술가의 풍채까지도 상당히 훌륭한 것으로 만들었다.

그의 얼굴은 거의 둥글다고 해도 좋을 정도로 살이 올라 있었으며 몸매가 늘씬했기 때문에 훌륭한 혈통이 모든 참된 귀족에게 부여하는 그 수많은 이점을 한층 더 눈에 띄게 해 주었다. 너무나도 일찍 얻은 그의 명성, 사회적인 신용, 세상 사람들이 마치 '안녕하세요' 라고 인사를 하거나 날씨에 대한 이야기라도 하는 듯한 어투로 끊임없이 예술가에게 던져 대는 입에 발린 칭찬이 그에게 자신의 가치를 의식하게 만들었는데, 그와 같은 의식도 재능을 잃고 나면 그저 자만심으로 변질되고 마는 것이다. 그 자신의 눈에는, 레종 드뇌르 훈장이, 스스로 그렇다고 생각하고 있는 거물의 풍격을 한층 더 완전한 것으로 만들어 주고 있는 것처럼 보였다.

결혼 후 3년이 지났지만 남편에 대한 오르탕스의 태도는, 마치 개가 주인에게 그러는 것처럼 그의 언동 하나하나에 무엇인가 묻는 것과 같은 눈빛으로 수긍을 하고는, 마치 인색한 사람이 자신의 재산에 넋을 잃은 것처럼 시선을 그에게 고정시키는 것이었다. 그 감탄에 넘친 자기 포기가 보는 사람들의 마음을 뭉클하게 만들었다. 그녀의 마음속에서 어머니의 성격과 가르침을 발견할 수 있었다. 그녀의 용모는 여전히 아름다웠지만 그럼에도 불구하고 감춰진 우수의 옅은 그림자를 봐서는, 물론 시적인 것이기는 하지만, 변해 있었다.

오르탕스가 들어오는 것을 보고 리즈베트는 오랫동안 억누르고 있던 불만이 조신함이라는 나약한 가죽을 당장이라도 찢어 버릴 것 같다는 생각이 들었다. 밀월이 시작되었던 때부터, 리즈베트는 이 젊은 부부가 그런 열렬한 정열에 비해서는 수입이 너무 적다고 판단하고 있었다.

오르탕스는 어머니에게 입맞춤을 한 뒤 입에서 귀로, 마음에서 마음으로 어머니와 몇 마디를 나눴는데 리즈베트는 두 사람이 서로 끄덕이는 모습을 보고 그 비밀의 내용을 분명하게 알 수 있었다.

'애들린도 나처럼 먹고 살기 위해서 일을 하게 될 거야.' 라며 리즈베트는 생각했다. '뭘 하게 될지 내게도 가르쳐 줬으면 좋겠는데……. 드디어 저 아름다운 손가락도 내 손가락처럼 어쩔 수 없이 하는 일이 어떤 것인지를 알게 될 거야.'

6시에 모두 식당으로 자리를 옮겼다. 엑토르의 자리도 마련되어 있었다.

"그대로 둬요."라며 남작 부인이 마리에트에게 말했다. "종종 나리는 늦게 돌아오시는 적도 있으니까."

"그럼요, 아버지는 돌아오실 거예요."라며 아들 유로가 어머니에게 말했다. "의회에서 헤어질 때 저에게 그렇게 약속하셨으니까요."

리즈베트는 거미줄 한가운데서 상황을 살피고 있는 거미처럼 모두의 얼굴 표정을 관찰하고 있었다. 오르탕스와 빅토랑은 태어났을 때부터 봐 왔기 때문에 그녀에게 있어서 그들의 얼굴은, 그것을 통해서 젊은 그들의 영혼을 읽어낼 수 있는 유리판과도 같은 것이었다. 그런데 빅토랑이 남 몰래 가만히 어머니에게 던지는 어떤 시선을 보고 있으면 어떤 불행이 지금 당장이라도 애들린을 덮치려 하고 있는데 빅토랑이 그것을 말하기를 주저하고 있다는 사실을 알 수가 있었다. 젊고 유명한 변호사의 마음은 슬픔으로 닫혀 있었던 것이었다. 어머니에 대한 그의 깊은 존경이, 괴롭다는 듯 어머니를 바라보고 있는 표정 속에 그대로 드러나 있었다.

오르탕스는 자기 자신이 슬픔에 빠져 있다는 것을 단번에 알아볼 수 있었다. 사실 리즈베트는 2주일쯤 전부터 금전적인 어려움이 성실한 사람, 인생이 언제나 짓는 미소 속에서 자란, 어떻게 해서든 괴로움을 감추려고 하는 젊은 여자들에게 불러일으키는 생애 첫 불안을 오르탕스가 느끼고 있는 것 같다는 사실을 알고 있었다. 그랬기 때문에 사촌 베트는 순간적으로, 어머니가 딸에게 한 푼의 돈도 건네주지 않았다는 사실을 알 수 있었다. 그렇게도 마음이 고운 애들린도 결국에는 금전적인 고통이,

돈을 꾸어야 하는 사람들에게 떠올리게 하는 그럴 듯한 거짓말을 하게까지 내몰았던 것이었다. 안 그래도 늙은 원수가 귀먹었다는 사실이 그 자리의 흥을 얼마나 깨는 것인지를 쉽게 상상할 수 있는 것인데, 오르탕스의 멍한 상태, 그녀 오빠의 멍한 상태, 남작 부인의 심각하고 우울한 얼굴이 만찬을 음울한 것으로 만들어 버렸다. 리즈베트와 세레스틴과 벤세슬라스 세 사람만이 이 장면에 활기를 불어넣고 있었다.

오르탕스의 애정은 예술가 속의 폴란드적인 활발함, 북방의 프랑스 인이라고도 할 수 있는 이 민족의 특색을 이루고 있는 그 가스코뉴적인 기민한 얼굴의 움직임, 그 애교 넘치는 부산스러움을 발달시키고 있었다. 그의 심리적 자세와 얼굴의 표정은, 그가 자신에게 자신감을 가지고 있다는 사실, 그것은 오르탕스가 어머니의 조언을 충실하게 지켜서 모든 가정적 번민을 그에게 숨기고 있다는 사실을 매우 분명하게 드러내고 있었다.

"너 이제야 마음이 놓이겠구나."라며 리즈베트가 식탁을 떠날 때 사촌 언니의 딸에게 말했다. "어머니께서 돈을 주셔서 네 급한 불을 끄게 해 주셨으니……."

"어머니가?"라며 오르탕스가 깜짝 놀라서 대답했다. "아, 가엾은 어머니. 내가 어머니에게 돈을 마련해 드려야 하는데! 리즈베트도 아는 건 없지? 그럼 말하겠는데 어머니께서 남 몰래 부업을 하고 계신 게 아닐까 하는 끔찍한 예감이 들어."

사람들은 모두 식당의 램프를 애들린의 침실로 가져가는 마리에트의 뒤를 따라서 촛대도 없이 어두운 객실을 가로지르던 참이었다. 빅토랭이 갑자기 리즈베트와 오르탕스의 팔을 잡았다. 두 사람 모두 그 동작의 의미를 이해하고, 벤세슬라스와 세레스틴과 원수와 남작 부인이 침실로 가게 내버려 둔 뒤 한쪽 창가의 움푹 파인 곳으로 가서 모였다.

"왜 그러는 거야, 빅토랑?"이라며 리즈베트가 말했다. "틀림없이 네 아버지가 또 어처구니없는 짓을 한 거겠지?"

"안타깝게도 맞는 말이에요."라며 빅토랑이 대답했다. "보비네라는 고리대금업자가, 아버지가 발행하신 6만 프랑짜리 어음을 가지고 있는데 재판을 걸겠다고 하고 있어요. 이 한심하기 짝이 없는 문제를 의회에서 아버지께 말씀드리려 했지만 아버지는 제 말에 귀를 기울이려 하지 않고 저를 피할 정도였습니다. 어머니께 이 일을 말씀드려야 할까요?"

"안 돼, 안 돼."라며 리즈베트가 말했다. "그것 말고도 걱정거리가 너무 많아서 치명상을 입게 될 거야. 어머니의 입장도 생각을 해야지. 너희들은 어머니가 얼마나 궁지에 몰려 있는지 모를 거야. 큰아버지가 안 계셨더라면 너희들은 오늘 저녁도 이곳에서 먹지 못했을 거야."

"어머나, 세상에! 오빠, 우리는 한심한 사람들이야."라고 오르탕스가 오빠에게 말했다. "리즈베트가 말을 할 때까지 그런 사실을 꿰뚫어보지 못했다니. 먹은 음식이 목구멍에 걸린 것 같아!"

오르탕스는 말을 채 마치기도 전에 오열이 폭발하는 것을 막기 위해 손수건을 입에 댔다. 울고 있었던 것이었다.

"그 보비네라는 사람에게 내일 제게 오라고 말했어요."라며 빅토랑이 말을 이었다. "하지만 제가 제공하는 담보 정도로 만족할까요? 그럴 것 같지가 않아요. 그런 사람들은 어음을 할인해서 고리로 돌리기 위해 현금을 원하니까요."

"네 국채를 팔기로 하자!"라고 리즈베트가 오르탕스에게 말했다.

"그게 얼마나 된다는 거죠? 1만 5천 프랑이에요."라며 빅토랑이 대답했다. "필요한 건 6만 프랑이에요."

"그래도 정말 고마워요!"라고 오르탕스는 외친 뒤 사심 없는 마음의 열광을 나타내며 리즈베트에게 입맞춤을 했다.

"아니오, 베트. 그건 당신의 재산이니 잘 간직하고 계세요."라고 빅토랑이 로렌 여자의 손을 쥐며 말했다. "그 사람이 무슨 꿍꿍이속을 가지고 있는 건지 제가 알아보겠어요. 집사람이 허락하기만 한다면 고소를 방해해 늦출 수 있을 거예요. 아버지의 명예에 흠집이 가는 걸 말없이 지켜봐야만 하다니!…… 생각만 해도 끔찍해요. 육군 장관이 뭐라고 하겠어요? 3년 전에 저당 잡힌 아버지의 봉급은 12월이나 돼야 풀려요. 그러니까 그걸 담보로 잡을 수는 없어요. 그 보비네라는 사람은 어음을 11번이나 갱신했다고 해요. 그렇다면 그럴 때마다 아버지가 이자로 준 돈의 금액을 생각해 보세요. 이 나락의 입구를 틀어막아야만 해요."

"차라리 마르네프 부인이 아버지의 곁을 떠나 준다면……."이라고 오르탕스가 씁쓸한 마음을 담아 말했다.

"무슨 소리야? 절대로 그렇게 돼서는 안 돼."라며 빅토랑이 말했다. "그렇게 되면 아버지는 다른 여자를 만들지도 몰라. 하지만 지금 이대로라면, 돈이 가장 많이 들어가는 일은 벌써 다 끝났을 거야."

예전에는 그토록 경의에 넘쳐 그토록 오랫동안 어머니가 아버지에 대해서 절대적인 숭배의 기분을 품게 했던 아이들이었는데, 이 무슨 변화란 말인가? 그들은 이미 아버지를 재판해 버린 것이었다.

"내가 없었다면……"이라며 리즈베트가 말을 이었다. "아버지는 지금보다 더한 궁지에 몰렸을 거야."

"사람들이 있는 곳으로 가요."라며 오르탕스가 말했다. "어머니는 감이 좋아서 무슨 일이 있다는 사실을 눈치 채실 거예요. 친절한 리즈베트의 말대로 어머니에게는 모든 걸 숨기도록 해요.…… 밝은 표정을 지어요."

"빅토랑, 아버지의 호색이 너희들을 어떤 상황으로 몰고 갔는지 너희들은 모를 거다. 나를 전 원수와 결혼시켜서 너희들의 수입을 확보할 수 있도록 해 보기 바란다. 오늘 밤 모두 하나가 되어 그 이야기를 원수님에게 하는 게 좋겠다. 나는 조금 일찍 돌아갈 테니."

빅토랑은 침실로 들어갔다.

"그래서 말인데, 오르탕스."라며 리즈베트가 조그만 목소리로 사촌의 딸에게 말했다. "너는 어떻게 할 생각이니?"

"내일 우리 집으로 저녁 먹으러 와. 그때 얘기하자."라며 오르탕스가 대답했다. "대체 어떻게 해야 좋은 건지 모르겠어. 당신은 여러 가지로 인생의 고통에 대해서 알고 있을 테니, 내게도 좀 가르쳐 줘."

한자리에 모인 가족들이 원수에게 결혼을 하라고 설득했으며, 리즈베트가 바노 가로 돌아가는 도중에 한쪽에서는 사건, 마르네프 부인과 같은 여자들의 악의 에너지를 자극하여 그녀들에게 온갖 배덕(背德)의 수단을 사용하게 만드는 사건이 일어났다. 적어도 다음과 같은, 의심의 여지가 없는 사실만은 인정을 해 두기로 하자. 파리에서는 생활이 너무나도 바쁘기 때문에 품행이 좋지 않은 사람이라도 본능적으로 나쁜 짓을 할 여유가 없으며, 그들도 단지 외부로부터의 공격에 대해서 악덕의 도움을 빌려 몸을 지키고 있는 것일 뿐이라는 사실을.

18

마르네프 부인은 그녀의 충실한 아첨꾼들로 살롱이 가득해지자 휘스트를 시작하게 했다. 바로 그때 퇴직 군인으로 남작의 입김 덕에 고용된 급사가 손님의 방문을 알려 왔다.

"몬테스 데 몽테자노스 남작이 오셨습니다."

순간 발레리는 심장에 강한 충격을 받았지만 그녀는 기세 좋게 문 쪽으로 달려 나가며 외쳤다.

"사촌 오빠!"

그리고 브라질 사람의 곁까지 와서는 상대의 귀에 대고 이렇게 속삭였다.

"제 친척이라고 하세요. 그러지 않으면 당신하고는 더 이상 만나지 않겠어요! ―그럼!" 이라며 그녀는 브라질 사람을 난로 곁까지 데려가면서 커다란 목소리로 말했다. "앙리, 배가 난파당했다는 소문을 들었는데 그게 아니었나 봐요? 저 3년이나 당신의 불행을 슬퍼했어요."

"어서오세요.……"라고 브라질 사람에게 손을 내밀면서 마르네프가 말했다. 그 브라질 사람의 복장은 그야말로 백만장자 브라질 사람다운 복장이었다.

열대지방의 기후 때문에 보는 사람 누구에게나 연극의 오셀로도 실제로 존재한다는 생각이 들게 할 만큼의 체격과 피부를 가지고 있는 앙리 몬테스 데 몽테자노스 남작은 음울한 모습 때문에 소름이 돋을 정도의 공포심을 느끼게 했지만 그것도 전부 형체상의 효과에 지나지 않았다. 왜냐하면 온화함과 다정함으로 넘쳐 나고 있는 그의 성격은, 나약한 여자들이 강한 남자들에게 실시하는 착취의 미끼가 되도록, 그를 운명 지었기 때문이었다. 그의 얼굴이 나타내는 모멸이나 균형 잡힌 몸이 나타내고 있는 힘이 넘치는 근육은, 다시 말하자면 그의 온갖 힘은 남자들에 대해서만 발휘되며, 그것이 여자들에 대한 애교가 되기도 하기 때문에 여자들은 그것을 취한 것 같은 쾌감으로 맛보는 것이다. 그렇기 때문에 정부에게 힘을 빌려 주고 있는 남자들은 모두 호쾌한 호걸 같은 얼굴을 하고 있는 것이다.

순금 단추가 달린 감색 상의와 검은 바지를 멋지게 차려입고, 한 점 때도 묻지 않은 멋진 에나멜 부츠를 신고, 예법에 맞게 장갑을 낀 남작에게는, 믿을 수 없을 정도로 얇은 셔츠를 들여다볼 수 있도록 반쯤 열린 하얀 조끼 사이의 화려한 감색 비단 넥타이 위에 별처럼 빛나고 있는, 어림잡아 10만 프랑 정도는 할 것 같은 다이아몬드를 제외한다면 브라질 사람 다운 구석은 어디에서도 찾아볼 수 있었다. 일단 착각을 하게 되면 움직일 수 없는 증거가 되어 주는 사티로스(반인반수로 음탕한 숲의 신. — 역자 주)처럼 튀어나온 이마 위에는 전인미답의 숲과 같이 밀생한 검은 머리카락이 있었으며, 그 밑에 자리 잡은 두 개의 맑은 눈은 남작의 어머니가 그를 잉태했을 때 커다란 표범을 보고 겁에 질렸던 게 아닐까 생각될 정도로 야수적인 담황갈색으로 빛나고 있었다.

브라질 태생의 포르투갈 사람의 이 멋진 표본은, 파리 생활에 아주 익숙하다는 느낌을 주는 자세로 난로에 등을 향해 서 있었다. 모자를 한 손에 들고 그 팔을 난로 위 선반에 있는 벨벳 위에 얹은 채 그는 마르네프 부인 쪽으로 몸을 굽혀, 자신이 보기에는 주제도 모르고 객실까지 들어온 볼썽사나운 서민들에게는 전혀 신경도 쓰지 않고 작은 목소리로 부인과 이야기를 주고받았다.

이와 같은 등장과 자세와 브라질 사람 자신의 풍채가, 쿠르벨과 유로 남작 속에 똑같은 호기심과 고민이 섞인 반응을 불러 일으켰다. 두 사람 모두 같은 표정을 지었으며 같은 예감에 시달렸다. 그랬기 때문에 진지한 이 두 연인이 생각해 낸 거래는, 그 체조 같은 동작이 완벽하게 일치했기 때문에 더욱 우습기 짝이 없었으며 조금이라도 재치가 있어서 진상을 꿰뚫어본 사람은 자신도 모르게 고소를 금치 못했다. 파리의 구장이라고는 하지만 여전히 서민 냄새를 풍기고 있는, 장사꾼 기질을 그대로 드러내 보이고 있던 쿠르벨이 부주의하게도 그의 동료보다 더 오랜 시간 동안 거만한 자세를 짓고 있었기 때문에 남작은 곧바로 쿠르벨이 자신도 모르게 내비친 본심을 꿰뚫어볼 수가 있었다. 사랑에 빠진 노인에게 있어서 이것은 심장에 찔린 또 하나의 화살이었으며, 그는 무슨 일이 있어도 발레리의 해명을 들어야겠다고 결심했다.

"오늘 밤이야말로……" 하고 자신의 카드를 정리하며 쿠르벨도 역시 중얼거렸다. "흑백을 분명히 해야겠어."

"하트(트럼프의 하트와 애정을 나타내는 '마음'을 모두 나타내고 있다. ─ 역자 주)를 가지고 계시지 않은가요?"라며 마르네프가 외쳤다. "그런데도 버리시겠다고요?"

"앗, 미안."이라고 그 카드를 다시 집으려 하며 쿠르벨이 대답했다. ─ "저 남작은 여유만만이군."이라고 여전히 자신에게 말을 하며 그가 뒤를 이었다. "발레리가 이쪽 남작과 함께 생활하는 건 상관없어. 내가 복수를 할 수 있으니. 그리고 언제든지 버릴 수 있는 방법도 알고 있어. 하지만 저 사촌 오빠라는 사람은!…… 남작이 한 사람 더 많은데. 빼앗길 수는 없지. 어떤 이유로 사촌 오빠가 된 건지 알아봐야겠어!"

그날 밤, 발레리는 미모의 여자들에게만 일어나는 그런 행운에 의해서 멋진 복장을 하게 되었다. 그녀의 하얀 가슴은 실 레이스로 세게 묶여 눈부시게 빛나고 있었으며, 그 레이스의 적갈색 색조는 멋진 몸매를 타고났으면서도 늘씬한 몸매를 유지하고 있는 (어떤 방법인지는 알 수 없다) 파리 여자 특유의 아름다운 어깨 위에서 한층 더 눈에 띄게 했다. 지금이라도 당장 어깨에서 흘러내릴 것처럼 보이는 검은 벨벳 드레스로 몸을 감싼 그녀는, 머리에 꽃송이가 달린 레이스를 쓰고 있었다. 포동포동하고 사랑스러운 팔은 레이스로 단을 넣어 만든 나무 신 모양의 소매 밖으로 나와 있었다. 마치 멋진 쟁반에 보기 좋게 담겨 있어 자신도 모르게 나이프를 가져가고 싶다는 유혹을 느끼게 하는 과일과도 같았다.

"발레리."라며 브라질 사람이 젊은 여자의 귀에 대고 말했다. "나는 당신 하나를 지키기 위해 돌아왔어. 작은 아버지가 돌아가셨기 때문에 출발했을 때보다 두 배나 더 부자가 됐지. 파리의 당신 곁에서 당신 하나만을 위해서 살다 죽고 싶어."

"조금 더 조그만 소리로, 앙리도 참! 부탁이에요!"

"괜찮아! 상관없어! 이 사람들을 전부 창문으로 내쫓아야 한다 해도 오늘 밤만은 당신과 이야기를 나누고 싶어. 누가 뭐래도 이틀이나 당신을 찾아 다녔으니까. 마지막까지 남아 있겠어. 괜찮겠지?"

발레리는 이 가짜 사촌 오빠에게 방긋 웃어 보이며 말했다.

"당신은 제 이모의 아들이라는 사실을 잊지 마세요. 그 이모가 주노 (나폴레옹 휘하의 장군. ― 역자 주)의 포르투갈 원정 때 당신의 아버지와 결혼한 거예요."

"내가! 브라질 정복자 중 한 사람의 자손인 이 몬테스 데 몽테자노스가 거짓말을 해야 한다고?"

"조금 더 조그만 목소리로 말하세요. 아니면 두 번 다시 만나지 않겠어요."

"왜지?"

"마르네프가 말이죠, 죽음에 직면한 사람은 모두 마지막 욕망의 불꽃에 휩싸이게 마련인 듯한데, 제게 완전히 빠져 버렸어요."

"저 비굴한 녀석이……."라며 마르네프의 인간성을 잘 알고 있는 브라질 사람이 말했다.

"저런 녀석은 매수해 버리고 말겠어."

"어머, 난폭한 사람!"

"그럼, 한 가지 묻겠는데 어디서 돈이 나서 이렇게 사치스러운 생활을 하고 있는 거지?"라고 브라질 사람은 드디어 객실의 호화로운 모습을 깨닫고는 물었다.

그녀가 웃음을 터뜨렸다.

"앙리. 뭐에요, 그 품위 없는 말투는……?"이라고 그녀가 말했다.

지금 그녀는 질투의 불꽃으로 타오르고 있는 두 개의 시선을 느꼈는데 그것이 너무나도 강렬한 시선이었기 때문에 자신도 모르게 괴로워하고 있는 두 노인에게 시선을 주지 않을 수 없었다. 쿠르벨은 마르네프와 한 편이 되어, 남작과 코케 씨를 상대하고 있었다. 실수에 실수를 거듭하고 있는 쿠르벨과 남작의 넋 나간 상태 때문에 승부는 막상막하였다.

이 사랑에 빠진 두 노인은 발레리가 3년에 걸쳐서 교묘하게 숨기는 데 성공했던 정열을 순식간에 전부 고백해 버린 것이었다. 하지만 그녀도 역시, 처음으로 그녀의 마음을 설레게 만든 남자, 그녀의 첫사랑을 다시 만났다는 데서 오는 생생한 기쁨을 자신의 눈에서 지워 낼 수가 없었다. 그런 운이 좋은 남자들의 권리는 그들이 그것을 빼앗은 여자가 살아 있는 한 언제까지나 존속되는 것이다.

한 사람은 돈의 힘을 빌려 억지를 부리고, 한 사람은 소유권을 방패로 삼고, 마지막 한 사람은 젊음과 체력과 재산과 기득권으로 밀어붙이려고 하는 이 세 남자의 끓어오르는 정욕 사이에서도 마르네프 부인은 한층 더 냉정한 자세를 취했으며, 마치 나폴레옹이 만토바의 포위전에서 요새의 봉쇄를 계속하면서도 두 적군을 맞아 싸워야 했을 때와 마찬가지로 정신적인 안정감을 조금도 잃지 않았다.

유로의 얼굴에 노골적으로 드러난 질투의 격렬함은, 러시아 군의 방어 진으로 기병대를 돌격시킬 때의 고 몽코르네 원수의 표정에도 뒤지지 않을 정도로 무시무시한 것으로 만들었다. 뮐러(나폴레옹 휘하의 용장. ─ 역자 주)가 공포라는 감정을 몰랐던 것과 마찬가지로 호남아로 태어난 참 사원 의원은 지금까지 질투라는 감정을 경험해 본 적이 없었다. 그는 언 제라도 자신이 승리를 거둘 것임에 틀림없다고 믿고 있었다.

평생 처음이었던 조제파에 대한 실패도 그녀의 금전욕 때문이라고 생 각하고 있었다. 돈의 힘 때문에 진 것이지, '칠삭둥이 난쟁이'라고 하는 데르빌 공작, 그런 난쟁이에게 진 것은 아니라고 생각하고 있었던 것이다. 이 질투라는 걷잡을 수 없는 감정이 미쳐 날뛰도록 자극하는 묘약과 현기증이 지금 한순간에 그의 가슴으로 흘러든 것이었다. 그는 미라보(귀족 출신의 혁명가로 프랑스 혁명 초기에 달변으로 이름이 높았다. ― 역자 주)를 흉내 낸 빈틈없는 자세로 끊임없이 휘스트 테이블에서 난로 쪽을 돌아보았으며, 그가 카드를 밑으로 내려놓고 도발적인 눈빛으로 브라질 사람과 발레리를 노려볼 때마다 객실의 단골손님들은 시시각각, 당장이라도 터질 것 같은 폭력사태의 기운이 불러일으키는 그 호기심 섞인 두려움을 느꼈다.

가짜 사촌 오빠는 마치 커다란 중국산 도자기를 음미하는 듯한 표정으로 참사원 의원을 바라보았다. 그런 상황이 아무런 소동도 일으키지 않고 그대로 계속될 리가 없었다. 쿠르벨이 마르네프를 두려워하고 있었던 것과 마찬가지로 마르네프는 유로 남작을 두려워했다. 왜냐하면 그에게는 계장으로 죽을 생각이 조금도 없었기 때문이었다. 수감자들이 자유를 과대평가하는 것처럼 빈사의 상태에 있는 사람은 인생이라는 것을 과대평가한다. 이 남자는 무슨 일이 있어도 과장이 되고 싶었다. 당연한 일이지만, 쿠르벨과 참사원 의원의 무언의 연기에 두려움을 느낀 그는 자리에서 일어나 아내의 귀에 대고 무엇인가를 속삭였다. 그러자 발레리 부인은 남편과 브라질 사람을 데리고 자신의 침실로 들어갔다. 그러자 그 자리에 있던 사람들은 어안이 벙벙해졌다.

"지금까지 마르네프 부인이 저 사촌 오빠에 대해서 얘기한 적이 있었나요?"라고 쿠르벨이 유로 남작에게 물었다.

"있을 리 없지!"라고 남작이 자리에서 일어나며 외쳤다. "오늘 밤은 여기까지 하기로 하지."라며 그는 덧붙였다. "이거, 내가 2루블 잃었군."

그는 테이블 위에 금화를 두 개 던져 놓고 쿠션이 달린 긴 의자에 가서 앉았는데 다른 사람들은 그것을 그만 돌아갔으면 좋겠다는 의사 표시로 받아들였다. 코케 부부가 두어마디 인사를 건넨 뒤 객실을 떠났으며, 절망에 빠진 클로드 비뇽도 그들 부부의 뒤를 이었다. 이 세 사람의 퇴장이 둔감한 사람들을 흔들어 자신들이 훼방꾼 취급을 받고 있다는 사실을 깨닫게 했다. 마지막으로 남작과 쿠르벨만이 남게 되었는데 둘은 한마디도 말을 주고받지 않았다. 결국 유로의 눈에는 쿠르벨의 모습마저도 들어오지 않게 되어 살금살금 침실 문 쪽으로 안쪽의 소리를 엿들으러 갔다가 굉장한 기세로 뒤로 물러났다. 마르네프가 문을 열고 거칠한 얼굴로 모습을 드러냈기 때문인데 손님이 둘밖에 없는 것을 보고 어안이 벙벙한 모양이었다.

"아직 차를 대접하지 못했는데!" 라고 그가 말했다.

"발레리는 어디 간 거지?" 라고 화가 난 남작이 물었다.

"아내 말입니까?" 라며 마르네프가 대답했다. "리즈베트 씨 댁에 갔습니다. 곧 돌아올 겁니다."

"왜 우리를 내팽개치고 그 멍청한 산양네 집으로 간 거지?"

"그건……" 이라며 마르네프가 말했다. "리즈베트 씨가 국장님의 사모님을 뵙고 오면서, 과식을 한 건지 속이 아프다며, 마트린느가 발레리에게 차를 좀 얻으러 왔습니다. 그래서 발레리가 어떻게 된 일인지 보러 갔습니다."

"그렇다면, 조금 전에 왔던 사촌 오빠는?"

"돌아갔습니다."

"정말인가?" 라고 남작이 말했다.

"제가 마차까지 데려다주고 왔습니다." 라고 마르네프가 음흉한 미소를 지으며 대답했다.

마차가 달리는 소리가 덜컹덜컹 바노 가에 울려 퍼졌다. 남작은 마르네프를 완전히 무시한 채 객실에서 나와 리즈베트의 아파트로 올라갔다.

그의 머릿속에서 문득, 질투의 불꽃이 타오를 때 심장에서 그곳으로 보내는 것과 같은 종류의 의혹이 떠올랐던 것이다. 마르네프의 비열한 성격을 잘 알고 있었던 그는 아내와 남편 사이에 야비하기 짝이 없는 공모가 있을지도 모른다는 생각이 들었던 것이었다.

"여기 계시던 신사, 숙녀 여러분들은 어떻게 된 겁니까?"라고 쿠르벨과 단 둘이 남게 되자 마르네프가 물었다.

"해가 저물면 닭들도 둥지로 돌아가지."라고 쿠르벨이 대답했다. "마르네프 부인이 사라졌기 때문에 숭배자들도 돌아간 거야. 어떤가, 피케(트럼프 놀이의 하나. ― 역자 주)라도 하지 않겠나?"라고 돌아가고 싶지 않은 마음에 쿠르벨이 한마디 덧붙였다.

그도 역시 브라질 사람이 아직 이 집에 있을 것이라고 생각했던 것이었다. 마르네프는 그러자고 했다. 구장 역시도 남작에게 뒤지지 않을 만큼 꼼꼼한 사람이었다. 남편과 카드를 하고 있는 한, 언제까지고 이 집에 남아 있을 수 있으며, 그 남편은 공영 도박장의 폐지 이후 사교계의 답답하고 쫀쫀한 도박으로 만족하고 있다는 소문을 들었다.

유로 남작은 서둘러 리즈베트의 아파트로 올라갔다. 하지만 문이 닫혀 있었고, 통상적으로 행해지는 문 너머의 응답 때문에 상당히 시간이 걸려 기민하고 교활한 여자들은 차를 마시며 위장의 아픔을 달래고 있는 중이라는 연극 준비를 하기에 충분한 시간을 얻을 수 있었다. 리즈베트가 너무나도 괴로워하기 때문에 발레리의 걱정이 이만저만이 아니라는 것이었다. 그랬기 때문에 발레리는 남작이 숨을 헐떡이며 들어왔는데도 거의 신경을 쓰지 않았다. 병이야말로 대부분의 경우 여자들이 자신과 사랑싸움의 소용돌이 사이에 놓는 바람막이 중 하나다. 유로는 은근슬쩍 방 안을 둘러본 뒤, 사촌 베트의 침실에는 브라질 사람을 숨겨놓을 만한 장소 어디에도 없다는 사실을 깨달았다.

"네가 과식을 했다는 건 말이다, 리즈베트. 내 아내의 저녁 식사가 훌륭했다는 걸 말하는 거로구나."라고 나이 든 아가씨를 뚫어져라 쳐다보며 그가 말했는데, 사실 그녀는 팔팔했으며 단지 차를 마시면서 위경련으로 괴로운 듯한 몸부림을 흉내 내고 있었을 뿐이었다.

"보세요, 베트 씨가 우리 집에 있다는 게 얼마나 다행스러운 일인지! 제가 없었더라면 이 가엾은 사람은 죽었을지도 몰라요."라고 마르네프 부인이 말했다.

"마치 제가 조금도 아프지 않다고 생각하고 있는 것 같군요."라고 남작에게 말한 뒤 베트가 덧붙였다. "그렇다면 당신은 파렴치한 사람이에요."

"어째서지?"라며 남작이 물었다. "그렇다면 내가 여기에 온 이유를 알고 있단 말인가?"

이렇게 말하면서 그는 자물쇠가 벗겨져 있는 화장실의 문을 곁눈질했다.

"무슨 얘긴지 도통 모르겠어요."라고 마르네프 부인이 인정받지 못하는 애정과 진심을 호소하는 비통한 표정을 보이며 대답했다.

"이것도 전부 당신 때문이에요, 엑토르. 그래요, 지금 당신이 보고 계시는 이런 상태가 된 것도 당신 탓이에요."라고 리즈베트가 격렬한 어조로 말했다.

이 외침이 남작의 주의를 돌렸으며, 그는 매우 어이없다는 표정으로 나이 든 아가씨를 바라보았다.

"제가 당신을 걱정하고 있다는 사실을 알고는 계신가요?"라며 리즈베트는 말을 이었다. "당신이 이 집에 계시다는 게 가장 커다란 증거예요. 저희가 사랑하고 있는 발레리의 이득을 지키는 형태로 당신의 이득을 지키는 일에 제 일생의 마지막 힘을 짜내고 있어요. 이 사람의 살림은 같은 생활수준을 유지하려고 하는 보통 가정의 살림에 비하면 비용이 10분의 1도 들지 않아요. 제가 없었다면 엑토르, 한 달에 2천 프랑이 아니라 3천 프랑이나 4천 프랑쯤은 건네줬어야 했을 거예요."

"그건 나도 잘 알고 있어."라고 초조함을 느낀 남작이 대답했다. "너는 우리를 보호하기 위해서 여러 가지로 노력을 하고 있어." 이렇게 덧붙인 뒤 그는 마르네프 부인 곁으로 돌아가 그녀의 목을 잡으며 말했다. "그렇지 않은가? 나의 소중하고 사랑스러운 미인."

"어머!"라며 발레리가 말했다. "머리가 어떻게 되신 거 아니에요?"

"그럼 당신을 걱정하고 있다는 사실은 의심하시지 않는 거죠?"라며 리즈베트가 말을 이었다. "하지만 저는 사촌 언니인 애들린도 사랑하고 있어요. 그런데 오늘 가 봤더니 눈물을 하나 가득 머금고 있지 않겠어요? 한 달이나 당신의 얼굴을 보지 못했다며! 어쨌든 그건 용서할 수 없는 일이에요. 가엾은 애들린을 빈털터리로 내팽개쳐두다니. 오르탕스는 우리가 저녁 대접을 받을 수 있었던 게 당신의 형님 덕분이라는 사실을 알고 하마터면 죽을 뻔했어요! 오늘 댁에는 빵조차도 없었어요. 애들린은 자신에게 필요한 돈은 자신이 번다는 비장한 결심을 했어요. 제게 이렇게 말했어요. '나도 너처럼 하겠어'라고! 그 한마디가 저녁 식사 후 내 심장을 너무나도 세게 짓눌러서, 그 사람의 1811년의 상태와 30년이 지난 지금의 상태를 비교해 보고 있는 동안 제 소화기관이 멈춰 버린 거예요.…… 어떻게든 그걸 참아 보려 했어요. 하지만 여기로 들어오자마자 죽을 것처럼 아파서……."

"어떤가, 발레리."라며 남작이 말했다. "당신을 생각하는 마음이 내게 얼마나 잔혹한 짓까지 시키는지 이젠 알았겠지?…… 가족에 대해서도 아무렇지도 않게 죄를 범한다고……."

"아, 아! 내가 처녀인 게 정말 다행이야."라고 리즈베트가 격렬한 기쁨을 보이며 외쳤다. "당신은 다정하고 멋진 남자, 애들린은 천사 같은 사람. 그런데도 맹목적인 헌신의 결과가 이거라니."

"할머니 천사!"라며 마르네프 부인은 사랑하는 그녀의 엑토르에게 얼마간은 다정하고 얼마간은 놀리는 듯한 눈빛을 힐끗 던지며 조용하게 말했다. 엑토르는 예심판사가 피고를 심문하는 것처럼 가만히 그녀를 바라보았다.

"가엾은 여자다."라며 남작이 말했다. "그 사람에게는 벌써 9개월째 돈을 주지 않았지만 당신을 위해서라면, 발레리, 반드시 돈을 마련해 온다고. 그것도 굉장한 고생을 해서 말이지! 당신은 그 어떤 남자로부터도 이런 사랑은 받지 못할 거야. 그런데도 그에 대한 보답으로 이런 괴로움을 맛보게 하다니."

"괴로움이라고?" 그녀가 대답했다. "그럼 어떻게 해야 행복하시다는 거죠?"

"나는 아직 당신의 사촌 오빠라는 사람인지 뭔지가 어떤 관계인지 모르겠는데, 당신은 그 남자에 대해서 한 번도 얘기한 적이 없지 않나?"라고 남작은 발레리가 한 말에는 주의도 기울이지 않고 말을 이었다.

"어쨌든 그 사람이 들어서는 순간 나는 심장에 비수라도 꽂힌 것과 같은 충격을 받았어. 아무리 눈이 어두워졌다 할지라도 나는 장님이 아니야. 당신의 눈빛과 그 녀석의 눈빛을 읽을 수 있었어. 그러니까 말이지, 그 원숭이 같은 녀석의 눈꺼풀 사이에서 불꽃이 튀어 그게 당신을 덮쳤어. 그랬더니 당신도……. 아, 아! 당신은 단 한 번도 그런 눈빛으로 나를 바라본 적이 없었어. 단 한 번도! 사촌 오빠인지 아닌지는 말이지, 발레리, 어차피 곧 밝혀질 사실이야. 당신은 내게 질투라는 감정을 맛보게 한 유일한 여자야. 그러니 이런 말을 했다고 해서 놀라지 말도록 해.…… 그리고 또 다른 비밀의 구름이 걷혀 그 정체가 드러났는데, 이건 너무나도 사악해서……."

"괜찮아요, 어서 말씀해보세요!"라고 발레리가 말했다.

"그건, 쿠르벨이라는 그 고기와 어리석음의 뭉치인 녀석이 당신을 사랑하고 있고, 당신도 그 녀석이 애지중지해 주는 걸 나쁘지 않게 듣고 있었던 것 같다는 사실이야. 그 때문에 그 바보 녀석, 모두에게 흥분된 모습을 내보였단 말이야."

"그리고 그 다음은요? 당신, 더 알게 된 건 없나요?"라고 마르네프 부인이 물었다.

"어쩌면 또 있을지도 모르지."라고 남작은 말했다.

"쿠르벨 씨가 저를 사랑한다 해도 그건 남자로서의 그분의 권리예요. 제가 그분의 정열에 싫은 얼굴을 하지 않는다면 그건 제가 헤픈 여자거나 당신이 저의 소망을 충분히 들어주지 않는 여자가 하는 행동이에요.…… 그러니 저를 사랑한다면 결점까지도 전부 사랑해 주세요. 그게 아니라면 저를 그냥 내버려 두세요. 만약 제게 자유를 돌려주신다면 당신도 쿠르벨 씨도 우리 집에는 두 번 다시 오시지 못할 거예요. 당신이 멋대로 상상하고 있는 멋진 만남을 위해서 사촌 오빠와 함께 살겠어요. 그럼, 안녕히 가세요, 남작님."

이렇게 말하며 그녀는 자리에서 일어났는데 참사원 의원이 팔을 붙들어 그녀를 앉혔다. 노인은 그녀를 다른 여자와 바꿀 생각은 조금도 하지 않았으며, 그에게 있어서 그녀는 생활필수품보다도 더욱 없어서는 안 될 필수품이었다. 그랬기 때문에 그는 발레리의 부정을 밝혀 주는 아주 조그만 증거라도 손에 넣는 것보다는 오히려 애매한 상태로 있는 편이 낫겠다고 생각했다.

"이봐, 발레리."라며 그가 말했다. "내가 괴로워하고 있다는 걸 당신은 모르는 거야? '저는 결백해요'라는 말 한마디면 모든 게 풀릴 거라고……? 어떻게 된 건지 들려주지 않겠어?……."

"그럼 아래층으로 가서 기다려주세요. 리즈베트 씨의 상태가 너무 좋지 않아서 지금부터 옷도 갈아입고 여러 가지로 준비를 해야 하는데 설마 당신 그 의식에 배석할 생각은 아니시겠죠?"

유로는 천천히 그 자리에서 떠났다.

"방탕한 노인네!"라며 사촌 베트가 외쳤다. "아이들이 어떻게 지내고 있는지 끝내 묻지 않을 생각인가요?…… 애들린을 어떻게 할 생각이죠? 저는 내일, 우선은 저축한 돈을 가지고 갈 생각이에요."

"부인이잖아요. 하다못해 흰 빵이라도 먹게 해 주어야 하는 거 아닌가요?"라고 마르네프 부인이 미소를 지으며 말했다.

남작은 조제파와 거의 같을 정도로 그를 거칠게 들볶는 리즈베트의 그런 난폭한 어조에도 신경을 쓰지 않고 복잡한 문제를 잘 해결해서 만족하고 있는 남자처럼 그 자리를 떠났다.

문에 자물쇠를 채우자 바로 브라질 사람이 그때까지 숨어 있던 방에서 나왔는데 그 얼굴은, 눈에 눈물을 가득 담고 있어서 보기에도 안쓰러운 상태였다. 물론 몬테스도 그곳에서 오간 얘기를 전부 들었던 것이었다.

19.

"더 이상 저를 사랑하지 않으시겠죠, 앙리? 저도 다 알고 있어요."라고 말한 뒤 마르네프 부인은 손수건에 얼굴을 묻고 눈물을 뚝뚝 흘렸다.

이것이야말로 참된 사랑의 외침이었다. 절망으로 인한 여자의 비극적 장면은, 특히 그 여자가 젊고 아름답고 가슴이 노출된 드레스를 입고 있으며, 지금 당장이라도 거기에서부터 이브의 옷차림으로 튀어나올 것 같을 때에는 더욱 커다란 설득력을 가지고 있으며, 사랑하는 모든 남자의 마음속 깊은 곳에 있는 용서를 강탈해 버리는 법이다.

"하지만 나를 사랑하고 있다면 어째서 나를 위해 모든 걸 던져버리지 않는 거지?"라고 브라질 사람이 물었다.

미국에서 태어난 이 남자는 자연 속에서 자란 모든 남자들이 그렇듯이 완고했기 때문에 발레리의 허리에 손을 감으면서 곧바로 조금 전에 끊어졌던 곳에서부터 이야기를 다시 이어갔다.

"어째서라뇨?……."라며 그녀는 얼굴을 들어 앙리를 바라보았다. 그리고 생각에 잠긴 듯한 시선으로 그를 압도하며 말했다. "생각해 보세요, 나의 작은 고양이. 저는 남편이 있는 몸이에요. 저희는 파리에서 살고 있는 것이지 열대지방의 대초원, 팜파스, 미국의 들판에서 살고 있는 게 아니에요. 나의 첫사랑, 나의 오직 하나뿐인 사람, 나의 다정한 앙리, 잘 들어보세요. 남편은 육군성의 일개 계장에 불과한데 과장이 되어 레종 드뇌르 4등 훈장을 받고 싶어 해요. 제가 야심을 갖지 말라고 말할 수 있겠어요? 그런데 당신과 저를 완전히 자유롭게 내버려 두었다는 바로 그 이유로(벌써 4년이 다 돼 가요. 기억하고 있나요? 얄미운 사람……) 이번에는 마르네프가 제게 유로 씨를 떠맡겼어요. 바다표범처럼 푸, 푸 숨을 쉬는 콧속에 비늘이 돋은, 63세나 돼서 억지로 젊어 보이려고 하기 때문에 지난 3년 동안 10년이나 늙어 버린 그 꼴사나운 나리를 저는 내다버릴 수가 없어요. 생각만 해도 끔찍해요. 그러니까 마르네프가 과장이 되어 레종 드뇌르 4등 훈장을 받기만 하면 그 다음 날로 바로……."

"그걸로 남편의 수입은 얼마나 늘어나지?"

"1천 에큐(3천 프랑. ― 역자 주)요."

"그 정도라면 내가 종신연금을 마련해 주지."라며 몬테스 남작이 말했다. "파리를 떠나 함께 다른 곳으로 가자."

"어디로?"라고 발레리는 남자의 마음을 확실하게 사로잡았다는 사실을 알게 되면 여자들이 남자를 놀리는 데 사용하는 그 사랑스러운, 뾰로

통한 모습을 보이며 말했다. "파리만이 우리가 행복하게 생활할 수 있는 유일한 도시예요. 제게 있어서 당신의 사랑은 무엇과도 바꿀 수 없는 거예요. 그러니까 광야 한가운데서 살면서 그것이 희미해져 가는 것을 보는 그런 꼴은 당하고 싶지 않아요. 아시겠어요, 앙리? 당신은 이 세상에서 단 하나, 제가 사랑하고 있는 사람이에요. 그 사실을 이 호랑이 같은 이마 위에 새겨 두세요."

여자들은 언제나 자신들이 양으로 바꿔 버린 남자들을 아주 간단하게, 나는 사자다, 나는 강철 같은 성격을 가지고 있다고 착각하게 만드는 법이다.

"그건 그렇고, 지금부터 하는 말을 잘 들어보세요! 마르네프는 앞으로 5년도 살지 못할 거예요. 몸이 골수까지 썩어 버렸어요. 1년 12달 중에 7개월 정도는 약을 먹고, 탕약을 마셔야 해요. 늘 머리가 멍한 상태예요. 그러니까 의사 선생님도 말씀하셨는데 언제 저승사자가 찾아올지 몰라요. 건강한 사람에게는 아무것도 아닌 병이라도 그 사람에게는 치명적인 병이 돼요. 피가 썩어 버렸어요. 생명의 근원이 되는 부분이 썩어 버린 거예요. 5년 전부터 저는 그 사람이 제게 입맞춤하려는 걸 한 번도 허락한 적이 없었어요. 그 사람 마치 페스트 같은 사람이거든요! 조금만 더 있으면, 그것도 그렇게 머지않아서 저 미망인이 될 거예요. 그렇게 되면 저, 이미 연 수입 6만 프랑의 재산을 가지고 있는 남자가 억지로 치고 들어온다 해도 그 사람의 첩이 되느니 차라리 이 각설탕의 첩이 되는 편이 낫겠다고 생각하고 있어요. 설령 당신이 유로처럼 가난하고 마르네프처럼 문둥병에 걸려서 저를 두들겨 패기만 한다 할지라도, 분명히 말씀드리겠는데 제가 남편으로 원하는 사람은 당신, 제가 사랑하고 있는 당신뿐, 당신의 성이 필요해요. 그러니까 당신이 사랑의 증거가 필요하다고 한다면 언제라도, 무슨 일이든 할 각오를 하고 있어요."

"그럼, 오늘 밤……."

"하지만 리오의 아드님, 저를 위해서 브라질의 처녀림에서 뛰쳐나오신 아름다운 표범"이라고 그녀는 그의 손을 잡아 거기에 입맞춤하고 그것을 애무하며 말했다. "당신이 아내로 삼으려고 하는 여자에게 조금은 예의를 지켜야 하는 법이에요.…… 저를 아내로 맞아주실 거죠, 앙리?……."

"물론."이라고 브라질 사람은 끊임없이 계속 되는 정열의 수다에 기세가 꺾여 말했다.

그리고 그는 무릎을 꿇었다.

"보세요, 앙리."라고 그의 두 손을 쥐고 가만히 그의 눈 깊은 곳을 들여다보는 듯한 시선으로 발레리가 말했다. "여기서, 저의 가장 좋은 그리고 유일한 친구이자 나의 언니인 리즈베트가 있는 이 자리에서 맹세하세요. 제가 미망인이 된 지 1년이 지나면 저를 꼭 아내로 맞아주시겠다고요."

"맹세하겠소."

"그것만으로는 부족해요. 당신 어머니의(화장하고 남은) 뼈와 명복을 걸고 맹세하세요. 성모마리아 님과 당신의 가톨릭교도로서의 소망에 걸고 맹세하세요."

발레리는 자신이 제아무리 꼴사나운 사회적 진흙탕에 빠진다 할지라도 이 브라질 사람은 결코 이 약속을 어기지 않을 것이라는 사실을 알고 있었다. 브라질 사람은 발레리의 하얀 가슴에 코끝을 거의 묻다시피 한 채, 황홀경에 빠진 눈빛으로 이 엄숙한 맹세를 했다. 그는 취해 있었는데, 120일간의 오랜 항해 끝에 사랑하는 여인과 재회한다면 누구라도 취할 것이다!

"그렇다면 더 이상 걱정하지 마세요. 마르네프 부인 속에 있는 미래의 몽테자노스 남작 부인을 존경해야만 해요. 저를 위해서는 한 푼도 쓰지 못하도록 하겠어요. 저쪽 방에 긴 의자가 있으니 거기에 누워 계세요. 여기서 꼼짝 말고 계셔야 해요. 당신이 밖으로 나가도 좋을 때가 오면 제가 직접 알리러 올 테니까요.…… 내일 아침에 함께 식사를 해요. 그리고 오후 1시쯤에 돌아가시도록 하세요. 마치 정오에 저를 방문하셨다는 듯이오. 걱정할 것 없어요. 문지기 부부는 제 아버지와 어머니처럼 제 편을 들어주시니까요.…… 전 지금부터 밑으로 내려가서 사람들에게 차를 대접하고 오겠어요."

그녀가 리즈베트에게 눈짓을 하자 리즈베트는 층계까지 따라 나왔다. 거기서 발레리는 나이 든 아가씨에게 귓속말을 했다.

"저 검둥이가 너무 빨리 돌아왔어! 당신을 위해서 오르탕스에게 복수를 하지 못한다면 차라리 죽는 편이 낫지!"

"괜찮아. 나의 사랑스럽고 다정한 악마."라고 나이 든 아가씨는 그녀의 이마에 입맞춤하며 말했다. "사랑과 복수가 힘을 합친다면 그 무엇도 당해 낼 재간이 없는 법이야. 내일 오르탕스가 나를 기다릴 거야. 아주 난처한 상황에 빠졌거든. 1천 프랑을 빌릴 수 있다는 사실을 알게 되면 벤세슬라스는 천 번이라도 네게 입맞춤을 할 거야."

발레리와 헤어진 유로는 문지기들의 방까지 내려가서 갑자기 올리비에 부인 앞에 모습을 드러냈다.

"올리비에 부인 계신가?"

거침없는 이 부름을 듣고, 또한 그 의미를 명확하게 나타내고 있는 남작의 행동을 보고 올리비에 부인은 문지기 방에서 나와 정원으로, 남작이 그녀를 데려간 곳까지 따라갔다.

"자네도 알고 있겠지만, 만약 자네 아들이 언젠가 공증인 자격을 손에 넣으려고 할 때 편의를 봐줄 수 있는 사람이 있다고 한다면 그건 바로 나일 거야. 그 아이가 지금 공중인의 세 번째 서기를 맡고 있고, 법률 공부도 거의 마치게 된 것도 전부 내 덕이지."

"네, 남작님. 그러니 저희들이 남작님에게 얼마나 감사하고 있는지 믿어 주셨으면 합니다. 제가 남작님의 행복을 신께 빌지 않은 날은 단 하루도 없었습니다."

"뭐, 그렇게 장황하게 설명할 필요는 없소, 부인."이라며 유로가 말했다. "행동으로 보여 주면 돼요."

"어떻게 하면 되겠습니까?"라고 올리비에 부인이 물었다.

"오늘 밤, 하인과 함께 마차를 타고 온 사람이 있었는데 그 사람을 아는가?"

올리비에 부인은 분명 몬테스를 본 기억이 있었다. 어떻게 잊을 수 있겠는가? 드와이에네 거리에서 살았을 때 몬테스는, 조금 이른 아침 시간에 집에서 나올 때면 언제나 그녀에게 1백 스우를 쥐어 주곤 했다. 만약 남작이 올리비에에게 물었다면 어쩌면 그는 모든 사정을 알 수 있었을지도 모른다. 하지만 올리비에는 잠을 자고 있었다. 하층 계급에서 여자는 남자보다 우위에 있을 뿐만 아니라 거의 대부분의 경우에 남자를 쥐고 흔든다. 올리비에 부인은 꽤 오래 전부터 두 은인 사이에 충돌이 일어난다면 어떤 태도를 취해야 할지 결정을 해 놓고 있었는데 마르네프 부인이 이 두 개의 권력 중에서 더 힘이 있는 쪽이라고 생각하고 있었다.

"제가 그를 알고 있느냐고 물으시는 겁니까?"라며 그녀는 대답했다. "아니오, 전혀 모르겠습니다. 정말 한 번도 본 적이 없었습니다!"

"뭐라고? 마르네프 부인이 드와이에네 가에 살고 있을 때 그녀의 사촌 오빠가 단 한 번도 방문한 적이 없었다는 말인가?"

"아, 아! 사촌 오빠 말씀인가요?"라며 올리비에 부인이 외쳤다. "어쩌면 오늘 오셨을지도 모르겠습니다. 하지만 제가 그만 깜빡 해서요. 네,

다시 오시면 그때는 잘 기억해 두고 있겠습니다."

"이제 곧 내려올 거야."라고 유로가 올리비에 부인의 말을 기세 좋게 가로막으며 말했다.

"아니오, 벌써 돌아가셨습니다."라고 모든 것을 깨달은 올리비에 부인이 대답했다. "마차도 보이지 않는걸요."

"돌아가는 걸 봤나?"

"네. 제 눈으로 똑똑히. '대사관으로 가자'고 하인에게 말씀하셨습니다."

그녀의 어조와 그녀의 확신에 찬 말이 남작에게 행복한 한숨을 짓게 했다. 그는 올리비에 부인의 손을 잡고 꼭 쥐었다.

"고맙소, 올리비에 부인. 참, 그게 다가 아니지!…… 쿠르벨은 어떻게 된 거지?"

"쿠르벨 님? 무슨 뜻이십니까? 무슨 말씀이신지 전혀 모르겠습니다." 라고 올리비에 부인이 말했다.

"잘 들어보게. 이런 말이야! 그가 마르네프 부인에게 연심을 품고 있어."

"설마! 남작님, 그런 말도 안 되는……!" 이라고 그녀는 두 손의 깍지를 끼며 말했다.

"아니, 마르네프 부인에게 연심을 품고 있어!"라고 남작은 매우 명령적인 어투로 되풀이했다.

"둘이서 무슨 짓을 하고 있는 건지, 그건 알 수 없어. 하지만 그걸 알고 싶어. 자네가 좀 알아봐 줬으면 해. 이 음모의 꼬리를 잡게 해 준다면 당신 아들을 공중인으로 만들어 주도록 하지."

"남작님, 그렇게 마음고생 하실 필요 없습니다."라며 올리비에 부인이 말했다. "부인은 나리를, 나리만을 사랑하고 계십니다. 부인의 몸종이 잘 알고 있습니다. 저희들도 이 세상에서 가장 행복한 사람은 남작님이라고 생각하고 있습니다. 나리도 아시겠지만 워낙 멋진 부인이시니까요.…… 네, 흠잡을 데 없이 아름다운 분입니다.…… 아침에는 매일 10시에 일어납니다. 그리고 아침을 드십니다, 네. 그런 다음 꼬박 한 시간을 들여서 화장을 하고 나면 이래저래 2시쯤이 됩니다. 그리고 튀일리 정원으로 산책을 나간다는 건 모르는 사람이 없을 정도고, 부인은 언제나 4시 무렵, 나리께서 돌아오실 때쯤 집으로 돌아오십니다.…… 네, 시계바늘처럼 아주 규칙적입니다. 부인은 몸종인 렌느 씨에게는 무엇 하나 숨기지 않으시고, 렌느 씨는 제게 무엇 하나 숨기지 않습니다. 정말로! 우리 아들 때문에 숨기질 못합니다. 렌느 씨는 우리 아들에게 눈독을 들이고 있기 때문에……. 그러니 부인과 쿠르벨 씨 사이에 무슨 일이 있었다면 저희들이 바로 알아챘을 겁니다."

남작은 환한 표정으로, 사이렌(그리스 신화에 나오는 반인반어(半人半魚)의 마녀로, 아름다운 노랫소리로 선원들을 유혹해 배를 난파시켰다고 한다. ─ 역자 주)에도 뒤지지 않을 만큼 기만적인, 그리고 사이렌에게도 뒤지지 않을 만큼 아름답고 요염한 이 무시무시한 창부에게 자기 한 사람만이 사랑받고 있는 것이라 굳게 믿고 마르네프 부인의 아파트로 올라갔다.

쿠르벨과 마르네프는 피케의 두 번째 판을 막 시작하고 있었다. 쿠르벨이 지고 있었지만 원래 승부에 관심이 없는 사람은 누구나 지게 마련이다. 마르네프는 구장이 어디에 정신을 팔고 있는지를 알고 있었기 때문에 가차 없이 그 틈을 파고들었다. 다음에 넘겨야 할 카드를 가만히 본 뒤 그에 맞는 카드를 버렸다. 그리고 상대방의 패를 본 다음 돈을 걸었기 때문에 백발백중이었다. 판돈은 카드 한 장에 20스우였기 때문에 남작이 돌아왔을 때 쿠르벨은 이미 30프랑을 잃었다.

"뭐야."라며 참사원 의원은 아무도 없는 것을 보고 놀라 말했다. "자네들뿐인가? 모두 어디로 간 거지?"

"나리의 밝은 기분 때문에 모두 허겁지겁 달아났습니다."라고 쿠르벨이 대답했다.

"아니, 아내의 사촌 오빠가 나타났기 때문입니다."라며 마르네프가 말했다. "그 신사, 숙녀 여러분들은 발레리와 앙리 씨가 3년 동안이나 만나지 못했으니 둘 사이에는 쌓인 얘기가 많을 것이라고 생각했던 겁니다. 그래서 그대로 돌아간 겁니다.…… 제가 있었다면 가지 못하게 잡았을 텐데요. 하지만 마침 제가 쓸데없는 짓을 했고, 언제나 10시 30분이면 차를 대접해 주던 리즈베트 씨의 몸이 좋지 않아서 모든 게 엉망이 되어 버렸습니다."

"그렇다면 리즈베트의 몸이 정말 좋지 않단 말인가?"라고 화가 난 쿠르벨이 물었다.

"그렇다고 합니다."라고 마르네프는 여자 같은 건 안중에도 없다는 듯 남자의 비도덕적인 무심한 표정으로 대답했다.

구장은 추시계를 봐 두었다. 그의 계산에 의하면 남작은 리즈베트의 집에서 40분 정도를 보낸 셈이었다. 유로의 들뜬 듯한 모습이, 엑토르와 발레리와 리즈베트가 하나가 되어 꾸민 어떤 중대한 음모를 상상하게 했다.

"내가 지금 보고 왔는데 아주 괴로워하더군. 가엾게도." 하고 남작이 말했다.

"그렇다면, 유로 씨. 당신은 다른 사람이 괴로워하는 걸 보면 기분이 좋아지는군요."라며 쿠르벨은 비아냥거리는 투로 말했다. "그렇게 환희로 빛나는 얼굴을 하고 돌아오신 걸 보니. 리즈베트가 죽을 것 같기라도 하단 말씀이십니까? 당신의 딸이 그녀의 유산을 상속하기로 되어 있다고 하지 않았습니까? 당신 마치 다른 사람이 된 듯합니다. 조금 전에는 베네치아의 무어인(오셀로를 가리킴. — 역자 주)과 같은 표정으로 나가더니 지금은 생 푸레(루소의 《신엘로이즈》의 주인공으로 순수한 청년. — 역자 주) 같은 얼굴로 돌아오셨으니! 마르네프 부인이 어떤 얼굴을 하고 있을지 보고 싶습니다."

"그건 또 무슨 뜻으로 하시는 말씀입니까?"라고 마르네프가 카드를 모아 자기 앞에 놓으며 쿠르벨에게 물었다.

마흔일곱에 이미 늙어 버린 이 남자의 흐린 눈이 갑자기 활기를 띠고, 희미한 혈기가 두툼하고 싸늘한 느낌을 주는 뺨을 물들였으며, 그는 이가 없고 입술이 거무스름한 입을 반쯤 벌리고 있었는데 그 위로 분필처럼 새하얗고 치즈의 거품과도 같은 것이 솟아오르고 있었다. 가느다란 실과 같은 생명을 간신히 부지하고 있는, 만약 결투를 하게 된다면 쿠르벨이 모든 것을 잃는 일은 있어도 그는 무엇 하나 잃을 걱정이 없는 이 폐인이 그렇게 화를 내는 모습을 보고 구장은 섬뜩함을 느꼈다.

"아니, 나는 그저……"라며 쿠르벨이 대답했다. "마르네프 부인의 얼굴을 보고 싶다고 말한 것뿐인데 지금 자네가 그렇게 불쾌한 표정을 짓는 것을 보니 더욱 더 보고 싶은 생각이 드는데. 자네는 정말 굉장한 추남이야, 친애하는 마르네프 군."

"그런 말이 조금은 실례가 된다는 것쯤은 알고 계시겠지요?"

"45분 만에 내게서 30프랑을 뜯어간 남자는 절대 호남아로 보이지 않는 법이지."

"아, 아! 17년 전의 제가……"라며 계장이 말을 이었다. "어떤 사람이었는지 보여드리고 싶군요."

"귀여웠었나?"라고 쿠르벨이 말했다.

"그게 탈이었죠. 차라리 당신 같았다면 상원 의원이든 구장이든, 뭐든 될 수 있었을 겁니다."

"그랬겠지."라고 싱글싱글 웃으며 쿠르벨이 말했다. "자네는 실전에 너무 많은 힘을 쏟아 부었던 거야. 그리고 상업의 신(사랑의 사자이기도 하다. ― 역자 주)을 숭배하면 얻게 되는 두 개의 금속 중에서 나쁜 쪽, 그러니까 수은제(성병 치료에 사용한다. ― 역자 주)를 고른 거지!"

이렇게 말한 뒤 쿠르벨은 웃음을 터뜨렸다. 마르네프도 자신의 명예가 달린 문제라며 화를 냈지만, 얘기가 그처럼 저속한 농담이 되어 버리면 언제나 기꺼이 받아들이곤 했다. 말하자면 그것은 쿠르벨과 그가 대화를 나누는 데 필요한 동전과도 같은 것이었다.

"정말 이브에게는 돈을 퍼부었습니다. 하지만 제 모토가 '굵고 짧게'라서요."

"나는 길고 즐겁게 하고 싶네."

객실로 돌아온 마르네프 부인은 카드를 하고 있는 쿠르벨과 남편, 그리고 남작밖에 남아 있지 않다는 사실을 알았다. 구청 두목님의 얼굴을 힐끗 본 것만으로도 그의 마음을 괴롭히는 생각의 내용을 전부 꿰뚫어볼 수 있었기 때문에 그녀는 곧 자신이 취해야 할 태도를 결정할 수 있었다.

"내 작은 고양이 같은 마르네프!"라고 그녀는 남편의 어깨에 기대어 아무리 정성스럽게 빗어도 대머리를 덮을 수 없고 볼품없이 새치가 섞여 있는 그의 머리카락에 그녀의 아름다운 손가락을 찔러 넣으며 말했다. "당신에게는 너무 늦은 시간이에요. 이제 그만 주무시는 게 좋겠어요. 내일은 하제(下劑: 설사가 나게 하는 약)를 쓰는 날이라는 걸 잊지는 않으셨겠죠?…… 의사선생님께서 그렇게 말씀하셨어요. 아침 7시면 렌느가 야채수프를 가지고 갈 거예요.…… 오래 살고 싶으면 피케는 그쯤에서 그만두세요."

"5점 승부로 하시겠습니까?"라고 마르네프가 쿠르벨에게 물었다.

"좋지.…… 나는 2점을 땄으니."라고 쿠르벨이 대답했다.

"앞으로 얼마나 더 걸리죠?"라고 발레리가 물었다.

"10분 정도."라고 마르네프가 대답했다.

"벌써 11시에요."라며 발레리가 말했다. "쿠르벨 씨, 당신은 정말로 남편의 생명을 단축시키려고 작정한 사람 같군요. 그렇다면 빨리 결판을 내도록 하세요."

이중의 의미를 지닌 이 말이 쿠르벨과 마르네프에게 쓴 웃음을 짓게 했다. 발레리는 이야기를 하기 위해 엑토르 옆으로 다가갔다.

"당신은 밖으로 나가서……"라며 발레리가 엑토르에게 귓속말을 했다. "바노 가를 돌아다니고 있다가 쿠르벨 씨가 돌아가면 다시 오시도록 하세요."

"그보다 나는 아파트에서 나갔다가 화장실 문으로 해서 당신 침실로 들어가고 싶소. 렌느에게 몰래 문을 열어 두라고 말해 주지 않겠소?"

"렌느는 위에서 리즈베트 씨의 간병을 하고 있어요."

"그럼 내가 다시 한 번 리즈베트의 집으로 가는 건 어떻겠나?"

발레리에게는 모든 일이 위험하게만 돌아가고 있었다. 왜냐하면 그녀는 쿠르벨과 한바탕 언쟁을 벌여야 할 것 같은 예감이 들었는데 침실에서 유로가 그 모든 것을 듣게 할 수는 없다고 생각했기 때문이었다.…… 그리고 리즈베트의 집에서는 브라질 사람이 그녀를 기다리고 있었다.

"당신들 남자들이란 정말……"이라며 발레리가 유로에게 말했다. "일단 남의 집에 들어가야겠다고 생각하면 불을 지르고서라도 들어가려 하는군요. 리즈베트 씨는 지금 당신을 만날 수 있는 상황이 아니에요.…… 밖에 나가면 감기라도 드실까 봐 걱정이세요?…… 어서 나가세요.…… 아니면 오늘은 그만 헤어져요."

"모두 잘들 있게나."라고 남작이 커다란 목소리로 말했다.

막상 노인으로서의 자존심에 자극을 받게 되자 유로는 어떻게 해서든 젊은이 못지않게 거리에서 밀회의 시간까지 기다리는 것 정도는 할 수 있다는 사실을 증명해 보이고 싶었다. 그래서 그는 밖으로 나갔다.

마르네프가 잘 자라는 인사를 하자 그녀는 허울뿐인 애정을 일부러 과시라도 하려는 듯 남편의 두 손을 쥐었다. 그 손을 의미 있게 쥐었는데 거기에는 이런 의미가 담겨 있었다.

'쿠르벨을 얼른 내쫓아.'

"안녕히 가세요, 쿠르벨 씨."라고 마르네프가 말했다. "너무 오랫동안 발레리와 둘이서만 계시는 건 아니겠죠? 저는 질투심이 많은 사람입니다.…… 이 나이에 질투를 부려 봐야 소용없는 일이지만 그게 맘대로 되지 않아서요.…… 잠시 후에 돌아가셨는지 보러 오겠습니다."

"마침 장사에 관계된 이야기를 해야 하지만 그렇게 오래 있지는 않을 거야."라고 쿠르벨이 말했다.

"좀 작은 목소리로 말하세요! 도대체 왜 그러시는 거죠?"라고 발레리는 오만함과 경멸이 뒤섞인 태도로 쿠르벨을 바라보며 앞과 뒤를 서로 다른 어조로 말했다.

그런 거만한 시선을 똑바로 받게 되자 발레리를 위해서 여러 가지로 힘을 써 왔으며, 그것을 무기로 강하게 나가려 했던 쿠르벨도 다시 비굴하고 순종적으로 변해 버렸다.

"그 브라질 사람은……."

뚫어져라 쳐다보는 발레리의 경멸스런 눈빛이 무서웠기 때문에 쿠르벨은 말을 거기서 끊었다.

"그래서요?"라고 그녀가 말했다.

"그 사촌 오빠인지 뭔지 하는……."

"사촌 오빠가 아니에요."라며 그녀가 말을 이었다. "사촌 오빠라는 건 세상과 마르네프 앞에서만이에요. 설사 그 사람이 제 연인이라고 해도 당신에게는 불평 한마디 할 권리가 없어요. 제가 생각하기에 남자에게 복수를 하기 위해서 돈으로 여자를 사는 상인은 애정으로 여자를 사는 사람보다 훨씬 더 저급해요. 당신은 제게 마음을 빼앗긴 게 아니라 저를 유로의 여자로밖에 생각하지 않았어요. 그리고 적을 죽이기 위해서 권총을 사는 것과 마찬가지로 돈으로 저를 손에 넣은 것뿐이에요. 저는 배가 고팠기 때문에 좋다고 말했던 것뿐이에요."

"당신은 그 계약을 이행하고 있지 않아."라고 쿠르벨은 다시 상인 근성을 그대로 드러내며 말했다.

"아아, 당신은 조제파를 빼앗긴 것에 대한 복수를 하기 위해서, 이번에는 당신이 남작의 여자를 빼앗았다는 사실을 유로 남작에게 분명하게 알리고 싶다는 그것 말이죠?……그것 이상으로 당신 마음의 비열함을 증명하는 것도 없을 거예요. 당신은 공작 부인이니 뭐니 하면서도 여자의 명예를 엉망으로 만들어 버릴 생각이시죠? 그래요, 쿠르벨 씨. 어쩌면 당신이 사용한 방법은 당연한 거예요. 어차피 저 같은 여자에게는 조제파와 같은 가치는 없으니까요. 그 사람은 자신의 부끄러운 행동도 숨기지 않을 만큼의 용기를 가지고 있지만 저는 사람들의 눈앞에서 채찍을 맞아도 할 말이 없는 위선자인걸요. 아, 아! 조제파는 재능과 재산이라는 무기를 가지고 있어. 하지만 내가 의지할 수 있는 유일한 무기는 정숙이라는 간판뿐. 이래 봬도 저는 아직 올바르고 절개 있는 여자로 알려져 있어요. 그런데 당신이 소란을 피우면 저는 어떻게 되는 거죠? 재산이라도 있다면 모르겠어요. 하지만 지금 제게는 고작해야 1만 프랑 정도의 국채밖에 없잖아요?"

"아니, 더 있어."라며 쿠르벨이 말했다. "2개월 전부터 당신의 돈을 오르레안 철도에 투자해서 배로 늘렸으니까."

"어쨌든 파리에서 존경을 받기 위해서는 5만 프랑 이상은 있어야 해요. 뭐, 제가 지위를 잃었으니까 그 대가를 지불하라고 이런 말을 하는 건 아니에요. 제가 바란 건 이런 거예요. 마르네프를 과장으로 임명하는 것. 그러면 봉급을 6천 프랑 받게 돼요. 그 사람은 벌써 27년째 근무하고 있어요. 앞으로 3년만 더 일하면 설사 그 사람이 죽는다 할지라도 제게는 1500프랑의 연금을 받을 권리가 생겨요. 당신이 제가 이렇게 사랑해 줘서 행복으로 가득한데도, 그런데도 못 기다리겠다는 거죠?…… 그러면서도 사랑한다는 말을 하다니!"라고 여자가 외쳤다.

"분명 처음에는 계획적인 행동이었지만……"이라며 쿠르벨이 말했다. "어느 틈엔가 나도 모르게 당신의 강아지처럼 되어 버리고 말았어. 당신은 나의 심장을 짓밟아 나를 절망의 늪에 빠뜨리기도 하고 망연하게도 만들지만 그렇게 사랑을 해 본 적이 없는 만큼 당신을 사랑하게 돼 버렸어. 발레리, 나는 세레스틴을 사랑하고 있는 것만큼 당신에게 빠져 있어! 당신을 위해서라면 무슨 일을 할지도 몰라.…… 그래! 일주일에 두 번, 드판 가에 오는 대신 세 번 와 주지 않겠어?"

"뭐예요? 겨우 그것뿐이에요? 청춘을 되찾았군요, 당신……."

"내게 유로를 쫓아내도록 해 주지 않겠나? 녀석이 잔뜩 수치심을 느끼고 당신에게서 멀어지도록 해 주지 않나?"라며 발레리의 무례한 말에도 대답하지 않고 쿠르벨은 말했다. "두 번 다시 그 브라질 남자를 불러들이지 않을 수 없겠나? 나 혼자만의 것이 되어 주지 않겠나? 그렇게 해도 당신은 후회하지 않을 거야. 우선 8천 프랑짜리 국채증서를 주도록 하지. 그것도 종신으로. 그 소유 명의는 5년 동안 나를 지켜준 뒤가 아니면 할 수 없지만……."

"거래가 아니면 얘기가 안 되는군요! 부르주아는 무엇인가를 공짜로 준다는 건 꿈에도 생각할 수 없나 보죠? 장사꾼다워요. 정말 포마드장수다워요. 무슨 일에나 가격표를 붙이는군요. 엑토르 씨에게서 들은 얘긴데 데르빌 공작은 3만 프랑짜리 국채증서를 조제파에게 주는 데 과자집의 과자를 넣는 원추형 종이상자에 넣어 주었다던데요. 저는 조제파보다 여섯 배는 더 가치가 있어요. 아, 아! 사랑받고 싶어!"라고 그녀는 흐트러진 머리카락을 가다듬고 거울을 바라보며 말했다. "앙리는 저를 사랑하고 있어요. 제가 슬쩍 눈짓만 보내면 당신 같은 사람은 파리처럼 짓눌러 죽이고 말 거예요. 유로 씨도 저를 사랑하고 있어요. 그래서 부인이 길거리를 헤매고 있죠. 그래요, 당신은 다정한 아버지를 즐기도록 하세요. 대체 뭐죠? 커다란 재산 외에도 즐거움을 위해서 쓸 수 있는 돈이 30만 프랑이나 있는데도 당신은 그것을 늘릴 생각밖에 하지 않잖아요."

"당신을 위해서 늘리고 있는 거야, 발레리. 절반은 당신에게 줄 생각이라고!"라고 그는 그 자리에 무릎을 꿇고 말했다.

"이런, 아직도 계셨나요?"라며 잠옷을 걸친 추악한 마르네프가 말했다. "뭘 하고 계신 겁니까?"

"이분, 제게 실례가 되는 부탁을 하셨다가 지금 사과를 하고 있는 거예요. 제가 좀처럼 좋은 대답을 주지 않자 이분, 돈으로 저를 사려고 했어요."

쿠르벨은 극장에서 흔히 볼 수 있는 것처럼 가능하다면 무대 밑 구멍으로 모습을 감추고 싶었다.

"자자, 일어나세요, 쿠르벨 씨."라고 마르네프가 빙그레 웃으며 말했다. "좀 우습군요. 발레리의 모습을 보니 제가 걱정할 필요는 없을 것 같습니다."

"당신은 그만 저리로 가서 걱정 말고 주무시도록 하세요."라고 마르네프 부인이 말했다.

'정말 재치 넘치는 여자다!'라며 쿠르벨은 생각했다. '정말 대단한 여

자야! 나를 위험에서 구출해 주고 있잖아!'

마르네프가 침실로 돌아가자 구장은 발레리의 두 손을 쥐고 거기에 입 맞춤하며 그 위에 몇 방울의 눈물 자국을 남겼다.

"전부 당신 명의로 해 주겠소."

"그래야 사랑하고 있는 거라고 할 수 있죠."라며 그녀는 조그만 목소 리로 그에게 귓속말 하듯 대답했다. "그러면 저도 애정으로 보답하겠어 요. 유로 씨가 밖의 거리에 있어요. 가엾은 그 할아버지, 다시 이곳으로 오기 위해서, 제가 침실 창가에 촛불을 놓아 신호를 보내기를 기다리고 있어요. 그분에게 당신만이 사랑을 받고 있다고 말을 해도 좋아요. 당신 의 말은 절대로 믿지 않으려 하겠지만. 그러면 드판 가로 데려가서 증거 를 보여 주세요. 찍소리도 못하게 만들어 주세요. 제가 허락하겠어요. 아 니 명령이에요. 그 바다표범 같은 늙은이는 이제 지긋지긋해요. 더 이상 견딜 수가 없어요. 밤새도록 그 사람을 드판 가에 묶어 두고, 은근한 불로 천천히 요리해 주도록 하세요. 조제파 양을 빼앗긴 것에 대한 복수를 하 는 거예요. 어쩌면 유로 씨는 그 충격으로 죽을지도 몰라요. 하지만 그렇 게 하면 그분의 부인과 아이들을 무시무시한 파멸에서 구할 수 있잖아 요? 유로 부인은 생계를 위해서 일을 하고 있어요."

"그랬군! 가엾은 부인이다. 정말 녀석은 너무 심했어."라고 본래의 선 량한 마음으로 돌아온 쿠르벨이 외쳤다.

"만약 저를 사랑하신다면 말이죠, 세레스탕 씨."라고 그녀는 조그만 목소리로 쿠르벨의 귀에 대고 속삭이며 일부러 입술을 귀에 댔다. "유로 씨를 막아 주세요. 그렇게 하지 않으면 제가 험한 꼴을 당하게 될 거예 요. 마르네프는 의심을 하고 있고, 엑토르는 바깥문의 열쇠를 들고 다시 이곳으로 돌아오려 하고 있어요!"

쿠르벨은 마르네프 부인을 품에 안은 뒤 행복의 절정 상태에 빠져 바

같으로 나갔다. 발레리가 안타깝다는 듯한 표정으로 층계까지 배웅을 나왔다. 그리고 최면에 걸린 여자처럼 2층까지 내려갔으며, 결국에는 계단의 가장 밑에까지 내려갔다.

"나의 발레리! 이젠 올라가도록 해. 문지기가 이상하게 생각할 거야.…… 그렇고말고, 나의 목숨도 재산도 전부 당신 거야……. 이젠 돌아가라니까, 나의 공작 부인!"

"올리비에 부인!" 하고 출입구의 문이 닫히자 발레리가 가만히 불렀다.

"어머! 부인이 왜 여기까지?"라며 올리비에 부인이 영문을 알 수 없다는 듯이 말했다.

"바깥 대문의 위, 아래에 빗장을 걸어 주세요. 절대로 열어서는 안 돼요."

"네, 부인."

빗장을 지르고 나자 올리비에 부인은 정부의 고관인 유로 씨가 자신에게 어떤 유혹의 손길을 내밀었는지를 들려주었다.

"잘했어요. 정말 잘 대처해 줬어요, 올리비에 아줌마. 어쨌든 그 얘기는 내일 다시 하기로 해요."

발레리는 쏜살같이 4층으로 달려 올라가 리즈베트의 방문을 조심스럽게 세 번 두드린 뒤 자신의 방으로 돌아와 렌느에게 여러 가지 지시를 내렸다. 실제로 브라질에서 몬테스가 돌아온 것과 같은 기회를 여자는 결코 놓치지 않는 법이다.

20

"제길, 뭐라고? 그런 식으로 사랑해 주는 건 상류층 여자들밖에 없어!"
라며 쿠르벨이 혼자 중얼거렸다. "그 눈빛으로 주위의 어둠을 비추며 계
단을 내려온 그 모습은 또 어떤가? 내게 반해서 스스로 내려온 거야! 조
제파는 흉내도 못 낼 일이야!…… 조제파 따위는 쓸모없는 여자야!"라고
전직 외교판매원이 외쳤다. "이런, 방금 뭐라고 했지? 쓸모없는 여자라
고……? 이러면 안 되지! 이러다 튀일리 근방에서도 이런 말을 쓰게 될지
도 몰라.…… 참, 발레리가 참견하지 않으면 난 변변한 인간이 되지 못할
거야.…… 대귀족의 관록을 몸에 익히고 싶다는 내가 말이야.…… 아,
아! 훌륭한 여자야! 그녀는 차갑게 나를 바라보며 복통처럼 내 애간장을
끊게 한단 말이야.…… 얼마나 요염한지! 얼마나 지기에 넘치는지! 조제
파는 단 한 번도 이런 감정을 맛보게 한 적이 없었어. 거기에 사람들의 눈
에 띄지 않는 수많은 장점! 아, 저기 있군, 남작님께서."

그는 바빌론 가의 어둠 속에서 조금 구부정한 등으로 공사 중에 있는
집의 판자 울타리를 따라 걷고 있는 키가 큰 유로를 발견하고 그가 있는
곳으로 똑바로 다가갔다.

"안녕하세요, 남작님. 벌써 자정이 넘었습니다. 여기서 대체 뭘 하고
계시는 겁니까?…… 기분 좋은 가랑비에 젖으며 산책이라도 하시는 겁니
까? 저흰 나이도 있으니 몸에 좋지 않습니다. 그러니 진심으로 충고를 드
리고 싶은데요, 두 사람 모두 조용히 집으로 돌아가시는 게 좋을 것 같습
니다. 왜냐하면, 분명히 말씀드리지만 창가에 불빛은 밝혀지지 않을 테
니까요."

이 마지막 한마디를 듣고 남작은 자신이 63세라는 사실, 외투가 비에
젖었다는 사실을 뼈저리게 느꼈다.

"누가 자네에게 그런 말을 한 거지?"라고 그가 물었다.

"발레리밖에 더 있겠습니까? 우리의 발레리 씨가요. 지금부터는 저 혼자만의 발레리가 되겠다고 했지만요. 남작님, 이것으로 우리도 비긴 셈입니다. 원하신다면 언제든지 결승전을 하도록 합시다. 당신이 화를 내실 권리는 없습니다. 제가 복수를 할 권리는 전에도 인정하셨던 것처럼 고스란히 남아 있으니까요. 당신은 제 조제파를 앗아가는 데 3개월이 걸렸습니다. 하지만 저는 발레리를 손에 넣는 데 단지……, 아니 이런 얘기는 그만두겠습니다."라고 그는 말을 이었다. "이제는 그녀를 저 혼자만의 것으로 만들고 싶습니다. 그렇다 해도 저희가 가장 좋은 친구라는 사실에는 변함이 없겠지만."

"쿠르벨 농담은, 이제 그만두게."라며 남작은 분노 때문에 목멘 소리로 대답했다. "이건 죽느냐 사느냐 하는 문제야."

"아, 이거 정말로 화가 나신 거군요!…… 남작님, 오르탕스의 결혼식 때 당신이 제게 뭐라고 하셨는지 아십니까? '우리처럼 나이 지긋하게 먹은 사람들이 고작 여자 하나 때문에 사이가 갈라져서야 쓰겠어? 그거야말로 천박한 거라고, 초라한 거라고' 하셨습니다.…… 저희는 섭정 시대식으로, 퐁파두르식, 18세기식이라고 해야 하나, 더할 것도 뺄 것도 없이 리셜리외 원수식, 로카이유식, 아니 좀 더 정확하게 말하자면 '위험한 관계' 식으로 하자고 결정하지 않았습니까?'"

설령 쿠르벨이 이런 문학적인 말을 그보다 더 오랫동안 떠들어 댔다 할지라도 남작은 마치 귀가 들리지 않게 된 귀머거리처럼 그것을 듣고 있었을 것이다. 가스등의 희미한 불빛 아래서 적의 얼굴이 하얗게 질린 것을 보고 승자는 입을 다물었다. 올리비에 부인의 말을 들었고 발레리의 다정한 시선을 받으며 밖으로 나왔던 만큼, 남작에게 있어서 이것은 청천벽력과도 같은 것이었다.

"왜 이러는 거야? 넓고 넓은 파리에는 다른 여자들도 얼마든지 있는데!"라고 간신히 그가 외쳤다.

"그건 당신이 조제파를 앗아갔을 때 제가 한 소리입니다."라고 쿠르벨이 말했다.

"알겠는가, 쿠르벨? 그건 있을 수 없는 일이야.…… 증거를 보여주게! 자네는 나처럼 출입문 열쇠를 갖고 있지 않나?"

이렇게 말한 남작은 집 앞까지 와서 열쇠 구멍에 열쇠를 꽂았다. 하지만 문은 꿈쩍도 하지 않았다. 그것을 흔들어 보았지만 아무런 소용도 없는 일이었다.

"이런 오밤중에 소란 피우지 마십시오."라며 쿠르벨이 차분한 어조로 말했다. "이제 아시겠습니까, 남작님? 저는 당신보다 훨씬 더 좋은 열쇠를 가지고 있습니다."

"증거! 증거를 대 봐!"라고 미쳐 버릴 듯 번민에 휩싸인 남작이 되풀이했다.

"함께 가시죠. 증거를 보여드리도록 하겠습니다."라고 쿠르벨이 대답했다.

그리고 그는 발레리가 말한 대로 일루랑 베트탕 가를 지나서 남작을 강 쪽으로 데려갔다. 불행한 참사원 의원은 마치 파산 청원을 내기 직전의 커다란 상점의 주인과 같은 모습으로 터벅터벅 걷고 있었다. 발레리의 마음 깊은 곳에 숨겨져 있던 그런 퇴폐의 원인에 대해서 이리저리 억측을 해 보았지만 역시 어떤 좋지 않은 음모의 희생이 된 것이라고밖에는 달리 생각되지 않았다. 퐁 로와이얄 교를 건널 때 그 자신의 생활이 지금은 너무나도 허무하고 막다른 곳까지 와 버렸으며, 재정상의 문제에 있어서도 더 이상 어떻게 해 볼 수 없는 상황이 되었다는 사실을 생각하고, 그는 머리에 문득 떠오른, 쿠르벨을 강에 던져 넣고 자신도 그 뒤를 따라 투신하자는 끔찍한 생각을 하마터면 따를 뻔했을 정도였다.

아직 도로를 확장하지 않은 드판 가에 도착하자 쿠르벨은 어떤 집의 가운데 문 앞에서 멈춰 섰다. 그 문 안으로 들어서자　검정과 하얀 돌을 깔아 놓은 긴 복도가 콜로네이드를 형성하고 있었으며, 그 끝으로 파리에서 흔히 볼 수 있는 조그만 정원을 통해 빛을 받고 있는 계단과 문지기의 방이 있었다. 이 정원은 이웃과 공동으로 되어 있었는데 불균등한 배분으로 조금 독특한 특색을 보이고 있었다. 쿠르벨의 집에—왜냐하면 그가 이 집의 소유주였기 때문이다— 지붕을 유리로 발라 증축한 부분이 있었는데 그것이 이웃집 위로 솟아 있었던 것이었다. 이곳에서는 그 이상으로 높이 건물을 올릴 수 없었기 때문에 그 부분은 문지기의 방과 계단의 튀어나온 곳에 가려, 문이 있는 곳에서는 전혀 보이지 않았다.

그곳은 오랫동안 길가에 면한 두 개의 상점 중 하나의 창고와 가게 뒤의 방과 부엌으로 사용되고 있었다. 쿠르벨이 집을 빌렸을 때 1층의 이 방 세 개만을 따로 떼어 그랑드가 그것을 경제적이고 세련된 별채로 바꾼 것이었다. 거기는 두 곳을 통해서 드나들 수 있었는데 하나는 쿠르벨이 싼 집세로, 그것도 비밀이 밝혀진다면 벌을 가할 수 있도록 월세를 내 준 가구상의 가게로 통하는 방법이며, 또 다른 하나는 거의 눈에 띄지 않을 정도로 교묘하게 복도의 벽에 만들어 놓은 비밀 문을 통하는 방법이다.

식당과 객실과 침실로 이루어져 있으며, 천장을 통해 빛을 받아들이고, 일부는 이웃집 부지에, 일부는 쿠르벨의 부지에 있는 이 조그만 아파트는 찾아내기가 거의 불가능했다. 중고 가구 상인을 제외하면 이 건물에 세 들어 있는 사람들조차도 그런 멋들어진 낙원이 존재한다는 사실을 알지 못했다.

쿠르벨과 한패로 만들기 위해 고용한 문지기 여자는 요리 솜씨가 굉장히 좋은 사람이었다. 그랬기 때문에 구장은 누구에게도 들키지 않고 밤이면 언제나 그의 경제적인 별채로 들어갔다가 다시 거기서 나올 수가 있었다.

낮에도 파리의 여자들이 장을 보러 갈 때와 같은 복장으로 열쇠를 든 여자가 쿠르벨의 집에 와도 무엇 하나 위험할 것은 없었다. 중고 가구를 이리저리 둘러보고 값을 흥정하며 가게 안으로 들어갔다가 다시 나오면 설사 아는 사람을 만났다 할지라도 조금도 의심을 사지 않았다.

쿠르벨이 거실의 촛대에 불을 붙이자 남작은 그곳에 펼쳐진 섬세하고 세련되고 화려한 모습에 어리둥절한 표정을 지었다. 전직 향수장수가 그랑드에게 모든 것은 맡겼고, 그 늙은 건축가가 퐁파두르 양식의 장식으로 ─물론 6만 프랑이라는 거대한 비용이 들기는 했지만─ 실력을 과시한 것이었다.

"공작 부인이 거기에 들어온다 할지라도……"라며 쿠르벨이 그랑드에게 말했다. "깜짝 놀랄 정도로 꾸며 줬으면 해."

그의 이브, 그의 상류 부인, 그의 사랑하는 발레리, 그의 공작 부인을 그곳에서 자신의 것으로 만들기 위해서 그는 파리에서도 가장 멋진 에덴 동산을 만들고 싶었다.

"침대가 두 개 있는데 말이죠."라고 쿠르벨은 옷장의 서랍을 빼내듯 침대를 빼낼 수 있는 긴 의자를 보이며 유로에게 말했다. "여기에 하나, 침실에 또 하나가 있습니다. 그러니까 두 사람 모두 여기서 밤을 보낼 수 있게 되어 있죠."

"어디, 보여 줘 봐!"라고 남작이 말했다.

쿠르벨이 촛대를 들고 친구를 침실로 데려갔다. 유로는 거기서 2인용 의자 위에 놓여 있는 발레리의 호화로운 실내복을 보았다. 그것은 쿠르벨의 별채에서 사용하기 전에 그녀가 바노 가에서 자랑스럽게 입던 것이었다.

구장은 쪽매붙임 세공으로 장식된, '나날의 행복(18세기풍의 책상)'이라고 불리는 세련되고 깔끔한 가구의 비밀 서랍을 열어 그 속을 뒤지더니 한 통의 편지를 꺼내 남작에게 내밀었다.

"이걸 읽어 보십시오."

참사원 의원은 연필로 적혀 있는 그 짧은 글을 읽었다.

「결국 기다리다 지치게 만드는군요, 늙은 쥐 같은 사람! 나 같은 여자는 전직 향수장수를 기다릴 몸이 아니에요. 저녁 식사도 주문해놓지 않고 담배도 없다니. 오늘 일은 반드시 보상을 받고 말겠어요.」

"분명 그 여자의 글씨죠?"

"어떻게 된 일이야!"라고 유로는 얻어맞기라도 한 사람처럼 주저앉아서 말했다. "그녀가 사용하고 있던 물건들이야. 이 모자도, 이 실내화도. 자네 대체, 언제부터……."

쿠르벨은 알았다는 듯이 고개를 끄덕인 뒤, 쪽매붙임 세공의 조그만 책상 속에서 견적서 다발을 꺼냈다.

"이걸 보십시오! 저는 1838년 12월에 업자들에게 돈을 지불했습니다. 그 2개월 전에 이 멋진 별채를 처음으로 사용했습니다."

참사원 의원은 고개를 떨구었다.

"대체 어떻게 그럴 수 있었던 거지? 나는 그 여자가 어떻게 시간을 보내는지 매 시간 단위로 알고 있었는데."

"그렇다면 튀일리 공원에서의 산책은?"이라고 쿠르벨이 손을 비비며 기쁨에 넘치는 표정으로 말했다.

"그렇다면……?"이라고 유로가 어이없다는 듯이 물었다.

"당신이 첩이라고 생각하고 있는 여자가 튀일리 공원으로 가고 그녀는 1시에서 4시까지 그곳을 산책하기로 되어 있습니다. 하지만 과연 그랬을까요? 그녀는 바로 이곳으로 옵니다. 몰리에르를 알고 계십니까? 그렇다면 말씀드리겠습니다. 남작님, 당신의 걱정은 '마음의 병'도 그 무엇도 아닙니다."

이제 유로는 더 이상 의심을 품을 필요가 없었고 불안한 침묵을 지키고 있을 뿐이었다. 파국은 성실하고 머리가 좋은 모든 사람들을 철학적으로 만든다. 기분이라는 점에서 남작은 밤의 숲속에서 길을 찾고 있는 사람과 같았다. 그 음울한 침묵과 초연한 얼굴에 일어난 변화 등과 같은 모든 것들이 쿠르벨을 불안하게 만들었는데, 왜냐하면 그는 자신의 친구가 이곳에서 죽기를 바라지는 않았기 때문이었다.

"아까도 말씀드렸듯이 남작님, 이것으로 무승부가 된 셈이니 지금부터 결승전입니다. 결승전을 한번 해 보시겠습니까. 네? 힘겨루기를!"

"대체 어째서일까?"라며 유로가 자기 자신을 향해서 중얼거렸다. "미인이 열 명 있으면 그중 적어도 일곱 명은 질이 좋지 않은 여자인건?"

그 문제의 해답을 찾아내기에 남작의 머리는 너무나도 혼란스러웠다. 아름다운 용모야말로 인간이 가지고 있는 힘 중에서도 가장 강력한 것이다. 그에 견줄 만한 것은 아무것도 없으며, 전제적인 권력에 의해서 구속되지 않는 온갖 힘은 도를 넘어서 광기어린 행동으로 우리를 인도해 간다. 자의란 힘이 조울증에 빠진 상태를 말하는 것이다. 여성의 경우는 이 자의라는 것이 변덕이라는 형태를 취한다.

"당신에게는 불만이 없을 줄로 압니다, 남작님. 더할 나위 없는 미인을 아내로 삼고 있고, 거기다 정숙하기까지 하니."

"이런 꼴을 당해도 싸지."라며 남작이 혼자 중얼거렸다. "나는 아내의 가치를 인정하지 않고 늘 괴롭히기만 했어. 천사 같은 여자를! 아아, 가엾은 애들린, 당신의 원한은 깨끗이 풀렸소! 그녀는 혼자 말없이 괴로워하고 있어. 열애를 할 만한 가치가 있는 여자야. 내가 사랑하기에 부족함이 없는 여자야. 나는 당연히……. 워낙 살결이 하얗고 요즘에는 딸처럼 천진난만해져서 아직도 멋진 여자니까.…… 과연 발레리처럼 더럽고 수치를 모르고, 악랄한 여자가 또 있을까?"

"그녀는 닳아빠진 여잡니다."라며 쿠르벨이 말했다. "샤트레 광장으로 끌어내서 채찍으로 때려도 좋을 만한 교활한 여잡니다. 하지만 친애하는 카냑(17~18세기의 후작으로 섭정 오를레앙 공작이 마음에 들어 하던 사람. ─ 역자 주) 나리, 설사 저희가 리셜리외 원수식, 퐁파두르식, 뒤바리식으로 방탕하며, 게다가 18세기식의 극치를 달린다 할지라도 더 이상 경찰의 도움을 받을 필요는 없습니다."

"어떻게 해야 여자의 사랑을 받을 수 있지?"라고 유로는 쿠르벨의 말에는 귀도 기울이지 않고 고개를 갸우뚱했다.

"이 나이가 돼서도 아직 사랑을 받고 싶다고 생각하는 것이 저희들의 덧없는 버릇입니다."라며 쿠르벨이 말했다. "그냥 참아 주는 것만 해도 다행입니다. 마르네프 부인은 조제파보다 백 배나 더 바람둥이니까요."

"게다가 탐욕스럽기 짝이 없어! 나는 그 여자를 위해서 19만 2천 프랑이나 썼어!"라고 유로가 외쳤다.

"그리고 얼마를 더 쓰셨나요?"라고 쿠르벨은 그 정도 금액은 아무것도 아니라는 듯한 부자의 거만함을 보이며 물었다.

"자네가 그녀를 사랑하지 않는다는 건 잘 알겠군."이라고 남작이 가라앉은 목소리로 말했다.

"저는 이제 넌덜머리가 납니다."라며 쿠르벨이 말했다. "그녀는 제게서 30만 프랑이나 뜯어갔으니까요!"

"그 돈은 어디로 간 걸까? 전부 어떻게 한 걸까?"라고 말하더니 남작은 두 손으로 머리를 싸 쥐었다.

"풋내기 젊은 녀석들이 돈을 추렴해서 헐값의 싸구려 창부의 뒤를 봐 주는 것처럼 우리도 서로 얘기만 잘했다면 이렇게 많은 돈이 들지는 않았을 텐데……."

"그거 좋은 생각이로군!" 이라며 남작은 되풀이해서 대답했다. "하지만 그래도 그녀는 우리를 속일 거야. 그러니까, 뚱뚱보 쿠르벨. 자네는 그 브라질 사람을 어떻게 생각하나?"

"아, 아! 세상에. 당신 말씀이 옳습니다. 저희 두 사람은 농락당한 겁니다. 마치……, 마치 주주들처럼 말입니다." 라며 쿠르벨이 말했다. "그런 여자들은 모두 유령회사 같은 겁니다."

"그렇다면……" 이라며 남작이 말했다. "창가의 불빛에 대해서 이야기한 것도 그 여자인가?"

"유로 남작님." 이라고 쿠르벨이 갑자기 거만한 태도를 보이며 말했다. "저희 두 사람 모두 속은 겁니다! 망할 놈의 발레리!…… 그녀는 제게 당신을 꼭 붙들어 두라고 말했습니다.…… 이제야 알겠습니다.…… 브라질 사람과 들러붙은 겁니다.…… 아, 아! 이제 그 여자는 완전히 포기했습니다. 두 손을 꼭 붙들고 있어도 발로 우리를 속일 그런 여잡니다. 맙소사! 파렴치한 여잡니다! 완전히 닳아빠진 여잡니다!"

"창부보다도 못한 여자야." 라며 남작이 말했다. "조제파나 제니 카딘이라면 우리를 속일 권리가 있어. 그녀들은 누가 뭐래도 색을 파는 장사를 하고 있으니까!"

"그런데 그 여자는 성녀인 척하면서 호박씨를 까다니!" 라며 쿠르벨이 말했다. "다른 말은 하지 않겠습니다, 남작님. 당신은 부인에게도 돌아가는 게 좋겠습니다. 당신도 주머니사정 때문에 힘든 것 같으니까요. 보비네라고 하는, 바람 든 여자들에게 조그만 돈을 빌려 주는 걸 전문으로 하는 인색한 고리대금업자가 당신의 어음을 쥐고 있다는 소문이 종종 들리고 있습니다. 보시는 바와 같이 저는 상류 여자라면 이제 넌덜머리가 납니다. 게다가 저희처럼 나이도 먹을 만큼 먹은 사람들이 그런 갈보에게 무슨 볼일이 있겠습니까? 솔직히 말해서 저희를 속이지 말라고 하는 게 더 우스운 얘기 아닙니까? 남작님, 당신의 머리는 새하얗고 이는 틀니입니다. 저 역시도 시레노스(그리스신화 속에 나오는 신으로, 장난을 좋아하고 술과 음악을 좋아한다. — 역자 주) 저리 가랍니다. 지금부터는 돈 모으기에 힘을 쏟겠습니다. 돈만은 사람을 속이지 않습니다. 6개월마다 국채 이자를 지급하는 날이 오면, 적어도 국채는 저희에게 이자 정도는 지급을 해 줍니다. 그 여자는 그만큼 뜯어 가죠.…… 당신하고라면 친애하는 동료, 오래된 파트너, 애매한……, 뭐라고 해야 하나…… 서로가 알고 있는 삼각관계라도 참을 수 있지만요. 하지만 브라질 녀석은 그 나라에서 그다지 달갑지 않은 식민지산 병이라도 혹시 가지고 들어왔을지 모르니까요."

"여자란," 이라며 유로가 말했다. "정말 알 수 없는 동물이야!"

"아니, 이유는 분명합니다." 라며 쿠르벨이 말했다. "저희는 늙었고 그 브라질 녀석은 젊고 색을 밝힌다는 것뿐입니다."

"그도 그렇군." 이라고 유로가 말했다. "틀림없이 우리도 나이를 먹긴 먹었군. 자네, 하지만 그렇게 아름다운 여자를 바라보는 즐거움을 어떻게 포기할 수 있겠나? 그녀들이 옷을 벗고, 머리를 빗고, 파피요트(머리를 말기 위해서 쓰는 조그만 종이 통. — 역자 주)를 말면서 손가락 사이로 빙그레 웃으며 가만히 우리를 바라보고, 온갖 애교를 떨어가며 온갖 거짓말을 하고, 우리가 낮의 일로 완전히 지쳐 있는 걸 보면 조금도 사랑해 주지 않는다며 심술을 부리고, 그러면서도 이래저래 우리의 기분을 풀어 주려고 하는 그 모습을 더 이상 볼 수가 없다니!"

"정말 그렇습니다. 그것이야말로 인생의 유일한 낙이니까요." 라며 쿠르벨이 외쳤다. "아, 아! 사랑스러운 여자가 방긋 웃으며 이렇게 말해 준다면! '당신, 당신은 정말 멋진 분이세요. 알고 계세요? 저는 다른 여자와는 다르게 생겨 먹었나 봐요. 산양 같은 수염을 기르고 담배만 피워 대는 괴상한 하인같이 무례한 젊은 남자에게는 흥미가 없거든요! 젊은 남자들, 젊음을 앞세워 얼마나 건방진지 몰라요!…… 그리고 잠깐 사람의 마음을 사로잡고 듣기 좋은 말을 했는가 싶으면 어느 틈엔가 떠나 버리잖아요?…… 당신은 저를 헤픈 여자라고 생각하시겠지만 저는 그런 코흘리개보단 50을 넘긴 사람이 좋아요. 오래 사귈 수 있으니까요. 보람도 있고 다른 여자를 그렇게 쉽게 구할 수 없다는 사실을 알고 있기 때문에 저희를 소중히 여기고……. 그래서 당신을 좋아하는 거예요. 천벌을 받을 사람!' 이런 고백과도 같은 말을 하면서 달콤한 우아함을 만들고, 사랑스러운 눈빛을 보이며 정말로……. 아, 아! 그것이 전부 시청의 사업계획과 같은 거짓말이었다니……."

"때로는 거짓말이 진실보다 나을 때가 있지."라고 유로는 발레리의 목소리를 흉내 내는 쿠르벨의 독백에서 몇몇 매력적인 장면을 떠올렸다. "아무래도 거짓말은 세심한 주의를 기울여서 할 필요가 있으니까. 무대의상에는 금 장식끈을 달아야 하는 법이지."

"그러다 드디어 그런 거짓말쟁이 여자의 정체가 밝혀지죠!"라고 쿠르벨이 거친 어조로 말했다.

"발레리는 요정이야."라며 남작이 외쳤다. "늙은이를 청년으로 만들어 주는……."

"정말, 그렇습니다!"라며 쿠르벨이 말을 이었다. "뱀장어처럼 손가락 사이로 빠져나가죠. 하지만 더할 나위 없이 멋진 뱀장어입니다.…… 설탕처럼 희고 달콤한!…… 아르날(당시 파리에서 인기를 얻고 있던 희극 배우. — 역자 주)처럼 익살스럽고, 그 발명가적인 기질! 아, 아!"

"그래, 맞아. 정말 재치 넘치는 여자야!"라고 남작은 벌써 아내를 잊고 외쳤다.

두 친구는 발레리의 장점과 단점을 하나하나 떠올려, 그녀의 목소리의 억양, 그 고양이 같은 요염한 태도, 그 몸짓, 익살스러운 모습, 번뜩이는 기지, 마음의 반짝임 등에 대해서 이야기하며 둘도 없이 친한 친구가 되어 잠자리에 들었다. 실제로 이 사랑에 빠진 여자 예술가는 같은 곡이라도 날에 따라서 아주 능란하게 노래를 부르는 테너 가수처럼 때로는 멋진 진심의 발로를 보였기 때문이었다. 두 노인은 지옥의 불꽃에 환하게 비춰진 고혹적이고 악마적인 여러 가지 추억에 기분 좋게 흔들리며 잠에 빠져 들었다.

이튿날 9시, 유로는 육군성에 가겠다고 했으며, 쿠르벨도 시골로 가야 할 일이 있었다. 그들은 함께 밖으로 나왔는데 쿠르벨이 남작에게 악수를 청하며 말했다.

"원망할 필요 없겠죠? 그렇지 않습니까? 서로 마르네프 부인 따위는 더 이상 생각하지 않을 테니까요."

"물론, 깨끗이 잊었어!"라고 유로는 생각만 해도 오싹해지는 표정을 지으며 말했다.

10시 30분에 쿠르벨은 마르네프 부인의 집 계단을 한꺼번에 네 개씩 뛰어올랐다. 그가 들어서자 그 파렴치한 여자, 사랑스러운 요부는 더할 나위 없이 요염한 실내복을 입고 앙리 몬테스 데 몽테자노스 남작과 리즈베트를 상대로 신경을 써서 마련한 훌륭한 아침 식사를 하고 있는 중이었다. 브라질 사람의 모습을 본 것은 상당한 충격이었지만 그래도 쿠르벨은 마르네프 부인에게 2, 3분 정도 시간을 내 달라고 부탁했다. 발레리는 쿠르벨과 함께 객실로 들어갔다.

"발레리, 나의 천사."라며 사랑에 빠진 쿠르벨이 말했다. "어차피 마르네프는 오래 살지 못할 거야. 만약 당신이 나 한 사람만을 지켜 준다면 그가 죽은 뒤에 결혼을 해도 좋아. 그 사실을 잘 생각해 줬으면 해. 유로는 내가 몰아냈어.…… 그러니 그 브라질 사람과 파리의 구장, 당신을 위해서라면 어떤 높은 지위에라도 올라가고 싶다고 생각하고 있는 나, 지금도 연 수입이 8만 몇 천 리브르나 되는 나와 어느 쪽이 더 가치가 있는지 잘 판단해 줬으면 좋겠어."

"그 점에 대해서 잘 생각해 보겠어요."라며 그녀가 말했다. "2시에 드판 가로 가서 그에 대한 이야기를 하기로 해요. 하지만 얌전히 있어야 해요! 그리고 어제 약속했던 명의를 바꾸는 문제도 잊어서는 안 돼요."

식당으로 돌아가는 그녀의 뒤를 따라 쿠르벨도 함께 갔는데 드디어 발레리를 자기 혼자만의 것으로 만들 방법을 찾아냈기 때문에 그는 완전히 자신만만해져 있었다. 그런데 그 짧은 회담 중에 같은 목적으로 찾아온 유로 남작의 모습이 거기에 있었다. 참사원 의원도 쿠르벨과 마찬가지로 잠깐 시간을 내 달라고 말했다. 마르네프 부인은 다시 한 번 객실로 돌아가기 위해 자리에서 일어나며 브라질 사람에게 미소를 던졌는데 그것은 이렇게 말하는 듯한 미소였다. '이 사람들 어떻게 된 거 같아요! 당신의 모습이 눈에 들어오지도 않는 걸까요?'

"발레리……"라며 참사원 의원이 말했다. "나의 어린 사슴! 그 사촌 오빠라는 사람은, 흔히 볼 수 있는, 미국에서 돌아온 사촌 형제(가짜 사촌 형제. ― 역자 주)겠지?"

"아, 아! 이젠 지긋지긋해요!" 라고 그녀는 남작의 말을 막으며 말했다. "마르네프는 결코 저의 남편이었던 적이 없었고 앞으로도 그럴 거예요. 남편이 될 수가 없어요. 제가 처음으로 사랑했던 사람, 오직 하나뿐이었던 사람이, 기다리고 있었던 건 아니지만 돌아왔어요.…… 제 탓이 아니에요! 하지만 앙리를 잘 본 다음 거울로 당신의 모습을 살펴보세요. 그리고 여자가, 그것도 사랑을 하고 있을 때 망설일지 어떨지를 잘 생각해 보세요. 정말 죄송한 말씀이지만 저는 첩이 아니에요. 오늘부로 두 할아버지에게 휘둘리는 천박한 아가씨 같은 생활은 청산하기로 하겠어요. 무슨 일이 있어도 저를 포기할 수 없다면 당신과 쿠르벨 씨와는 친구로 남아 드리도록 하겠어요. 하지만 모든 것이 끝났어요. 저도 벌써 스물여섯이고, 지금부터는 훌륭한 성녀처럼 존경받는 여자가 되고 싶어요.…… 당신 부인처럼 말이에요."

"그렇게 된 건가?"라며 유로가 말했다. "아, 아! 내가 이렇게, 두 손 가득 면죄부를 든 교황처럼 관대한 마음으로 찾아왔는데 내게 그런 인사를 하는 건가?…… 그럼, 하는 수 없지. 당신 남편은 결코 과장이 되지 못할 거고, 레종 드뇌르 4등 훈장도 받지 못할 거야."

"그건 알 수 없는 일이죠!"라며 마르네프 부인이 그 특유의 눈빛으로 유로를 바라보며 말했다.

"싸움은 그만두기로 하지!"라고 절망에 빠진 유로가 말을 이었다. "오늘 밤 다시 올 테니 그때 이야기하기로 해."

"리즈베트 씨 댁에서라면 저도 좋아요!"

"그럼."이라며 사랑에 괴로워하는 노인이 말했다. "리즈베트의 집에서 보기로 하지!"

유로와 쿠르벨은 함께 계단을 내려와 거리로 나올 때까지 한마디도 주고받지 않았다. 하지만 보도로 나오자마자 두 사람은 얼굴을 마주보고 쓸쓸하다는 듯 웃기 시작했다.

"저희 둘 모두 미치광이 노인입니다."라고 쿠르벨이 말했다.

"그 두 사람, 내쫓았어요."라고 마르네프 부인이 다시 식탁에 앉으며 리즈베트에게 말했다. "나는 지금까지 이 표범 이외에는 그 누구도 사랑해 본 적이 없고 지금도 사랑하고 있어. 앞으로도 사랑할 거고."라고 앙리 몬테스에게 미소를 지어 보이며 그녀가 덧붙였다. "리즈베트, 당신은 모르지?…… 앙리는 가난 때문에 내가 어쩔 수 없이 했던 여러 가지 부끄러운 행동을 용서해 줬어."

"아니, 내가 잘못했소."라며 브라질 사람이 말했다. "내가 당신에게 10만 프랑을 보냈어야 했는데……."

"그렇지 않아요!"라며 발레리가 외쳤다. "저야말로 일을 해서 생계를 꾸려 나갔어야 했어요. 하지만 제 손가락은 그런 일에 적당하지가 않아요.…… 리즈베트에게 물어보세요."

브라질 사람은 파리에서도 가장 행복한 사람이 되어 밖으로 나갔다.

정오 무렵, 발레리와 리즈베트는 호화로운 침실에서 이야기를 나눴다. 그것은 이 위험한 파리 여자가, 여자라면 누구나 자신의 손으로 마무리 화장을 하려 하던 때였다. 문에는 빗장을 걸고, 커튼을 닫은 다음 발레리는 어제 저녁부터 밤, 그리고 오늘 아침까지 있었던 모든 일을 하나도 남김없이 자세하게 들려주었다.

"어때? 당신도 만족해?"라고 이야기를 마무리 지으며 그녀가 리즈베트에게 물었다. "그때가 되면 나, 쿠르벨 부인이 되는 게 좋을까 몬테스 부인이 되는 게 좋을까? 당신 의견은 어때? 어느 쪽이 좋겠어?"

"쿠르벨 씨는 워낙 노는 걸 좋아해서 앞으로 10년도 버티지 못할 거야."라며 리즈베트가 대답했다. "그리고 몬테스는 젊잖아. 쿠르벨 씨는 당신에게 대충 3만 프랑 정도의 연 수입을 남겨 줄 거야. 몬테스 씨에게 기다리라고 하면, 그 사람 가장 사랑을 받고 있는 것에는 변함이 없으니 충분히 행복할 거야. 그렇게 하면 서른셋 정도에는, 나의 사랑스러운 아가씨, 당신은 그 아름다움을 그대로 유지한 채 당신의 브라질 사람과 결혼해 사교계에서 멋진 역할을 수행할 수 있을 거야. 당신에게는 6만 프랑이라는 연 수입이 있고, 거기다 원수 부인의 '비호'를 받게 될 테니."

"맞아. 하지만 몬테스는 브라질 사람이니 결코 대단한 지위에는 오르지 못할 거야."라고 발레리가 지적했다.

"지금은 철도의 시대야."라며 리즈베트가 말했다. "지금은 프랑스에서 외국인도 높은 지위에 오를 수 있게 됐어."

"그렇다면……"이라며 발레리가 말을 이었다. "어쨌든 마르네프가 죽은 뒤에 생각하면 되겠군. 그 사람도 그리 오래 괴로워할 것 같지는 않으니까."

"그 사람이 늘 달고 다니는 병은……"이라며 리즈베트가 말했다. "육체의 회한과도 같은 거야.…… 나는 이제 오르탕스에게로 가 봐야겠어."

"그래, 그럼 다녀와."라며 발레리가 대답했다. "가서 나의 조각가를 데려오도록 해! 3년이나 지났는데 아직 조금도 진전이 없다니! 우리 두 사람의 수치야! 벤세슬라스와 앙리, 이 두 사람만이 내가 열을 올리고 있는 사람이야! 앙리는 사랑의 대상, 벤세슬라스는 기분전환의 대상."

"당신, 오늘 아침은 정말 아름다워!"라고 리즈베트는 발레리의 허리를 손으로 감으며 그의 이마에 입을 맞췄다. "당신이 기뻐하는 일이라면 나도 기뻐. 당신의 재산이 늘어나면 그래서 기쁘고, 당신의 화장이 아름다우면 그래서 기뻐.…… 나는 당신과 자매가 된 그날 처음으로 삶의 보람을 느꼈어."

"아아, 잠깐만!"이라고 발레리가 웃으며 말했다. "숄이 돌아갔어.…… 내가 당신에게 그렇게 가르쳐 줬는데 3년이 지나서도 아직 숄 걸치는 법 하나 기억하지 못했단 말이야? 그러면서도 유로 원수의 부인이 되려고 하다니……."

21

털이 짧고 검은 나사 원단으로 된 레이스 부츠, 회색 비단으로 된 긴 양말을 신고 무늬가 없는 최고급 비단 드레스를 입고, 노란색 새틴 안에 검은 벨벳을 댄 매우 세련된 끈이 달린 모자 밑으로, 한가운데서 두 갈래로 가른 머리카락을 내보이며 리즈베트는 앵발리드 거리를 지나 생 도미니크 가로 가면서, 과연 그 고집스러운 오르탕스가 실의에 빠진 나머지 자신의 말을 따르게 될지, 과연 그 사르마티아 사람 특유의 변덕스러운 성질이 궁지에 놓이면 어떤 행동을 취할지, 어떻게 하면 벤세슬라스의 애정을 다른 곳으로 돌릴 수 있을지 등을 마음속으로 생각하고 있었다.

오르탕스와 벤세슬라스는 생 도미니크 가와 앵발리드 광장이 만나는 곳의 한 모퉁이에 위치한 한 집의 1층에서 살고 있었다. 예전에는 밀월의 달콤함과 조화를 이루고 있던 그 아파트도 지금은 가구의 가을이라고 할 수 있는, 절반은 새롭고 절반은 색이 바랜 외관을 보이고 있었다. 신혼부부란 자칫 모든 것을 소홀히 대하기 쉽기 때문에, 마치 그들이 애정을 낭비하는 것과 마찬가지로 그들의 주위에 있는 것들을 자신도 모르게, 그럴 마음도 없으면서 함부로 사용해 버리는 법이다. 머릿속이 자기들만의 일로 가득하고, 미래에 관해서는 거의 신경도 쓰지 않으며, 훨씬 시간이 지나서야 드디어, 일가의 어머니가 되어서야 비로소 고민에 빠지게 된다.

리즈베트가 도착했을 때, 오르탕스는 마침 자신의 손으로 벤세슬라스 2세에게 옷을 입혀 정원으로 내몬 직후였다.

"어서와, 베트."라고 직접 문을 열러 와서 오르탕스가 말했다.

요리하는 여자는 장을 보러 갔고, 몸종은 아이를 보며 빨래를 하고 있었기 때문이었다.

"안녕, 오르탕스."라고 대답하며 리즈베트가 그녀에게 입을 맞춘 뒤 "그런데……"라고 그녀의 귀에 대고 물었다. "벤세슬라스 씨는 아틀리에?"

"아니, 객실에서 스티드만 씨와 함께 샤놀 씨를 상대로 이야기하고 있어."

"둘이서 얘기 좀 할 수 없을까?"라고 리즈베트가 물었다.

"내 방으로 가."

그 방에는 하얀 바탕에 장밋빛 꽃 모양과 녹색 나뭇잎 모양이 새겨진 페르시아 사라사가 걸려 있었는데 융단과 마찬가지로 빛에 노출되어 완전히 바래 있었다. 상당히 오래전부터 커튼도 세탁하지 않은 상태였다. 거기에는 벤세슬라스의 담배 냄새가 배어 있었는데, 미술계의 명사가 된 데다 원래부터 귀족 출신이었던 그는 사랑을 받고 있었기 때문에 무엇이든 허용이 되는 남자, 부르주아와 같은 성실함 같은 것은 경멸하는 부자처럼 팔걸이가 있는 의자의 가로대나 여러 가지 깨끗한 것 위에 아무렇지도 않게 재를 털곤 했다.

"그럼 네 문제에 대해서 이야기를 해 보도록 하자."라고 리즈베트는 아름다운 오르탕스가 팔걸이가 있는 의자에 깊숙이 몸을 묻고 말없이 앉아 있는 것을 보고 물었다. "대체 어떻게 된 거야? 너, 혈색이 별로 좋지 않은데."

"가엾게도 벤세슬라스에 대한 혹평이 또 두 개나 나왔어. 나는 읽었지만 그 사람에게는 숨기고 있어. 그걸 보면 분명히 기력을 잃고 말 테니까. 몽코르네 원수의 대리석상이 아주 형편없다는 거야. 얕은 돋을새김만은 관대한 눈으로 보고 일부러 비열하게, 벤세슬라스의 장식 미술가로서의 재능만을 추켜세워, 엄숙한 예술은 우리에게 어울리지 않는다는 그런 의견에 한층 더 무게를 더하려 하고 있어. 스티드만 씨도 내가 억지로 우거서 솔직한 의견을 들려 달라고 말했더니, 내 의견도 다른 조각가나 비평가, 세상의 의견과 다를 바 없다고 고백해서 나를 실망시켰어. '벤세슬라스가 내년에도 뭔가 걸작을 발표하지 않는다면 결국 본격적인 조각가는 포기하고 목가적인 소품이나 조그만 동상이나 보석, 금은 세공에 만족해야만 할 겁니다'라고 식사 전에 정원에서 내게 말했어. 그런 말들을 듣고 얼마나 괴로웠는지 몰라. 벤세슬라스는 그런 의견에 절대로 찬성할 리가 없으니까. 그 사람은 자신의 재능에 자신감을 가지고 있고 늘 멋진 생각을 떠올리곤 하니까."

"착상으로 상인들에게 대금을 지불할 수 있는 건 아니야."라고 리즈베트가 못을 박듯 말했다. "나는 그 사실을 입에 침이 마르도록 그 사람에게 말했었는데……. 대금은 돈으로 지불하는 거야. 돈은 완성된 물건, 그것도 부르주아들이 마음에 들어 하며 사려고 하는 물건이 없으면 들어오지 않아. 먹고 살기 위해서라면 조각가는 군상이나 동상보다는 촛대나 난로의 재받침 테이블의 모형이 작업대 위에 올려져 있는 편이 낫지. 그런 것들이라면 누구라도 필요로 하지만 군상의 애호가를 찾아내고 그 사람에게서 돈을 받아 내려면 몇 개월이나 기다려야만 하니까."

"그래. 맞는 말이야, 친절한 리즈베트. 그 사람에게 그렇게 말 좀 해 주지 않겠어? 나는 도저히 그런 용기가 나지 않아서……. 그리고 그 사람도 스티드만 씨에게 그렇게 말했는데, 다시 한 번 장식 미술이나 조그만 조각을 시작하면 미술원에 들어가는 것도, 예술적인 대작에 도전하는 것도 전부 포기해야만 하고 베르사유와 파리 시와 육군성이 우리를 위해서 마련해 둔 30만 프랑짜리 일도 할 수 없게 돼. 우리에게 들어오는 주문을 넘겨 받으려고 하는 경쟁자들이 그런 혹독한 비평을 쓰게 하기 때문에 우리는 그만큼 일의 양이 줄어 드는 거야."

"너도 일이 이렇게 될 줄은 꿈에도 몰랐겠지, 가엾게도."라며 리즈베트는 오르탕스의 이마에 입맞춤하고 말했다. "네가 꿈꾸던 것은 조각가들의 선두에 서서 예술계를 노려 보는 귀족이었겠지.…… 하지만 그런 건 환상에 불과해. 알겠니?…… 그런 꿈을 위해서는 5만 프랑의 연 수입이 필요한데 내가 살아 있는 한 너희에게는 2천 4백 프랑밖에 없질 않니? 내가 죽는다 해도 3천 프랑이야."

몇 방울의 눈물이 오르탕스의 눈에 고였으며, 리즈베트는 고양이가 우유를 핥을 때처럼 기분 좋게 눈으로 그 눈물을 들이마셨다.

지금부터 쓸 이야기가 이 부부의 신혼 생활을 요약한 것인데, 다른 예술가들의 입장에서 보자면 그것은 어쩌면 타산지석과도 같은 것일지도 모르겠다.

정신적인 노동이라고 해야 할지. 지성의 고도한 영역에 있어서의 수렵이야말로 인간의 가장 위대한 노력 중 하나다. 예술에 있어서 ―왜냐하면 인간의 사고가 빚어 낸 모든 창작물을 이 '예술'이라는 말 속에 포함시켜야 된다고 생각하기 때문에― 영광을 받아 마땅한 것은 무엇보다도 용기로, 그 용기가 어떤 것인지 속된 사람들은 상상도 할 수 없으며, 그것이 설명되는 것은 어쩌면 이것이 처음일지도 모른다.

가난이라는 무시무시한 압력에 내몰려 리즈베트의 손에 의해서, 길 양편으로 신경이 가지 않도록 가죽 눈가리개를 한 마차의 말과 같은 상태로 묶여, 한 단계 밑의 '운명'이라고 해야 할 '필요'의 화신인 이 냉혹한 노처녀의 채찍을 맞아, 선천적으로 시인이자 몽상가였던 벤세슬라스도 구상에서 제작으로 이행하여 미술의 그 두 반구(半球) 사이에 놓인 심연의 깊이는 깨닫지도 못하고 단걸음에 그것을 뛰어넘었던 것이었다.

멋진 작품을 생각하고 몽상하고 구상한다는 것은 감미로운 일이다. 그것은 마법의 담배를 피우는 것이며, 자신의 변덕밖에 생각지 않는 창부의 생활을 보내는 것이다. 그럴 때의 작품은 유아의 천진난만한 매력이라고 해야 할지, 솟아오르는 생명의 광기 어린 환희에 둘러싸여 그윽한 향기를 발하는 꽃의 빛깔, 예전에 맛봤던 과일의 튀어 오르는 것 같은 과즙으로 넘쳐난다. 그와 같은 것이 구상이라는 것이며 기쁨인 것이다.

머리로 계획하고 있는 것을 말로 정교하게 묘사할 수 있다면 그것만으로도 그 사람은 벌써 비범한 인간으로 보이게 된다. 그러한 능력은 어떤 예술가나 작가든 모두가 가지고 있는 것이다. 하지만 생산하는 것! 분만하는 것! 자신이 낳은 아이를 손수 소중하게 기르며 밤이면 밤마다 젖을 배불리 먹여 잠재우고, 어머니의 마르지 않는 사랑으로 매일 아침 입맞춤하고, 몸을 핥듯 더러움을 닦아 주고, 자꾸만 찢어 대도 지치지 않고 몇 번이고 가장 깨끗한 옷으로 갈아입히는 것, 그런 생명의 도를 넘어서 수습하기조차 어려운 소란에도 싫은 내색 하지 않고, 그것을 조각의 경우에는 온갖 시선에, 문학의 경우라면 온갖 지성에, 그림의 경우라면 온갖 회상에, 음악의 경우라면 온갖 마음에 이야기하는 것과 같은 살아 있는 걸작으로 만드는 것, 그것이 제작이라는 것이며 그 노고인 것이다. 손은 언제 어떤 때라도 전진해야 하며 언제 어떤 때라도 머리의 명령에 즉석에서 따라야만 한다. 하지만 사랑이 언제까지나 지속되지 않는 것과 마찬가지로 머리도 언제까지나 제 뜻대로 창조적인 마음가짐을 불러일으킬 수 있는 것은 아니다.

그와 같은 창조의 습관, 아이의 어머니(라파엘로에 의해서 멋지게 이해되었던 그 자연의 걸작)를 어머니답게 만드는 그 지칠 줄 모르는 애정, 다시 말해서 몸에 배게 하기에 참으로 어려운 그와 같은 두뇌적 모성은 놀랄 정도로 허무하게 사라져 버리는 것이기도 하다. 천재에게 있어서 영감이란 것은 '기회'의 여신(한쪽 다리를 수레바퀴에 걸고 있으며 한 손에는 면도날, 한 손에는 바람에 날리는 얇은 직물을 들고 있다. 머리카락은 앞쪽에만 있으며 뒤쪽은 벗겨져 있다. ― 역자 주)이다. 이 여신은 면도날 위를 달리는 것이 아니라 공중으로 올라, 까마귀와 같은 깊은 의심으로 날아올라, 시인이 손에 잡을 수 있을 것 같은 얇은 직물도 흔들지 않고, 머리카락은 불꽃이며, 사냥꾼들을 절망하게 만드는 그 홍백의 아름다운 홍학처럼 도망쳐 버린다. 그렇기 때문에 제작이라는 일은 뛰어나고 강력한 자질을 가진 사람들이라 할지라도 한편으로는 두려워하고 한편으로는 종애(鐘愛)하는, 진이 완전히 빠져 버리는 싸움으로, 그들조차도 그 때문에 좌절하는 적이 한두 번이 아니다. 당대의 한 위대한 시인은 그 무시무시한 신고(辛苦)를 놓고 '나는 언제나 절망으로 일을 시작하며 슬픔으로 일을 마친다'고 말했다.

무지한 사람들은 이 사실을 분명하게 알아두어야 한다. 만약 예술가가, 마치 쿠르티우스(로마의 청년 귀족으로 지진 때문에 갈라진 땅 속으로 무장을 하고 뛰어들었다. ─ 역자 주)가 커다란 균열 속으로 몸을 내던진 것처럼, 혹은 병사가 적의 보루를 향해 달려드는 것처럼 이것저것 따지지 않고 자신의 작품에 몰입하지 않는다면, 그리고 그 불꽃 속에서 마치 탄광에 생매장 당한 광부처럼 죽을 각오로 일을 하지 않는다면, 다시 말해서 동화 속에서 사랑에 빠진 젊은이들이 자신이 바라는 공주님을 얻기 위해 차례차례로 나타나는 마법과 싸우는 것처럼 어려움을 하나하나 극복해 나가는 대신 그저 멍하니 그것을 바라보기만 할 뿐이라면 작품은 미완인 채로 생산이 불가능해진 아틀리에의 구석에서 허물어져 갈 것이며, 예술가는 자기 재능의 자살을 지켜보게 될 것이다. 라파엘로의 형제라고 할 만한 그 천재 로시니도 가난한 청년 시절 후에 부유한 장년을 맞아 위의 말의 아주 좋은 실례를 우리에게 보여 주고 있다. 위대한 시인들과 위대한 장군들이 똑같은 보상, 똑같은 승자의 영예, 똑같은 월계관을 받을 수 있는 이유도 바로 거기에 있는 것이다.

벤세슬라스는 선천적으로 몽상가였고, 리즈베트의 전제적인 지도하에서 제작하고 수업하고 노동하는 데 온 힘을 쏟아 부은 후였기 때문에 애정과 행복이 반동을 가져다주었다. 본성이 고개를 치켜들었다. 게으른 버릇과 느긋한 삶, 사르마티아 사람 특유의 느슨한 성격이 되돌아와서, 교사가 엄한 채찍으로 간신히 그와 같은 것들을 몰아낸 그의 영혼 속 무기력한 주름에 다시 들러붙었던 것이었다.

처음 몇 개월 동안 이 예술가는 아내를 사랑했다. 오르탕스와 벤세슬라스는 누구 하나 꺼릴 것 없는, 행복한, 무분별하고 사랑스러운 유희에 탐닉했다. 그 무렵에는 오르탕스가 앞장서서 벤세슬라스에게서 모든 일을 앗아갔으며, 그렇게 해서 연적인 조각에 승리를 거둔 것을 자랑스럽게 생각했다. 게다가 여자의 애무는 원래 미의 여신의 모습을 지우고 일에 몰입하는 남자의 광포하고 잔인한 결의를 약하게 만드는 법이다.

6, 7개월이 지나자 조각가의 손가락은 도구를 쥐는 감각을 잊고 말았다. 드디어 일을 하지 않을 수 없는 상황에 내몰려 모금위원회위원장인 비상부르 공작이 대리석상을 보고 싶다고 말했을 때, 벤세슬라스는 '지금부터 만들겠습니다' 라는, 게으른 자에게 꼭 어울리는 한마디를 내뱉었다. 그리고 담배만 피워대는 예술가 특유의 그럴 듯한 거짓말과 멋진 계획으로 사랑하는 오르탕스를 기분 좋게 만들었다. 오르탕스는 그녀의 시인에 대해서 한층 더 애정을 쏟아 부었으며, 숭고할 정도의 몽코르네 원수 동상을 환상 속에서 보았던 것이었다. 몽코르네는 용맹과 과감함의 이상적인 모습, 기병의 전형, 뮐러처럼 용기의 상징이 될 터였다. 아니 그 동상을 보는 순간 나폴레옹 황제가 연전연승한 이유까지도 이해할 수 있게 될 터였다. 게다가 얼마나 뛰어난 완성도였는지! 연필은 더할 나위 없이 순종적이었다. 말 그대로 움직여 줬기 때문이었다.

조각상으로 말할 것 같으면, 벤세슬라스를 꼭 닮은, 꼭 끌어안고 싶을 정도로 사랑스러운 아이가 태어났다.

글로 카이유의 아틀리에로 가서 점토를 반죽하고 틀을 만들어야 할 단계에 이르렀을 때, 때로는 그 공작이 산 추시계가 벤세슬라스의 입회를 필요로 했기 때문에 장식에 쓰일 인물상을 조각하고 있는 플로랑 에 샤놀의 공방에 가야만 했다. 그런가 하면 때로는 하늘이 회색빛으로 음침했다. 오늘은 볼일이 있어서 나가야 하고 내일은 친척으로부터 저녁 식사에 초대를 받는 식이었으며, 머리나 몸의 상태가 좋지 않을 때는 말할 필요도 없고, 게다가 사랑하는 아내와 아이처럼 장난치며 보내는 날도 계산에 넣지 않을 수 없었다. 공작 비상부르 원수는 원형을 한시라도 빨리 손에 넣고 싶었기 때문에 어쩔 수 없이 화난 척하며, 대답에 따라서는 위촉 결정을 다시 한 번 재고할 수도 있다고 말했다. 쉴 새 없이 잔소리를 해 대고 심한 말을 잔뜩 퍼부은 끝에 모금위원회는 간신히 석고상을 볼 수 있었다. 일을 하고 난 날이면 스타인벡은 눈에 띄게 피곤한 모습으로 돌아와 그런 석공과도 같은 힘든 일과 자신의 허약한 체력에 대해서 불평을 털어놓곤 했다.

처음 일 년 동안 젊은 부부는 어느 정도 여유 있는 생활을 했다. 남편에게 푹 빠져 있던 스타인벡 백작 부인은 충만한 사랑의 기쁨 속에 잠겨서 육군 장관을 저주했다. 그녀는 장관을 직접 찾아가서, 위대한 작품은 대포처럼 간단하게 만들 수 있는 것이 아니다, 국가는 루이 14세나 프랑수아 1세나 레오 11세처럼 천재의 명령에 따라야 한다고 말했다. 가엾은 오르탕스는 자신이 품고 있는 것이 피디아스(고대 그리스의 유명한 조각가. ─ 역자 주)와 같은 대조각가라고 믿고, 애정을 우상숭배로까지 승화시켜버리고 마는 여자의 어머니와도 같은 맹목으로 벤세슬라스를 접했던 것이었다.

"서두를 거 하나도 없어요."라며 그녀는 남편에게 말했다. "저희들의 미래는 이 동상에 전부 달려 있어요. 천천히 시간을 들여서 걸작을 만들도록 하세요."

　그녀는 아틀리에에도 찾아왔다. 사랑에 빠져 버린 스타인벡은 그녀와 하나가 되어 그 조각상을 만드는 대신 그녀에게 그것을 묘사해서 들려주는 데 7시간 중 5시간을 허비해 버렸다. 그런 이유로 그는 이 작품, 그의 말에 의하면 '결정적' 인 작품을 완성하는 데 1년 반이라는 시간이 걸렸다.

　드디어 석고를 흘려 보내 원형이 완성되었을 때, 가엾은 오르탕스는 그때까지 남편이 상상하기 어려울 정도의 노력을 기울이는 모습을 봐 왔고, 조각가들의 몸, 팔, 손을 녹초가 되게 만드는 그 피로로 남편의 건강이 악화된 것을 보아 왔기 때문에 그 작품을 완성도 높은 것이라고 생각했다. 조각에 관해서는 아무것도 모르는 그녀의 아버지와 그에 못지않게 무지한 남작 부인도 한목소리로 걸작이라고 칭찬했다. 그들의 손에 이끌려 온 육군 장관도 그와 같은 열광적인 분위기에 휩싸여, 적당한 배광 속에서 녹색 천 앞에 보기 좋게 놓여 있는 그 석고상을 보고 만족했다. 하지만 안타깝게도 1841년의 전람회에서 일제히 쏟아진 비난은, 너무나도 짧은 시간에 사람들의 주목을 끈 벤세슬라스라는 우상을 아니꼽게 생각하고 있던 무리들의 입에 걸려서 야유와 조롱으로까지 악화됐다. 스티드만은 벤세슬라스의 눈을 뜨게 해 주려 했지만 오히려 질투를 하고 있는 것이라고 오해를 받게 되었다. 오르탕스에게 있어서 신문에 실리는 비평은 전부 질투의 목소리로밖에 들리지 않았다. 그래도 스타인벡은 의리가 있는 사람이었기 때문에 그런 비평에 반박을 가해, 보통 조각가는 석고상과 대리석상 사이에 상당한 수정을 가하는 법이니 대리석상을 출품해야 한다고 지적한 몇몇 기사를 쓰게 하는 데 성공했다. '석고의 틀에 따라서 대리석상을 만들어 가는 동안' 이라고 클로드 비뇽은 말했다. '걸작을 형편없는 졸작으로 만드는 경우가 있는가 하면 졸작을 훌륭한 작품으로 탄

생시키는 경우도 있다. 석고는 원고이며 대리석은 서적인 셈이다.'

2년 6개월에 걸쳐서 스타인벡은 대리석상 하나와 아이 하나를 만들었다. 아이는 숭고할 정도로 아름다웠지만 조각은 차마 눈뜨고 볼 수 없을 정도였다.

모 공작의 추시계와 이 대리석상이 젊은 부부의 부채를 탕감해 주었다. 그 무렵 스타인벡은 사교계에 드나들었으며, 연극을 관람하고 이탈리아 극장으로 가는 것이 습관이 되어 있었다. 아주 그럴 듯하게 예술에 대해서 논했으며, 사교계 사람들 앞에서는 비평가인 양 입에 발린 설명으로 대예술가로서의 지위를 유지했던 것이었다. 파리에는 자신에 관해서만 이야기하고, 이른바 살롱의 명성과 같은 것에만 만족하는 천재들이 헤아릴 수도 없이 많다. 스타인벡은 그와 같은 매력적인 환관들을 보면서 하루하루 일에 대한 혐오감이 더욱 늘어만 갔다. 작품에 손을 대려고 하면 곧 그것을 완성하기까지의 온갖 어려움이 떠올랐으며, 그 결과 일어나는 의기소침이 그의 의지를 꺾어 버리고 마는 것이었다. 영감이라는 그 지적 생식의 광기어린 천사는 그 환자와도 같은 연인의 모습을 보고 쏜살처럼 바로 하늘 너머로 날아 올라가 버렸다.

조각은 무대 예술과 마찬가지로 모든 예술 중에서도 가장 어렵고도 가장 쉬운 예술이다. 모델을 있는 그대로 묘사하면 그것으로 일단 작품은 완성된다. 하지만 거기에 영혼을 새겨 넣어 한 사람의 남자나 여자를 표현하면서도 전형으로까지 승화시킨다는 것은 프로메테우스(그리스 신화의 거인으로 천계의 불을 훔쳐 인간에게 주었기 때문에 가혹한 형벌을 받는다. ― 역자 주)의 죄라고 할 수 있다. 인류 역사 속에서도 참된 시인은 손가락으로 꼽을 수 있을 정도밖에 없는 것과 마찬가지로, 조각의 역사에서도 그런 성공은 손가락으로 꼽을 수 있을 정도도. 미켈란젤로, 미셸 코론, 장 구종, 피디아스, 프락시텔레스, 폴리클레이토스, 푸제, 카노바, 알브레히트 뒤러 등은 밀턴이나 베르길리우스나 단테나 셰익스피어, 터소, 호메로스, 몰리에르 등의 형제인 것이다. 이 조각이라는 것은 장대한 예술이기 때문에, 마치 피가로(보마르셰의 희곡 《피가로의 결혼》의 주인공. ─ 역자 주)나 러블레스(리처드슨의 소설 《클라리사 할로》의 주인공. ─ 역자 주)나 마농 레스코 등과 같은 작중 인물이 보마르셰나 리처드슨이나 아베 프레보의 이름을 불후의 것으로 만들어 준 것과 마찬가지로 한 개의 조각상이라 할지라도 한 조각가의 이름을 불후의 것으로 만들기에는 충분하다. 무정한 사람들의 말에 의하면(예술가 중에도 그와 같은 인종들이 헤아릴 수도 없이 많은데) 조각은 나체상(裸體像)의 형태로밖에 존재할 수 없는 것으로, 이 예술은 그리스와 함께 멸망했다, 현대의 의복은 조각을 불가능한 것으로 만들었다는 것이다. 하지만 무엇보다도 고대인들도 《폴리힘니아》나 《줄리아》 상과 같이 완전히 헝겊으로 둘러싸인 숭고한 조각상을 만들었으며, 게다가 우리는 그들의 작품을 10분의 1도 발견하지 못했다. 그리고 다음으로, 참으로 예술을 사랑하는 사람들은, 피렌체에서는 미켈란젤로의 《생각하는 사람》, 마인츠 대성당에서는 알브레히트 뒤러의 성모상을 가 보기 바란다. 뒤러의 이 성모상은 흑단이지만 세 겹의 옷이 실로 생생한 여인상을 감싸고 있는데, 그것은 몸종이 빗어 준 적이 있는 가장 풍요롭게 물결치는, 가장 부드러운 머리카락이다. 무지한 무리들은 그와 같은 작품을 서둘러 보러 가야 하며, 그러면 누구라도 천재는 예복, 갑주, 길게 늘어진 옷에도 사상을 담을 수가 있으며, 인간이 의복에 자신의 성격이나 생활습관을 새겨 넣는 것과 마찬가지로, 거기에 살아서 숨 쉬는 육체와 같은 것을 부여할 수 있다는 사실을 틀림없이 인정하게 될 것이다.

조각이란, 회화에서 라파엘로라는 이름으로 전무후무하게 딱 한 번 현실화된 사실을 끊임없이 실현하려 하는 시험인 것이다. 이 무시무시한 문제의 해답은 빈틈없고 끊임없는 노동 속에만 존재하며, 실제로 온갖 물질적 어려움을 철저하게 극복하고 손을 아주 정확하고 신속하고 순종적인 상태로 유지하지 않는 한 조각가는 물질화하는 것에 의해서 변용시켜야만 하는, 그 걷잡을 수 없는 정신적인 것과 일 대 일로 격투를 할 수 없다. 바이올린의 현으로 자신의 영혼을 이야기했던 파가니니도 만약 3일 동안 연습을 하지 않고 지낸다면, 그의 말을 빌자면, 그의 악기의 '음역'을 잃었을 것임에 틀림없다. 그는 이 '음역'이라는 말로 목재와 활과 현과 그 자신 사이에 존재하는 일심동체의 상태를 지적한 것이다. 이 조화가 무너졌다면 틀림없이 그도 단번에 평범한 바이올리니스트로 전락하고 말았을 것이다.

끊임없는 노동은 인생의 규율인 것과 마찬가지로 예술의 규율이기도 하다. 왜냐하면 예술이란 이상화된 창조이기 때문이다. 그렇기 때문에 위대한 예술가나 완전한 시인은 주문도 기다리지 않으며 작품을 사 줄 사람도 기다리지 않는다. 그들은 오늘도 내일도, 언제까지나 작품을 낳는다. 결과적으로는 거기에서 열심히 일하는 습관, 그 어려운 것의 끊임없는 지식이 태어나고 그것이 그들에게 미의 여신과의 내연관계, 그녀의 창조의 힘과의 내연관계를 유지할 수 있게 하는 것이다. 카노바는 자신의 아틀리에에서 생활했으며, 볼테르는 서재에서 생활했고, 호메로스와 피디아스도 평생을 그렇게 생활했을 것임에 틀림없다.

리즈베트가 다락방에 묶어 놓았을 무렵의 벤세슬라스 스타인벡은 그런 위대한 사람들이 걸었던 '영광'의 알프스로 가는 험난한 길을 걷고 있었다. 하지만 오르탕스의 모습을 빌린 행복이 시인을 다시 나태로 되돌아가게 했다. 원래 나태함이란 모든 예술가들의 정상적인 상태인데, 왜냐하면 그들의 나태함은 아무것도 하지 않는 나태함이 아니기 때문이다. 그것은 할렘에서 맛보는 터키 총독의 쾌락이다. 그들은 관념을 애무하며 지성의 샘물을 마시고 황홀함에 빠진다. 스타인벡처럼 몽상에 탐닉했던 위대한 예술가가 '몽상가' 라 불렸던 것은 적절한 것이었다. 이와 같은 아편을 흡입한 사람은 모두 비참한 처지로 떨어진다. 그들이라 할지라도 가차 없는 혹독한 경우의 지원이 있었다면 틀림없이 위대한 인물이 되었을 것이다. 게다가 이와 같은 반예술가들은 애교가 있어서, 사람들은 그를 사랑하고 찬사로 그들을 취하게 만든다. 그들은 지나치게 개성적이라거나, 야만스럽다거나, 사회의 규율에 반한다며 비난을 받는 참된 예술가들보다 한 단계 위에 있는 것처럼 보일 것이다. 그 이유는 다음과 같다.

위대한 예술가들은 자신의 작품에만 몰두한다. 온갖 것에 대한 그들의 초탈적인 모습, 일에 대한 그들의 충실함 때문에 어리석은 자의 눈에는 그들이 이기주의자처럼 보인다. 왜냐하면 그들에게도, 교제상의 의리라고 불리는 사회적 의례를 빼먹지 않는 세련된 신사와 같은 옷을 입히고 싶어서 안달이 났기 때문이다. 아틀라스 산(북아프리카에 있는 산. ─ 역자 주)의 사자에게도, 후작 부인이 기르는 개에게처럼 솔질을 해 주고 향수를 뿌려 주고 싶어 하는 것이다. 이와 같이 위대한 인물은 비슷한 사람이 그다지 많지 않으며, 또한 있다 하더라도 그런 사람과 만나는 경우는 거의 없기 때문에 철저하게 배타적인 고독에 빠지지 않을 수 없다. 그들은 대다수의 인간, 즉 주지의 사실처럼, 멍청이와 타인을 질투하기만 하는 사람과 무지몽매한 무리와 무정한 인간들만으로 이루어진 그 대다수의 인간에게 있어서는 이해할 수 없는 존재가 되어 버린다. 여기까지 생각했다면 이와 같이 장대한 예외자들 곁에 있는 여자들이 점하는 역할도 알 수 있지 않겠는가? 여자는 리즈베트가 5년 동안 보여 준 것과 같이 성실하게 뒷바라지를 해야 하며 그와 동시에 사랑을, 겸손하고 조심스러우며 언제라도 두드리면 소리를 내는 것과 같은, 언제라도 상냥한 사랑을 바쳐야만 한다.

오르탕스는 아이를 기르는 어머니의 노고를 맛보고 난 뒤에서야 비로소 눈을 떴으며, 또한 끔찍한 가난에도 내몰려, 도를 넘어선 애정 때문에 자신도 모르게 여러 가지 과오를 범했다는 사실을 깨닫게 되었지만 그것도 너무 때늦은 뒤의 일이었다. 어머니에게 부끄럽지 않은 훌륭한 딸이었던 만큼 벤세슬라스를 괴롭히는 것이라고 생각하는 것만으로도 그녀는 가슴이 미어지는 것만 같았다. 사랑하는 시인으로서의 남편에게 매정한 행동을 하기에, 그녀는 그를 너무나도 사랑하고 있었다. 하지만 그러는 동안에도 가난의 고통이 그녀와 그녀의 아이와 그녀의 남편을 당장이라도 덮칠 것만 같은 순간이 눈앞으로 닥쳐 왔다.

"어머! 얘, 기운내거라."라고 리즈베트가 사촌 조카의 아름다운 눈에 눈물이 고여 있는 것을 보고 말했다. "기력을 잃어서는 안 된다. 눈물을 컵 하나 가득 흘린다 해도 한 접시분의 수프도 살 수 없단다! 대체 얼마나 필요한 거니?"

"5,6천 프랑은 필요해."

"내게는 고작해야 3천 프랑밖에 없어."라며 리즈베트는 말했다. "그래, 벤세슬라스 씨는 지금 뭘 하고 있니?"

"6천 프랑으로 스티드만 씨와 함께 데르빌 공작을 위해서 디저트용 식기 세트를 만들지 않겠느냐는 얘기가 나왔어. 그렇게 하면 레옹 드 롤라 씨와 블리드 씨에게서 빌린 4천 프랑을 샤놀 씨의 손으로 갚아 주겠다고 했대. 무슨 일이 있어도 갚아야만 하는 돈이거든."

"뭐라고? 몽코르네 원수를 위해서 세운 기념비의 대리석상과 얕은 돋을새김의 제작비를 받았는데 아직도 그렇게 빚이 많이 남았어?"

"그게,"라며 오르탕스가 말했다. "우리는 3년 전부터 매해 1만 2천 프랑을 사용해 왔지만 내 수입은 1백 루이(2천 프랑. — 역자 주)야. 원수의 기념비는 경비로 전부 지불하고 났더니 1만 6천 프랑밖에 남질 않았어. 솔직히 말해서 벤세슬라스가 일을 하지 않으면 앞으로 어떻게 될지 몰라. 아, 아! 만약 내가 조각 만드는 법이라도 배웠다면 신물이 날 정도로 점토를 반죽했을 텐데!"라고 그녀는 아름다운 어깨를 앞으로 내밀며 말했다.

처녀 시절의 모습이 결혼 후인 지금까지도 그대로 남아 있다는 것을 누구라도 알 수 있었다. 오르탕스의 눈은 반짝반짝 빛나고 있었다. 그녀의 혈관 속으로는 철이 섞인 격정의 피가 흐르고 있었다. 자신의 에너지를 아이를 안는 데밖에 쓸 수 없다는 것이 안타까웠던 것이었다.

"어머! 가엾은 아기사슴. 예술가와 결혼을 하려면 그 사람의 지위가 굳어진 다음에 해야 하는 법이야. 지금부터 지위를 굳히려고 하는 예술가와 결혼하는 것은 분별 있는 아가씨가 할 행동이 아니야."

바로 그때 샤놀을 배웅하려는 스티드만과 벤세슬라스의 발소리와 이야기 소리가 들려왔다. 그리고 얼마 지나지 않아서 벤세슬라스가 스티드만과 함께 돌아왔다. 저널리스트와 유명한 여배우들, 이름이 널리 알려진 고급 창부들 사회에서 널리 알려진 조각가 스티드만은 발레리가 자신의 집을 찾는 단골로 삼고 싶다고 생각하고 있는 세련된 청년으로, 이미 클로드 비뇽이 그를 발레리에게 소개한 뒤였다. 스티드만은 얼마 전 그 유명한 숀츠 부인과의 관계에, 부인이 몇 개월 전에 결혼을 해서 시골로 내려갔기 때문에, 종지부를 찍은 상태였다. 발레리와 리즈베트는 클로드 비뇽을 통해서 그 파국에 대한 이야기를 듣고 이 벤세슬라스의 친구를 바노 가로 끌어들일 필요가 있다고 판단했다. 스티드만은 사양하는 마음에서 스타인벡 부부를 그렇게 자주 방문하지는 않았으며, 리즈베트도 얼마 전 클로드 비뇽이 소개를 해 주었을 때 그 자리에 없었기 때문에 그녀는 스티드만을 처음으로 만나게 되었다. 이 유명한 조각가를 가만히 바라보고 있는 동안 그녀는 때때로 그가 오르탕스에게 시선을 던지고 있다는 것을 깨달았으며, 그것을 보고 만약 벤세슬라스가 아내를 배신한다면 그녀의 마음을 달래기 위해서 이 남자를 스타인벡 백작 부인에게 줄수 있을지도 모르겠다고 생각했다. 실제로 스티드만은, 벤세슬라스가 자신의 친구만 아니었다면 오르탕스라는 이 젊고 아름다운 백작 부인을 멋진 애인으로 삼을 수 있었을 것이라고 생각하고 있었다. 하지만 그러한 욕망을 명예심이 억누르고 있었기 때문에 오히려 그것이 이 집으로부터 그를 멀어지게 했던 것이었다. 리즈베트는, 스스로 교태부리기를 금하고 있는 여자를 앞에 두었을 때 남자들이 보이는 그 의미심장한 난처함을 느낄 수 있었다.

"저 청년, 아주 멋지지 않니?"라고 그녀가 오르탕스의 귀에 대고 속삭였다.

"어머! 그래?"라며 오르탕스가 대답했다. "그렇게 생각한 적은 한 번도 없었는데……."

"이보게, 스티드만."이라며 벤세슬라스가 그의 친구의 귀에 대고 속삭였다. "우리 사이니까 털어놓고 말하는 건데, 사실은 저 노처녀와 할 얘기가 좀 있어."

스티드만은 두 여자에게 인사를 한 뒤 밖으로 나갔다.

"자, 이제 끝났어."라며 벤세슬라스는 스티드만을 배웅하고 돌아와서 말했다. "하지만 그 일은 6개월 정도 걸릴 거야. 그동안 어떻게든 버텨야 하는데."

"제 다이아몬드가 있어요."라고 젊은 스타인벡 백작 부인이 사랑하는 여자의 숭고한 감정으로 외쳤다.

한 방울 눈물이 벤세슬라스의 눈에 고였다.

"아니! 내가 일을 하겠소."라고 그는 아내 옆에 앉아 그녀를 무릎 위에 올려놓고 안으며 말했다. "내가 잠동사니를 만들도록 하겠소. 납폐(納幣) 때 쓰는 바구니나 청동 군상이나……."

"내 얘기 좀 들어 봐, 나의 귀여운 아이들. ─맞아, 알다시피 너희들은 내 유산의 상속인이야. 그리고 특히 내가 원수와 결혼하는 것을 도와주기만 하면 상당한 유산을 남겨 줄 수가 있어. 내게 의지해도 좋아. ─만약 그 얘기가 빨리 성사된다면 너희들을, 너희들과 애들린도 우리 집에서 돌봐 줄 수 있을 텐데. 아, 아! 그렇게만 된다면 모두 함께 행복하게 생활할 수 있을 텐데. 이번에는 내 오랜 경험에서 나오는 목소리에도 귀를 기울여 줬으면 해. 전당포에는 절대로 가서는 안 돼. 거기서 돈을 빌리는 순간 모든 게 끝나 버리고 마니까. 내가 봐 온 가난뱅이들은 언제나 상환 기한을 갱신할 때가 되면 이자를 지불하는 데 필요한 돈이 없어서 원금이고 뭐고 전부 날려 버리고 말았으니까. 내가 차용증서만으로, 5부 이자로 돈을 빌려 줄 사람을 알아봐 줄게."

"아, 아! 그렇게 해 주면 도움이 될 거야!"

"그러니까 오르탕스, 내가 부탁하기만 하면 돈을 꿔 줄 그 사람의 집으로 벤세슬라스를 보내도록 해. 그 사람이란 다름 아닌 마르네프 부인이야. 적당히 추켜세워 주기만 하면 돼. 그 여자는 갑자기 출세한 사람처럼 허영심이 워낙 강하거든. 그렇게만 하면 상상할 수도 없을 만큼 좋은 조건으로 너희들을 위험에서 구해 줄 거야. 오르탕스, 너도 그 사람의 집에 가 보도록 하렴."

오르탕스는 교수대에 오르는 순간 사형수가 보이는 것과 같은 표정으로 가만히 벤세슬라스를 바라보았다.

"클로드 비뇽이 스티드만을 소개한 집이야."라며 벤세슬라스가 대답했다. "느낌이 아주 좋은 집 같던데."

오르탕스는 힘없이 고개를 떨구었다. 이 순간 그녀가 느낀 것을 이해시킬 수 있는 것은 오직 한마디 말밖에 없었다. 그것은 고통이 아니라 병이었던 것이었다.

"오르탕스, 너도 인생이라는 것을 조금은 배워야만 해!"라고 리즈베트는 오르탕스의 반응이 분명하게 이야기하고 있는 감정을 깨닫고 외쳤다. "그렇게 하지 않으면 너도 어머니처럼 되고 말 거야. 텅 빈 방으로 내몰려서, 율리시즈가 떠난 뒤의 칼립소(난파한 율리시즈를 구해 7년간 붙잡아 두었다. ─ 역자 주)처럼 눈물을 흘리게 될 거야. 요즘엔 텔레마코스가 있을 리도 없는데……."라고 그녀는 마르네프 부인이 사용했던 조소적인 비유를 그대로 되풀이한 뒤 말을 이었다. "세상 사람들을 부엌의 도구처럼 생각해야 해. 필요할 때는 집어 들고 사용하다가 필요가 없어졌을 땐 내던지면 되는 거야. 너희들도 마르네프 부인을 이용하도록 해. 그리고 나중에 그녀와 결별하면 되는 거야. 아니면 네게 푹 빠져 있는 벤세슬라스 씨가 너보다 네다섯 살이나 나이가 많은, 클로버의 꽃다발 같이 시들한 여자에게 반하기라도 할까 봐 걱정이 되는 거니?"

"나는 차라리 다이아몬드를 전당포에 잡히는 게 나을 것 같아."라고 오르탕스가 말했다. "벤세슬라스, 거기만은 가지 마세요!…… 거기는 지옥이에요!"

"오르탕스의 말이 맞습니다!"라고 벤세슬라스는 아내를 꼭 끌어안으며 말했다.

"고마워요, 여보."라며 젊은 부인은 행복의 절정에 올라 대답했다. "봐, 우리 이이는 천사 같은 사람이야. 도박도 하지 않고, 어딜 가든 나와 함께 가고, 이제 일을 시작하기만 한다면, 아니, 나는 너무 행복해. 어째서 아버지의 정부의 집에까지 찾아가야만 한다는 거지? 아버지를 파산으로 내몰았고, 당당했던 우리 어머니에게도 죽을 정도의 슬픔을 안겨 주고 있는 여자잖아.?"

"오르탕스, 네 아버지가 파산한 건 그 여자 때문이 아니란다. 요전의 여자 가수가 네 아버지의 재산을 전부 먹어 치운 거야. 그리고 너의 결혼이……"라며 사촌 베트가 대답했다. "어째서, 어째서? 마르네프 부인은 네 아버지에게 커다란 도움이 되어 주고 있어. 그래!…… 하지만 나는 아무것도 말하지 않는 편이 좋겠지."

"당신은 모두를 변호하려고 하는군, 베트."

아이의 울음소리가 들려와 오르탕스가 정원으로 나갔기 때문에 리즈베트는 벤세슬라스와 단둘이 남게 되었다.

"당신의 부인은 천사 같은 사람이네요, 벤세슬라스 씨."라며 리즈베트가 말했다. "듬뿍 사랑해 주도록 해요. 결코 슬픔을 맛보게 해서는 안 돼요."

"네. 저 사람을 사랑하고 있기 때문에 우리의 가난을 숨기고 있었어요."라며 벤세슬라스가 대답했다. "하지만 리즈베트 씨, 당신에게라면 진실을 털어놓을 수 있어요.…… 그래서 하는 말인데 아내의 다이아몬드를 전당포에 잡히는 정도 가지고 사태가 좋아지지는 않을 거예요."

"그렇다면 마르네프 부인에게 빌리는 게……."라며 리즈베트가 말했다. "당신이 거기에 가는 걸 받아들이도록 오르탕스를 설득하세요. 아니면 하는 수 없죠. 저 아이에게는 숨기고 몰래 가는 수밖에."

"저도 그렇게 생각하고 있었어요."라며 벤세슬라스가 대답했다. "조금 전, 오르탕스에게 슬픔을 주고 싶지 않아서 그 집에는 가지 않겠다고 거절했을 때요."

"저기, 벤세슬라스 씨. 저는 당신 두 사람을 진심으로 사랑하고 있으니 역시 위험이 있을 수도 있다는 사실을 미리 말해 두지 않을 수 없어요. 만약 거기로 갈 거라면 당신의 심장을 두 손으로 잘 붙들고 있어야 할 거예요. 그 사람은 악마니까요. 그녀를 만나는 남자들은 하나같이 그녀에게 홀딱 반해 버리고 말아요. 닳고 닳았지만 정말 아름다우니까요!……
예술의 걸작처럼 황홀함에 빠지게 해요. 그 사람에게는 돈만 빌리고, 영
혼을 담보로 빼앗기지 않도록 하세요. 오르탕스가 당신에게 배신을 당한
다면 저는 설 자리를 잃고 말아요.……아, 오르탕스가 와요!"라며 리즈베
트가 외쳤다. "이 이야기는 끝난 거예요. 제가 알아서 잘 처리하도록 하
죠."

"리즈베트 씨에게 입맞춰 줘요."라며 벤세슬라스가 아내에게 말했다.
"저금한 돈을 털어서 우리를 궁지에서 구해 주실 거야."

이렇게 말하며 그는 리즈베트에게 눈짓을 보냈고, 리즈베트도 그 의미
를 알아차렸다.

"나의 케루빔 천사, 그렇다면 당신도 일을 해 주시는 거죠?"라고 오르
탕스가 말했다.

"물론이지."라며 예술가가 대답했다. "내일부터."

"그 내일부터라는 게 늘 문제였어요."라고 오르탕스가 그에게 미소 지
으며 말했다.

"하지만 매일같이 차례차례로 지장이 생기거나 장애가 나타나거나 급
무가 생기거나 하지 않았소? 당신도 생각해 봐요."

"맞아요. 당신이 말씀하신 대로예요."

"나는 여기에……"라고 스타인벡이 이마를 두드리며 말을 이었다.
"착상이라는 걸 가득 담고 있어!…… 정말이야, 내 적들을 모두 깜짝 놀
라게 해 주고 싶어. 16세기 독일풍, 몽상가풍의 식기 세트를 만들 생각이
야. 벌레와 나비가 가득 앉은 나뭇가지를 만들어 낼 생각이야. 거기에 아
이들을 몇 명 재워 놓고 참신한 괴물, 정말 괴물다운 괴물, 우리의 꿈을
그대로 구현시킨 괴물을 첨가할 거야!…… 머릿속에선 이미 완성된 상태
야! 이건 손이 많이 가면서도 경묘(輕妙)하고 복잡한 느낌을 주는 작품이

될 거야. 샤놀은 완전히 감탄한 채로 돌아갔어……. 내게는 격려가 필요했던 거였어. 몽코르네 원수의 동상에 대한 요전의 비평 기사들은 나를 완전히 의기소침하게 만들었으니까."

그날 리즈베트와 벤세슬라스가 잠시 단둘이 되었을 때 예술가는 나이든 아가씨와 상의해서 이튿날 마르네프 부인을 만나러 가기로 결정을 봤다. 왜냐하면 아내에게 그 일을 허락받거나 아니면 그가 비밀리에 갈 생각이었기 때문이었다.

《하권에 계속》

H.D 발자크 연보

1799년 5월 20일 프랑스 투렌 주의 투르에서 출생.

1807년 방돔 학원에서 기숙생활 시작.

1813년 지나친 독서로 신경질환 징후를 보임. 고향으로 돌아와 투르 중학교에 입학.

1814년 온 가족이 파리로 이사.

1816년 파리 대학 법학부에서 공부하며 법률사무소에서 견습서기로 일함.

1819년 작가를 지망, 졸업시험을 포기하고 다락방에서 하숙생활 시작.

1921년 필명으로 통속소설을 씀.

1822년 22년 연상인 베르니 부인과 사랑에 빠져 어머니에게서 느끼지 못했던 모성애를 느낌.

1825년 출판업, 인쇄업을 시작했으나 실패, 빚더미에 앉음.

1827년 베르니 부인의 후원을 얻어 활자 제작소를 시작.

1829년 아버지 사망.《올빼미 당원》을 처음 본명으로 발표.

1830년《결혼의 생리학》를 발표, 문단의 인정을 받음. 베르니 부인과 투르 근교에서 동거. 단편집《사생활 정경》을 발표.

1831년《상어 가죽》을 발표. 문단에서의 지위를 확립. 뒤이어《무명의 걸작》,《플랑드르의 예수그리스도》등을 발표

1832년 국회의원에 출마하였으나 낙선.《루이 랑베르》를 발표.

1833년《시골 의사》등 10편의 소설을 발표.

1835년《골짜기의 백합》,《고리오 영감》발표.

1836년 비스콩티 부인과의 사이에서 사생아가 태어남. 베르니 부인 별세.

1838년 조르주 상드를 방문. 《베아트리스》, 《마시밀라 도니》 등을 기고.

1839년 문예가협회 회장에 선임. 《골동품 진열실》, 《간바라》 등을 발표.

1840년 《파리 평론지》 창간, 여기에 《파름 수도원》을 발표. 《보헤미아 왕자》 등을 발표.

1841년 페르느 서점과 《인간 희극》 간행 계약을 맺음. 과로로 건강이 약해짐. 《신혼부부 수기》, 《빨래하는 여인》, 《암흑사건》 등을 발간.

1842년 《인간 희극》 간행이 시작됨.

1843년 《사라진 환상》 완성. 만성 뇌질환 진단을 받음.

1846년 한스카 부인이 그의 딸을 낳았지만 곧 죽음.

1847년 《사촌 베트》, 《사촌 퐁스》 등을 발간.

1848년 《계모》를 상연. 심장비대증으로 고통을 겪음.

1850년 우크라이나에서 한스카 부인과 결혼. 파리로 돌아왔으나 8월 19일에 사망.

MEMO

MEMO

MEMO

옮긴이 박현석
목원대학교 국어국문학과 졸업 후, 에이전트 및
전문 번역가로 활동 중이다.
역서로는 『어리석은 자의 철학』, 『오만과 편견』,
『월든』 등 다수가 있다.

■ ■

사촌 베트 _상_

초판 인쇄일 · 2007년 11월 10일
초판 발행일 · 2007년 11월 15일

지은이 · 발자크
옮긴이 · 박현석
기획 · 김정재
디자인 · 하명호
마케팅 · 홍의식
펴낸이 · 하중해
펴낸곳 · 동해출판
주소 · 경기도 고양시 일산동구 장항1동 621-32
전화 (031)906-3426 | 팩스 (031)906-3427
e-Mail : dhbooks96@hanmail.net
출판등록 : 제302-2006-48호

ISBN 978-89-7080-168-1 (03670)
ISBN 978-89-7080-167-4 (세트)